北京理工大学"双一流"建设精品出版工程

日本文学史

日本文学史

主编 ◎ 赵秀娟　周晨亮
主审 ◎ [日] 吉田阳介

北京理工大学出版社
BEIJING INSTITUTE OF TECHNOLOGY PRESS

版权专有　侵权必究

图书在版编目（CIP）数据

日本文学史 / 赵秀娟，周晨亮主编． ——北京：北京理工大学出版社，2024.12.
ISBN 978 – 7 – 5763 – 4609 – 1

Ⅰ. I313.09

中国国家版本馆 CIP 数据核字第 2025JT9907 号

责任编辑：王梦春　　**文案编辑**：刘亚男
责任校对：王雅静　　**责任印制**：李志强

出版发行 / 北京理工大学出版社有限责任公司
社　　址 / 北京市丰台区四合庄路 6 号
邮　　编 / 100070
电　　话 / （010）68944439（学术售后服务热线）
网　　址 / http：//www.bitpress.com.cn

版 印 次 / 2024 年 12 月第 1 版第 1 次印刷
印　　刷 / 廊坊市印艺阁数字科技有限公司
开　　本 / 787 mm×1092 mm　1/16
印　　张 / 19.25
字　　数 / 389 千字
定　　价 / 68.00 元

图书出现印装质量问题，请拨打售后服务热线，负责调换

前言

　　从世界文学史的角度来看，日本文学的自然发生虽然起步稍晚，但迄今为止也走过了两千多年的发展历程。最初，日本文学深受汉文化的影响，随后逐渐形成了自己独特的文学传统。在近现代，日本文学不仅吸收了西方文学的理念，还对中国文学产生了一定的影响。在这个过程中，日本民族在模仿和学习方面展现出了卓越的能力，他们不断吸收外来文学和文化的优点，致力于本国文学与外来文化的交融，努力将本国文学与外来文化相结合，从而推动了文学的持续发展。因此，日本文学史的内容不仅包括对文学基本知识的掌握，还包括对其文化、思想、语言以及审美观的理解和鉴赏。

　　本教材以日语专业高年级学生为对象，结合中日交流的历史文化背景，对日本文学史的主要内容进行了全面详细的阐述，旨在通过对日本文学史内容的介绍与学习，使学习者了解日本文学的产生、发展过程，对日本各个历史时期的主要文学特点、流派以及代表作品有系统性了解，初步掌握文学批评的方法，提高文学鉴赏能力。为了便于学习者理解与掌握，本教材遵循"由易入难、由浅入深"的原则，在内容编排方面从实际教学与需要的角度出发，考虑内容与题材难易程度的调整。通过对本书的学习，不仅可以学到丰富的文学与文化知识，提高日本文学的鉴赏能力，还能了解日本民族的思想文化特质与审美意识。

　　本教材以纵横交错的方式展开，既保持文学史类教材的严谨性，又具有宽阔的知性视角。首先，各章节由相关的历史文化背景介绍开始入手，介绍日本文学的产生发展过程，对主要历史时期出现的新兴文学类别进行了介绍，在各时期特有的文学形式出现与消亡时

都有相关总结，以帮助学习者掌握日本文学的基本概念与日本文学的传统分类方法，厘清日本文学的发生方式、文学观以及审美特点。章节后的课外补充材料对各种产生于日本不同历史时期的独立文学体裁作出纵向梳理，避免学习者对文学史上出现的大量知识点感觉到茫然无序。

其次，本教材以中国文学与文化系统为参照系，突出两国文学与文化间的横向传承与联系。在编写过程中，在文学史的基本知识内容中融入中日文化传递与文学交流的线索，兼以世界文学与比较文学的视域介绍日本文学在世界文学史中地位、其表现出的文学特质与地域文化属性，强调古代中日文化交流对于日本文学发展过程中潜移默化的影响，从而综合提高学生的文学素养以及文学鉴赏能力。其中每个章节之后的名词术语总结与独立文学体裁梳理对文学史中容易混淆的审美观差异以及文学评价要素等内容作出简要总结，有益于学习者对整个知识点体系加深理解，增强文学史横向联系方面的阐述，提高学习者在文学鉴赏中的自主分析能力。

本教材可供高校日语专业高年级学生使用，还可以用于研究生的课程教学。教材内容注重培养学生的综合文学素养，增加了内容的知识性与趣味性，力图做到内容客观翔实，突出日本文学史的整体发展脉络，方便课堂教学使用。课文内容中对于中国学习者往往难以解读的项目，例如日本文学史中的古代人名、地名、作家作品名称等加以详细的注音与注解，有益于学习者有的放矢地进行知识点巩固，同时各章设置了大量的课后练习题，最后附有世界文学视域下的日本文学史年表。

本教材获得了北京理工大学"十四五"规划教材项目的资助，北京理工大学日语系外教吉田阳介老师对本教材进行了细致的审校，研究生穆逢春霖、苗圆圆、黄南芳、叶珊珊等同学对本教材的资料收集及录入工作付出了很多努力，在此深表谢意。本教材在编写过程中，参考了许多先行研究以及相关著述，获益匪浅，在此一并感谢。由于编者水平有限，且编写时间较为仓促，不妥与疏漏在所难免，希望各位同仁不吝指正。

赵秀娟

2024 年 8 月于北京

目 录

第一章　上代の文学 ……………………………………………… 1

第一節　上代文学概観 ………………………………………… 1
一、時代区分 ………………………………………………… 1
二、歴史的背景 ……………………………………………… 1
三、中国大陸との交流 ……………………………………… 2
四、文学の誕生 ……………………………………………… 2
五、口承文学から記載文学へ ……………………………… 3
六、叙事と抒情 ……………………………………………… 3

第二節　上代文学の流れ ……………………………………… 3
一、詩歌 ……………………………………………………… 3
二、神話・伝説・説話 …………………………………… 14
三、祭祀から生まれた文学 ……………………………… 19

第三節　上代文学のまとめ ………………………………… 21
一、上代文学の特徴と理念 ……………………………… 21
二、上代文学史用語解説 ………………………………… 22
三、学習のポイント ……………………………………… 23
四、その他のまとめ ……………………………………… 25
総合練習 …………………………………………………… 26
■コラム：日本の神話 …………………………………… 27

第二章　中古の文学 …………………………………………… 29

第一節　中古文学概観 ……………………………………… 29
一、時代区分 ……………………………………………… 29

二、時代背景 ································· 29
　　三、漢詩文から和歌へ ··························· 30
　　四、女流文学の隆盛 ····························· 32
　　五、貴族文化の変質 ····························· 33

　第二節　中古文学の流れ ··························· 33
　　一、詩歌 ····································· 33
　　二、物語 ····································· 44
　　三、日記・随筆 ································ 60
　　四、歴史文学・説話文学 ·························· 72

　第三節　中古文学のまとめ ························· 78
　　一、中古文学の特徴と理念 ························ 78
　　二、中古文学史用語解説 ·························· 79
　　三、学習のポイント ····························· 81
　　四、その他のまとめ ····························· 83
　総合練習 ······································· 85
　　■コラム：物語の起源、発展と展開 ··················· 87

第三章　中世の文学 ······························· 90

　第一節　中世文学概観 ····························· 90
　　一、時代区分 ·································· 90
　　二、時代背景 ·································· 90
　　三、中世文学の展開 ····························· 91
　　四、文芸の地方化・庶民化 ························ 92
　　五、仏教の浸透と無常観の文学 ····················· 93
　　六、「もののあはれ」から「幽玄」へ ··················· 94

　第二節　中世文学の流れ ··························· 94
　　一、詩歌 ····································· 94
　　二、物語・説話 ································ 103
　　三、随筆・日記・紀行 ··························· 111
　　四、劇文学 ··································· 117

　第三節　中世文学のまとめ ························· 120
　　一、中世文学の特徴と理念 ······················· 120
　　二、中世文学史用語解説 ························· 121
　　三、学習のポイント ···························· 123
　　四、その他のまとめ ···························· 124
　総合練習 ······································ 127
　　■コラム：中世の説話と地方の伝承 ·················· 129

第四章　近世の文学 …………………………………… **132**

第一節　近世文学概観 …………………………………… 132
　一、時代区分 ……………………………………… 132
　二、時代背景 ……………………………………… 132
　三、町人文学の誕生 ……………………………… 133
　四、近世文学の展開 ……………………………… 134

第二節　近世文学の流れ ………………………………… 137
　一、詩歌 …………………………………………… 137
　二、近世小説 ……………………………………… 145
　三、劇文学 ………………………………………… 157

第三節　近世文学のまとめ ……………………………… 161
　一、近世文学の特徴と理念 ……………………… 161
　二、近世文学史用語解説 ………………………… 162
　三、学習のポイント ……………………………… 165
　四、その他のまとめ ……………………………… 166
　総合練習 …………………………………………… 168
　■コラム：武士の嗜みと町人の娯楽 …………… 169

第五章　近代の文学 …………………………………… **172**

第一節　近代文学概観 …………………………………… 172
　一、時代区分 ……………………………………… 172
　二、時代背景 ……………………………………… 172
　三、近代文学の展開 ……………………………… 173

第二節　近代文学の流れ ………………………………… 176
　一、啓蒙期 ………………………………………… 176
　二、写実主義 ……………………………………… 178
　三、擬古典主義 …………………………………… 180
　四、ロマン主義 …………………………………… 182
　五、自然主義 ……………………………………… 186
　六、余裕派 ………………………………………… 192
　七、耽美派 ………………………………………… 197
　八、白樺派 ………………………………………… 200
　九、新現実主義 …………………………………… 205
　十、詩歌 …………………………………………… 209
　十一、劇文学 ……………………………………… 215

第三節　近代文学のまとめ ……………………………… 217
　一、近代文学の特徴 ……………………………… 217

二、近代文学史用語解説 …………………………………………218
　　　三、学習のポイント …………………………………………………220
　　　四、その他のまとめ …………………………………………………222
　　　総合練習 ………………………………………………………………224
　　　■コラム：私小説 ……………………………………………………227

第六章　現代の文学 …………………………………………230

第一節　現代文学概観 …………………………………………230
　　　一、時代区分 …………………………………………………………230
　　　二、時代背景 …………………………………………………………230
　　　三、近代から現代へ …………………………………………………231
　　　四、現代文学の展開 …………………………………………………231

第二節　現代文学の流れ ………………………………………232
　　　一、プロレタリア文学 ………………………………………………232
　　　二、芸術派 ……………………………………………………………235
　　　三、文化統制下の文学 ………………………………………………241
　　　四、戦後文学の出発 …………………………………………………244
　　　五、戦後の文学1（昭和二十年代）…………………………………248
　　　六、戦後の文学2（昭和三十年代）…………………………………252
　　　七、戦後の文学3（昭和四十年代）…………………………………255
　　　八、戦後の文学4（昭和五十年代以降）……………………………258
　　　九、詩歌 ………………………………………………………………261
　　　十、劇文学 ……………………………………………………………266

第三節　現代文学のまとめ ……………………………………269
　　　一、現代文学の諸相 …………………………………………………269
　　　二、現代文学史用語解説 ……………………………………………270
　　　三、学習のポイント …………………………………………………272
　　　四、その他のまとめ …………………………………………………274
　　　総合練習 ………………………………………………………………276
　　　■コラム：大衆文学 …………………………………………………277

付　　録 …………………………………………………………280
　　　一、総年表 ……………………………………………………………280
　　　二、解答 ………………………………………………………………291

参考書目 ……………………………………………………………297

第一章　上代の文学[1]

第一節　上代文学概観

一、時代区分

　文学史では、文学[2]の発生から平安京遷都(へいあんきょうせんと)（794年）までを上代(じょうだい)としている。政治や文化の中心が主に大和（奈良県）に置かれたため、古代前期、上古(じょうこ)または大和(やまと)・飛鳥(あすか)・奈良時代ともいわれる。

二、歴史的背景

　日本人の祖先が日本列島に住み着いてから、数千年を経て新石器時代を迎えた。人々は石器を持ち、狩猟・採集生活を営み、一定の場所に住んでいなかった。縄文(じょうもん)時代の日本人も、このような生活をしていた。その後、紀元前三世紀頃から稲作農耕(のうこう)がはじまり、弥生(やよい)時代に入った。この時代、人々は大小の集落をつくって定住し、各地に氏族中心の

---

[1] 日本文学史の時代区分については、上代・中古・中世・近世・近現代日本文学は上代（奈良時代）、中世（平安時代）、中世（鎌倉時代・室町時代）、近世（江戸時代）、近代（明治から昭和20年）、現代（昭和20年から現在）という区分が一般になされる。中世は南北朝期・北山文化期・東山文化期・天文文化期に細分され、近世は寛永期・元禄期・化政期・幕末期に細分されたという説もある。また、研究者によって異論もあり、近代と現代を分離するか否かについても諸説あり、定まっていない。本書では、昭和元年を境にして、近代文学（明治、大正文学）、現代文学（昭和、平成文学）に区分する。

[2] 近代では、言語芸術を指す「文学」という概念が使われているが、それはまず西洋で生まれ、定型化され、広く使われていた。1840年代以降、中国の士人と西洋の宣教師が西洋の文献に登場する「文学」用例を紹介し、近代的な意味を持っているが、主に古典的な意味に基づいている。1870年代初めまで、日本の学者西周は「Literature」の訳語に中国の古典語「文学」を当て、近代的な意味を持つ「文学」という用語が中国語の世界に登場し始めた。その後、辞書の編纂、文学史の著作の編纂と近代日本大学の"文学"の学科の体系の確立に伴って、"文学"の新語の中身は次第に定型化してそして広範に広められる。このなかで、「文学」と「Literature」は対訳関係となり、「文学」の観念は近代的な転換を実現する。近代文学の概念は一連の変化を経てここまで発展してきた。文学の概念は広義と狭義がある。われわれが普段言う「文学」は主に狭義の文学を指す。狭義な文学は主に、文芸表現活動、文芸享受活動（鑑賞）、文学研究の原則、規律、各種各層のジャンル、概念、規範を含んでいる。

小国家が次第に形成されていった。やがて、それらも大和地方を根拠地とする勢力に併合・統一され、ここに倭王権が誕生した。

そして、四世紀後半から朝鮮半島との交流が盛んになり、七世紀には遣隋使・遣唐使らが活躍して、朝鮮や中国の文物・技術・制度が輸入され、国家体制の確立に大きな力となった。大化の改新（645年）後、律令体制が整い、中央集権の律令国家である大和朝廷が成立した。

三、中国大陸との交流

大和朝廷が中央集権の律令国家に成長したのは、外来文化の影響が大きな役割を果たした。大和政権は、その力をさらに強固にするために、律令政権のほかにも積極的に中国大陸の文化を取り入れた。朝鮮半島との交流を通じて、中国大陸の文化や仏教を取り入れた。七世紀に入ってから、遣隋使は大陸文化を大いに吸収し、その成果は飛鳥文化に結実した。七世紀半ばには、遣唐使は唐からの文化的刺激を受け、その結果、文化が栄えた。当時、大化の改新が起こり、天武天皇の時代になって律令国家建設の事業が完了に近づいた。当時、中国文化への関心が著しく高まっており、初唐文化の影響を受けた白鳳文化が生まれた。次いで、奈良時代には、盛唐の文化の影響を受けた華やかな天平文化が栄えた。こうして、中国文学が次第に日本文化の中に根づいていき、個々人の文学に対する関心や意識が強くなる。その中で、中国の詩文の影響も宮廷の間に広まり、漢詩を作る人たちや、宮廷詩人も現れた。現存する日本最古の漢詩集『懐風藻』は中国の詩の形を模倣する傾向が強い作品といわれている。

四、文学の誕生

採集生活の時代から、日本人は、外界の自然に対して畏怖の念をもち続けていた。その脅威からのがれ、その年の豊穣を祈るため、自然のもつ超人間的な力を神として祭った。これが祭りの起源であり、共同体の安定は、こうした祭りによって保たれていた。祭りの場で語られる神聖な詞章（呪語や呪詞と呼ばれる）が、文学の原型である。これらの詞章は、日常の言語とは異なる、韻律のある律文の表現であった。それはまた、祭りの場の音楽や舞踊とも一体となった、きわめて混沌とした表現であった。

しかし、共同体が統合され、小国が統一国家となる中で、祭りも統合され、その神聖な詞章もしだいに言語表現として自立し、洗練されていった。それが文学の誕生であり、

そこで生み出されたのがさまざまな歌謡や神話であった。

五、口承文学から記載文学へ

　日本に文字が存在しなかったころ、神話・伝説歌・祝詞などは、専門的な伝承者である語部などによって、語り継がれ、歌い継がれてきた。こうした文字を使って表現しない文学を口承（伝承）文学という。口承文学は独自の文学として現在も存在し、日本文学の起源を知る上で重要な価値を持つものである。

　やがて国が統一され、大陸から漢字が伝来し、人々がその使用に習熟すると、そうした歌謡や神話も、文字で書きとめられるようになっていく。この口承から記載に変わる中で、流動的な表現が固定化され、歌謡は定型化への、神話は散文化への道をたどった。

　しかし、歌謡や神話を、異質の文字言語である漢字（漢文体）で表記することには大きな困難があった。そうした中で、伝承された内容を忠実に表記するため、表意文字である漢字を表音的に使用する方法が考案されたのである。こうした試みが、万葉がなを経て、後に片かな・平がなのかな文字を生み出すことになるのである。

六、叙事と抒情

　『日本書紀』が相次いで編集され、古伝承が整理・統合され、文字で伝えられるようになった。これらの中には叙事的文学として文学性の高いものもある。一方、叙情の文学は、七世紀末までに長歌、短歌、旋頭歌などの歌体が成立した。中でも、短歌は私的な叙情に合った形として認められて盛んに歌われた。これらの作品を収めた『万葉集』は、作者層・制作年代・歌数のいずれをとっても他に類をみない日本の叙情詩の代表となった。ここに、集団的歌謡の名残をとどめながら、個性的な和歌も出現した。

第二節　上代文学の流れ

一、詩歌

上代歌謡

　歌謡は和歌が発生する以前に、古代社会の人々の感情を表現したものである。祭式や酒宴、歌垣などの共同体の集会、あるいは作業など、多くの人々が何らかの行事や仕事

を共にする場で、感情の高まりとともに発せられた言葉や掛け声、あるいは掛け合いの文句などがもとになった。楽器の伴奏や律動的な所作を伴うことが多く、言葉に韻律があり、叙情的な内容を有している。やがて歌謡も、神話その他の叙事的語りごとと同様、集団の場で伝承されるうちに洗練され、文学性をもつようになった。

　上代の歌謡は、個人的な心情表現を目的として作られたものではなく、信仰行事や労働生活における、集団社会全体の祈りや感謝の表現として生まれたものである。これらは一種のリズムをもってうたわれ、手足で拍子をとったり、太鼓を使った踊りなどを伴ったりした。上代歌謡は、平安時代に記録されている神楽歌や催馬楽などの楽器を伴う儀式歌の源流となるが、その歌体や技巧は後の和歌の母胎にもなっている。

　歌謡がうたわれた当時の行事に歌垣①がある。そこでは以下のような歌がうたわれていた。

　　筑波嶺に　逢はむと　言ひし子は　誰が言聞けば　かみ寝逢はずけむ

（『常陸国風土記・筑波郡』）

　（口語訳）筑波の山で逢いましょうと契りかわしたかわいい人は、誰かのことばを聞いたためか、峰で寝ようといいながら、なぜに逢わなかったのだろう。

　上代の歌謡は、実際には上記のような場で歌われていたが、ほとんどがそのままの形で現在に伝わらず、宮廷に保管されたり、説話と結び付いたりして伝わった。『古事記』『日本書紀』『風土記』『続日本紀』『古語拾遺』『日本霊異記』『仏足石歌碑』に記された二百数十首の歌謡の多くはそのようなものである。

記紀歌謡

　上代歌謡のうち、『古事記』『日本書紀』に載っている約百九十首の上代歌謡を総称して、記紀歌謡という。記紀歌謡は上代歌謡の中心をなしている。中には、歌われたことを示す歌曲名が付いているものもあるが、それらを含めたほとんどが、神や歴史上の人物が作者に仮託して、作歌事情を語る説話の中に組み込まれている。しかし、歌詞その他から本来の歌謡の姿を推測できる場合もあり、古代社会の人々の息吹を感じとることがで

---

① 歌垣は燿歌ともいう。春や、秋に山や海岸に未婚の若い男女が集まり、歌の掛けあいをして求愛や求婚をした行事。もともとは、豊作を祈り、豊穣を祝う春秋の行事であった。

第一章　上代の文学

きる。また説話と結び付けることによって、もとの歌謡になかった新しい文学性を得る場合もある。

　記紀歌謡は、各地に伝わっていた歌謡に神話や伝説を取り入れたもので、記紀の登場人物や内容とはもともと無関係のものがほとんどである。内容は、戦い、農耕や狩猟、恋愛、国への賛美・酒宴・祝祭・哀傷など、広く素朴で生活全般にかかわるものである。歌風は、上代の人々の生き方と同様明るく素朴である。以下に挙げる歌も、本来は大和の国をたたえた歌謡であるが、『古事記』では、倭建命（やまとたけるのみこと）が東征の帰途で、故郷を偲んで詠んだ歌となっている。

　　大和は　国のまほろば　たたなづく　青垣　山ごもれる　大和し美はし

　　　　　　　　　　　　　　　　　　　　　　　　　（『古事記』中巻・景行天皇）長歌

　（口語訳）大和は国の中で最もよい国だ。重なり合った青い垣根のような山々に囲まれている大和は美しい国だ。

　表現技法は対句や同音の繰り返しなどが多用され、枕詞①や序詞②などが使われている。歌体はまだ完成されていないが、片歌・旋頭歌・短歌・長歌などがあり、一句の音数は必ずしも五音と七音の形になっていない。これらの特徴は『万葉集』以前の叙情の文学の形が見られ、後に出てくる和歌に発展していったことを示している。

　　愛（あい）しけやし我家（わがや）の方（かた）よ　雲居（くもい）たち来（ら）も

　　　　　　　　　　　　　　　　　　　　　　　　　（『古事記』中巻・景行天皇）片歌

　（口語訳）懐かしいことよ。自分の家のほうから、雲が立ち上ってくるよ。

　　あめつつ　千鳥（ちどり）ましとと　など裂けるとめ　嬢子（おとこ）に　直（すなお）に逢はむと　わが裂けるとめ

　　　　　　　　　　　　　　　　　　　　　　　　　（『古事記』中巻・神武天皇）旋頭歌

---

① 下に特定の言葉を導き出す技巧で、ある語を歌うために、決まって用いられる特定の修飾語。声調を整えたり、余韻を添えたりする。ほぼ五音節からなる。

② 「じょし」とも言う。下にある言葉を導き出す技巧で、ある語を歌うために、自由に、即興で用いられる修飾語句。具体的イメージや叙情的気分を添える。ほぼ七音節以上からなる。

（口語訳）「雨燕、つつどり、千鳥、しととなどの鳥のように、どうしてそんなに大きな目をしているのですか。」

「あなたを探し出して、親しくお目にかかろうと思って、こんなに大きな目をしているのです。」

　梯立の　嶮しき山も　我妹子と　二人越ゆれば　安蓆かも

（『日本書紀』巻第十一・隼別皇子）短歌

（口語訳）はしごを立てたような険しい山も、わが妻と二人で越えると安らかな蓆に座っているように楽なものだ。

その他の歌謡

　記紀歌謡の終末期は『万葉集』（図1-1）の初期の時代と重なっているため、『万葉集』には歌謡とみられる歌が少なくない。ごく初期の作者明記の歌、または作者未詳の歌や東歌の多くは、本来は歌謡であった。また、平安初期の『琴歌譜』には記紀歌謡と重複する歌もあり、収載された他の歌謡も上代のものとされている。また、文献ではないが、仏足石歌がある。それは、奈良の薬師寺の境内にある、釈迦の足跡を刻んだ仏足石歌碑に刻まれた二十一首の仏の徳をたたえる歌謡で、五七、五七、七七という独特の歌体を持っている。

図1-1　万葉集

和歌の発生

　七世紀初め、大和朝廷は、遣隋使、遣唐使を派遣して積極的に大陸文化を取り入れた。この影響を受けて従来の口承文芸は大きく変わり始めた。記紀歌謡は本来集団的生活をもとにつくられたものだが、統一国家が打ち立てられ、貴族を中心とする官僚組織の整った都市で人々が生活するようになった。そして、人々に個人としての意識が芽生えてくるにつれ、自分の気持ちを表現した個性的な歌がつくられるようになった。大陸文化の影響で、漢詩文が盛んにつくられていたことも、貴族たちの創作意欲を高めた。また、表現も整ったものとなり、音楽から離れてゆき、叙情詩へと発展した。歌体も五音・七音を中心とした定型が確立されるようになり、文字に記して、読んで楽しむというものに変わってきた。このように個人性を特色とする詠む歌、特に長歌と短歌を和歌といって、

うたわれる歌謡とは区別している。『万葉集』は、このような古代叙情詩を集大成した歌集であると言ってよい。

『万葉集』の成立

　『万葉集』は現存する日本最古の歌集である。『万葉集』以前にも、いくつかの歌集が存在したが、それらは『万葉集』編集の資料として利用された部分が、断片的に『万葉集』の中に残っているにすぎない。『万葉集』の成立過程は復雑で、不明な部分も多いが、数次の編集作業を経て、ほぼ現在の形に整えられたのは奈良時代末期と推定されている。歌の作者は、天皇から官吏・僧侶・農民まで幅広い階層にわたり、地域も大和を中心に東国から九州まで広がっている。編者は、全巻にわたって手を加えたのは大伴家持ではないかという説が有力である。「万葉」の意味については、「万（よろず）の言（こと）の葉」（多くの歌）とする説と、「万代・万世」（多くの時代にわたる）とする説に大別される。表記には、漢字によって日本語を表記する「万葉がな」が用いられている。

　『万葉集』は全二十巻から成り、長歌約二百六十首、短歌約四千二百首、旋頭歌約六十首、連歌体一首、仏足石歌体一首、合計四千五百余首の歌を収めている。歌は雑歌、相聞、挽歌に分類され、年代順に配列されている。これは『万葉集』の基本的な分類法である。そのほかに、巻によっては正述心緒歌・寄物陳思歌という分類法や、四季によって配列する方法もとられている。歌の制作年代は、仁徳天皇時代から天平宝字三年（759年）までの約三百年以上に及ぶが、舒明天皇時代以前のものは伝承歌謡であって、その時代・作者のものではない。したがって、大化改新前後から約百三十年が『万葉集』の時代と言うことができる。この間の和歌の歴史は、作歌年代や歌風の変遷に従って、通常、四期に分けて考察されている。

第一期

　中央集権体制が確立する壬申の乱（672年）までの時期をいう。歌体も、五音・七音の定型に落ちつき始めた。この時期は、和歌の発生する時期で、記紀歌謡の末期と重なっており、万葉時代の夜明けとも言え、歌謡の類型化から脱した、個性的な創作歌が誕生した。とくに短歌では個人の感情がのびやかに表現されていた。平明素朴な歌が多い。この時期は皇室歌人が多いが、中には専門歌人の代作歌もあると考えられている。代表的歌人には、舒明天皇・有間皇子・額田王らがいる。記紀歌謡にみられる集団的儀式歌の性格、素朴で歌謡的な表現を残しながらも、個人の心情を表した秀歌が多い。

天皇、香具山に登りて望国したまふ時の御製歌
　　大和には　群山あれど　とりよろふ　天の香具山　登り立ち　国見をすれば　国原は　煙立ち立つ
海原は　鷗立ち立つ　うまし国そ　蜻蛉島　大和の国は

(舒明天皇・巻一)

（口語訳）大和には群がる山々があるが、よく形の整つた天の香具山にのぼり立つて国見をすると、広い国からは煙が立ちに立ち、広い海からはかもめがしきりにたつ。よい国であるよ、大和の国は。

　　熟田津に　船乗りせむと　月待てば　潮もかなひぬ　今はこぎ出でな

(額田王・巻一)

（口語訳）熟田津で船に乗つて出発しようと月の出を待つていると、月も出、潮もちようどよくなつた。さあ、こぎ出よう。

　　　天皇、蒲生野に遊猟したまふ時に額田王の作る歌
　　あかねさす紫野行き標野行き野守①は見ずや君が袖振る
　　　皇太子の答へましし御歌
　　紫草のにほへる妹を憎くあらば人妻ゆゑにわれ恋ひめやも

(万葉集・巻一)

（口語訳）天智天皇が蒲生野で狩をなさつた時に額田王が作つた歌
　＜あかねさす＞紫草の生えている御料地の野を行きつ戻りつあなたが袖を振るのを野の番人は見とがめないでしようか。
　　皇太子（後の天武天皇）がお答えになつた御歌
　紫草のように美しいあなたが憎かつたら、あなたは人妻なのに（人妻であるあなたを）どうして恋いしたうことがありましよう。

---

① 額田王は天武天皇とかつて相愛の仲にあつたが、天武天皇の兄である天智天皇の妻となつた。「野守は見ずや」とは天智天皇のことであつたのかもしれない。

第二期

　壬申の乱後から平城京遷都（710年）までの約四十年間は和歌が完成する時期である。この時期は、持統天皇を中心とした藤原京の時代にあたり、律令国家が安定と繁栄をみた時期であった。宮廷もそうしたムードにあり、政治的に落ち着いていた。歌の題材が広がり、技巧も発達して、長歌・短歌の形式も完成した。五七調の韻律も整い、表現の技巧が多彩になり、孤独な心情や自然の叙景なども表現されるようになった。この時期も天武天皇、持統天皇、志貴皇子など皇室歌人が多いが、柿本人麻呂・高市黒人・長意吉麻呂など歌を専門とする宮廷歌人も活躍した。この時期は、専門的な宮廷歌人が枕詞・序詞・対句などの修辞を自由に使いこなして、数多くの優れた歌をつくり、雄大で荘重な歌風を示した。

　中でも人麻呂は『万葉集』の歌の第一人者であり、枕詞や序詞を生き生きした感覚的表現を駆使して、古代的な心情と新しい時代の人間の心情とを渾然と融合させた優れた歌を多く世に出した。豊富な修辞と雄大な構想をもった作品を残し、長歌の完成者といわれている。次に挙げる長歌は、妻と別れて石見の国から上京するときの悲しみをうたったものである。

　　柿本朝臣人麻呂、石見国より妻を別れて上りくる時の歌
　　石見の海角の浦廻を　潟なしと人こそ見らめ　潟なしと人こそ見らめ　よしゑやし浦はなくとも　よしゑやし潟はなくとも　いさなとり海辺をさして　にきたづの荒磯の上に　か青く生ふる玉藻沖つ藻　朝はふる風こそ寄せめ　夕はふる波こそ来寄れ　波のむた か寄りかく寄る　玉藻なす寄り寝し妹を　露霜の置きてし来れば　この道の八十隈ごとに　万だび顧みすれど　いや遠に里は離りぬ　いや高に山も越え来ぬ　夏草の思ひしなえて　偲ふらむ妹が門見む　なびけこの山
　　反歌二首
　　石見の高角山の木の間からわたしが振る袖を妻はたであろうか。
　　笹の葉はみ山もさやにさやげども我は妹思ふ別れ来ぬれば

（万葉集・巻二）

　（口語訳）柿本朝臣人麻呂が石見国から妻と別れて上京してくるときの歌
　石見の海の角の湾曲している海岸を　浦がないと人は見るだろう　潟がないと人は見るだろう　ええままよ浦はなくても　ええままよ潟はなくても　海辺をさして　にきたづの荒磯のあたりに　真っ青に生えている美しい沖の藻を　朝吹きつける風が寄せるだろう　夕打ち寄せる波が持ち寄るだろう　その波とともにあちらへ寄りこちらへ寄る　玉藻のように寄り添って寝た妻を　置いて別れて

来たので　この道のたくさんの角ごとに　幾たびも振り返ってるが　いよいよ遠く里は離れた　いよいよ高く山も越えて来た　思いしおれてわたしをしのんでいるだろう　妻の家の門口を見たい　低くなれこの山よ。

　　反歌二首
　石見のや高角山の木の間より我が振る袖を妹見たであろうか
　笹の葉は山全体がさやさやというほどに風にさわでいるが、わたしは妻をひたすら思っている。別れて来たので。

　春過ぎて夏来るらし白たへの衣干したり天の香具山

(持統天皇・巻一)

(口語訳)春が過ぎて夏がやって来たらしい、真っ白な衣が干してある。天の香具山に。

第三期

　平城京遷都から天平五年(733年)までの二十数年で、奈良時代の前期にあたる。この期は、律令制がますます整備され、『古事記』『日本書紀』が成立して、史書編集事業が実を結んだ。仏教がますます盛んになり、儒教や老荘思想などの大陸の思想や、文化が盛んに取り入れられ、唐文化の影響を大きく受けて、新しい貴族文化の花を咲かせた。こうした中で、宮廷周辺にはみやびやかな雰囲気があふれ、個性を発揮した歌人が活躍し、独自の歌の境地を切り開いた。代表的歌人に、山部赤人、山上憶良、大伴旅人、高橋虫麻呂らがいる。山部赤人は、客観的な態度で清澄な叙景歌を作り、山上憶良は、子への愛や、人生の苦悩、社会の矛盾を長歌に歌った。酒と旅の歌に特色のある大伴旅人は、風流人として生きながら人生の憂いや悲しみを歌い、高橋虫麻呂は、地方に伝わる伝説を題材として、叙事的長歌をよんだ。当時の和歌は知的な傾向が強まった。繊細・複雑な表現に律令社会の成熟が感じられる。

　み吉野の象山の際の木ぬれにはここだも騒く鳥の声かも

(山部赤人・巻六)

(口語訳)み吉野の象山の木々のこずえはこんなにいっぱい鳴き騒ぐ鳥の声だよ。

我妹子が植ゑし梅の木見るごとに心むせつつ涙し流る

(大伴旅人・巻三)

(口語訳)我が妻が植えた梅の木を見るたびに胸がいっぱいになり涙が流れる。

世間を憂しと恥しと思へども飛び立ちかねつ鳥にしあらねば

(山上憶良・巻五)

(口語訳)人の世をつらいとも恥ずかしいとも思うが、飛び立って離れることはできない。鳥ではないのだから。

第四期

　奈良時代前期の天平六年（734年）から、『万葉集』の最後の歌が作られた759年までの約二十年間である。この時期は、天平文化の最盛期にあったが、権力闘争による政情不安から、貴族社会が揺らぎ始まっていた。権力をめぐる争いが相次ぎ、律令制の矛盾が大きく表面に現れ始めた。叙情詩である和歌は、当時の社会の影響もあってか、それまでの男性的な力強い調べではなくなり、次第に繊細優美な感じの歌が多くなり、男女の私的な感情や、個人の孤独なつぶやきを歌うようになり、発想や表現が固定化して、理知や技巧をこらすものとなり、昔を回顧する感傷的傾向も見られた。前期までよくよまれた長歌は衰退して、短歌が盛んになった。代表歌人に坂上郎女・笠女郎・狭野茅上娘子・田辺福麻呂・湯原王などの歌人が挙げられるが、大伴家持はこの時期の最も有名な歌人で、感傷的で繊細な歌風で、独自の境地を切り開いた。その後、貴族の世界では漢文学が和歌に取って代わった。

君に恋ひいたもすべなみ奈良山の小松が下に立ち嘆くかも

(笠女郎・巻四)

(口語訳)あなたが恋しくてどうしょうもなく奈良山の小松の下にたたずんで嘆いていることだ。

春の野に霞たなびきうら悲しこの夕かげに鶯鳴くも

(大伴家持・巻二十)

（口語訳）春の野に霞がたなびいていて、私の心はなんとなくもの悲しい。この夕暮れの光の中で鶯が鳴いていることだ。

　　うらうらに照れる春日にひばり上がり心悲しも独りし思へば

（大伴家持・巻十九）

（口語訳）うらうらと照っている春の日にひばりが上がり、私の心は悲しいことだ。独りものを思っていると。

東歌・防人歌

『万葉集』には宮廷を中心にした貴族たちの歌とは別に、東歌・防人歌地方の民衆の歌がある。万葉歌人の歌にはみることができない、素朴で純真な庶民の心をうたった巻十四に約二百四十首のっている東歌は東国地方の民衆の生活をうたった民謡的な歌である。恋や生活をうたった歌の中に、純朴な庶民の気持ちをくみとることができる。防人歌は、北九州沿岸警備の防人として東国から召集された若者や、その家族がよんだ歌で、約九十首ある。肉親との別れを悲しむ気持ちを、方言も交えながら力強く率直にうたいあげている。

　　稲つけばかかる吾(われ)が手を今夜(こんや)もか殿(との)の若子(わかこ)が取りて嘆かむ

（東歌　巻十四）

（口語訳）毎日稲をつくのでひびやあかぎれがきれているわたしの手を、今夜もまた、お屋敷の若様が手に取って嘆くことであろうか。

　　防人に行くは誰(だ)が背(せ)と問ふ人を見るが羨(せん)しさ物思(ものし)もせず

（防人歌　巻二十）

（口語訳）防人に行くのはだれの夫ですかときいている人を見ると、うらやましいことだ。その人はなんのもの思いもしないで。

　『万葉集』には、そのほかにも各地の歌謡や芸能者が曲節や身振りを伴って歌った歌謡、説話とともに語られた歌物語(うたものがたり)的な歌もある。歌体が多様であることは、『万葉集』の後代

の歌集にみられない多様性を示し、同時に、当時の和歌や歌謡が果たす役割の幅広さを示した。

万葉仮名

　この時代はかな文字がまだ発明されていなかったため、文学は、すべて漢字・漢文で書かれていた。漢字が日本に伝わったのは一、二世紀頃と推定されているが、日本語を表記するために用いられたのは五世紀以後であり、人々がそれに習熟したのは六世紀末から七世紀にかけての推古天皇の時代であった。中国の漢字を用いて日本語を表記するために、上代の日本人は漢字の持つ意味を捨てて音や訓を利用して日本語の音韻を表すことを考えた。このようにして用いられた文字を万葉仮名と言う。万葉仮名はすでに記紀歌謡の表記に用いられていたが、『万葉集』に最も広く用いられたため、この名で呼ばれている。たとえば『万葉集』について見ると、「なつかし」という語を、「奈都可之」「名津蚊為」「夏香思」「夏樫」「夏借」などと表現しており、当時の人々の工夫と苦労の跡をうかがい知ることができる。

万葉仮名の種類

種類	例
一字一音	正音：阿（あ）　伊（い）　宇（う）　衣（え）お（意） 略音：安（あ）　吉（き）　色（し）　寸（す）へ（平）
一字二音	南（なむ）　念（ねむ）　藍（らむ）　越（をち）
一字一訓	正訓：射（い）　蚊（か）　荷（に）　背（せ）　夜（よ） 略訓：市（ち）　跡（と）　立（た）
一字二訓	鶴（つる）　鴨（かも）　借（かし）以上、付属語
二字一訓	嗚呼（あ）　五十（い）

漢詩文

　天智天皇は中国の律令制度を取り入れた制度をつくるため、大化の改新を断行した。そして、文学の面でも漢詩文が大いに奨励され、以後の漢文学隆盛の基礎が築かれた。漢詩文は律令政治の担い手である貴族にとって身につけるべき教養として重んじられ、近江朝（667—672年）の頃から、漢詩文の創作が盛んになり、貴族の公的な教養として重要な役割を果たすようになった。伝統的な和歌に対して新しい文学として、漢詩文は公的な位置を得た。こうした漢詩文の流行を背景に、『懐風藻』が編集された。

『懐風藻』は現存する日本最古の漢詩集で、近江朝から奈良朝までの作者、六十四人の作品約百二十編を作者別に収めている。宴席や遊覧の詩が多く、中国六朝詩の風にならい、詩体は五言詩(ごごん)が大部分を占めている。『懐風藻』の詩は中国詩の単なる模倣に近い作が多く、独創性に乏しいが、公的な文学としての漢詩の性格をよく示しており、これによって当時の知識人の教養や生活をうかがい知ることができる。

　　　　　　　　　金鳥臨西舎
　　　　　　　　　鼓声催短命
　　　　　　　　　泉路無賓主
　　　　　　　　　此夕離家向

（大津の皇子　『懐風藻』）

（口語訳）太陽は西の家屋を照らし、時を告げる鼓声は自分の短命を照らす。死出の道は主もなく自分一人、今、家を出て死に向かう。

　また、このような漢詩文の盛行にともない、中国における詩研究の影響を受けて、和歌について論じた歌論書『歌経標式(かきょうひょうしき)』も作られた。この書は和歌に対する批評意識を理論化しようとした点に意義がある。

二、神話・伝説・説話

　古代の日本人は、自然の恩恵と厳しさに触れ、自然の中に神々が存在すると信じた。そして、呪術(じゅじゅつ)的な力、信仰による想像力をはたらかせ、自然や人間界に起こる現象や王権の起源について、神格化した物語を作った。こうして創られた神々にかかわる物語を語り伝えたものが神話である。
　また、自然を克服して自分たちの生きる場を切り開いてくれた祖先たちの英雄談や土地にまつわる伝承を語り伝えたものが伝説で、神話と比べて人間的であり、リアリティが強い。さらに、自分たちの身の回りのことを興味深くまとめたものを説話という。これは話のおもしろさに中心が置かれ、庶民の現実的な願いが反映されている。
　日本の神話は主に『古事記』の上巻、『日本書紀』の神代巻に記されており、これを「記紀神話」という。両書の神話は大局的に同じであるが、『古事記』は一貫性のある物語と

いう性格が強いのに対し、『日本書紀』は多くの異伝を併記しており、当時の神話の複雑な伝承状態をそのまま表している。記紀神話のほかに、断片的な神話は『風土記』にもあり、また『万葉集』の中に部分的に神話的内容を歌い込んだ歌がある。

　伝説は神話と比べて歴史性が強く、ある特定の時代や地域に結び付いて、事柄の由緒や地名の起源などが語られる。主人公は人間か、人間的な存在の生き物である。伝説は歴史的事実をもとに発生することもあるが、神話が衰退したり改変されたりして生じることもある。いずれの場合も神話ほどの信仰上の強制力はないが、想像力が働き、物語的な興味と人間的な感情が豊かに息づいているところに文学性をみることができる。上代の伝説は『古事記』『日本書紀』『風土記』『万葉集』に記されている。

　説話は広い意味では神話・伝説を含んでいるが、狭い意味では神話や伝説の持つ神聖性や歴史性を持たず、内容のおもしろさと日常生活に役立つ教訓性とを中心に成立した短い話のことをいう。神話や伝説から変化した痕跡を残すものもあるが、多くは当時の世間の興味をひいた事件の話題や、口頭や書物によって伝えられたほかの土地、ほかの時代の興味ある話題である。したがって当時の人々の関心事を知ることができる。説話の多くは上代のもので、主として仏教の因果応報の教えを説いている。この系統は、のちの説話文学の源流となったものである。古来の伝説ではなく、仏教伝来（分世）後に発生した仏教説話を集めたものに『日本霊異記』がある。

　文字を持たなかった日本上代の人々は、これらの神話・伝説・説話を、「語部」[①]などを通して、「語りごと」として口から口へ伝承したので口承文学という。やがて、大陸から漢字が伝来し、人々がその使用に習熟すると、氏族で語部などによって伝えられた神話、伝説、説話などの口承文学を漢字で記すようになる。こうした口承から記載へと変わっていく中で、「語りごと」としての特性はしだいに失われ、記載文学として散文化の道をたどっていった。このように、律令国家の基盤が確立され、国家意識が高まるにつれて、これらの神話・伝説・説話などが編修され、『古事記』、『日本書紀』、『風土記』の中に集められていった。

---

① 古来の伝承を語ることを仕事とする人々。狭義には、朝廷に仕えて賜姓を受け、儀式に際して神話や伝説などを語ることを仕事とする人のことをいう。

『古事記』

太安万侶撰録。和銅五年（712年）成立。『古事記』（図1-2）の成立については、太安万侶の序文により、次のようなことがわかる。壬申の乱に勝ち、即位した天武天皇は、天皇中心の国家体制を確立していく中で、歴史編集事業を考えた。当時諸家に蔵されていた帝紀（皇室の系譜や皇位継承の次第）や旧辞（皇室・氏族・民間に伝わる神話・伝説・歌謡など）を比較検討してその誤りを正し、天皇の系統を明らかにし、国家発展の正しい姿を後世に伝えようとして、稗田阿礼に誦み習わせた。その後、和銅四年（711年）、太安万侶が元明天皇の命を受けて、稗田阿礼の誦み習ったものを記録し、翌五年に完成奏上したのが『古事記』である。

図1-2　古事記

『古事記』は三巻から成る。上巻は神代の物語で、天地創造の初めから神武天皇の誕生まで、中巻には神武天皇から応神天皇まで、下巻には仁徳天皇から推古天皇までの記述を収められている。本文は、語りつがれた日本語を忠実に伝えるために漢字の音と訓をまじえた変則の漢文体で書かれている。表現は素朴であるが、対句、反復などが用いられているため、韻文的要素に富み、対話なども挿入されて、劇のような形になっている。序文は純粋な漢文体であるが、歌謡や人名などの重要な語句は、一字一音式の表記によって古意を伝え、本文は漢字の音と訓とを適度に交えた変則の漢文体にするなど工夫を凝らし、語り継がれた日本語をできるだけ書きとめるよう努力した跡がみられる。

『古事記』は、天皇中心の支配体制の確立を図るという政治的目的を持っていることが明らかで、史書としての価値はさほど高くはないが、皇室を中心とした諸氏族の伝承を統合し、さらに歌謡百十余首を織りこみ、生き生きとした叙事的世界が文学性豊かに描かれている。そこに載せられた神話・伝説・説話には、上代の人々の豊かな想像力や人々の生活に対する楽観的な気持ちが感じられ、日本最古の叙事詩的文学ともいえよう。

次に、天地創造を語る、『古事記』の冒頭についてのべる。文体は漢字の音之訓を交えた変則の漢文体で、人名や歌謡は、一字一音式の万葉がなで表記されている。

天地初めて発けし時、高天の原に成れる神の名は、天之御中主神。次に高御産巣日神。次に神産巣日神。此の三柱の神は、並独神と成り坐して、身を隠したまひき。次に国稚く浮きし脂の如くして、久羅下那州多陀用幣流時、葦牙の如く萌え騰る物に因りて成れる神の名は、宇摩

志阿斯訶備比古遅神。次に天之常立神。此の二柱の神も亦、独神と成り坐して、身を隠したまひき。

（口語訳）天と地が初めて開けたとき、高天の原に御出現になった神の名は、天之御中主神と申し上げる。次の神は高御産巣日神。次の神は神産巣日神。この三柱の神は、みな独身の神として御出現になり、姿をお隠しになられた。次に国が若々しく、水に浮かんだ脂のようであり、くらげのように漂っているときに、葦の芽のように萌え出したものによって御出現になった神の名は、宇摩志阿斯訶備比古遅神と申し上げる。次の神は天之常立神。この二柱の神もみな独身の神として御出現になり、姿をお隠しになられた。

（『古事記』上巻・冒頭）

『古事記』には、「国生み」の神話は、日本国土の誕生を次のように説明している。

二柱の神、天の浮橋に立たして、其の沼矛を指し下ろして画きたまへば、塩こをろこをろに画き鳴して、引き上げたまふ時、其の矛の末より垂り落つる塩、累なり積もりて島と成りき。是れ淤能碁呂島なり。（中略）是に伊耶那岐命、先に「あなにやしえをとめを」と言ひ、後に妹伊耶那美命、「あなにやしえをとこを」と言ひき。如此言ひ竟へて、御合して生める子は、淡道之穂之狭別島。次に伊予之二名島を生みき。

（『古事記』上巻）

（口語訳）イザナキ（男）、イザナミ（女）の二柱の神は天地の間にかけられた天の浮橋にお立ちになって、その聖なる呪器を下界にさしおろし、かきまわされ、海水をコオロコオロとかき鳴らして、引き上げなさる時にその矛の先からしたたる海水がだんだんに積もり固まって島になった。これをオノゴロ島というのである。（中略）こんどはイザナキのほうから先に「何とまあ、美しい娘だろう」と唱え、そのあとでイザナミが「何とまあ、すばらしい男性でしょう」と唱えた。このように唱え終わって結婚され、その間に生まれた最初の子は淡路島であった。次に四国を生んだ。

『日本書紀』

『古事記』に遅れること八年、元正天皇の命によって編纂された。養老四年（720年）、元正天皇の勅命によって、舎人親王らが編集した。『古事記』が皇室の威信を諸氏族に示すため、国内の思想統一を図るという動機でつくられたのとは対照的に、『日本書紀』（図1-3）は当時の先進国であった中国（唐）を意識して、日本の正史をつくろうとしたものである。

『日本書紀』は三十巻から成る。巻二までは神代のことが書かれており、巻三以下は神武天皇から持統天皇までの歴史が記されている。文学性が高かった『古事記』とは異なり、『日本書紀』は客観性を重視し、後半では国際関係にも触れるなど、いわゆる「六国史」(『古事記』、『日本書紀』、『続日本紀』、『日本後紀』、『日本文徳天皇実録』、『日本三代実録』)のはじめにふさわしい歴史書の性格を持ったものである。文体は純粋な漢文体で、構成は中国の史書の形式に倣った編年体である。

図1-3　日本書紀

　神代の巻を中心に、多くの異伝を掲げており、当時存在したさまざまな記録・文書を資料としたことが知られる。神話や伝説など『古事記』と重複する内容が多く含まれているが、記述の態度が異なっており、歴史書としての性格が強いことがわかる。時代が進むにしたがって記述が詳細となり、信頼できる史実が多く見られる。国家意識の高まりの中で、対外的な威信をかけて編集されたもので、中国史書の影響も大きい。文章は、歌謡以外は純粋な漢文体で記されている。

　　古天地未剖，陰陽不分，渾沌如雞子，溟涬而含芽。及其清陽者，薄靡而為天；重濁者，淹滯而為地。精妙之合搏易，重濁之凝竭難。故天先成而地後定，然後神聖生其中焉。故曰：「開闢之初，洲壤浮漂，譬猶游魚之浮水上也。」
　　于時，天地之中生一物，狀如葦芽，便化為神。號，國常立尊。次，國狹槌尊。次，豐斟渟尊。凡三神矣，乾道獨化，所以成此純男。

(『日本書紀』　巻第一　神代[上])

『風土記』

　『古事記』『日本書紀』が歴史書であるのに対して、『古事記』成立の翌年(713年)、元明天皇は諸国に命じて、その国の地誌を編纂させた。地名の由来や産物、地勢、古伝説、伝承などを記録させたもので、現存するのは五か国の『風土記』と諸書に引用されている四十九か国の逸文風土記で、完本は『出雲風土記』だけである(図1-4)。

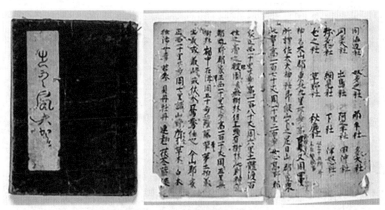

図1-4　出雲風土記

　『風土記』も『古事記』や『日本書紀』と同じように、中央集権化をすすめる日本当時国家的な事業の一つで、地誌としての性格上、平板な記述になっているが、中央朝廷が直接編集に関わっていないため、大和朝廷や大和の貴族による伝承とは異なった、地方民衆の歴史と生活を知ることができる。諸国の神話・伝説が地方や民間に伝えられているままの形で記されていて、口承されていた時代の面影を残しており、その背景をなす地方の人々の心情や生活をうかがい知ることができる。表記はほとんどが漢文体である。

『日本霊異記』

　日本最初の仏教説話集『日本霊異記』は平安初期の弘仁年間（810―824年）に薬師寺の僧景戒（きょうかい）が編集したもので、百十六編の説話を収める。中には奈良朝の説話が多く、主として仏教の因果応報の仏理が説かれている。日本古来の神話・伝説ではなく、仏教伝来後に日本で生まれた仏教説話を集めた。『日本霊異記』は平安時代に成立したが、内容は奈良時代の説話が大半である。この説話集は、民衆を対象とした布教活動の中で語り伝えられた説話をまとめたもので、当時の庶民生活が生き生きと描かれおり、平安以降の説話集の先駆けというべきものである。

三、祭祀から生まれた文学

言霊信仰

　古代の日本人は、「もの」に宿る霊を畏れ、敬う信仰をもち、それを生活の精神的支柱としていた。上代の人々は、言葉は霊的な力を持つもので、美しくて良い言葉を使うと幸せが訪れ、悪い言葉を使うと災い（わざわ）が降りかかると信じていた。このような言葉の力へ

の信仰を言霊信仰と言う。したがって、神を祭る言葉は、厳かであるとともに、美しい表現となるよう工夫され、文学的要素を帯びるに至った。祝詞や宣命は、このような言霊信仰によって伝承され、発展して、独特な詞章と表現を持つに至ったものである。「祝詞」は人間が神に申し上げる言葉であり、これに対して、天皇が臣下に自分の意思を告げ知らせる言葉が「宣命」である。

祝詞・宣命

祝詞は、神祭りの儀式で人が神に対して、その働きを願って唱えた、厳かで美しい表現に洗練されて、神信仰の宗教儀礼の詞章である。祝詞は美しい言葉や修辞が用いられ、律を重視した荘重なものへと洗練されている。国の統一後、朝廷の儀式として皇室の長久・国の安泰・国民の幸福を祈るものとなった。

祝詞は、前半が神話などを述べる部分で、後半が祈祷的な事柄を示す部分となっており、後者が祝詞の中心をなしている。表現は、韻律美を重んじ、列挙、反復、対句などを用い、荘重である。神話的な叙述を含み、言葉の技巧を尽くした表現は、記紀神話や『万葉集』の長歌などと相互的な影響関係を持っていた。現存している祝詞は、『延喜式』(図1-5) の二十七編と『台記』の一編だけである。表記は宣命書①である。

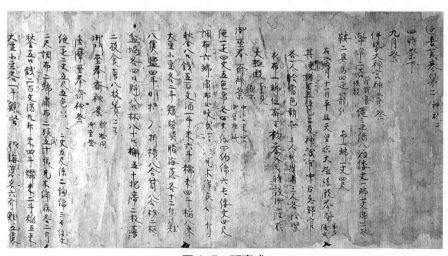

図1-5　延喜式

---

① 宣命書とは宣命・祝詞に使われる表記法をいう。表意的に用いられる漢字（体言や用言の語幹）は大きく書き、表音的に使われる仮名（付属語・用言の活用語尾など）を小さく書く。ここでいう仮名は一字一音式の万葉仮名で、小さく書いて誤読を避けている。後世の仮名交じり文の源流となるものである。

高天原爾神留坐、皇親神漏岐。神漏美乃命以、八百万神等乎、神集集賜比、神議議賜、我皇御孫之命波、曹葦原乃水穂之国乎、安国止平久所知食止、事依奉岐。

(祝詞 六月の晦の大祓)

　高天原にあらせられる、天皇の親しい、神漏岐、神漏美の命の仰せ言によって、おおぜいの神たちをお集めになり、相談を重ねて、「我が皇御孫命は、豊葦原の水穂の国を、この安穏な国として平らかに治めたまえ」と委ねられた。

　宣命はもともと天皇の勅命を宣するという意味で、祝詞ことばが神に向かって唱えることばであるのに対して、天皇が臣下に命令を告げ知らせることばである。漢文で記された「詔勅」に対して、純粋和文で書かれたものを宣命という。即位、改元、立后、立太子など、朝廷にとって重要な儀式のときなどに出されるもので、政治的意図が見られる。文学史的には『続日本紀』に収められた六十二編と他文献の三編を指す。言葉の一言一句を大切にする必要のある宣命も、宣命書という独特な表記形式を採った。

第三節　上代文学のまとめ

一、上代文学の特徴と理念

　上代の日本人は、海に囲まれた日本列島において大陸の先進文化を主体的に受容しつつ、主として農耕生活を基盤とする独自の文化伝統を形成した。漢字が伝来するまで文字を持たなかった日本人は、口述で神話や伝説を伝えてきた（口承文学）。中国大陸から朝鮮半島を経由して漢字が輸入され、漢文と話し言葉に漢字を当てはめた万葉仮名が生まれた。漢字の伝来により成立した漢字の伝来により成立したのが『日本書紀』と『古事記』である（記紀）。記紀文学は歴史書であるが、文学作品としての価値も評価されている。ここに記されている神話・伝説および多数の歌謡は、天皇家や諸氏族ならびに民間の記録や伝承であり、そこには原始・古代の文学に特有の豊かな想像力や感性が息づいている。そのほか、神を祭ることばである祝詞や天皇の勅命を宣布することばである宣命なども現れた。なお、『懐風藻』は日本文学における最古の漢詩集である。また、『万葉集』のような和歌集も生まれた。万葉初期の作品には見られなかった個人としての作家性も、後期には多く見られるようになり、柿本人麻呂や山上憶良、大伴家持といった

著名な歌人も登場した。さらに、地方誌の『風土記』が書かれた。一方、この時期に漢詩・漢文の制作は、大陸文化の積極的な受容によって古代国家を建設した貴族官人たちの正統的文学であり、次の時代の文学の成立へとつながるものである。

　日本上代の文学理念としては、「まこと」と「ますらをぶり」が挙げられる。

二、上代文学史用語解説

1. まこと

　上代文学は素朴で力強く、ありのままの飾らない人間性を示すものであり、「まこと」の文学と呼ばれている。「まこと」は日本文学の基幹を流れる理念であり、『万葉集』、『古事記』などには、人間の心を自然のままに写し出す素朴な美として表現されている。

2. ますらをぶり

　男性的なおおらかな歌風をいう。近世日本に国学研究に従事した賀茂真淵(かものまぶち)らの歌人は、『万葉集』がこの歌風であるとして尊んだ。

3. 口承文学

　口承によって語り継ぎ、歌い継がれてきた文学。主として神話・伝説・説話・歌謡を指す。口承文学に対して、文字で記載された文学を「記載文学」と言う。

4. 言霊信仰

　言葉に神霊が宿り、発せられた言葉のとおりのことが起こると信じた古代日本の信仰。

5. 記紀歌謡

　『古事記』『日本書紀』に記載されている歌謡で、上代歌謡の大半を占める。

6.「万葉調」

　『万葉集』の歌風をいう。真実の感情が単純・素朴に力強く表現され、のびやかで大らかな趣がある。初期は古朴・雄勁、後期は優美・繊細に傾き、また作歌の個性によっても違う。この万葉調は、とくに賀茂真淵は、『古今集』以後の「たをやめぶり」に対し「ますらをぶり」として称揚した。素朴でおおらか。生き生きとして力強い。

7. 東歌

日本東国地方の庶民の生活から生まれた民謡的な歌。東国方言を多用し、素朴な表現が特徴である。「東歌」は『万葉集』巻十四と『古今和歌集』巻二十にまとめられている。

8. 防人の歌

『万葉集』巻二十その他に見られる、東国の兵士たちが九州に派遣されたときに詠んだ歌。北九州沿岸警備のために招集された防人とその家族の歌で、肉親との別れを悲しむ気持ちを力強く率直にうたう。当時の素朴な民衆の心情がうかがわれる。

9. 祝詞

人間が神に祈願する言葉。現存するものは平安時代の『延喜式』に収められている二十七編と『台記』にある一編で、すべて平安時代以前のもの。

10. 宣命

天皇の命令を宣命体で書いたもの。漢文体で書かれた「詔勅」に対する言葉。現存するのは『続日本紀』に収められた六十二編の宣命である

三、学習のポイント

1. 時代

大和・奈良時代。平安遷都（794年）まで。

2. 文学の発祥

語部などによる口承文学の時代があり、やがて漢字の伝来によって記載文学が成立する。

3. 神話　伝説

(1)『古事記』

成立：712年

編者：稗田阿礼が語り、太安万侶が記録

内容：神話、伝説などが多く、文学的な性格が濃い

表記：和漢折衷的な文体。表記は漢字

(2)『日本書紀』

成立：720年

編者：舎人親王など

内容：史実に重点を置き、歴史的性格が強い

表記：表記も文体も純粋な漢文

(3)『風土記』

成立：713年

内容：地方諸国の産物、地名の由来、伝説や説話など。諸国の報告をまとめた地理書。『出雲国風土記』のみ完本で現存

4. 詩歌

(1)『万葉集』

成立：奈良時代末期

編者：大伴家持が中心

歌数：20巻、約4500首

部立（ぶだて）：雑歌、相聞、挽歌など

歌体：長歌、短歌、旋頭歌など

歌風：素朴な感じを率直に表現する。格調が雄大で荘重。ますらおぶり

歌人：舒明天皇、額田王、柿本人麻呂、高市黒人、山部赤人、山上憶良、大伴旅人、高橋虫麻呂など

(2)『懐風藻』

成立：751年

編者：淡海三船（おおみのみふね）ら

宴会や遊覧の時の作が多く、大部分は五言詩

『懐風藻』は現存最古の漢詩集。

四、その他のまとめ

1. 上代文学の主な作品一覧

成立	作品名	作者・編者	ジャンル
712年	古事記	稗田阿礼採録、太安万侶	神話
713年頃	風土記	未詳	地方誌
720年	日本書紀	舎人親王	神話
751年	懐風藻	未詳	漢詩集
759年以前	万葉集	大伴家持ら	和歌集
787―822年頃	日本霊異記	景戒	説話

2. 万葉集の歌風と主要歌人

段階	主な歌風	代表歌人
第一期	万葉歌風の発生期。集団的な性格から個人的な和歌へ、歌体も五七音の定型に落ち着き始めている。作者は天皇、貴族が多い	額田王、舒明天皇、有間皇子など
第二期	文学意識が高まり、宮廷歌人である専門歌人が活躍した時期。題材も拡大し、文学的に優れた作品が多い。	柿本人麻呂、持統天皇、大津皇子、高市黒人など
第三期	万葉歌風の最盛期。私的な感情を詠んだ抒情歌に優れ、それぞれ個性的歌境を持った歌人が多く登場した。	山部赤人、大伴旅人、山上憶良、高橋虫麻呂など
第四期	万葉歌風の退廃期。短歌が盛んに詠まれるようになった。歌風は爛熟し、優美であるとともに理知的、技巧的となり、平安時代の古今歌風に近づいてゆく。	大伴家持、笠女郎など

3. 古事記と日本書紀との比較

	古事記	日本書紀
成立年代	712年に成立	720年に成立
巻数	三巻、上巻が神代	30巻、巻1と2が神代
目標	国内的に思想を統一するために、やや主観的な歴史観を持っている	対外的に、先進国中国に対して、日本の優勢を示そうとしている
内容	神話、伝説、歌謡など文学的	史実的な記載が多く、歴史的
文体	漢字の音訓を使う	純粋な漢文体

総合練習

1. 日本最古の歌集は何か。（　　）
   A. 万葉集　　　　B. 風土記　　　　C. 懐風藻　　　　D. 古事記

2. 日本最初の地誌は何か。（　　）
   A. 万葉集　　　　B. 風土記　　　　C. 懐風藻　　　　D. 古事記

3. 756年に成立した日本最古の漢詩集は何か。（　　）
   A. 万葉集　　　　B. 風土記　　　　C. 懐風藻　　　　D. 古事記

4. 天武天皇の遺志を受けて、712年に編纂された日本最古の文学的歴史書は何か。（　　）
   A. 万葉集　　　　B. 風土記　　　　C. 懐風藻　　　　D. 古事記

5. 文字のない古代の文学は何と言われているか。（　　）
   A. 記載文学　　　B. 口承文学　　　C. 神話　　　　　D. 宣命

6. 記紀歌謡はどの作品に記載された歌謡か。（　　）
   A.『風土記』と『古事記』　　　　B.『古事記』と『万葉集』
   C.『古事記』と『日本書紀』　　　D.『万葉集』と『日本書紀』

7. 儀式の際に用いた詞章を「祝詞」と言うが、天皇が国家の大事件に当たって臣下に発した勅命は何か。（　　）
   A. 神話　　　　　B. 枕詞　　　　　C. 序詞　　　　　D. 宣命

8. 次の人名の中で、『万葉集』の作家以外のものを一つ選んでください。（　　）
   A. 額田王　　　　B 紀貫之　　　　C. 柿本人麻呂　　D. 大伴家持

9. 文字を持たない上代の人々は、神話や伝説、説話などを口から口へと語り伝えたので、これを（　　）という。

10. 万葉仮名や宣命書きの発明によって、口承文学の記録化が盛んになり、『古事記』や『日本書紀』『風土記』などの（　　）が生まれた。

11. 上代の人々は、よいことばを使うと幸いが、悪いことばを使うと災いが来るという（　　）信仰を持っていた。

12. 日本では統一した国家が形成されてから、中国大陸から朝鮮半島を経由して漢字が輸入され、漢文と、自分達の話し言葉に漢字を当てはめた万葉仮名が生まれた。この時代に、中国漢詩文の直接受けてできた（　　）は日本文学における最古の漢詩集である。また、（　　）という最初の和歌集も生まれた。

13. （　　）は、八世紀に編纂された日本最古の書物のひとつで、712年に成立した。

その 8 年後にできた「日本書紀」に比べて、いわゆる（　　　）の部分に重点が置かれ、物語性たっぷりに描かれているのが特徴だ。

14. 次の日本文学用語を日本語で述べなさい。

　　神話　　　　　　　万葉集

　　祝詞と宣命　　　　「まこと」の文学

15. 日本上代時代の文学特徴について説明しなさい。

■コラム：日本の神話

　日本神話と呼ばれる伝承はほとんどが、『古事記』『日本書紀』、および、各『風土記』の記述による。また、地方の神社や地方誌の中にも上記の文献群には見られない伝承を残している。『古事記』（西元 712 年完成）と『日本書紀』（西元 720 年完成）の共通点は、最初の部分では天地と神々を創造することから始まり、世界の始まり、神の出現、国家の誕生など、他のものの始まりについて述べられている。『日本書紀』は、神武天皇[①]以前の神々の部分を「神代」と呼び、全書 30 巻で、「神代」は前 2 巻に収録されている。『日本書紀』における「神代」の神々の物語は 11 段に分けられていて、各セクションはそれぞれ違った物語から構成されている。その中には多くの物語が『古事記』と似ている。その本の中の古代の神話は氏族の変遷によって記録して、そして全体の体系の大組織に関連する。『古事記』は上・中・下三巻に分けられているが、その中の上巻は全て神々のことである。古代の日本人は、天皇の祖先は高天原から地上に降りた神で、神武天皇以降が人間の時代であり、それ以前は神々の時代であったと考えていた。日本神話の創世神は伊邪那岐と伊邪那美で、最初に創造された原始の島はおのごろ島である。天の御柱は世界の柱であり、神が世界の柱をめぐって成婚式としている神話は東南アジアの国々にもあるが、日本神話の最大の特徴は、国土は人の形をした神によって生まれたことであろう。

　日本神話には天地の混沌の形成過程についていろいろな説がある。『古事記』によると、天地形成の初期には、高天原で最初に天の御中主神が形成され、その後、相次いで高御産巣日神と神産巣日神が形成された。最初に現れた天の御中の主神は宇宙の根本を代表し、高天原の中心を支配する支配者であり、その後現れた高御産巣の日神と神産巣の日

---

① 神武天皇（じんむてんのう）：『日本書紀』・『古事記』によれば天照大御神の五世孫であり、日向から大和国への東征を行い、畝傍橿原宮（現在の奈良県）を都にして日本を建国したとされる伝説上の人物。

神は相対的に陰陽両儀であり、この三神は「造化の神」であり、形成後は高天原に身を隠す。これらの神々の最後に生まれてきたのがイザナギ（表記は伊邪那岐）・イザナミ（表記は伊邪那美）の二神である。

　イザナギ・イザナミの二神は自らが造ったオノゴロ島に降り、結婚して最初の子・ヒルコが生まれた。ところが、方法に間違いがあったことから失敗し、不具の子であった。この子を海に流した後、次の子アワシマが生まれたが、またも正しく生まれてこなかったため、二神は別天津神に教えを乞い、そうして改めて正しく交わり、生み出したのが淡路之穂之狭別島であった。次に淡路を含む「大八島」と呼ばれる島々（日本列島）を次々と生み出していった。これらを「国生み/国産み」という。その後もさまざまな神々を生み出してゆくことになるが、これらを「神生み/神産み」という。しかしイザナミは火神・カグツチを産み出す際に大火傷を負ってしまい、この世を去ってしまう。残されたイザナギは亡きイザナミに会いたい気持ちを募らせて黄泉国へ赴くも、彼女が黄泉の住者になってしまったことを思い知って逃げ帰る羽目になり、永遠に離別することとなった。その後、イザナギは黄泉国で被った穢れを祓うために禊をした。この時にもさまざまな神々が生み出されたが、その最後に「三貴子（みはしらのうずのみこ）」と呼ばれる3柱、すなわち、アマテラス（天照）・ツクヨミ（月読）・スサノオ（須佐之男）を生んだ。

　日本神話では、神々の世界は天庭、つまり高天原にあると考えられている。この世界は人間が住む世界とは違って、間の世界は葦原中国と呼ばれている。日本の神話には「天津神」と「国津神」（地上の神）の違いがある。天とは高天原を指し、国とは葦原中国を指し、古代人が天地を対立のように見たことも明らかになった。神話の観念から言えば、高天原は神々の世界を指し、人間の世界の源でもある。したがって、神々の世界が行うことは人間界の模倣の対象と考えられているため、すべての神話は高天原の創造から始まる。

　神話は幻想の世界だが、現実と絶縁しているわけではない。天津神を代表する天照大神は、現在は伊勢神宮（三重県）の神として親しまれており、国津神を代表する大国の主命は出雲大社（島根県）に祀られており、信奉する人も多く、他にも各地の神社に祀られている神々も少なくない。日本神話では多くの神が語られているが、『古事記』にも神々の系譜が詳しく記されている。これから分かるように、昔の神話は人民の生活と密接な関係がある。神話の世界も信仰によって人と一体になる。日本神話の神々は現代に至るまで連綿と信仰の対象とされ続けている。

第二章　中古の文学

第一節　中古文学概観

一、時代区分

　平安京遷都（794年）から鎌倉幕府（1192年）が開かれるまでのおよそ四百年間を日本文学史の区分では中古（平安時代）という。権勢を確立した藤原氏を中心とした平安京の貴族たちが政治や文化を担った約四百年の時代である。古代後期、王朝時代、平安時代ともいわれる。

二、時代背景

　上代に確立した律令政治は、八世紀半ば頃にはすでに動揺し始めていた。その危機を打開するために、朝廷は新しい都で政治を再建しようとして、平安京に都を遷し、律令政治の補強につとめた。この時代の初期には、なお唐風文化の積極的な振興がはかられたが、やがて、日本的な文化の成熟をみるようになった。政治においても、現実に即した法令である格式に基づいて処理されるようになり、令外の官が設けられて、律令体制は次第に崩れていった。その間に、貴族たち、とくに大化の改新以降国政に著しく貢献した藤原氏は、荘園の寄進を受けて勢力を伸ばし、律令政治を揺さぶった。そして、藤原氏は、他氏排斥や外戚政策によって政治の実権が移り始め、権勢を確立してゆき、九世紀中ごろに藤原良房が初めて摂政となって摂関政治が始まった。このころ、文化の世界では、遣唐使が廃止された影響で、優美な国風文化が生み出された。十一世紀初め、藤原道長の時代は貴族の力が最も強かった時期であり、文学の世界も、貴族文学の最盛期を迎えた。しかし、貴族社会は内部に至るまで安定していたわけではなく、骨肉の権力闘争に明け暮れる中で、人々は生命や身分を失う不安にさらされて、自分の運命は前世からの因縁に基づくという宿世思想に支配された。

一方、地方では、地方政治の乱れの中から武士団がおこり、十一世紀を通して、勢力を伸ばしていった。十世紀後半には、藤原氏の摂関支配体制が固定化し、道長一門の繁栄を頂点として、独裁政治が行われるようになった。摂関政治は藤原道長の時代に頂点に達したが、十一世紀末になると力を失い、白河天皇が院政をとったのを契機に院政時代に移っていく。十一世紀後半、白河上皇が院政を開始した。院政が始まると、摂関家は次第に実権を失い、貴族社会も上皇方と天皇方に分裂して対立がおこった。上皇方は、政情不安に備えるために武士を登用したため、武士階級が中央に進出し始めた。約一世紀続いた院政はやがて武士階級である源平二氏の台頭によって終わりを告げ、貴族の時代が終焉を迎えた。そして、保元、平治の乱を経て、平氏が政権を握って貴族に取って代わったが、まもなく、鎌倉に拠点をおいた源氏によって滅ぼされた。
　中古の人々の生活や思想を深く支配したものに仏教がある。中古初期、真言宗や天台宗は、加持祈禱によって世の利益が得られると説いており、貴族に支持された。貴族たちの寺院参詣は、中古文学の舞台となることが多かった。十世紀後半、『往生要集』の説く浄土教は貴族や庶民の間に広まった。それは、この浮れた現世を厭い（厭離穢土）、一心に念仏を唱えることによって、死後は極楽浄土に行くことを求めよ（欣求浄土）と説き、悩める人々に光明をもたらし、文学にも深く浸透した。中古末期には、世が乱れ災害があいつぐ中で、末法思想が急速に人々の心をとらえた。また、因果応報の教えを根本とする宿世思想も、『今昔物語集』所収の仏教説話など、当時の文学に大きな影響を与えた。

三、漢詩文から和歌へ

　唐文化尊重の風潮は、中古になっても続いた。平安遷都は、奈良末期の政治的混迷を克服し、律令体制を立て直そうとする目的があった。中国風の都城の建設をはじめとして、中国文化の摂取・模倣への意欲は一段と強められ、宮廷の風儀は唐風一色に塗りつぶされた。律令制再建のために、政治・文化のあらゆる面、漢詩文や和歌も唐の制度に学び積極的に知識人の登用を図った。こうした中で漢詩文は最盛期を迎え、公的な文学として宮廷社会に正統的位置を占めるようになった。九世紀初めには、『凌雲集』『文華秀麗集』『経国集』など勅撰漢詩集が相次いでつくられ、漢詩文は全盛期を迎えた。一方、和歌は、贈答歌として私的によまれるだけで、宮廷などの公の場でよまれることはなかった。この漢詩文隆盛の時代を国風暗黒時代とも呼んでいる。

しかし、九世紀後半には、唐が衰え、遣唐使も廃止されたため、漢詩文は菅原道真などの有力な作家を生んだが、政治的意図と不可分のものであったから、律令制とともに衰退していった。それに代わって日本特有の文化である国風文化が起こり、文化の国風化を最もよく表しているが、仮名文字の発明である。文字を持たなかった当時の日本は、漢字を用い、万葉仮名で日本語を表記していた。平仮名は、万葉仮名の草書体が簡略化されてできたものである。仮名は九世紀頃から普及し、これによって日本語の表記が容易になり、仮名文学が発達した。

　仮名文字が普及し、国風文化への関心が高まるにつれて、和歌が再び盛んになった。仮名文字で表記される和歌は独自な展開を遂げ、言葉の連想を働かせた縁語や掛詞などの技法が発達した。また、歌合や屏風歌などの発達によって、宮廷の場でも詠まれるようになり、漢詩文に比肩する公的な文学となった。これには仮名文字の発達が大きく作用している。和歌の復興を背景に、十世紀初めに、紀貫之らによって最初の勅撰和歌集『古今和歌集』が撰進された。「たをやめぶり」といわれる優美な歌風の『古今和歌集』は、和歌の隆盛をもたらした。その結果、古今集以後も続々と勅撰和歌集がつくられるようになり、古今歌風による三代集を経て『後拾遺和歌集』以後は、歌人の自覚とともに和歌に対する批評意識も深まり、多くの歌論書・歌学書を生んだ。『千載和歌集』は、中世的な美的理念の形成に先駆けてつくられたものであったが、鎌倉初期の『新古今和歌集』の登場によって、新古今風が誕生した。

　仮名文字の普及は、日常語による自由な表現を可能にしたため、和歌だけでなく散文もかな文字で記されるようになり、仮名文字による散文表現（物語や日記）も、多様な形で現れるようになった。民間の古伝承の型に依拠して生み出された虚構の文学である作り物語①や、貴族社会の歌語りを母胎として独自な叙情世界をつくり出した歌物語②は、こうした新たな散文表現によって生み出されたものであった。作り物語の例として、『竹取物語』『宇津保物語』『落窪物語』などが挙げられ、作り物語の例として、『伊勢物語』『大和物語』『平中物語』などが挙げられる。一方、本来は漢文体による公的な記録であった日記も、『土佐日記』が初めて仮名文字を用いたことで、内省的な表現がされるようになった。紀貫之の『土佐日記』は豊かな文学性をもつ最初の日記文学である。その後、優れた文学が女性の手で作られるようになった。『土佐日記』で用いられた仮名散

---

① 説話を素材として創作された伝奇性の強い物語で、作り物語といわれる。
② 歌を中心に、みやびの心を描いている物語は歌物語といわれる。

文の方法は、のちの女流日記に大きな影響を与えた。また、随想的章段を含む『枕草子』(清少納言作)などが書かれ、随筆的文学が栄えていくことにもつながった。

四、女流文学の隆盛

　摂関政治が頂点に達した十世紀末から十一世紀の時期は、宮廷を中心に、多くの才女が現れ、宮廷女流文学の最盛期を迎えたため、仮名で記された散文文学は、女性の手によって大きく発展した。藤原良房から始まった摂関政治は、天皇の母方の祖父ないし叔父が摂政・関白に任命されて政務を掌握するもので、その基盤は私的な人間関係にあったことから、有力貴族は競って子女を天皇の後宮に入れ、才媛を集めて女房とした。この時代は後宮が異常に発達し、多くの才女がそこに集められた。平仮名の発達と和歌の習熟は、女性の表現能力を高めた。女房として集められた才女らが中心となって王朝風の物語や日記を次々につくり、女流文学の開花を促進した。

　しかし、彼女たちの地位は必ずしも高くなく、愛情や人間関係も不安定であったから、おのずから人生を見る目が鋭くなり、その深い教養とあいまって、新しい文学の世界を切り開く優れた個性を持つ作家が輩出することになった。とくに道長を中心とした摂関政治の絶頂期には紫式部の『源氏物語』、清少納言の『枕草子』など、中古文学の代表作が書かれている。紫式部は、『源氏物語』で、光源氏とその子薫を中心に、貴族社会の愛と悩みを描き、人間の真実を追求した。全編に「もののあはれ」の情趣が漂っており、古典文学の最高傑作といわれる。『源氏物語』は、それまでの物語・日記・和歌文学を統合して、壮大な虚構の世界をつくり出した。その出現は、虚構が人間の本性に迫る可能性の極致を示すものでもあった。一方、華やかな宮廷世界を背景に独自の文学世界を形象したのが『枕草子』である。この作品は宮廷生活の回想や、自然と人間についての感想を書いたもので、随筆と新しい形式の中に、繊細で洗練された美の世界が開かれている。藤原道綱母は、『土佐日記』の流れを受けて、物語の架空性を批判して自分の身の回りで実際に起こったことを『蜻蛉日記』の中で詳しく述べ、女流日記の先駆けとなったが、そこでは、自分の感じたことを自由に綴ろうとする女流文学独自の方法が模索されていた。こうした方法は、以後、『和泉式部日記』『紫式部日記』『更級日記』などの中に受けつがれていく。このような作品などでとらえられた女性の悩みやよろこびは、さらに洗練されて「もののあはれ」「をかし」といった美的理念にまでたかまっている。華麗な貴族文化の陰で、一夫多妻制など非常に不安定な立場に置かれていたことによる不安

が、彼女たちを文学に向かわせたのではないかと考えられる。

五、貴族文化の変質

　十一世紀後半、藤原氏の栄華は道長によって頂点に達した。その後、藤原氏は外戚の地位を失って衰退し、替わって上皇による院政が登場する。貴族階級が没落するにつれて、貴族の文学も生気を失っていった。『源氏物語』以後、物語は次第に衰えていった。平安末期の世相と退廃的な風潮を反映して、新たな趣向も試みられたが、だいたいが『源氏物語』の模倣に終始した。『狭衣物語』や『浜松中納言物語』『夜の寝覚』などが書かれたが、『源氏物語』を超える作品は生み出されなかった。一方、物語文の行き詰まりを打開しようとして歴史物語が誕生した。貴族社会そのものが退潮していく中で、華やかな過去が回顧されるようになり、『栄花物語』『大鏡』などの歴史物語が生み出された。歴史物語の発生は、物語文学の行きづまりをも反映している。そうした中で、庶民の間に広まっていた世俗説話や仏教説話を集大成して、『今昔物語集』などの説話集がまとめられた。『今昔物語集』は、貴族社会だけでなく新興の武士階級や庶民の説話を収めており、これまで文学に取り上げられなかった庶民の姿がリアルに描き出されている。在来の貴族文学とは違った庶民の息吹を感じることができ、新時代の訪れが感じることができる。今様などの歌謡を集めた『梁塵秘抄』も、新しい時代を示すものとして注目された。

第二節　中古文学の流れ

一、詩歌

1. 漢詩文

　奈良後期には、藤原氏を中心とする宮廷の貴族の間で、漢詩文が公的な文学として和歌を圧倒し、和歌は私的な世界で詠まれていた。平安初期になると、唐風文化を摂取しようとする意欲がいっそう高まり、九世紀の唐風謳歌の時代が出現した。平安時代初め、唐風文化に徹底的に学ぶ政策がとられ、漢詩文が好んで作られ、華麗な盛唐・中唐の詩風が好まれた。こうした中で、漢詩文は、宮廷社会の中で公的な文学として位置づけられるようになった。その要因は、漢詩文の知識が、官僚貴族の立身にとって必須条件と

されたことにある。同時にそれは、詩文が作られて文学が栄えることで、儒教的王道・善政の理想世界の実現につながるという、いわゆる「文章経国思想」に基づくものでもあった。

　代表詩人には、嵯峨天皇・小野篁・空海・都良香・菅原道真・紀長谷雄などが活躍した。嵯峨天皇を中心とした宮廷で編集された三つの勅撰漢詩集『凌雲集』『文華秀麗集』、『経国集』はその成果である。また、空海は中国の六朝から唐までの詩文を扱った評論書『文鏡秘府論』を書いた。詩風は中唐期の華麗な詩風の影響が大きく、奈良時代の六朝古体詩風に代わって、七言の律詩、絶句の近体詩風が多く見られるようになった。

　平安中期になって摂関政治体制が確立し、遣唐使が廃止（894年）され、国風文化への自覚が高まると、漢詩文の主流は菅原・大江などの文章博士家となり、和歌や仮名による女流文学が盛んになった。漢詩文は男子の学問として重んじられ、建前としては公的な文学としての立場を失うことはなかったが、門閥が重視され、詩文の才がそのまま栄達につながるという現実の効用も薄れ、「文章経国思想」そのものが形骸化していく。『文選』『白氏文集』などが必須の教養として読まれたが、一般的に漢詩文そのものは次第に衰退していった。藤原明衡編の『本朝文粋』には平安前期以来の二百十余年間の漢詩文の作品が集められている。

　九世紀末には最も注目される漢文学者は菅原道真である。彼は自分の内面を漢詩に託すことのできた最初の詩人であり、『菅家文草』『菅家後集』といった詩文集を残している。

去年今夜侍清涼　　秋思詩篇独断腸
恩賜御衣今在此　　捧持毎日拝余香

（『菅家後集』）

（口語訳）去年の今夜は清涼殿で陛下に侍して、「秋思」の題の詩を作り、独り腸を断つ思いであった。そのときに賜った御衣は今ここにある。自分は捧げ持って、毎日、陛下の余香を拝している。

　道真によって頂点に達した漢詩文はやがて国風文化の勃興と入れ替わり、多くの詩人を生みながらもその社会的地位は低下していった。十一世紀中頃の『本朝文粋』は漢詩文の栄光の思い出として編纂された詞華集である。

2. 和歌

　平安初期のいわゆる国風暗黒時代には、公的な世界での晴れの文学は漢詩文であり、和歌は完全に衰退していた。宮廷などの公の場から姿を消し、男女間で私的に交わされる贈答歌としてわずかに命脈を保っていた。九世紀後半、律令体制が崩れていくにしたがい、かな文字の普及、国風文化尊重の動きなどを背景に、和歌はまた漢詩文に代わって、次第に公の場に再び登場するようになった。中国文化の表面的模倣から抜け出ようとする自覚が強まる中で、和歌は、やがて漢詩文と肩を並べる宮廷文学として興隆してくるのである。

　和歌の興隆は、言うまでもなくかな文字の普及と深いかかわりがあった。万葉仮名が音節ごとに、点画の複雑な漢字そのものを用いて表記していたのに対して、仮名文字は、文字を崩したり（平仮名）、点画を省略したり（片仮名）して、漢字表記の煩雑さを解消するというねらいがあった。ことに平がなは、漢字表記の拘束からまったく自由であったために広く使われ、漢詩文の教養の圏外にあった女性を中心に、私的な場に普及されていった。

　このように、平がなの普及が、和歌の復興を可能にしたのである。当時、優れた歌を詠んで注目されたのが、在原業平・小野小町ら六歌仙である。六歌仙以後、和歌は宮廷で著しく盛んになるが、それをさらに促進したのが歌合である。六歌仙といわれる人々の活躍の時代を経て、宮廷社会にも歌合①が催されるようになり、和歌は、公的な文学としての地位を再び確立していく。歌合は当座の感情を歌うのではなく、与えられた題に沿って詠むものであった。縁語・掛詞・見立て・擬人法といった技巧が多用されたのも、詩的世界の翻案など漢詩の強い影響を受けたのもそのためであると考えられる。

　こういう気運の中で、十世紀初め、醍醐天皇の勅命により、最初の勅撰和歌集『古今和歌集』が撰進された。これは唐風尊重から国風尊重への転換を象徴する出来事であり、同時に、中古を代表する文学作品の誕生でもあった。『古今和歌集』の成立は、以後、『後撰和歌集』『拾遺和歌集』を経て『新古今和歌集』に至る勅撰和歌集を次々に誕生させ、また、すぐれた歌人の個人の作品を集めた私家集を続々と生み出させたのである。

---

① 歌合は九世紀中期に発生したといわれ、現存最古の『民部卿家歌合』をはじめとして数多く行われた。歌合は歌論の発達を促進し、和歌の発達に貢献した。歌合で詠まれる歌は題詠的なものが多いため、『万葉集』のような素朴実感を失ったが、反面、観念・理知の面では深みがあり、技巧的にもすぐれたものとなった。

◆『古今和歌集』

和歌の目覚ましい発展を受けて、延喜五年（905年）、醍醐天皇の勅命で、当時の代表的歌人紀友則（きのとものり）・紀貫之（きのつらゆき）・凡河内躬恒（おおしこうちのみつね）・壬生忠岑（みぶのただみね）の四人を撰者として、『古今和歌集』（図2-1）が編集された。『万葉集』からこの和歌集が編集された時代までの歌を集めた、最初の勅撰和歌集であり、以後の勅撰集の範型となった。名歌を集めただけでなく、配列も細かく配慮されており、千百首の和歌が春・夏・秋・冬・恋など二十巻に分類・配列され、仮名文で書かれた「仮名序（かなじょ）」と、漢文で書かれた「真名序（まなじょ）」が付されている。とくに紀貫之の書いた和歌の論（歌論）として格調の高い「仮名序」は、心と詞の調和が説かれ、和歌の歴史をふり返りながら、和歌が漢詩と対等の文学であることが主張され、撰者らの自覚のあらわれを見いだすことができる。次に挙げる文は「仮名序」の冒頭で、和歌の本質が人の心にあることを述べたところである。

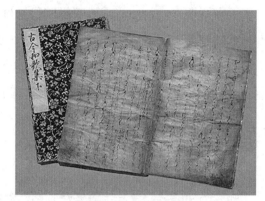

図2-1　古今和歌集

　　やまとうたは、ひとのこころをたねとして、よろづのことの葉とぞなれりける。世の中にある人、ことわざしげきものなれば、心におもふことを、見るもの、きくものにつけて、いひいだせるなり。

（『古今和歌集』仮名序）

　　（口語訳）和歌は、人の心の動きがもとになっていろいろな言葉となったものである。世の中にいる人は、することが多いので、心に思うことを、見るもの聞くものによせて、よみ出すのである。

『古今和歌集』に収められた歌は、『万葉集』以後の約百五十年間のものであり、宮廷社会が作歌の舞台であるため、表現が繊細で洗練されている。対象を即物的に詠じるのではなく、作者の観念世界の中で知的・技巧的に再構成している。時間の流れの中に、こまやかな言葉の連想を働かせていることが大きな特色である。「古今風」と呼ばれる歌風に示される美意識、そしてこの和歌の配列法は長く歌集の規範になった。制作年代や歌風から大別して三期の展開が見られる。第一はよみ人知らず時代、第二は六歌仙時代、第三は撰者時代である。『古今和歌集』は、優美繊細な「たをやめぶり」の歌風を完成させるとともに、和歌に公的な性格を与え、後世に大きな影響を与えた。

◆よみ人知らず時代

『古今和歌集』(以下、『古今集』と略)には約四割の作者不明歌がある。同作の詠み人しらずの歌(作者未詳歌)の多くは口頭で伝えられた古歌であると見られ、平安初頭(850年頃まで)の作と思われる。『万葉集』の素朴さや五七調を残しながらも、新しい歌風の芽生えがみられる。『万葉集』から『古今集』への過渡的歌風で、素朴な五七調の歌が多い。

　　春日野はけふはな焼きそ若草の妻もこもれり我もこもれり

　　　　　　　　　　　　　　　　　　　　　　　　　　　　　(詠み人しらず・巻一)

　(口語訳)この春日野は今日は野焼きをしないで下さい。妻もこもっているし、私もいっしょにこもっているのだから。

　　五月待つ花橘の香をかげば昔の人の袖の香ぞする

　　　　　　　　　　　　　　　　　　　　　　　　　　　　　(巻三、夏)

　(口語訳)ほととぎすの鳴く五月を待つ橘の花の香をかぐと、以前に親しかった人の袖の香がする。

　　ほととぎすなくや五月のあやめ草あやめも知らぬ恋もするかな

　　　　　　　　　　　　　　　　　　　　　　　　　　　　　(巻十一、恋一)

　(口語訳)分別のないむちゃな恋をすることだ。(「あやめ草」までは序詞で、梅雨のころの暗い風景が心と呼応する。)

◆六歌仙時代

和歌が興隆に向かう時代で、七五調が多くなり、縁語・掛詞などの表現技巧を駆使して、豊かな情感が詠まれるようになった。『古今集』の歌風がほぼ確立した。遍昭・在原業平・小野小町らの個性的な歌人が登場して、技巧を駆使して人生を歌い、後代に大きな影響を与えた。

はちす葉の濁りにしまぬ心もてなにかは露を玉とあざむく

遍昭（巻三、夏）

　（口語訳）泥水の中に生えていて、その濁りに染まらないほどの清い心で、どうして露を玉と見せたりして人をだますのか。

　世の中に絶（た）えて桜のなかりせば春の心はのどけからまし

在原業平（巻一、春上）

　（口語訳）この世に桜が全くなかったならば春をのどかな気持ちで暮らすことができたであろうに。

　花の色は移（うつ）りにけりないたづらにわがみよにふるながめせしまに

小野小町（巻二、春下）

　（口語訳）長雨の間に花の色が色あせるように、物思いに時を過ごす間に、わたしの容色はむなしく衰えてしまった。

　月（つき）やあらぬ春や昔の春ならぬわが身（み）ひとありわらのなりひらつはもとの身にして

（在原業平・巻十五）

　（口語訳）月は昔の月ではないのか。春は昔の春ではないのか。いや、すべて昔のままである。それなのにすべてのものは変わって、私だけがもとのままでいる気がする。

◆撰者時代

　寛平二年（890年）から延喜五年（905年）頃までは撰者らが活躍した時期で、『古今集』らしい歌風が最も見られた。この時期に古今調歌風が完成し、撰者らは繊細な感覚でとらえた現実を理知的にとらえ、疑問・反語・推量表現を多用し、言葉による優美典雅な世界を樹立した。縁語・掛詞・比喩などの修辞が駆使され、表現技法が一段と洗練された。見立てや擬人法が駆使され、技巧的で複雑な表現をしているのが特徴である。そのため、時として言葉の遊戯（ゆうぎ）におちいる場合もある。リズムは、なだらかな七五調で、三句切れの歌が多い。歌合や屏風歌に見られる雅やかな宮廷の生活を反映している、この歌風は、

後世に大きな影響を与えた。撰者の歌は数の上で歌集全体の二割を越える。

　相ひぢてむすびし水の氷れるを春立つ今日の風やとくらむ

（紀貫之・巻一）

　（口語訳）夏のころ袖もぬれて手にすくって遊んだ水が、冬の寒さで凍っていたのを、立春の今日の風がとかしているのだろうか。

　ひさかたの光のどけき春の日にしづ心なく花の散るらむ

（紀友則・巻二）

　（口語訳）（ひさかたの＝枕詞）陽光ものどかなこの春の日に、どうして落ち着いた心もなく、桜の花は散り急いでいるのだろうか。

　春の夜の闇はあやなし梅の花色こそ見えね香やは隠るる

凡河内躬恒（巻一、春上）

　（口語訳）春の夜の闇というのはわけが分からないものだ。姿を隠せたって梅の花の香りを隠すことができようか。

　雪ふれば冬ごもりせる草も木も春にしられぬ花ぞ咲きける

紀貫之（巻六、冬）

　（口語訳）雪が降って冬ごもりをしていた草にも木にも春とはかかわりを持たない花が咲いたことだ。

◆『古今和歌集』以後の勅撰集

　『古今集』の撰進から約半世紀を経て、天暦五年（951年）、宮中の梨壺に和歌所（勅撰和歌集の撰述などを行うために、宮中に臨時に設置される役所）が置かれ、寄人の源　順・大中臣能宣・清原元輔・紀時文・坂上望城の五人が、『古今和歌集』の編纂で漏れた古今集撰者時代の歌を中心に集め、表現の独立性よりは歌の詠まれた事情を重視する『後撰和歌集』の撰進にあたった。『後撰集』の歌は、『古今集』時代のものが中心で、

撰者らの歌は収められていない。詞書が長くなり、物語化の傾向が強まって、和歌が貴族たちの日常生活に溶け込んでいるさまが見られる。平安中期に入ると、一条天皇の時代に平淡でほのかな余情を尊ぶ『拾遺和歌集』が撰進された。『拾遺和歌集』は『古今集』時代の歌や歌風を重視し、典雅で格調が正しく、『古今和歌集』の伝統を受け継ぐものとなった。『古今集』『後撰集』にもれた歌の採録を目的としたもので、新味に欠けるものであった。この『古今集』『後撰集』『拾遺集』の三つを「三代集」といい、後世の歌人に大切にされた。

『古今和歌集』以降、室町時代までの五百年余の間に撰集された勅撰和歌集は二十一編に上る。そのうち、平安後期に入ると、地方で武士が起こり、摂関政治が衰え始めるなど、貴族文化の転換期に藤原通俊によって『後拾遺和歌集』が撰ばれた。和泉式部・相模・赤染衛門など後宮の女流歌人の歌を多く収めており、古今風と異なる清新さが見られる。次いで、源俊頼によって『金葉和歌集』が撰進された。これまでの勅撰集と違って十巻からなり、新風をはらんでいる。当代の歌人が詠んだ明るく清新な叙景歌が中心で、連歌も収められて、古今集的な歌風から抜け出した歌も多い。続いて藤原顕輔が撰んだ『詞花和歌集』は、『金葉集』にならって新風を目ざしたが、全体としては穏やかで保守的傾向が強かった。『詞花集』以後、都には源平の争乱がつづいたが、文治四年(288年)、藤原俊成によって『千載和歌集』が撰ばれた。『千載和歌集』は、客観的な叙景歌と、伝統的な『古今和歌集』の叙情性との新旧の歌風を統一し、余情・幽玄の世界を理想とする撰者の理念を反映し、優美で余情あふれる歌が多く収められている。平安末期の新旧の歌風を統一し、鎌倉初期に成立した新古今歌風の先駆をなすもので、その価値は大きい。俊成が育てた優れた歌人らは、やがて第八の勅撰和歌集『新古今和歌集』をつくることになる。『古今和歌集』から次代の『新古今和歌集』までの八つの勅撰集を八代集という。和歌の展開で重要なことは、院政時代に撰進された『後拾遺和歌集』以下の各集において和歌の革新を求め、自然を凝視し客観的な描写を追求してついに『新古今和歌集』の幽艶な歌風を生み出す基礎を作ったことである。

◆『古今和歌集』以後の歌人、私選集

『古今集』以後に活躍した歌人としては、『拾遺集』時代に藤原公任・和泉式部・曾根好忠が挙げられる。歌壇の指導者であった公任は、心と詞が調和する姿を重視した。好忠と和泉式部は個性ある詠みぶりで異彩を放っている。『後拾遺集』時代の源経信、『金葉集』撰者の源俊頼もすぐれた歌人である。俊頼は経信の子で、題材・表現の自由新風

を樹立した。末期に至ると、藤原俊成・西行らが登場して、艶麗・幽玄の新古今風に道を開くことになる。俊成は、優艶な中に哀愁の漂う幽玄体の歌を作り、余情を重んじた。西行は、出家して諸国を遍歴し、自然に親しむ中で、独自の深い境地を開いた。中古後期には、個人の歌集である私家集も多く編まれた。和泉式部には『和泉式部集』、曾根好忠には『曾丹集』、源俊頼には『散木奇歌集』、俊成に『長秋詠藻』、西行には『山家集』などがある。個人が多くの人の歌を集めた私撰集としては『新撰万葉集』や紀貫之の『新撰和歌』があり、『古今和歌六帖』は詠歌の参考に供されたものである。私家集は有力歌人のほとんどについてあり、自分で編集したものと、後人が集めたものとがある。これらの歌集の存在は和歌の社会的地位が確立したことを示している。

夕されば野べの秋風身にしみてうづら鳴くなり深草の里

（藤原俊成・『千載集』）

（口語訳）夕方になると野に吹く秋風が身にしみて、うずらが鳴いているようだ。寂しい深草の里よ。

さびしさにたへたる人の又もあれな庵ならべん冬の山ざと

（西行・『山家集』）

（口語訳）寂しさをじっとこらえている人が自分以外にもあってほしい。そうしたら、庵を並べていっしょに住もうものを。この冬の寂しい山里で。

鳴けや鳴け蓬が杣のきりぎり寸過ぎ行く秋はげにぞ悲しき

（曾根好忠・『後拾遺和歌集』）

（口語訳）鳴けよ鳴けよ、杣山のように茂る蓬のもとのこおろぎよ、過ぎていく秋というのは実際悲しいものだ。

黒髪の乱れも知らずうち伏せばまづかきやりし人ぞ恋しき

（和泉式部・『和泉式部集』）

（口語訳）物思いに乱れて黒髪の乱れるのもかまわずに打ち伏すと、それにつけてまた何よりも先にわたしの髪をかきなでた人が恋しく思われる。

　つれづれと空ぞ見らるる思ふ人天(あま)くだりこむものならなくに

（和泉式部・『和泉式部集』）

（口語訳）ぼんやりと空が眺められることだ。恋しい人が空から降りてくるわけでもないのに。

　うづら鳴く真野(まの)の入り江の浜風(はまかぜ)に尾花(おばな)なみよる秋の夕ぐれ

（源俊頼・『金葉集』）

（口語訳）夕暮れになると、野辺を吹く秋風が身にしみて、草深いこの深草の里には、うずらの鳴くのが聞こえてくる。

　心なき身にもあはれは知られけり鴫(しぎ)立つ沢(さわ)の秋の夕暮れ

（西行・『山家集』）

（口語訳）世の中の煩悩を断っている出家の自分にも、しみじみとした情趣が感じられることだ。鴫が飛び立つ沢辺の秋の夕暮れの景は。

3. 歌論

　奈良時代以後漢詩文隆盛の中で、中国詩学に学んだ藤原浜成(ふじわらのはまなり)の『歌経標式』などの歌学が書かれたが、和歌自体の批評と表現について述べた歌論の先駆は、紀貫之の『古今集』仮名序である。和歌を「心」(感動)、「詞」(表現)の二要素に分け、一首全体の印象を様(体)として、とらえようとし、やがて歌合の流行による優劣の分別のための理論、また創作の手引きとして盛んになっていった。以後、歌合の隆盛に伴って、本格的な歌論が書かれるようになった。壬生忠岑の『和歌体十種(わかたいじっしゅ)』、藤原公任の『新撰髄脳(しんせんずいのう)』『和歌九品(わかくほん)』、源俊頼の『俊頼髄脳(としよりずいのう)』、藤原清輔の『袋草子(ふくろぞうし)』、鎌倉初期に藤原俊成の『古来風体抄(こらいふうていしょう)』などの歌論が、本格的な歌論に道を開いた。いずれも実作に即しつつ、和歌の本質や理念にも言及している。忠岑は、十種の歌体の中に余情体をつくり、公任は「凡そ歌は心深く姿清げにて、心にをかしきところある」のを秀歌とし、さらに「詞妙にして余りの心さ

へある」余情の歌を最高の歌とした。やがて、それは、俊成や鴨長明によって余情を主とする幽玄の論へと発展していった。

4. 歌謡

　歌謡は音楽や舞を伴う歌である。和歌が歌謡と分かれて宮廷文学となった一方で、民衆の生活に結びついた歌謡もその流れを受け継いでいた。中古の歌謡には、神前歌舞に用いられた神楽歌①、東遊歌②、貴族の遊宴に用いられた催馬楽③・風俗歌があった。これらはいずれも、本来は古い民謡だったものである。さらに文学意識の高い漢詩や和歌に節をつけ、琵琶や笛などの伴奏で吟唱する朗詠④が行われるようになった。朗詠に適した秀句を集めたものに、藤原公任撰の『和漢朗詠集』、藤原基俊撰の『新撰朗詠集』がある。中古後期には、今様をはじめとして各種の歌謡が流行した。これらの歌謡を総称して雑芸という。当時の雑芸集で現存するのは、後白河天皇撰の今様⑤を中心に集めた『梁塵秘抄』がある。今様とは新風の歌謡の意味で、平安中期以後、宮廷歌謡が定着したが、末期になって種々の歌謡が宮廷にもたらされ、今様として大流行した。主として七五の四句から成り、リズムがよく、貴族や庶民に歓迎された。

　　　仏は常に　いませども　現ならぬぞ　あはれなる　人の音せぬ　暁に　ほのかに夢に　見えたまふ

　　　　　　　　　　　　　　　　　　　　　　　　　　　　　（『梁塵秘抄』巻二、文歌）

　（口語訳）仏さまは常にいらっしゃるけれども、我々凡人には現実にそのお姿を拝することができないのは、しみじみと尊いことだ。人が寝静まって物音のしない夜明け方に、かすかに夢の中にお現れになる。

　以上の歌謡から、仏教が人々の生活の中に入り込んでいたことがわかる。

---

① 日本の神道における神事で催される神楽において雅楽により歌われる歌。神楽は神遊ともいい、神事に用いる歌舞で、その歌詞を神楽歌という。
② 東遊は東舞ともいい、東遊歌は、元来東国の民謡であったものが、神前で奏せられるようになったものをいう。
③ 主として、近畿地方の民謡であったものが貴族社会に入り、遊宴に用いられた。自由な形式で、素朴な恋愛の歌、滑稽風刺の歌など、庶民の生活感情を歌ったものが多い。また、東国の民謡であった風俗歌は、貴族の宴席でも謡われるようになった。
④ 元来は、漢詩を誦詠することであったが、平安期から一定の曲風をつけて、和歌も謡うようになり、楽器の伴奏も加わった。この朗詠に適する詩歌を集めたものに、藤原公任撰の「和漢朗詠集」がある。ひろく親しまれて、のちの文学に多くの影響を与えた。
⑤ 当世風の歌謡の意味で、催馬楽、朗詠などの古風に対していわれた。主として七・五を四回繰り返し、リズムがよいため、庶民の間でも盛んに謡われ、宮中でも用いられた。

二、物語

1. 物語の誕生

　日本文学史では、平安時代に作られ、固有の性質を持つ小説を特に「物語」と呼ぶ。古代前期の神話、伝説、説話以来、現実の社会生活の中からおびただしい数の昔物語が語り伝えられていた。そして、奈良時代から平安時代にかけて輸入された唐の小説が愛読されるにつれて、創作意識がたかまり、また、平仮名の発達および流布は、日本語による写実的な描写を可能にした。一方、かな文字が発達・普及すると、日常語による自由表現が可能となり、こうした古伝承の型に依拠した新たな文学形式が生み出された。こうして誕生したのが物語である。

　初期の物語は、形の上で「作り物語」と「歌物語」に大別することができる。作り物語は、現実とは別次元の世界を描くもので、当初は、空想的な筋立てを中心とした、きわめて伝奇性の強いものであったが、現実性・写実性が次第に強められていく。現存最古の物語と考えられる『竹取物語』は、伝承説話をよりどころにした伝奇性が著しく強い作り物語である。この系譜を引き、しかも現実性・写実性を強めた作品に、『宇津保物語』『落窪物語』がある。一方、これと前後して、和歌を中心とする『伊勢物語』が生み出され、歌物語のはじめとなった。歌物語は、当時の貴族社会で交わされていた歌に関する話の「歌語り」を母胎とするもので、作り物語よりも虚構化の度合いは小さいが、歌を中心とする独自の世界が表現されている。簡潔な文章で一つの出来事を語り、クライマックスで主人公が一首の歌を詠むという形になっている。歌物語の代表作には、『伊勢物語』『大和物語』『平中物語』などがある。いずれも、和歌を中心にした物語が描かれており、叙情的・写実的な作品である。

　やがて、この作り物語と歌物語の二つの流れを受け継ぎ、さらに日記文学のもつ心理描写の視点をも取り入れ、これらを融合・集大成したのが、十一世紀初めに成立した紫式部の『源氏物語』である。同作は膨大の長編で、文章・内容ともに芸術性が高く、物語文学の頂点にたつ傑作である。中古以降もおびただしい数の物語が作られたが、多くが散逸した。

◆竹取物語

　『竹取物語』は、十世紀の初め頃に成立した、現存する日本最古の物語である。『源氏

物語』は「物語の出来はじめの祖」① と評している。それまでも漢文で物語的な内容を記した作品はあったが、仮名文によるものはこの作品に始まったと考えられる。『万葉集』『風土記』などにみられる天人女房説話、邪衣説話、求婚説話など古い伝承説話や中国、インドの故事をふまえて、当時の貴族社会の内実をてらし出す、優れた作品である。

　竹取の翁によって竹の中から取り出されたかぐや姫が、美しい娘に成長してから、五人の貴公子や帝の求婚を退け、再び月の世界に迎え取られるという内容で、人間の営みの無力さと美の永遠性が浪漫的に描かれている。初期作り物語の代表として、伝奇的性格が著しいが、求婚の場面などでは、貴族社会の現実や、人間の欲望・心理などが風刺を交えてリアルに描き出されている。このように、非現実的な題材によりながら、虚構と現実を巧みに統一し、社会の実相や人間の心理に迫り、新しく作り物語を創始している。かぐや姫の昇天の場面に現れる地上的なものの悲哀と、美しいものへのあこがれなどを見れば、人間世界の実相も鮮やかにとらえられている。そこに伝説から物語への再構成の意味があり、伝承説話を利用して自己表出を図った新しい文学様式として評価できる。

　文章は、漢文訓読体の口調をとどめた和文体となっており、力強く簡潔である。次に示すのは冒頭の一節で、「今は昔…」という昔語りの冒頭文の典型を示すとともに、かぐや姫の神秘性が明確に語られている部分である。

　　今は昔、竹取の翁といふものありけり。野山にまじりて、竹をとりつゝ、萬の事につかひけり。名をば讃岐造麿となんいひける。その竹の中に、本光る竹ひとすぢありけり。怪しがりて寄りて見るに、筒の中ひかりたり。それを見れば、三寸ばかりなる人いと美しうて居たり。翁いふやう、「われ朝ごと夕ごとに見る、竹の中におはするにて知りぬ、子になり給ふべき人なめり。」とて、手にうち入れれて家にもてきぬ。妻の嫗にあづけて養はす。美しきこと限なし。いと幼ければ籠に入れて養ふ。竹取の翁この子を見つけて後に、竹をとるに、節をへだてゝよ毎に、金ある竹を見つくること重りぬ。かくて翁やうやう豊になりゆく。この兒養ふほどに、すくすくと大になりまさる。三月ばかりになる程に、よきほどなる人になりぬれば、髪上などさだして、髪上せさせ裳着す。帳の内よりも出さず、いつきかしづき養ふほどに、この兒のかたち清らなること世になく、家の内は暗き處なく光満ちたり。

（『竹取物語』　冒頭）

---

① 『源氏物語』絵合わせの巻に、「物語のいできはじめの祖なる竹取の翁」とある。

（口語訳）今ではもう昔のことになるが、竹取の翁という人がいた。その翁は野山に入って竹を取って生計を立てていた。その名は散吉の造といっていた。ある日、翁が取るその竹の中に、根元から光る竹が一本あった。不思議に思って近寄ってみると、竹筒の中が光っていた。その筒の中を見ると、三寸程度の人がたいへん美しい姿で座っていた。翁がいうには、「私が毎朝毎晩見る竹の中にいらっしゃることでよくわかりました。私の子におなりになるはずの人のようです」。といって、手のひらに入れて、家に持って帰りました。妻の嫗に預けて育てさせる。その可愛らしさは、この上もない。大変小さかったので、籠に入れて育てた。竹取の翁が竹を取るに、この子を見つけてから竹を取ると、節の両端の筒毎に黄金が入っている竹を見つけることが度重なった。このようにして、翁は次第に豊かになった。この子、育てているうちに、ぐんぐんと大きくなっていく。三ヶ月ほどになるころ、普通の人の大きさになったので、髪上げなどあれこれして髪を上げさせ、裳を着せる。帳の中から一歩も出さず、大切に育てる。この子の美しさは世になく、家の中は暗いところなく光に満つ。

　次はかぐや姫から、つばくらめの子安貝(こやすがい)を持ってくるという難題を出された、石上(いそのかみの)中納言の失敗の場面である。日常語を用いた表現の滑稽さに、当時の読者、特に仮名文字を会得し、文学の読者となった宮廷の女性たちは大いに笑ったであろう。

　手をささげて探り給ふに、手に平める物さはる時に、「われ、物握りたり。いまは下してよ。翁し得たり。」とのたまふ。集まりてとく下さんとて、綱を引きすぐして、網絶ゆるすなはちに、八島の鼎の上に、のけざまに落ち給へり。(中略)「御心地はいかがおぼさるる」と問へば、息の下にて、「物はすこし覚ゆれども、腰なん動かれぬ。されど子安貝をふと握りもたれば、うれしくおぼゆるなり。」(中略) と、御髪もたげて、御手をひろげたまへるに、つばくらめのまりおけるふる糞を握り給へるなりけり。

(『竹取物語』)

　（口語訳）手を上にあげておさがしになって手に平たいものがさわった時に、「私は何か握ったぞ。もう下ろしてくれ。翁よ、やったぞ。」とおっしゃった。家来たちが集まって大急ぎで下ろそうとして綱をひっぱりそこなって綱が切れるとたんに、大炊寮の八つの大釜の上に中納言はあおむけに落ちられた。(中略)家来が「ご気分はいかがですか。」と聞くと、息も絶え絶えに「意識は何とか大丈夫だが、腰がどうにも動かない。けれど、子安貝をさっと握りそのまま持っているので、幸福な気分だ。」(中略) と頭をもちあげて、手をひろげなさったところ、つばめのたれておいた古糞を握っていらっしゃったのであった。

◆伊勢物語

十世紀初めから中頃成立した『伊勢物語』(図2-2)は、『竹取物語』とほぼ同時代に成立した歌物語で、最初の歌物語である。百二十五段前後の章段から成り、それぞれが、歌を中心とする優れた叙情の世界を形作っており、在原業平とおぼしき主人公「昔男(むかしおとこ)」の一代記風の構成となっている。和歌の成立事情を語る物語を集めて、完璧なまでに洗練された「みやび」の世界を完成させている。

主人公の一生を百二十五段で綴った一代記風の物語で、主人公のみやびやかでひたむきな恋の姿が、叙情的に、美しく描かれている。主人公の「昔男」は、名門の家柄ながら、時の権勢には背を向けて、「色好(いろごの)み」の世界に生きざるを得なかった人物——恋の英雄として描かれている。そこには、安定してきた平安時代の社会のなかで現実に求め得ない愛や真実を求めようとする、宮廷社会の人々の心の反映が感じられる。もちろん、こうした「昔男」のあり方は、現実の業平像とそのまま重なるものではなく、そこに物語の自由表現を可能にする虚構の方法があらわれている。登場人物は「男」「女」と単純に書かれ、心情や、心情の表出である行動が、極度に単ｖ 友人間の交情を伝える話が記されていて、クライマックスの歌とともにみずみずしい叙情性をもたらしている。簡潔ではあるが余情に富む文章で、広く愛読され、主人公の純粋でひたむきな愛の有様を綴って、「みやび」に生きる典型的な王朝人を描き出し、物語に限らず、和歌をはじめ文学や謡曲(ようきょく)などの芸能にも大きな影響を与えた。

図2-2 伊勢物語

次は冒頭の一節で、元服(げんぷく)を終えたばかりの若者の、思いがけず美しい姉妹を見た心のときめきが描かれている。

　　むかし、をとこ、初冠(うひかうぶり)して、平城(なら)の京、春日(かすが)の里に、しるよしして、狩(か)りに往にけり。その里に、いとなまめいたる女はらから住みけり。このをとこ、かいまみてけり。おもほえずふるさとに、いとはしたなくてありければ、心地まどひにけり。をとこの着たりける狩衣の裾を切りて、歌を書きてやる。そのをとこ、しのぶずりの狩衣(かりぎぬ)をなむ着たりける。
　　　かすが野の若紫(わかむらさき)のすり衣しのぶのみだれ限り知られず
　　　となむをいつきて、いひやりける。

(『伊勢物語』第一段)

（口語訳）昔、ある男が、元服して、奈良の春日の里へ、領地があったので、鷹狩りに出かけた。そこにとても美しい姉妹が住んでいた。この男は物陰から見てしまった。思いがけなく、旧都に不似合いな美しい女なので、のぼせてしまった。男は着ていた狩衣の裾を切りとって、歌を書いて贈った。その男は、しのぶずりの狩衣を着ていたのだった。

　春日野の若い紫草の根ですった、この狩衣の模様のように私の心は限りなく乱れています。

と、おとなぶって、言いおくった。

　昔、男ありけり。東の五条わたりに、いと忍びて行きけり。みそかなる所なれば、門よりもえ入らで、童べの踏みあけたる築地のくづれより通ひけり。人しげくもあらねど、たび重なりければ、あるじ聞きつけて、その通ひ路に夜ごとに人をすゑてまもらせければ、行けども、えあはで帰りけり。さて、よめる、

　人知れぬわが通ひ路の関守は宵々ごとにうちも寝ななむ

とよめりければ、いといたう心やみけり。あるじ許してけり。

（『伊勢物語』第五段）

（口語訳）昔、一人の男がいた。東の五条あたりに、ひどく人目を忍んで通っていた。ひそかに通っていた所なので、門から入ることもできないで、子供たちの踏みあけた土塀の崩れから通っていた。人目はそう多くもなかったけれど、男の通うことが度重なったので、その家の主人が聞きつけて、その通い路に、毎夜人を置いて守らせたので、男は行ったけれど、女に逢うことができないで、帰った。そこで、次のような歌を詠んだ。

　人目を忍ぶ私の通い路の関守は、毎晩眠ってしまってほしいものだ。

と詠んだので、女はとても心を痛めた。そこで家の主人は、男が通うのを許してしまった。

　昔、男わづらひて、心地死ぬべくおぼえければ、

　つひに行く道とはかねて聞きしかど　きのふ今日とは思はざりしを

（『伊勢物語』第百二十五段）

（口語訳）昔、男は病気になって、死んでしまいそうに思われたので、詠んだ。

　死出の旅は最後には行く道であるとかねてより聞いていたが、それがきのう今日のこととは思っていなかったのだがなあ。

◆『大和物語』・『平中物語』

『大和物語』は『伊勢物語』に続いて十世紀半ば頃に成立した歌物語であるが、口承書承の和歌説話を集録したもので、統一的な主人公はなく、種々の人物の多くを実名で登

場させており、当代歌人の贈答歌を中心に、『後撰和歌集』時代の後宮で語られた和歌にまつわる説話が書きとめられている。後半には、生田川伝説や芦刈伝説など、歌に関する古い民間伝説に取材した物語が収められており、説話文学の要素が強い。『伊勢物語』の統一性・叙情性に比べると、世俗的興味によって物語を雑然と集めたものとなっており、文学性においては劣っている。

　一方、同時期に書かれた『平中物語』は、『古今和歌集』時代の歌人平貞文を主人公とする歌物語で、恋に失敗するわびしさが描かれているが、『伊勢物語』に見られた抒情性に乏しい。歌物語としては、ほかに『篁物語』などがある。

◆宇津保物語

　十世紀後半頃成立した『宇津保物語』は、『竹取物語』の系統をひく最初の長編物語で、伝奇的な素材をもとにしている。一方、現実性にも富んでおり、貴族社会の多彩な人間関係を細やかに描いている。また、物語が伝奇性をはなれて、宮廷社会を基盤とした写実的なものに変わっていく。後半はしだいに貴族生活の写実的な叙述を加え、貴族社会を多面的に描いている。

　渡唐の途中、波斯国（ペルシア）に漂着した清原俊蔭が、天人・仙人から名琴と秘曲を授けられ、すばらしい才能を持っていることから、仏からたたえられ、子孫繁栄を約束される。俊蔭の帰朝後、琴と秘曲を四代にわたって守り続け、秘伝が孫の仲忠から曾孫の犬宮へと伝授されるという筋で、伝奇性・空想性に富んでいる。同時に、仲忠が思いをよせる美女貴宮への求婚物語や、貴族社会の政権争いが描かれていて、写実性・現実性を与えている。二十巻に及ぶ長編であるが、文体は散漫で物語的構成力に欠け、やや冗漫な印象を与える。芸術的完成度で劣るとはいえ、写実性と長編化において、『源氏物語』誕生への過渡的な作品として意義をもつ。この作品は日本最古の長編物語である。

◆落窪物語

　『宇津保物語』よりやや後に成立した『落窪物語』は、継子いじめを主題にした物語である。中納言の娘落窪の君は、継母に虐待されていたが、ひそかに通ってきた左近少将と結婚し、邸に引きとられる。少将は継母に何度も復讐したが、やがて和解し、落窪の君夫婦は幸福に暮した。継子いじめや復讐などの暗い話を扱ったものであるが、ユーモラスな場面もあり、明るさがある。主人公を助ける侍女の活躍をはじめ、筋の展開は巧妙で、貴族社会の風俗が生かされているところが高く評価されている。当時の貴族生活

が写実的に描かれていて、まだ人物の性格描写が類型的で心理の描き方も深みはないが、構成は首尾一貫しており、『宇津保物語』に見られた伝奇性は影をひそめていて、いっそう写実的になり、『源氏物語』に近づいていることが感じられる。

◆源氏物語

『源氏物語』(図2-3)は十一世紀初めに紫式部によって書かれた、五十四帖から成る長編物語である。作り物語や歌物語の方法を受けつぎ、さらに和歌や日記の伝統を吸収しながら、壮麗虚構の世界を築きあげた。作り物語の伝統に立ちながらも伝奇に終るのでなく、その虚構も、これまでの物語のように単なる絵空事を描くのではなく、むしろ虚構を意識的に利用することで、人間の実相に鋭く迫るものとなっている。『源氏物語』は、日本古典文学の最高傑作

図2-3 源氏物語

とされ、日記文学の写実性を軸として四代の帝(みかど)の七十四年間にわたって、五百名にものぼる登場人物を見事に描き分け、壮麗な虚構の世界を展開した。『源氏物語』の出現で、物語の質は飛躍的に高まり、現実を超える人生の真実がそこに表現されるようになったのである。

作者の紫式部は天禄元年(970年)頃生まれた。父の藤原為時(ふじわらのためとき)は、越前(えちぜん)や越後(えちご)の国司を歴任した受領層とよばれる中流貴族であったが、詩文に優れ、当代屈指の知識人として知られていた。紫式部は、幼い頃から父の指導を受け、後年の物語創作への下地をつくった。長じて藤原宣孝と結婚し、一女をもうけたものの、結婚三年目に夫と死別した。この不幸な出来事が、紫式部を『源氏物語』の創作へと向かわせた一つの契機となった。その後、藤原道長の長女、中宮(ちゅうぐう)彰子のもとに出仕し、宮仕え以後も物語の執筆は続けていたと見られている。紫式部は宮仕えの経験を生かして、作品の中で貴族社会の愛と悩み、理想と現実を描き、人間の真実に迫った。

『源氏物語』は五十四帖(じょう)からなる長編物語で、光源氏の生涯を語る前編と、その子薫の半生を語る後編とからなるが、主題の展開から見て、前編を二つに分け、全体を三部構成に分けて考えるのが通例である。第一部が第一桐壺(きりつぼ)から第三十三藤の裏葉(ふじのうらば)までで、第二部が第三十四若菜上(わかなうえ)から第四十一幻(まぼろし)まで、第三部が第四十二匂宮(におうのみや)から第五十四夢(ゆめ)の浮橋(うきはし)までである。本書の全編を貫いているのは作者の人間と社会に対する深い洞察と鋭

い批評であって、雄大でしかも敏密な構想と精細な心理描写によって人間の真実が深く掘り下げている。

　第一部は桐壺から藤裏葉まで三十三帖で、主人公光源氏の誕生から語り起こして、そのさまざまな恋の遍歴、須磨退居の不遇を乗り越えて栄華の頂点に立つまでの約四十年間が書かれている。桐壺の帝と桐壺の更衣の間に生まれた光源氏は三歳のときに母を失い、比類のない資質に恵まれながらも、母方の家柄が低いため、源姓を賜って臣籍に降下する。年上の葵の上と結婚するが、亡き母に似た父帝の女御藤壺に許されぬ思いを寄せ、さらにその姪の紫の上を愛する。紫の上はこの物語の中での理想の女性として描かれている。ほかに、空蟬・夕顔・末摘花などの女性と関係を持つ。政敵の右大臣の娘、朧月夜との恋が露見して源氏は須磨や明石に退居することになるが、右大臣の死後、朱雀帝の命により、再び都に戻った源氏は、冷泉帝（桐壺帝の子とされているが、実は源氏と藤壺の女御との間に生まれた）の即位とともに権勢と富貴の頂点に立った。

　いづれの御時にか、女御、更衣あまたさぶらひたまひけるなかに、いとやむごとなき際にはあらぬが、すぐれて時めきたまふありけり。はじめより我はと思ひ上がりたまへる御方がた、めざましきものにおとしめ嫉みたまふ。同じほど、それより下臈の更衣たちは、ましてやすからず。朝夕の宮仕へにつけても、人の心をのみ動かし、恨みを負ふ積もりにやありけむ、いと篤しくなりゆき、もの心細げに里がちなるを、いよいよあかずあはれなるものに思ほして、人のそしりをも、え憚らせたまはず、世のためしにもなりぬべき御もてなしなり。上達部、上人なども、あいなく目を側めつつ、「いとまばゆき人の御おぼえなり。唐土にも、かかる事の起こりにこそ、世も乱れ、悪しかりけれ」と、やうやう天の下にもあぢきなう、人のもてなやみぐさになりて、楊貴妃の例も引き出でつべくなりゆくに、いとはしたなきこと多かれど、かたじけなき御心ばへのたぐひなきを頼みにてまじらひたまふ。

（『源氏物語』冒頭・桐壺の巻）

（口語訳）どの帝の御代であったか、女御や更衣が大勢お仕えなさっていたなかに、たいして高貴な身分ではない方で、きわだって御寵愛をあつめていらっしゃる方があった。最初から自分こそはと気位い高くいらっしゃった女御方は、不愉快な者だと見くだしたり嫉んだりなさる。同じ程度の更衣や、その方より下の更衣たちは、いっそう心穏やかでない。朝晩のお側仕えにつけても、他の妃方の気持ちを不愉快ばかりにさせ、嫉妬を受けることが積もり積もったせいであろうか、とても病気がちになってゆき、何となく心細げに里に下がっていることが多いのを、ますますこの上なく不憫な方とおぼし召されて、誰の非難に対してもおさし控えあそばすことがおできになれず、後世の語り草にもなってしまいそうなお扱いぶりである。上達部や殿上人なども、人ごと

ながら目をそらしそらしして、「とても眩しいほどの御寵愛である。唐国でも、このようなことが原因となって、国も乱れ、悪くなったのだ」と、しだいに国中でも困ったことの、人々のもてあましの種となって、楊貴妃の例までも引き合いに出されそうになってゆくので、たいそういたまれないことが数多くなっていくが、もったいない御愛情の類のないのを頼みとして、宮仕え生活をしていらっしゃる。

須磨での源氏のひそやかな生活を描いた次の部分も、名文とされている。
　須磨には、いとど心づくしの秋風に、海はすこしとほけれど、行平の中納言の、「関ふき越ゆる」と言ひけむ浦波、夜々は、げに、いと近う聞えて、またなく、あはれなるものは、かかる所の秋なりけり。御まへに、いと人ずくなにて、うちやすみわたれるに、ひとり目をさまして、枕をそばだてて、四方の嵐を開き給ふに、波、ただここもとに立ちくる心地して、涙おつともおぼえぬに、枕うくばかりになりにけり。

(源氏物語・須磨)

（口語訳）須磨でひとしお心を悲しくさせる秋風のために、海は住んでいる所からは少し遠いのだけ九ど、在原業平が昔「須磨の関所を吹き越えてくる」とか歌った浦風ならぬ浦波が、夜はほんとに住居の近くにきこえて、この上なくたえがたく寂しいものはこうした配所の秋なのであった。おそばで宿直している少数の者もみな眠っており、源氏一人がおきて四方の風の音をきいていらっしゃると、すぐ近くにまで波がおしよせてくるような気持ちがした。落ちるともない涙のためにいつのまにか枕は流されるほどになっている。

波の音を耳近くに聞きながら都を思って涙を流している場面であるが、これを『伊勢物語』の東下りの文章と比べてみると、自然と人事の融合した精細な表現の中に「もののあはれ」が漂っており、和文が成熟したことを感じられる。

第二部は若菜上から幻までの八帖で、第一部とは変わって内面描写が深まり、栄華をきわめた晩年の光源氏の内面の苦悩や寂しさが描かれている。女三の宮の降嫁を契機として、第一部で築き上げられた理想世界の矛盾がしだいに露呈し、その崩壊が決定的なものとなっていく。光源氏自身の藤壺との許されぬ恋を再現するような柏木・女三の宮の悲劇が演じられる中で、紫の上が死を迎え、光源氏もまた、不安と苦悩の中に世を去っていく。源氏の死が描かれているはずの「雲隠」は、巻名だけで本文がない。

ききいの宮は、内裏に参らせ給ひて、三の宮をぞ、さうざうしき御慰めに、おはしまさせ給ひける。
「ははの、のたまひしかば」
とて、対の御眺の紅梅、いと、とりわきて、後見ありき給ふを、いと、あはれと、見たてまつり給ふ。二月になれば、花の木どもの、盛りなるも、まだしきも、こずゑをかしう霞みわたれるに、かの御形見の紅梅に、うぐひすの、はなやかに鳴き出でたれば、たち出でて御覧す。
　植ゑて見し花のあるじもなき宿に知らす顔にて来ゐるうぐひす
と、うそぶきありかせ給ふ。

(『源氏物語』幻)

(口語訳)明石の中宮は宮中へお上りあそばして、三の宮(匂宮)を光源氏のさびしさを慰めるために六条院へお残しになった。
「母上が仰せになられたから」(匂宮は紫上にひきとられていた。)といって、西の対の御庭先の紅梅をとくに大事におもって世話をしておまわりになるのを、光源氏はまことにいじらしくご覧になっていらっしゃる。二月になると、花の咲く木々の、盛りなのも、蕾なのも、一面に梢美しく霞んでいるなかに、紫上の御形見の紅梅の木に鶯がたのしそうな声で鳴きたてたので、光源氏は縁に出てご覧になる。
　この梅の木を植えて花を賞でた主(紫の上)もいない宿に、そんなことも知らぬげな顔でやって来て鳴く鶯よ
などと詠じながら、お歩きになられる。

　第三部は匂の宮から夢浮橋までの十三帖で、宇治を舞台にした最後の十巻を「宇治十帖」という。薫の大将や匂宮などの源氏の子孫と、宇治の八宮の姫君たちとの関係、そして浮舟にまつわる不毛の恋が書かれている。源氏の子、実は女三宮と柏木との密通による子である薫は、暗い宿命に悩み、仏道を求めるが、一方で薫の愛は八宮の長女大君に拒否され、その(異母)妹、浮舟は薫と匂宮との二人の愛に板ばさみとなり、宇治川に身を投げてしまう。『源氏物語』は『夢浮橋』を最後に結局、すべての愛が満たされぬまま、あたかも浮橋が絶えるようにおわってしまう。愛の不毛と人間不信、そこには浄土思想がしのび寄ってきた平安時代そのものの崩壊の兆しを読みとることができる。第二部の内面描写にいっそう深みが加わり、仏教思想による憂愁が全編を覆っている。
　『源氏物語』は、平安時代の安定した社会の中で熟した文化の頂点を示すものであった。登場人物は三百名を超え、扱った期間も帝四代、七十四年に及んでいるが、こうした長大な物語を支える構想は、周到かつ巧妙である。文学の実質においても、物語という虚

構の世界を通して、貴族社会に生きる人々の愛と悩み、理想と現実とを描き、人間の真実を追求したものである。内面描写にすぐれ、個々の登場人物の性格が明確に描き分けられ、心理が細かく掘り下げられている。とくに第二部以降は、徐々に人間の心の奥底を凝視し、貴族社会の暗部をとらえようとする姿勢となり、それがこの作品を文学的に比類のないものにしている。全編に「もののあはれ」の情趣を漂わせていて、自然と人事の融合も巧みで、古今の和歌や漢詩を引用した清新で優美な文章は、流麗繊細な和文体の代表ともいえ、読者深い感動を与える。

『源氏物語』は、作り物語の虚構性、歌物語の叙情性、女流日記文学の内面凝視の目を受け継ぎ、それらを総合して完成させた、日本古典文学の最高傑作である。また後世にも大きな影響を与えた。平安後期の物語、歴史物語、中世の擬古物語・和歌・謡曲や近世の井原西鶴、近代作家の樋口一葉・谷崎潤一郎・川端康成らにも影響を与えた。実際、後に王朝文化の象徴として仰がれ、文学のみならず日本文化の全面にわたって非常に大きな影響を与えた。

◆『源氏物語』の登場人物

桐壺帝（きりつぼてい）

『源氏物語』に登場する一番目の帝。架空の人物。桐壺更衣を寵愛したため、「桐壺帝」と呼ばれる。『源氏物語』の主人公光源氏の父親である。

子に源氏のほか、朱雀帝（のち朱雀院）、蛍兵部卿宮、八の宮などが作中に出る。末子とされる冷泉帝は、壺帝の実子でなく源氏の子である。

桐壺更衣（きりつぼのこうい）

桐壺帝の更衣。父は大納言であったが、入内前に他界。特別身分高い出自ではなかったが、桐壺帝の寵愛を一身に受けていたため、他の女御、更衣らから疎まれ、さらに、弘徽殿女御をはじめとする后妃らからのいじめに遭い、心労の末、源氏が3歳のとき天逝する。没後、三位の位を賜る。

光源氏（ひかるげんじ）

第1部・第2部の主人公。桐壺帝と桐壺更衣の子で桐壺帝第二皇子。臣籍降下して源姓を賜る。いったん須磨に蟄居するが、のち復帰し、さらに准太上天皇に上げられ、六条院と称せられる。

妻は葵の上、女三宮、事実上の正妻に紫の上。子は、夕霧（母は葵の上）、冷泉帝（母は藤壺中宮、表向きは桐壺帝の子）、明石中宮（今上帝の中宮。母は明石の御方）。ほかに表向き子とされる薫（柏木と女三宮の子）がいる。

頭中将／内大臣（とうのちゅうじょう）

左大臣の子で、葵の上の同腹の兄。源氏の友人でありライバル。恋愛・昇進等で常に源氏に先んじられる。子に柏木、雲居雁（夕霧夫人）、弘徽殿女御（冷泉帝の女御）、玉鬘（夕顔の子、髭黒大将夫人）、近江の君など。主な登場人物で一貫した呼び名のない唯一の人物である。

藤壺中宮（ふじつぼのちゅうぐう）

桐壺帝の先帝の内親王（天皇の皇女）。桐壺更衣に瓜二つであり、そのため更衣の死後後宮に上げられる。源氏と密通して冷泉帝を産む。

葵の上（あおいのうえ）

左大臣の娘で、源氏の最初の正妻。源氏より年上。母大宮は桐壺帝の姉妹であり、源氏とは従兄妹同士となる。夫婦仲は長い間うまくいかなかったが、懐妊し、夕霧を産む。六条御息所（みやすんどころ）との「車争い」により怨まれ、生霊に取りつかれて殺される。

紫の上（むらさきのうえ）

藤壺中宮の姪、兵部卿宮の娘。源氏より8程度から10歳年下である。生まれてすぐ母は亡くなり、その後は母方の祖母に育てられた。幼少の頃、北山に病気療養に来ていた光源氏に垣間見られる。源氏は、幼いながらもその藤壺と生き写しの容姿に一目で惹かれ、さらに藤壺の姪であることを知り、彼女に執心するようになる。

祖母の死後、父に引き取られるはずであった若紫（わかむらさき）を略取した源氏は、自邸の二条院において、周囲には彼女の素性を隠しながら理想の女性に育てる。

源氏の最初の正妻葵の上の没後に、源氏と初床となり、以後公に正妻同様に扱われる。以後は光源氏の須磨退隠時期を除き、常に源氏の傍らにあった。源氏との間に子がなく、明石中宮を養女とする。晩年は女三宮の降嫁により、源氏とやや疎遠になり、無常を感じる。

朧月夜（おぼろづきよ）

右大臣の6番目の娘。弘徽殿女御の妹で朱雀帝の尚侍（ないしのかみ）。高貴な生まれだが、作中では珍しい艶やかで奔放な気性の女君である。

当初は東宮(とうぐう)(のちの朱雀帝)の女御に入内する予定だったが、宮中の桜花の宴の夜に思いがけなくも光源氏と出会い、後に関係が発覚して入内は取り止めになる。のちに朱雀院の後を追って出家した。

六条御息所（ろくじょうのみやすどころ）

桐壺帝の前東宮（桐壺帝の兄）の御息所。源氏の愛人。源氏への愛着が深く、彼の冷淡さを怨んで、生霊となって葵の上を殺し、さらに、夕顔にも取りついて殺したという説もある。前東宮との間の娘は伊勢斎宮、のちに源氏の養女となって冷泉帝の後宮に入り、秋好中宮となる。源氏は御息所の死後、その屋敷を改築し壮大な邸宅を築いた（六条院の名はここから来ている）。

明石の御方（あかしのおんかた）

明石の入道と明石尼君の娘。出自の低い側室なので、作中で「上」と呼ばれることは一切ない。性格は生真面目で我慢強い。

源氏が不遇時にその愛人となり、明石中宮を生む。不本意ながら娘を紫の上の養女とするが、入内後再び対面し、以後その後見となる。娘の行く末を考え辛い思いで姫君を手放したのち、彼女が成人して入内するまで会うことは叶わなかった。

女三宮の降嫁前は、紫の上にとって数多い源氏の愛人の中で最も脅威を感じた存在であり、また紫の上の死後は悲嘆にくれる源氏の慰め役となった。

女三の宮（おんなさんのみや）

朱雀院の第三皇女で、源氏の姪にあたる。藤壺中宮の姪であり、朱雀院の希望もあり源氏の晩年、二番目の正妻となる。柔弱な性格であった。柏木と通じ、薫を産む。

末摘花（すえつむはな）

常陸宮の娘。源氏の愛人となるが、酷く痩せていて鼻が象の様に長く、鼻先が赤い醜女であった。作品の中で最も醜く描かれている

不美人でありながらも生涯光源氏と関り続けた女性の一人。名前の末摘花はベニバナのことを指す。「末摘花」とは、源氏がこの女性につけたあだ名で、彼女の「鼻が紅い」こととベニバナの「花が紅い」ことをかけたものである。

夕顔（ゆうがお）

三位中将の娘で、父の死後、頭中将（当時は少将）と結ばれて、その側室と言う立場

にあったが、一女（のちの玉鬘）をもうけるが、本妻の嫉妬を恐れて姿を消した。その後市井にまぎれて暮らしている。若い光源氏の愛人となるも、互いに素性を明かさぬまま、幼い娘を残して若死にする。登場する回数こそ少ないものの、佳人薄命を絵に描いたような悲劇的な最後が印象に残る女性。儚げながら可憐で朗らかな性格で、源氏は短い間であったが彼女にのめりこみ、死後もその面影を追う。

空蝉（うつせみ）

故・衛門督の娘。亡き父が入内を望んでいたが、父の死でその夢は絶たれる。のちに夫となる伊予介（のちに常陸介）から何かと任国からの食料を送られるなどの援助を受けながら弟・小君とひっそり暮らしていたが、自邸に盗賊が押し入り、伊予介が助けに入った事がきっかけで、結婚。小君とともに、伊予介の屋敷で暮らすことに。方違えで訪れた源氏と一夜を共にするが、自分が人妻であることを考え、源氏を遠ざける。その後、常陸介に先立たれ出家。のちに二条東院に引き取られて源氏の庇護を受ける。

柏木（かしわぎ）

内大臣の長男。女三宮を望んだが果たせず、降嫁後六条院で女三宮と通じる。のち露見して、源氏の怒りをかい、それを気に病んで病死する。

夕霧（ゆうぎり）

源氏の長男。母は葵の上。母の死後しばらくその実家で養育されたのち、源氏の六条院に引き取られて花散里に養育される。2歳年上の従姉である内大臣の娘雲居雁と幼少の頃恋をし、のち夫人とする。柏木の死後、その遺妻朱雀院の女二宮（落葉の宮）に恋をし、強いて妻とする。

薫君（かおるのきみ）

第3部の主人公。源氏（真実には柏木）と女三宮の子。生まれつき身体からよい薫がするため、そうあだ名された。宇治の八の宮の長女大君、その死後は妹中君や浮舟を相手に恋愛遍歴を重ねる。

匂宮（におうのみや）

今上帝と明石中宮の子。第三皇子という立場から、放埓な生活を送る。薫に対抗心を燃やし、焚き物に凝ったため匂宮と呼ばれる。宇治の八の宮の中君を、周囲の反対をおしきり妻にするがその異母妹浮舟にも関心を示し、薫の執心を知りながら奪う。

（宇治の）大君（おおいぎみ）

桐壺帝八の宮の長女。薫の思い人だが、最後まで彼の求婚を拒み通した。病弱で若くして他界した。

（宇治の）中君（なかのきみ）

桐壺帝八の宮の次女。のちに匂宮夫人。匂宮との間に、一児（男子）をもうける。

浮舟（うきふね）

桐壺帝八の宮の庶出の娘。母が結婚し、養父とともに下った常陸で育つ。薫の愛人。後匂宮にも求愛され、薫と匂宮の板ばさみになり、苦悩して入水するが横川の僧都に助けられる。その後、出家した。

◆『源氏物語』以後の物語

　物語は『源氏物語』によって頂点に達した後、その影響を受けてさまざまな物語が作られたが、質量ともに『源氏物語』に匹敵する作品はあらわれなかった。平安末期にかけて、『浜松中納言物語』『夜の寝覚め』『狭衣物語』『とりかへばや物語』などが書かれた。これらは題材に趣向を凝らし、筋の変化を求め、文章も心理描写などがよりきめ細かくなっていて、それぞれに新たな趣向が見られたが、『源氏物語』の影響を大きく受けた模倣作という印象が強い。当時の物語は貴族社会の衰退を反映して退廃的な気分に流れ、官能描写などの技巧に気を配る傾向が顕著であった。

　『浜松中納言物語』は、舞台を唐土にして夢と転生を扱い、『夜半の寝覚』は、女性心理を精密に描き、『とりかへばや物語』は、男女が兄は女、妹は男として育てられるという、平安後期の退廃的な気分を反映した作品で、奇抜な筋立てによって怪奇の世界を組み立てている。『狭衣物語』は複雑な筋立てとなっており、恋の尽きぬ嘆きが描かれており、中世の評論『無名草子』の中で『源氏物語』に次ぐ作品として高く評価され、擬古物語・御伽草子（おとぎぞうし）にも影響を与えている。しかし、それらはいずれも『源氏物語』の模倣の域を出るものではなく、平安末期の貴族社会の衰退という世相を反映して、退廃的・感傷的な内容となっている。これらの中にあって、わずかに『堤中納言物語』が、その漸新な感覚とユーモアに溢れる内容が注目された。物語文学は、それを支える貴族社会が廃れるにしたがって衰退し、中古後期には、歴史物語や説話文学が盛んになった。

　『堤中納言物語』は『虫めづる姫君』や『はいずみ』など十編の短編を集めているが、

内容が多彩で、趣向を異にしながら人生の断面を鋭く描いており、新しい傾向の出現をうかがい知ることができる。各編は、成立事情を異にしており、趣向や形式など物語としての性格は異なっているが、それぞれ貴族生活の日常を舞台に起きた珍奇な悲喜劇を題材として、現実を直視し、機知・笑いに富んだ、特異な作品である。退廃的で、新奇を好む傾向もみられるが、奇抜さ、笑い、皮肉などを交えて、近代的なおもしろささえ感じさせる。短編小説集の祖として評価される。

以下に示すのは、『虫めづる姫君』の冒頭で、毛虫の収集に熱中する奇異な少女の様子が描かれている。

　蝶めづる姫君の住み給ふかたはらに、按察使の大納言の御女、心にくくなべてならぬさまに、親たちかしづき給ふこと限りなし。この姫君ののたまふこと、「人々の花蝶やとめづるこそ、はかなくあやしけれ。人はまことあり、ほんち尋ねたるこそ心ばへをかしけれ。」とて、よろづの虫の恐ろしげなるを取りあつめて、これがならむさまを見むとて、さまざまなる籠箱どもに入れさせ給ふ。中に「烏毛虫の心深きさましたるこそ心憎けれ。」とて、明け暮れは耳挟みをして、手のうらにそへ伏せて、まぼり給ふ。若き人々は、怖ぢ惑ひければ、男の童の物怖ぢせず、いふかひなきを召し寄せて、箱の虫ども取らせ、名を問ひ聞き、今新しきには、名をつけてきやう興じ給ふ。

　　　　　　　　　　　　　　　　　　　　　　（『堤中納言物語』「虫めづる姫君」）

　（口語訳）蝶の好きな姫君の住んでいらっしゃる隣に、按察使の大納言のご息女がおられた。心憎いばかりすぐれたご器量で、両親のたいせつになさることまたひととおりでない。この姫君がいわれるには、「人々が花よ蝶よともてはやすのは、たわいもなくわけのわからないことだ。人間には真実を愛する本能があり、物の本体をきわめるということこそ、心がけがりっぱなものである。」といって、いろいろな虫類の恐ろしそうなのを集めて、それが成長してゆく状態をみようとして、さまざまな籠箱に入れさせて、飼育させなさる。中でも「毛虫が意味ありげな趣をしているのはひどく興味がひかれる。といって、いつも、垂髪を耳にはさんで、毛虫を手のひらにじかにされて見守っておられる。若い侍女たちはこわがってまごまごする始末なので男の子でわんぱくものをお呼びになって、箱の中の虫をとり出させ、その名をたずね、はじめての新しいのには、名まえをつけて、おもしろがられる。

三、日記・随筆

1. 日記

　日記は、元来、貴族階級の男性が、公の職務の必要から備忘のために、公的にあるいは私的に行事・儀式、または旅中の出来事などを漢文で記録した後日の参考を目的としていた、実用的なもので、文学的なものではなかった仮名で記された日記も、すでに十世紀初めには、歌合の日記などが存在していたが、こうした日記は公的な立場から執筆されており、仮名で記される文学としての日記は、『土佐日記』の出現を待たねばならなかった。和歌の世界に古今集時代を切り開いた歌人紀貫之が、女性を装って仮名文で『土佐日記』を書いたことによって、日記は実用性に重きを置く備忘録という「束縛」から解放され、人間の内面を表現するための手段とする道を開いたのである。これは、土佐から京に帰るまでの出来事を、日を追って書いたものであるが、単なる記録に終わらず、虚構性・文学性をもったものとなっている。女性の手によって書かれた最初の仮名の日記文学は、藤原道綱母の『蜻蛉日記』で、自己をみつめ、心情を告白した自叙伝的な日記である。これは、その後の女流日記文学に大きな影響を与え、以後、叙情的な『和泉式部日記』、内省的な『紫式部日記』、浪漫的な『更級日記』などが自己の心情を自在に綴る自己表現の手段としての日記が世に出るようになった。いずれも中流貴族の女性の手によるすぐれた日記で、日々の記録ではなく、後日の回想により、自分の人生の意味を問うものである。これは彼女らが不安定な貴族社会の中で、それぞれの立場で人生の不安に直面し、過去を反省する必要に迫られたことも大きな理由であろう。これらは、作者の内面生活の真実を記録する真実性によって、優れた文学になっていると同時に、自己を徹底的に凝視・内省する自照性と、一つの主題を軸にして人生を再構築するという虚構性とを持つことによって、質の高い作品となった。日記文学は物語より現実的で、作者の内面生活が表現されるので、随筆や紀行文と合わせて、自照文学（自分自身を観察し反省した上で自分の生活体験を主観的に叙述した文学）ともいわれているが、中古以後は次第に衰退し、随筆・紀行文学などに移っていく。

◆『土佐日記』

　承平五年（935年）成立し、紀貫之の晩年の作である。『土佐日記』は紀貫之が土佐守の任期を終えて帰京したときの五十五日間の体験を旅日記として書かれた（図2-4）。作者は、自らを女性に仮託し、当時「女手」と呼ばれた仮名文を用いることで、その感慨

を自由につづっている。土佐で失った愛児への追憶を中心に、海路への不安、帰京への期待と喜びなどが描かれている。歌人の手によって書かれた作品らしく和歌や諧謔(かいぎゃく)を交えて記述され、船旅の記録として興味深い。しかし、この作品は死んだ我が子を土佐に残して後ろ髪を引かれる思いで帰京する筆者を中心に、海路の不安など船中の人々の心情の叙述が特徴になっていて、人間を心の内側から記述する道を開いている。文体は平淡かつ軽妙であり、世情を鋭いものの見方とユーモアで表現し、これまでの漢文体の日記とはまったく違う新しい日記文学を生み出し、のちに登場する女流日記文学の興隆につなげた。

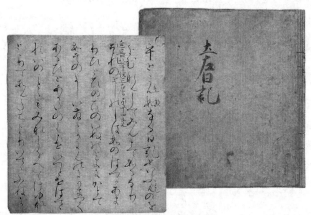

図2-4　土佐日記

　以下に示すのは冒頭の一節であるが、のちの女流日記と違い、短文を連ねた簡潔な文章となっている。

　　男(をとこ)もすなる日記といふものを、女(をむな)もしてみむとてするなり。それの年の十二月の二十日あまり一日(ひとひ)の日の戌(いぬ)の時に、門出(かどで)す。そのよし、いささかに物に書きつく。

（『土佐日記』冒頭）

　（口語訳）男が書くという日記というものを、女も書いてみようというので書くのである。ある年の十二月二十一日の午後八時ごろに旅立ちをする。その旅のいきさつをほんの少し物に書きつける。

　この作品は機知に富むユーモアが随所に見られ、また世俗に対する風刺も示されている。これらは、人生と社会に対する鋭い批評意識のあらわれでもあったが、こうした内省と批判の自在な表現は、仮名文を用いることによって、初めて可能となったのである。『土佐日

記』は、最初の日記文学であるとともに、仮名文学の先駆でもあり、文学史的意義は大きい。

　いけめいてくぼまり、みづつけるところあり。ほとりにまつもありき。いつとせむとせのうちに、千とせやすぎにけん、かたへはなくなりにけり。いまおひたるぞまじれる。おほかたのみなあれにたれば、「あはれ。」とぞひとびという。おもひいでぬことなく、おもひこひしきがうちに、このいへにてうまれしをんなごのもろともにかへらねば、いかがはかなしき。ふなびともみな、こたかりてのゝしる。かかるうちに、なほかなしきにたへずして、ひそかにこころしれるひとといへりけるうた、
　むまれしもかへらぬものをわがやどにこまつのあるをみるがかなしさ
　とぞいへる。なほあかずやあらん、またかくなん。
　みしひとのまつのちとせにみましかばとほくかなしきわかれせましや
　わすれがたく、くちをしきことおほかれど、えつくさず。とまれかうまれ、とくやりてん。

（『土佐日記』「承平五年二月十六日・終」）

　（口語訳）池みたいにくぼんで、水のたまっている所がある。そばに松もあった。留守にしていた五年か六年の間に、千年もたってしまったのだろうか、半分はなくなってしまっていた。新しくはえたのがまじっている。だいたいがすっかり荒れてしまっているので、「まあひどい」と人々はいう。思い出さぬこととてなく、その恋しい思いのうちにも、この家で生まれた女の子が、任地で死んで、どんなに悲しいことか。同船の人も、みな子どもが寄ってたかって騒いでいる。こうした騒ぎの中で、いっそら悲しさに堪えかねて、そっと気持ちのわかっている人とがよみかわした歌は、
　この家で生まれた子さえ土佐で死んで帰って来ないのに、留守中のわが家に小松が新しくはえ育っているのを見るのが悲しい。
　といったことだ。それでもまだいい足りないのか、またこんなふうに。
　かつて生きていた子が、千年の齢をもつ松のように長く生きていたとしたら、遠い土佐であのような悲しい永遠の別れをしただろうか。そんなことはなかったろうに。
　忘れられない、心残りなことがたくさんあるけれど、とても書き尽くせない。何はともあれ、早く破ってしまおう。

◆ 『蜻蛉日記』

　『蜻蛉日記』は天延二年（974年）以後成立し、「内容」上・中・下の三巻からなる。作者は、右大将道綱の母で、本作品は二十一年間の結婚生活を回想したものである。この作品は、受領階級の娘として生まれた作者が、右大臣藤原兼家(ふじわらのかねいえ)（道長の父）の求婚に驚くところ

から筆を起こし、一子道綱をもうけたものの、ついに夫と仲睦まじい生活を送ることができず、夫との不和による苦悩とあきらめ、道綱の成長だけを頼みとするに至るまでの過程が切なく描いている。この『蜻蛉日記』は物語と縁を切り、真正面から妻として母としての自分のありようをありのままに記述したものである。自分より格段に高い身分であり、多くの妻妾を持ち、政争に明け暮れる夫を持った女の生活がどのようなものか、その苦しみ悩む魂の真実を知ってほしいという作者の願いがこの作品に込められている。夫の専心な愛を求める誇り高い作者の精神が、しだいに裏切られ、傷つけられていく様子が、陰影に富んだ内面描写によって記されていて、当時の一夫多妻制の中で愛情のずれに苦しむ心理的な葛藤が迫力に満ちて語られている。物語風に展開した自伝的日記で、精細で陰影に富む心理描写は極めて斬新なもので、虚構の多い当時の物語を否定し、自己の真実をさらけだしていこうとする姿勢は、その後の女流文学の興隆にもつながるが、同時にそれはこの時代の女性の苦しみの深さを示すものでもある。愛し合いながらも食い違う男女の心理を鋭くとらえる文体は、後の『源氏物語』などの女流文学に大きな影響を与えた。

　世の中におほかるふる物語のはしなどを見れば、世におほかるそらごとだにあり、人にもあらぬ身の上までかき日記して、めづらしきさまにもありなむ、あめのした天下の人のしなたかきやと、とはむためしにもせよかしと覚ゆるも、過ぎにし年月ごろのころもおぼつかなかりければ、さてもありぬべきことなむ多かりける。

（『蜻蛉日記』上巻　序）

　（口語訳）世の中にある多くの古い物語の片端などを見ると、全く多くのそらごとさえ書かれている。これなら、人並みでもない身の上まで日記してみれば、これはまあ珍しいことだと注意もされようし、名門と結ばれた女の生き方を知りたいと思うとき、こういう例もあるのだとその例にもなったらいいと思われるのだが、過ぎ去った年月のことは、記憶が薄れてはっきりしないので、まあどうにかという程度のあやふやな記述が多くなってしまった。

◆『和泉式部日記』（図2-5）
　情熱的で奔放な女流歌人和泉式部が敦道親王との恋愛を記した日記である。約十か月にわたる冷泉院の皇子敦道親王との恋の経緯を物語風に記した日記で、身分の違う二人のやるせない恋愛が百五十首近い贈答歌を中心に情感豊かに語られ、和泉式部と道親王との純粋な愛の世界が描かれている。作者は作品の中で一貫して自分を「女」と第三人

称で扱っている。また、本作品は歌物語的性格を持っており、和歌の贈答の場面が頻出する。和歌の贈答はこの作品を大きく特徴づけるものである。この作品は『蜻蛉日記』のような憂い・悲しみはみられないが、百四十七首に及ぶ贈答歌を中心として、ひたむきな恋愛の心情と不安や孤独に満ちていた内面世界が抒情的に表現されている。

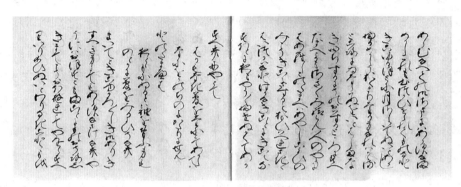

図2-5　和泉式部日記

　夢よりもはかなき世の中を嘆きわびつつ明かし暮らすほどに、はかなくて四月十余日になりぬれば、木下に暗がりもてゆく。端の方を眺むれば、築地の上の草の青やかなるも、ことに人は目留めぬを、あはれに眺むるほどに…

（『和泉式部日記』冒頭）

　（口語訳）夢よりもはかない人の世を嘆きはかなみ続けて、明かし暮らしているうちに、ただ何と言うことなく、四月四日過ぎにもなってきますと、青葉が茂って、木下がだんだん暗くなってゆきます。端の方を眺めると、土塀の上の草が青々足手下りますのも、格別他の人は気にも留めませんのを、しみじみと眺めておりますと…

◆『紫式部日記』

　『源氏物語』の作者紫式部が一条天皇の中宮彰子（道長の娘）に仕えていた時の宮廷生活の詳細な記録で、中宮彰子の出産を中心に描かれている。彰子の出産場面を中心に、華麗宮廷行事の様子が克明に描かれるが、華やかな宮廷生活を描きながら、そうした華やかさに同化できない作者自身の孤独を凝視する姿勢が特徴的である。後半は消息文（手紙文）と呼ばれる部分で、清少納言、和泉式部、赤染衛門など同輩女房に対する人物評や、自己の内面に対するきびしい省察が記されている。鋭い観察力と孤独で内省的な性格とが顕著にみられ、自照文学の特色をよく示している。

秋のけはひ入りたつままに、土御門殿のありさま言はむ方なくをかし。池のわたりの梢ども、遣水のほとりの草むら、おのがじし色づきわたりつつ、おほかたの空もえんなるにもてはやされて、不断の御読経の声々、あはれまさりけり。

　（口語訳）秋のけはいが深まるにつれて土御門殿の有様は言いようもなくすばらしい。池の辺りの木々のこずえ、遣水のほとりの草むら、それぞれ一面に色づき、優美な空の景色に引き立てられて、とぎれなく続く僧たちの御読経の声も、ますますしみじみ感じられてくる。

　和泉式部といふ人こそ、おもしろう書きかはしける。されど、和泉はけしからぬかたこそあれ、
　…
　清少納言こそ、したり顔にいみじうはべりける人。さばかりさかしだち、真名書きちらしてはべるほども、よく見れば、まだいとたへぬこと多かり。
　…
　源氏の物語、御前にあるを、殿の御覧じて、例のすずろごとども出できたるついでに、梅の枝に敷かれたる紙にかかせたまへる、
　　すきものと名にし立てれば見る人の折らで過ぐるはあらじとぞ思ふ
　たまはせたれば、
　　人にまだ折られぬものをたれかこのすきものぞとは口ならしけむ
　めざましう、と聞こゆ。

（『紫式部日記』）

　（口語訳）和泉式部という人は実に趣深く手紙をやりとりしたものです。しかし和泉には感心しない面があります。
　…
　清少納言は実に得意顔をして偉そうにしていた人です。あれほど利口ぶって漢字を書きちらしております程度も、よく見ればまだひどくたりない点がたくさんあります。
　…
　源氏の物語が中宮さまのお前にあるのを、殿（道長）がご覧になって、いつものご冗談などもおっしゃりだされたついでに、梅の枝の下に敷かれてある紙にお書きになる。
　　そなたは、浮気者ということで評判になっているから、見る人が自分のものにせずそのままに見すごしてゆくことは、きっとあるまいと思うのだが
　　こんな歌をくださったので、
　　私はまだどなたにもなびいたことはございませんのに、いったいだれが、この私を浮気者などとはいいふらしたのでございましょうか

心外なことですよ、と申しあげた。

　夜いたう更けにけり。御物忌におはしましければ、御前にもまゐらず、心ぼそくてうちふしたるに、前なる人々の、「うちわたりはなほいとけはひことなりけり。里にては、いまは寝なましものを、さもいざとき履のしげさかな」といろめかしくいひゐたるを聞きて、
　としくれてわが世ふけゆく風の音に心のうちのすさまじきかな

（『紫式部日記』）

　（口語訳）夜はたいそう更けてしまった。中宮さまは御物忌にこもっておいでなので、御前にも参らず、もの寂しい気持でうち臥していると、一緒にいる若い女房たちが「宮中はやっぱりほかと様子が違っているわねえ。実家にいたら今ごろはもう寝てしまっているはずなのに。ほんとに寝つかれないほど殿方の履音かひんぱんなことね」と上気して言っているのを聞いて、
　今年も暮れて、私の生涯も老いてゆく。この夜更けの風の音を聞いていると、身の行く末が思われて、心の中にも木枯しが吹き、荒涼としてくることだ。

　訪ねてくる男たちの履物の音に顔を赤らめる女房たちの声を聞きつつ「心のうち」の「すさまじき」ものを紫式部凝視していた。この凝視から『源氏物語』が生み出されたのであろう。

◆『更級日記』

　菅原孝標女の作である。幼いころから草深い東国で育った彼女は文学環境に恵まれ、少女の時から、当時の物語、ことに『源氏物語』の世界にあこがれ、「光る源氏の夕顔、宇治の大将の浮舟の女君のやうにこそあらめ」などの夢をもっていた。しかし、そういう夢とはほど遠い結婚生活をおくり、夫に先立たれた。厳しい現実の中で挫折し、信仰の世界に魂の安らぎを求めようとする。『更級日記』は、物語にあこがれて上京した旅の記憶に始まり、人生の夢が裏切られていく幻滅の果てに、夫にも死に別れてわびしい老年を迎える、この十三歳から五十二歳までの四十年間の魂の遍歴を回想して、厳しい現実生活に夢破れ、ついに信仰に生きようとするまでの生涯を自叙伝的に書いた日記である。

　純情な浪漫的精神が全編に溢れており、現実の中に、夢と幻がしきりに交錯しているのが、この作品の特色となっている。全編に夢を追い、幻を描く感傷的気分があふれ、また信仰に徹しようとするが徹しきれない心のゆらぎの中に、衰退してゆく貴族社会の

気分が反映されている。物語世界への幻想も、仏の救済への信仰も、ともに想像によって生み出された非現実の世界へのあこがれである点で変わりはなく、むしろ、夫にも先立たれた最晩年の孤独の中に、人生のはかなさをかみしめる作者の諦めが示されている点も注目される。

　あづまぢの道のはてよりも、なほ奥つかたに生ひいでたる人、いかばかりかはあやしかりけむを、いかに思ひはじめけることにか、世の中に物語といふもののあんなるを、いかで見ばやと思ひつつ、つれづれなるひるま、よひゐなどに、姉、まま母などやうの人々の、その物語、かの物語、光源氏のあるやうなど、ところどころ語るを聞くに、いとどゆかしさまされど、わが思ふままに、そらにいかでかおぼえ語らむ。

（『更級日記』冒頭）

　（口語訳）東国への道の果て（の常陸）より、もっと奥（の上総）で成長した私は、どんなにいなかか田舎びていたであろうに、どうして思いついたのか、世の中に物語というものがあるということだが、それを何とかして見たいものだと思いながら、退屈な昼間や、夜のだんらんの時などに、姉や継母などが、その物語、あの物語、光源氏のありさまなど、ところどころ語るのを聞くにつけて、ますますそれらを見たい気持ちがつのるが、どうして私が満足するほど、暗記していて語ってくれようか。

　あそび三人、いづくよりともなく出で来たり。（中略）声すべて似るものなく、そらに澄みのぼりてめでたくうたを歌ふ。人々いみじうあはれがりて、け近くて、人々もて興ずるに、「西国の遊女はえかからじ」などいふを聞きて「難波わたりにくらぶれば」とめでたく歌ひたり。見る目のいときたなげなきに、声さへ似るものなく歌ひて、さばかり恐ろしげなる山中にたちて行くを…

（『更級日記』）

　（口語訳）（足柄山のふもとに宿ったとき）遊女が三人、どこからともなく現れた。（中略）声はたとえようもなく美しく、空に澄みのぼるように上手に歌を歌った。人々がたいそう感動して、そば近くに呼んで興じているときに、ある人が「西の国の遊女はとてもこんなにすばらしくは歌えまい。」などと言うのを聞いて、「難波あたりの遊女にくらべたらとても物の数ではございません。」と当意即妙に巧みにうたうのだった。見たところがいかにもこぎれいで、声までたとえようもなく美しく歌って、ひどく恐ろしげな山の中に帰って行くのを…

美しい遊女が、かがり火の光から消えてゆくそのさきの「恐ろしげなる山中」は、やがてあらわれる武士の住むところでもあった。

◆その他の日記

また、平安時代に書かれた日記文学としては、八十三歳の老母が、仏法を求めて渡宋する六十一歳の我が子との生き別れの嘆きを、歌を中心に綴った日記的家集『成尋阿闍梨母集(じょうじんあざりのははのしゅう)』、親しく仕えた堀河(ほりかわ)天皇の発病・崩御の場面を中心に、新帝即位までの記事を収めた『讃岐典侍日記』などが知られている。前者は長歌一首、短歌百七十四首に長い詞書がついていて、歌日記のような形態であり、文飾も何もない母性愛の吐露は読む者の胸を打つ。後者は、藤原長子が、寵愛をうけた堀河天皇の死とその追憶を綴った上下二巻の日記で、「死」を主題とするところに特異さが見られ、天皇のことを描いた歴史物語的な日記と見ることもできる。

2. 随筆

『蜻蛉日記』によって確立した日記文学の方法は、作者の内面世界への凝視を初めて可能にする意味をもっていた。しかし、日記には、本来、記録としての性格があり、そこに作者の内面世界も、時間の流れの中に表現されるのが常であった。ところが、こうした枠を破って、作者の鋭利で繊細な感覚が、日記本来の自照性を強く保ちながら、自在に発揮されるような文学形態が新たに生み出された。それが『枕草子』に代表される随筆文学である。

随筆は、作者の見聞、体験、感想など様々な事象を心の赴くままに書きとめ、形式にとらわれずに自由に表現したもので、自照的・批評的性格が強い。自己の心情を語るという点では日記と同様自照文学としての性格を備えているが、そこで語られるのは時間や場所という「縛り」から解放された自己の美的感覚である。十世紀末になると宮廷文化は大きく発達して、才子才女を輩出し、人々の感覚は繊細の極地にまで洗練された。そういう宮廷文化を背景に、自然や人事について自由な筆致で描かれた作品『枕草子』が登場した。

◆『枕草子』

　『枕草子』は、一条天皇の中宮定子に仕えた清少納言が書いたもので、十世紀末ごろに成立した（図2-6）。内容は、中宮定子を中心とする華やかな宮廷生活の体験や、自然や人事についての感想などを、自由に書き綴ったものである。『枕草子』の成立については、その跋文の一節に、作者が中宮定子から草子（料紙）を下賜され、これに執筆することになった、という事情が記されている。藤原道長が権力を握ったあと、清少納言が女房として仕えていた一条天皇の皇后定子の実家・中関白家は急激に衰えていき、やがて定子自身も亡くなった。『枕草子』は、清少納言がかつての関白家の栄華をしのんで随想風に書いた作品であった。

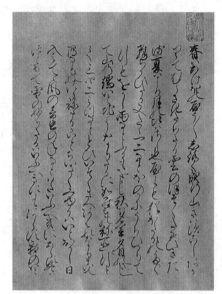

図2-6　枕草子

　全体は長短三百余の章段から成り、そのいずれにも、作者の鋭い審美的感覚をうかがうことができる。各章段は、その内容によって、「山は」あるいは「すさまじきもの」などと言って、同種のものを列挙し、ときに感想を加える物尽し（類聚）の章段・定子を中心とする宮廷生活の回想記である日記的章段・自然や人生について感想を述べた随想的章段という三つの形態に分類されている。各章段はときに連想の糸でつながりながらも雑然と配列されており、内容・形態ともに随筆と言うにふさわしい。

　類聚的章段は、「木の花は」「山は」「鳥は」などで始まる美的連想を語るものと、「かたはらいたきもの」「うつくしきもの」といった共通の心情語によって、一括できるものを列挙して、作者の美的感覚を示したものがある。ここに、鋭い観察眼と、作者独自のものの見方があらわれている。前者はいわゆる歌枕式のもの、後者は共通の心情語による事物の列挙で、いずれも鋭利で細かい観察に基づく言葉の連想が、自在に駆使されている。

　うつくしきもの　瓜にかきたるちごの顔。雀の子の、ねず鳴きするにをどり来る。二つ三つばかりなるちごの、いそぎてはひ来る道に、いとちひさき塵のありけるを目ざとに見つけて、いとをかしげなる指にとらへて、大人などに見せたる、いとうつくし。

（『枕草子』百五十一段）

（口語訳）かわいいもの　瓜に描いてある幼児の顔。雀の子が鼠鳴きをすると踊るようにしてやってくる。二、三歳ぐらいの幼児が、急いで這ってくる途中に、たいそう小さいごみがあったのを目ざとく見つけて、とてもかわいい指でつまんで、大人などに見せているのは、たいそうかわいらしい。

　ありがたきもの　舅にほめらるる婿。また、姑に思はるる嫁の君。毛のよく抜くるしろがねの毛抜き。主そしらぬ従者。つゆの癖なき。かたち、心、ありさまもすぐれ、世に経るほど、いささかのきずなき。

(『枕草子』「ありがたきもの」)

（口語訳）めったにないもの。舅にほめられる婿。また、姑にかわいがられる嫁君。毛がよく抜ける銀の毛抜き。主人の悪口を言わない従者。ほんのちょっとした癖もない人。容貌、性質、風姿もすぐれていて、世間とまじわっていく時、少しの非難すべき点もない人。

日記的章段は、華やかな宮廷生活を回想したもので、清少納言か仕えた中宮定子を中心とした宮廷の様子が、明るく、生き生きと写し出されている。その鋭い感受性と、歯切れのよい文章表現は、ほかに類例を見ない。「もののあはれ」の情趣を中心とした「源氏物語」に対して、『枕草子』は、「をかし」という知的態度で作られたといえよう。また、作者自身の機知に富んだ言動が処々に記されている。次は、「香炉峰の雪は」という中宮の問いに対して、「簾を上げる」動作でもって答え、暗に白居易の詩の一節を示したところである。

　雪のいと高う降りたるを、例ならず御格子まゐりて、炭櫃に火をおこして、物語などして集まりさぶらふに、「少納言よ、香炉峰の雪、いかならん。」と仰せらるれば、御格子あげさせて、御簾を高くあげたれば、わらはせ給ふ。

(『枕草子』二百九十九段)

雪がたいそう深く積もっているのを、いつもとちがって御格子を下ろし申しあげて、炭櫃に火をおこして、女房たちが話などをして集まってお仕えしていると、中宮様が、「少納言よ、香炉峰の雪はどのようでしょう。」とおっしゃったので、私が御格子を上げさせて、御簾を高く巻き上げたところ、中宮様はお笑いになられた。

随想的章段は、たとえば、冒頭の「春はあけぼの」の段のように、おりに触れての自然や人事に対する自由な感想を述べた章段で、随筆的性格が最も強い。類聚的章段から派生したものと考えられている。

　春は、曙。やうやう白くなりゆく、山ぎは少し明りて、紫だちたる雲のほそくたなびきたる。
　夏は、夜。月のころはさらなり、闇もなほ、蛍のおほく飛びちがひたる。また、ただ一つ二つなど、ほのかにうち光りて行くも、をかし。雨など降るも、をかし。
　秋は、夕暮れ。夕日のさして、山の端いと近うなりたるに、烏の寝どころへ行くとて、三つ四つ、二つ三つなど、飛びいそぐさへあはれなり。まいて、雁などのつらねたるが、いとちひさく見ゆるは、いとをかし。日入り果てて、風の音、虫の音など、はた言ふべきにあらず。
　冬は、つとめて。雪の降りたるは言ふべきにもあらず。霜のいと白きも、またさらでも、いと寒きに、火など急ぎおこして、炭もてわたるも、いとつきづきし。昼になりて、ぬるくゆるびもていけば、火桶の火も白き灰がちになりて、わろし。

(『枕草子』　冒頭)

（口語訳）春は曙がすばらしい。だんだんと白くなってゆく山際が、ほんのり赤みを帯びて、紫がかった雲がすっと細くたなびいている。
　夏は夜がいい。月のあるころなどはいうまでもない。月の出ない夜でも、やはりよい。蛍がたくさんあちらこちらと飛んでいたりするのも、またただの一匹か二匹がかすかに光りながら飛んでゆくのも風情がある。雨などが降っているのも夏の夜らしい雰囲気だ。
　秋は夕暮れが風情がある。夕日の光が差し込んで、山の端に近づくころに、カラスが巣へ帰る途中で、そこここに三羽四羽と群れを成して、あわただしく飛んでゆくのまでが何かしらしみじみとする。それにもまして、雁などの渡り鳥が、列を成して飛び去ってゆくのが、点々と小さく見えるさまは、まことに印象的だ。日がすっかり落ちて、風の音や、虫の鳴き声などが聞こえて来るその情趣は、また、言うまでもない。
　冬は早朝が趣深い。その中でも雪の降っている朝のすばらしいのは、言うまでもないし、霜の真っ白におりているのもすばらしく、また、そうでなくても、ひどく寒い朝に、火などを急いでおこし、炭火を持った女官が廊を渡ってゆくのも、冬の早朝と調和して似つかわしい。昼になって寒さがだんだんゆるんで暖かくなってゆくと、火鉢の火も白い灰がちになって、風情がない。

　『枕草子』は、鋭い観察力によって、対象を鮮やかに描き出す表現がなされている。文章は短く区切られていることが多く、述語などの省略も目立つ。『源氏物語』の「もののあはれ」的な情趣の世界とは異なり、軽妙で変化に富む自由な文体が、対象を知的な目

で「をかし」ととらえる感覚美の世界を、見事に現出している。『源氏物語』のような内面的深さは見られないが、作者固有の観察力、対象に溺れずに客観性、豊かな教養などによって、自然や人事（人間に関わる事柄）の断面が的確にとらえられている。『源氏物語』の「もののあはれ」に対して、『枕草子』は、鋭敏な感覚、教養に裏付けられた機知などを駆使して、自然や人事の諸相を簡潔、的確な表現によって鮮明で色彩豊かな映像を読者がイメージできようにし、明るく知的な「をかし」の文学として、日本文学史の中で独自の位置を占めている。

　『枕草子』のこうしたスタイルは、作者の、外界のとらえ方としっかり結びついている。作者は、その鋭敏な感覚と観察力とによって、自然や人事の断面をあざやかに描き出すことができた。もとよりこのような作者の感受性を支える美意識の基準は、定子を中心とする後宮世界の中にのみ存在したのであり、そのために、それは、華やかな宮廷生活をひたすら賛美する姿勢も生み出すことになったのである。

　だが、こうした美意識の基準は、ともすれば皮相な見方に傾きがちであり、現実をきびしく見つめることによって育まれる深い内面性は、ついにもたらされることはなかった。

四、歴史文学・説話文学

1. 歴史物語

　中古後期になると、物語の創作意欲が衰え、作品そのものにも行きづまりがあらわれてくる。一方、武士が勢力を増してくるにつれて、藤原氏をはじめとする貴族階級が権力を失い、貴族文化そのものも衰えていく。貴族は歴史意識を持ち始め、自分たちの落ちぶれた現状を嘆き、華やかな過去の栄光が回顧されるようになった。文学においても『源氏物語』以後生彩を欠いていた虚構の世界にかわって、歴史的事実に素材を求めているが、「六国史」などの純粋な歴史書とは違って、仮名で記され、物語仕立てであるところに大きな特色がある。ここに皇室を中心とする貴族社会の歴史を物語風に記した作品、即ち「歴史物語」が作られることになった。『栄花物語』『大鏡』『今鏡』がある。「六国史」によって文学と分けられていた歴史は、ここに再び文学と結びついた。

◆『栄花物語』

　歴史物語の最初の作品で、正編三十巻、続編十巻から成る。宇多(うだ)天皇から堀河天皇までの二百年間のことを、編年体で記している。関白藤原道長の栄華の一生を『源氏物語』の形式にならって、前編三十帖の中に詳しく述べ、後編十帖では、道長没後の、その子頼通らの事跡を記している。内容は概ね史実に合致しているが、事件や人間を把握する態度はむしろ虚構の物語である『源氏物語』の影響を強く受けている。宮廷生活を中心に描き、藤原道長の全盛への賛美がメインとなっており、彼の全盛期に対する思慕の情が強く、華やかな宮廷生活が感傷的に回顧されている。また、道長を賛美しながらもその栄華の陰で泣く人々に同情を惜しまないところなどに特徴がある。政治上のこと、源平二氏の動向などには触れておらず、史実に対する批判精神も乏しいが、歴史物語という新たな分野を切り開いた点に大きな意義がある。

◆『大鏡』

　十二世紀初め頃までに成立し、文徳(もんとく)天皇から後一条(ごいちじょう)天皇までの百七十六年間の事柄が書かれ、『栄花物語』と同様、藤原道長を頂点とする藤原氏の栄華を、紀伝体で書いた歴史物語である。百九十歳の老翁である大宅世継(おおやけのよつぎ)と百八十歳の夏山繁樹(なつやましげき)が、妻の老婆や青年を相手に自分が見聞したことを語るという戯曲風の構成で物語を進めているところに、新しさがあり、叙述の真実性と客観性を保証しようとする作者の周到な用意をうかがうことができる。その会話によって物語を展開する構成は、読者に真実感を与え、歴史の裏面までも描くことができた。この構成は、『大鏡』のあとを書き継いだ形の『今鏡(いまかがみ)』、そして、中世の『水鏡(みずかがみ)』『増鏡(ますかがみ)』などの、いわゆる鏡物(かがみもの)に影響を与えている（図2-7）。

　道長の栄華を主題とする点で『栄花物語』と共通するが、『栄花物語』の女性的な筆致に反して、文体は雄勁で、鋭い現実認識に基づく批判精神をもって、骨肉の争いを越えて権力の獲得に力を尽くす気迫にあふれた男たち、とりわけ、道長の姿を様々な逸話を重ねて描き出している。『栄花物語』とは違って、単なる道長賛美に終わることなく、政争の裏面史が語られており、鋭い批判意識が見られるところにこの作品の価値がある。文章は簡潔で、和文体の中に漢文体も多く取り入れた力強い文体で、和漢混交文(わかんこんこうぶん)の芽生えを見ることができる。以下に示す文は冒頭の一節で、異様に年老いた三人の老人（世継・繁樹・妻）が登場し、あいさつをしている場面である。

日本文学史

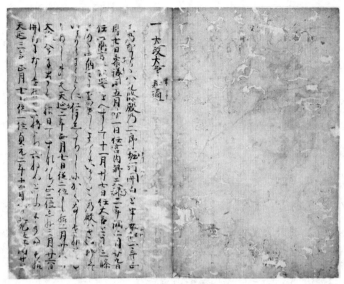

図2-7　大鏡

　さいつころ雲林院の菩提講にまうでて侍りしかば、例人よりはこよなう年老い、うたてげなるおきな二人、おうなと行きあひて、同じ所に居ぬめり。あはれに同じやうなる者のさまかなと見侍りしに、これら、うち笑ひ見かはして言ふやう、「年来、『昔の人に対面して、いかで世の中の見聞く事をも聞こえあはせむ、このただ今の入道殿下の御有様をも申しあはせばや』と思ふに、あはれにうれしくも会ひ申したるかな。

（『大鏡』冒頭）

　（口語訳）先日、雲林院の菩提講に参詣いたしましたところ、普通の人に比べてとても年を取り、異様な老人二人と老婆とが出会って同じ所に座っていました。しみじみと同じような様子をした人たちだなと見ておりますと、彼らは笑い顔を見合わせて言うには「長年、『昔の知人に会って、なんとかして世の中の見たり聞いたりすることを語り合いたい。この現在の入道殿下の御様子を話し合いたい。』と思っていたところで、なんとうれしくもお目にかかったことです。

次の場面には、道長の激しく生々しい権力への意志を見ることができる。

　四条大納言の、かく何事にもすぐれてめでたくおはしますを、大入道殿、「いかでかからむ。うらやましくもあるかな。わが子どもの、影だに踏むべくもあらぬこそ口惜しけれ」と申させ給ひければ、中関白殿、粟田殿などは、げにさもやおぼすらむと恥づかしげなる御気色にて、物ものたまはぬに、この入道殿は、いと若うおはします御身にて、「影をば踏まで、つらをや

は踏まぬ」とこそせられけれ。まことにさおはしますめれ。内大臣殿をだに、近くえ見奉り給はぬよ。

(『大鏡』道長伝)

　(口語訳)四条大納言(藤原公任)が、このように何事にもすぐれて立派でいらっしゃるのを、大入道殿(藤原兼家)は、「どうして、このようにすぐれていらっしゃるのだろう。うらやましいことです。わが子たちが、(公任の)影をさえ踏むことができそうもないことが、残念なことです」とおっしゃったので、中関白殿(藤原道隆)、粟田殿(藤原道兼)などは、なるほど父上がそうお思いになるのはもっともであろうと、恥ずかしそうな御様子で、口をつぐんでおいでになったところ、この入道殿(藤原道長)は、まだたいそうお若い時分でいらっしゃったが、「影はともかくとしても、面を踏まずにおくものか」と、おっしゃったとのことです。なるほどそのお言葉どおり、(道長は公任を)おさえておいでのようです。(公任は)内大臣殿(藤原教通)にさえ、じかに御対面になれないのですよ。

◆『今鏡』
　『大鏡』の後を継いで、万寿二年から嘉応二年までの約百五十年間の事柄を書いたのは『今鏡』である。同じく戯曲的構成を取り、大宅世継の孫で紫式部に仕えた百五十歳の老婆が語るという『大鏡』の体裁を受け継いでいるが、『栄花物語』風の優雅な文体で描かれていて、歴史把握の態度もむしろ『栄花物語』に近く、権力争いの激しい葛藤より優雅な宮廷生活に目を向ける。紀伝体で記されているが、時代の特徴である武士の勃興などにもほとんど注目せず、懐古趣味が顕著である。巻九が「昔語」、巻十が「打聞」(聞きとめた話)になっていて、『大鏡』から説話文学に一歩あゆみよった姿を見せている。

2. 説話文学

　奈良時代の後半に仏教が広く伝わるようになると、その信仰を勧めるための説話、「仏教説話」が起こり、説経の場で語られるようになった。こうした仏教説話を集めたものに平安初期の『日本霊異記』がある。つづいて、中期には和文による絵入りで述べた『三宝絵詞』が書かれ、幅広い庶民を対象とする浄土教などが伝わった後期には説教、法話が盛んに行われ、説教のテキストであったらしい『打聞集』の仏教説話集が成立した。これらはいずれも仏教の霊験を語り、信仰心を持たせることを目的とした仏教説話集である。

一方、平安の後期になると物語は貴族社会の衰退とともに廃れ、庶民の生活意識が高まるにつれて、知識階級は、逸話や巷説(世間のうわさ)など貴族社会の周辺に文学の基盤を求めるようになった。こうした気運の中で、当時の世相や庶民の生活を写した世俗説話が発達し、それを具現化したものが、貴族が集めた説話集である。それは仏教説話にとどまらず、貴族・武士・庶民の生活に根ざした世俗説話も対象であった。すでに十一世紀に、源隆国が編纂した『宇治大納言物語』が、こうした方向性をもつ説話集であったと見られている。大江匡房の談話である『江談抄』には、世俗説話も含まれている。院政期に入ると、この傾向が一段と進み、十二世紀前半に、仏教説話と世俗説話の集大成である『今昔物語集』が生み出された。また、同時期に世俗、仏教説話集である『古本説話集』が成立し、鎌倉時代における説話集の大流行に道を開いた。

◆ 『今昔物語集』

　『今昔物語集』は十二世紀前半に成立し、一千余の説話を三十一巻にまとめた説話集である。構成は、天竺(インド)・震旦(中国)・本朝(日本)の三部に大別され、配列にも周到な配慮を施すなど、細部まで整然とした組織によってされている(図2-8)。本朝は、さらに仏教説話と世俗説話とに分けられている。中心となるのは仏教説話、仏教の成立から各国への伝来・流布の過程が、歴史的にたどら

図2-8　今昔物語集

れているが、それは単に仏の霊験の尊さへの賛嘆をはかろうとするものではなく、そこに行動する人間のあり方を見つめようとする姿勢によって、強く裏付けられるものであった。文学的にすぐれているのは世俗説話で、そこには、貴族だけでなく、新興の地方武士から庶民・盗賊に至るさまざまな人物が登場し、混沌とした時代をたくましく生きぬく彼らの姿が、リアルに描かれている。日本の部の後半の世俗、雑事の説話には、僧侶、武士、農民、漁民、盗人、さらに、蛇、狐、鬼、天狗の類までも描かれている。こうした膨大な説話が集成された背景には、編者の、人間に対する強い興味があったことはまちがいないが、同時に、それは、王朝盛時の文化を回顧し、整理しようとする院政期一般の時代風潮とも無縁ではかった。

『今昔物語集』の文章は簡潔素朴で、漢字に片仮名を小書した宣命体的表記による一種の和漢混交文体によって統一されていて、この独特の文体は『平家物語』等の和漢混交文を準備するものである。俗語や口語も取り入れられていて、説話の内容にふさわしいものをもっている。芥川龍之介は、「今昔物語の芸術的生命は生まなましさだけには終わっていない。それは、紅毛人（広く西洋人のことを指す）の言葉を借りれば、brutaliy（野生）の美しさである。」と評し、説話の文学的価値を紹介した。

次に示す文は源頼信と頼義の親子が夜中に馬を盗んだ者を追いかけて闇の中でとらえる話であるが、この親子の訓練された行動力と連帯感には目をみはるものがある。

　厩ノ方ニ、人、音ヲ挙ゲテ叫ビテ云ク、「夜前モテ参リタル御馬ヲ、盗人取テ罷リヌ」ト。頼信、此ノ音ヲホノカニ聞テ、頼義ガ寝タルニ「此ル事云ハ聞クヤ」ト告ゲズシテ、起キケルママニ（中略）頼義モ其ノ音ヲ聞テ、祖ノ思ヒケル様ニ思ヒテ、祖ニ此トモ告ゲズシテ、未ダ装束モ解カデ丸寝ニテ有ケレバ、起キケルママニ祖ノ如ク胡簶ヲカキ負ヒテ（中略）頼信、「射ョ、彼レヤ」ト云ケル言モ未ダヲハラヌニ、弓ノ音スナリ。

（『今昔物語集』巻二十五）

　（口語訳）厩の方で下人が大声をあげて叫んだ。「昨夜連れてまいった御馬を盗人がぬすんで行ったぞ。」頼信はこの声をほのかに耳にするや、近くで寝ている子の頼義に「あの声をきいたか。」とよびかけもせずはね起きると（中略）頼義も下人の声を聞き、父と同じように判断して、父によびかけもせずまだ昼の服装のまま横になっていたので、起き上がるやいなや父と同様に胡簶をかき負い（中略）父の頼信は子の頼義がそこにいるかどうかまっくらでわからないはずなのに、まるで示し合わせてでもいたように「射よ、あれだぞ。」と叫んだ。するとその声がおわらない前に、弓の音がひびいた。

一切が無言のなかで親の思う通りに子は行動している。やがて彼らの子孫が武士の世界をつくっていくが、『今昔物語集』はそうしたエネルギーを的確にとらえていた。

次は、芥川龍之介の『羅生門』の原典となった部分で、荒っぽく野性的な内容が、それにふさわしい簡潔かつ素朴で力強い和漢混交文で書かれている。

　今ハ昔、摂津ノ国ノ辺ヨリ盗セムガ為ニ京ニ上ケル男ノ、日ノ未ダ明カリケレバ、羅城門ノ下

ニ立隠レテ立テリケルニ、朱雀ノ方ニ人重ク行クレバ、人ノ静マルマデト思テ、門ノ下ニ待立テリケルニ、山城ノ方ヨリ人共ノ数来タル音ノシケレバ、其レニ不見エジト思テ、門ノ上層ニ和ラ掻ツリ登タリケルニ、見レバ、火髴ニ燃シタリ。

(『今昔物語集』巻二十九の第十八)

（口語訳）今は昔、摂津の国の片田舎から盗みをしようと思って上京した男が、日がまだ明るかったので、羅城門の下に隠れて立っていると、朱雀の方に人が頻繁に通行していたので、人通りが静まるまでと思って、門の下で待っていたが、山城の方から人がたくさん来る音がしたので、それに見られまいと思って、門の二階にそっと登って、見ると、火がほのかにともっている。

第三節　中古文学のまとめ

一、中古文学の特徴と理念

　平安時代では、上代に引き続いて漢詩・漢文が栄え、初期は前代と同じく唐の文化の影響を受けて漢詩集などが作られた。しかし、894年に遣唐使の廃止が決定された頃から、日本独自の「国風文化」と呼ばれる文化が花開いた。905年には初の勅撰和歌集である『古今和歌集』が編纂され、和歌が漢詩と対等な位置づけとなった。歌合せなどの公的な場での和歌が多く認められるようになるほか、屏風歌なども多く詠まれた。それに伴い、著名な歌人の歌を集めた私家集の存在が認められるようになる。この和歌の隆盛は、多くの女流歌人を生み出した。紀貫之が女性の立場に立って仮名で書いた『土佐日記』をはじめとして、仮名文の日記風の作品が認められるようになる。また、清少納言によって随想的章段を含む『枕草子』などが書かれ、随筆的文学が栄えた。

　現存しない散逸物語も含め、多くの物語作品が作られたのもこの時期の特徴である。『源氏物語』で「物語の出で来はじめの祖なる竹取の翁」と表現される『竹取物語』にはじまり、『伊勢物語』『宇津保物語』『落窪物語』など現存する物語が多く書かれている。これらは平安初期においては男性の手によると思われるものも多いが、仮名による女性の作品が増えていくのも特徴である。数多くの漢文学、仮名文学に触れた紫式部による『源氏物語』は、中古の文学の代表作とも言うべき長大な作品で、以降の日本の文学史全体に大きな影響を与えた。また様々な説話集も編まれており、その集大成とも言える『今昔物語集』などの説話集の存在も、この時代の文化や文学の様子をよく体現している。

上代文学が素朴で力強いのに対して、中古文学は優美・繊細な情趣を基調である。貴族は、荘園経済を基盤として、平穏で豊かな生活を送り、優美で洗練された生活を楽しんだ。美しい平安京の自然にはぐくまれ、経済的にもゆとりのある貴族の築いた中古の文化は、優美・繊細な情趣を帯びていた。その中心理念は、しみじみとした情趣の「もののあはれ」である。それは、生活に調和的優美さを求めてやまない平安貴族が生み出したものであり、はなやかさの裏に、社会の矛盾を鋭く感じとって、苦悩の日々を送った女性たちが生み出した理念でもある。「もののあはれ」は、紫式部の『源氏物語』で完成した。そして、それは、『枕草子』の明るく知的な「をかし」とともに、中古文学を代表する文学的理念の一つで、当時の日本文学を貫く理念でもあった。

二、中古文学史用語解説

1. もののあはれ

平安時代の文学及びそれを生んだ貴族生活の中心をなす理念。本居宣長（もとおりのりなが）が「見るもの、聞くもの、ふるることに、心の感じいづる嘆息の声」と言い、『源氏物語』を「もののあはれ」の文学であると評して以来、独立した一つの文芸理念となった。外界の事物（自然・人事）に触れ、そこからしみじみとした感動を覚える情趣を言う。「あはれ」とも言う。「をかし」の対語。

2. をかし

「もののあはれ」とともに平安時代の文学の代表的美的理念。「もののあはれ」が内面から感動を生じるのに対し、「をかし」は対象に知的な興味がひかれたことを示す語で、ある程度客観的、批評的、主知的に見た感動を表す。この「をかし」を基調とする作品が『枕草子』である。

3. 作り物語

実際に起こったことを記した物語ではなく、虚構的、空想的な物語。「伝奇物語」とも言う。『竹取物語』がその最初の作品である。

4. 歌物語

平安前期の、和歌を中心として、その和歌が作られた由来や背景を物語風にまとめた作品。主な作品としては、『伊勢物語』や『大和物語』などが挙げられる。

5. 歴史物語

　「六国史」の後をついで平安時代末期から室町時代にかけて史実を和文体で書いた物語。「鏡」の付いた書名が多いことから「鏡物」と言う。主な作品としては、『栄花物語』『大鏡』『今鏡』『水鏡』『増鏡』などが挙げられる。

6. 日記文学

　毎日の出来事を記す正確な日記ではなく、一種の回想的自伝とも言えるものを仮名で記した作品。『土佐日記』『蜻蛉日記』『和泉式部日記』『紫式部日記』『更級日記』など。

7. 勅撰和歌集

　天皇または上皇の命を受けて撰ばれた和歌集。『古今和歌集』に始まり『新続古今和歌集』に終わる。

8. 私撰集

　勅撰集に対して、個人や多くの民間歌人の歌を撰んだ私的な和歌集。『新撰万葉集』『古今和歌六帖』など。

9. 歌合

　歌人を左右に分け、その詠んだ歌を左右一首ずつ組み合わせ、その優劣によって勝負を決する遊戯。平安貴族社会の中で発達した。

10. 紀伝体

　歴史書編集方式の一つで、各天子の治政を年代順に記した「本紀(ほんぎ)」と主要人物の伝記を記した『列伝』とから成っている。『史記(しき)』がそれで、日本では『大鏡』『今鏡』がその形式をとっている。

11. 編年体

　歴史書編集方式の一つで、歴史事実を年代順に記したもの。『栄花物語』『増鏡』『水鏡』がそれである。

12. 三代集

　『古今和歌集』『後撰和歌集』『拾遺和歌集』の三代の勅撰和歌集を指す。

13. 八代集

平安時代中期から鎌倉時代初期にかけて撰集された勅撰和歌集の総称。具体的には、『古今和歌集』、『後撰和歌集』『拾遺和歌集』(三代集)と『後拾遺和歌集』『金葉和歌集』『詞花和歌集』『千載和歌集』『新古今和歌集』を指す。

14. 六歌仙

平安時代初期の六人の歌の名人。具体的には、遍昭・在原業平・文屋康秀・喜撰・小野小町・大伴黒主を指す。紀貫之が『古今和歌集』の「序文」でこの六人を挙げ、その歌風を評した。

15. 三十六歌仙

平安時代中期までの和歌の名人三十六人の総称。藤原公任の『三十六人撰』に載っている。

16. 鏡物

書名に「鏡」のつく歴史物語の総称。「鏡」は歴史の真実の姿を映し出すもの。四鏡は『大鏡』・『今鏡』・『水鏡』・『増鏡』を言う。

17. 自照文学

「自照」とは、自己の内面を深く省察すること。特に自照性が色濃い日記・随筆を「自照文学」という。具体的には、『蜻蛉日記』などの作品を指す。

三、学習のポイント

1. 時代

平安時代。平安京遷都から鎌倉幕府成立までの約四百年間をいう。(貴族文学の時代)漢文学隆盛、仮名文字の発達に上る和歌の興隆・女流文学の黄金時代。繊細優美情趣を帯びた「もののあはれ」の文学の時代。

2. 詩歌

◆『古今和歌集』

成立：1913—1914 年

選者：紀貫之・紀友則・凡河内躬恒・壬生忠岑

歌数：二十巻・約千百首

特徴：最初の勅撰集、紀貫之の「仮名序」を持つ、繊細優美な歌風。

「たをやめぶり」は『古今集』の歌風の特色を表言葉で、温和・優艶で技巧的な歌風を言う。

歌人：六歌仙（僧正遍昭・在原業平・小野小町・文屋康秀・僧喜撰・大伴黒主）、および選者が中心。

3．物語

つくり物語：不思議話を素材として伝奇・空想の世界を描く物語。→『竹取物語』・『宇津保物語』・『落窪物語』

歌物語：和歌を中心に短い説話を集めた物語。→『伊勢物語』・『大和物語』・『平中物語』

『竹取物語』：現存する日本最古の物語。「物語の出で来はじめの祖」。かぐや姫を主人公とした奇的内容。

『伊勢物語』：在原業平に擬せられた主人公の一代記的体裁。みやび。

『源氏物語』：成立：十一世紀初め

作者：紫式部

構成：五十四巻。最後の十巻は別名「宇治十帖」。

内容：光源氏の一生とその子薫の恋物語を描く。作り物語と歌物語を総合完成させた典文学の最高傑作。もののあはれ。

『堤中納言物語』：現実を直視し、機知に富んだ多彩な十編の短編から成る。「虫めづる姫君」等。

4．歴史物語

『栄花物語』：歴史物語の最初。藤原道長賛美の内容。編年体。

『大鏡』：十二世紀初めごろまでに成立。歴史物語の傑作。批判精神に富み、歴史の表裏を描く。紀伝体。

5．仏教説話集

『今昔物語集』：千編あまりの仏教説話と世俗説話を集大成した説話集。

6. 日記

『土佐日記』：紀貫之作。土佐から京都までの船旅の経験を女性に仮託して仮名で書いた最初の日記文学。

『蜻蛉日記』：藤原道綱母作。結婚生活での自身の心の内面を述べた回想的な日記。自照性に富む。『源氏物語』にも影響。

『和泉式部日記』：和泉式部の恋愛を歌物語的に記した日記。

『紫式部日記』：紫式部が中宮彰子に仕えていた時の宮廷生活の記録。

『更級日記』：菅原孝標娘作。物語にあこがれた少女時代からの人生を自叙伝的に書く。

7. 随筆

『枕草子』：清少納言作。十世紀末ごろに成立。最初の随筆。約300段からなり、類集的章段、日記的章段、随想的章段に分類される。をかし。清少納言は中宮定子に仕えた。

四、その他のまとめ

1. 中古文学の主な作品一覧

成立	作品名	作者・編者	ジャンル
905年	古今和歌集	醍醐天皇勅令　紀貫之・紀友則ら	勅撰漢詩集
910年以前	竹取物語	藤原冬嗣・菅原清公ら	勅撰漢詩集
827年	経国集	未詳	物語
935年頃	土佐日記	紀貫之	日記
956年以後	伊勢物語	未詳	物語
974年以後	蜻蛉日記	右大将道綱母	日記
984年以前	宇津保物語	未詳	物語
989年頃	落窪物語	未詳	物語
996年	枕草子	清少納言	随筆
1004年以後	和泉式部日記	和泉式部	日記
1008年頃	源氏物語	紫式部	物語
1010年以後	紫式部日記	紫式部	日記
1028年以後	栄華物語	赤染衛門	歴史物語
1059年以後	更級日記	菅原孝標女	日記

続表

成立	作品名	作者・編者	ジャンル
1120年頃	大鏡	未詳	歴史物語
1120年頃	今昔物語集	未詳	説話
1170年	今鏡	藤原為経（寂超）	歴史物語
1184年	梁塵秘抄	後白河天皇	歌謡

2.『古今和歌集』の時代区分とその歌風

時代	時代区分	代表的な歌人	歌風
よみ人知らず時代	天平宝字三年（759年）―天長十年（833年）の約七十五年間		万葉風が多く受け継がれており、技巧を凝らすことなく、素直な表現である。民謡的で、素朴、実感的であるが、個性的ではない
六歌仙時代	承和元年（834年）―仁和二年（886年）の約五十五年間	僧正遍昭・在原業平・小野小町・文屋康秀・僧喜撰・大伴黒主ら	七五調の歌が詠まれるようになり、個性的な発想による歌が多くなった。「六歌仙」は、業平・遍昭・小町に代表される。業平は、貫之時代のような理知的技巧は少なく、感動的表現を用い、遍昭は洒脱的で、小町は哀愁を帯びた優美な歌である。全体として技巧はあるが、まだみずみずしい感動が詠まれている
撰者時代	仁和三年（887年）―延喜五年（905年）の約二十年間	紀貫之・紀友則・凡河内躬恒・壬生の忠岑ら	漢詩の影響を受け、理知的であり、素材を理知的、内省的に構成し、技巧を凝らして表現する、いわゆる「古今調」の歌が完成した。理知的、技巧的で万葉調と対比される

3.『源氏物語』と『枕草子』

	源氏物語	枕草子
成立・作者	寛弘五年（1008年）には少なくとも一部は流布。紫式部	長徳二年（996年）頃から流布。清少納言
内容	四代七十余年にわたる長編物語。五十四帖。四十一帖までは光源氏の数奇な運命をたどる栄華の一生、続く十三帖は光源氏の死後の物語で、光源氏の子薫を主人公として失意の半生を語る	随筆。約三百段。十年近くの宮仕えを中心として、自然や人事にわたる警抜観察、鋭利な感覚をきびきびした筆致で描く
特色	「もののあはれ」の文学。雄大な構想。典雅文章。深刻人生批判。精密な心理描写	「をかし」の文学。洗練された美意識。鋭い観察眼。豊かな知性

総合練習

1. 奈良文化の特徴といえば、貴族的な文化であり、（　　　）であると言えよう。中古時代になると、（　　　）になる。
   A. 国風文化　　　　　　　　　　　唐風文化
   B. 唐風文化　　　　　　　　　　　国風文化
2. 仏教説話を中心としつつも、世俗説話をも収めて集大成した中古最大の説話集は何か。
   A. 日本霊異記　　B. 風土記　　C. 今昔物語集　　D. 竹取物語
3. 女性の名を仮託して、書いた最初の仮名日記とその作者の名前は何か。
   A. 藤原道綱母『蜻蛉日記』　　　　B. 紀貫之『土佐日記』
   C. 和泉式部『和泉式部日記』　　　D. 菅原孝標女『更級日記』
4. 古来、物語の祖とされる作品は何か。
   A. 源氏物語　　B. 竹取物語　　C. 伊勢物語　　D. 枕草子
5. 世界最古の写実小説、日本古典文学の最高峰は何か。
   A. 源氏物語　　B. 伊勢物語　　C. 竹取物語　　D. 堤中納言物語
6. 『源氏物語』における代表的な文学意識はどれか。
   A. をかし　　B. まこと　　C. みやび　　D. もののあわれ
7. 次の作品や作家を時代順に並べなさい。
   　　1 源氏物語　　2 大鏡　　3 竹取物語
   A. 1-2-3　　B. 3-1-2　　C. 2-1-3　　D. 3-2-1
8. 次の作品や作家を時代順に並べなさい。
   　　1 清少納言　　2 大伴家持　　3 紀貫之
   A. 3-1-2　　B. 2-1-3　　C. 3-2-1　　D. 2-3-1
9. 「男もなする日記といふものを、女もしてみむとて、するなり。」はどの作品の冒頭部か。次から選んでください。
   A. 土佐日記　　B. 紫式部日記　　C. 和泉式部日記　　D. 更級日記
10. 「いづれの御時にか、女御、更衣あまたさぶらひたまひけるなかに、いとやむごとなき際にはあらぬが、すぐれて時めきたまふありけり。」はどの作品の冒頭部か。次から選びなさい。
    A. 宇津保物語　　B. 伊勢物語　　C. 竹取物語　　D. 源氏物語
11. 「春は、あけぼの。やうやう白くなりゆく、山ぎは少し明りて、紫だちたる雲のほそ

くたなびきたる。」はどの作品の内容か。次から選びなさい。

　　A．古今和歌集　　B．今昔物語集　　C．枕草子　　D．蜻蛉日記

12. 次の作品の中で、歴史物語に属しているものを一つ選びなさい。

　　A．懐風藻　　B．大鏡　　C．浮世風呂　　D．奥の細道

13. 『枕草子』の説明として正しいのはどれか。

　　A．当時の宮廷生活を、虚構を通して思索的・内省的な態度で描き、深い人生の真実を求めている

　　B．自然・人生・趣味など、多方面な分野について、感じたことをそのまま書き綴っている

　　C．虚構の多い当時の物語に対して、自己の内面的真実を写実的に私小説的に描いている

　　D．中宮彰子に仕えていた当時の宮廷生活の詳細な記録で、女房たちの人物や作者の人生観も見られる

14. 日本中古時代に最初の勅撰和歌集（　　　）が編纂された。それは醍醐天皇の勅命を受けて、（　　　）、紀友則、凡河内躬恒、壬生忠岑の四人の選者によって編纂された和歌集である。

15. （　　　）は歌物語という形式で、六歌仙の一人である在原業平の和歌を中心として生まれた。日本最初の物語（　　　）とほぼ同時代に成立した。

16. 平安時代に、紀貫之が女性の立場から仮名で書いた『土佐日記』をはじめとして、仮名文の日記風の作品が認められるようになる。また清少納言の手による、随想的章段を含む（　　　）などが書かれ、随筆的文学が栄えていくことにもつながった。先行する数多の漢文学、仮名文学双方を踏まえた紫式部による（　　　）は、中古の文学の代表作とも言うべき作品で、その後の日本の文学史全体に強い影響を与えている。

17. 次の日本文学用語を日本語で述べなさい。

　　もののあわれ　　　　をかし

　　歴史物語　　　　　　日記文学

18. 日本中古時代の文学特徴について説明しなさい。

■コラム：物語の起源、発展と展開

　物語は歴史が古く、日本の土着的な口承の伝説、英雄伝などに遡ることができる。『古事記』『日本書紀』といった権威ある「オハナシ」も存在するが、多くの場合は怪談として人々の間に広まっていた。平安時代に入ると、物語は次第に筆記文学として形を整える一方で、中国伝来の史書、小説（ここでは稗史のことを指す）、唐人伝奇の影響も同時に受け、仮名文学の隆盛という流れに乗って独特な文学として世に知られた。当時、おびただしい数の物語が創作されたが、その多くは散逸した。今日も残っている物語は、『竹取物語』『宇津保物語』『落窪物語』『源氏物語』『狭衣物語』『とりかえばや物語』『堤中納言物語』など伝奇的な内容の物語、『伊勢物語』『大和物語』など歌物語とよばれる和歌を中心とした物語である。平安末期に歴史物語、または説話文学という新たな形式の物語が生み出されており、中世には軍事物語に発展した。

　日本の物語文学の成立に多大な影響を与えた中国では、同時代に『源氏物語』のような長編が見られない。当時の中国では、古典小説は文学と見なされていなかった。そんな中、中国文化を吸収した日本は、「作り物語」を大いに発展させた。最古の長編『宇津保物語』は中国楽器を中心に物語が展開されており、『源氏物語』には白居易（楽天）の詩句と『文選』が引用されている。長大な物語が当時の文明の中心地ではなく、辺境の日本で誕生したことは、比較文学の角度から見ると注目に値することである。

　「作り物語」の誕生を語るには、その先駆け的な存在である日記文学への言及も不可欠である。日記は本来男性が漢文を使って公的儀式、私的行事などを記すものであったが、女性に仮託した紀貫之が「女手」と呼ばれる仮名文で『土佐日記』を書いたことによって日記のイメージが一変し、その後、道綱母の自伝的な『蜻蛉日記』が出され、仮名文学が次第に貴族階級の女性に広まっていった。当時、文学に従事し、または文学を享受できる女性は概ね貴族、または地方の受領の親縁であった。記録に残されている女性作家、歌人を眺めてみると、斎院、女御、なにがしの母という貴族の出より、式部、命婦、中務、少納言、大弐、乳母など、准貴族の出身が女房、乳母勤めのほうが多かった。女性作家は漢詩文、和歌の教育を親から受けて、貴人の侍従として働き、権力者の庇護のもとで創作を行っていた。

　「女流日記作者は、文筆に親しむ家庭に育ち書くという才能を表現しうる、経済的にも時間的にも気分的にも余裕のある静かな孤独の生活におかれた才能ある女性のみが作者たり得たと見たが、「物語」となれば右の条件はさらに強く要求され、加うるに、物語を構成するために豊かな取材の

場が必要であり、かつ創作を推進し、作品を鑑賞喧伝する文化圏が提供されなければならないと思う」

——阿部俊子・「古代後期の女性と文学」

　ここにあげられている「取材の場」とは、人生の浮沈による落差を意味すると考えている。平安時代の場合、もっと明確に言えば地方での経歴であろう。紫式部は幼い頃親と越前の国（現在の北陸地方）で二年間暮らしたことで、都と地方の差を身も持って感じ、都に戻ったのち藤原道長のもとで中宮彰子の女房として仕え、その浮沈によって物語を書く筆致に彩りと陰を加えることができた。紫式部と同様地方での生活経験を持ち、都鄙の落差を知り尽くした清少納言の場合は「創作を推進し、作品を鑑賞喧伝する文化圏」に恵まれなかったため、都への思いを日記に託すほかなかった。

　「祇園精舎の鐘の声、諸行無常の響きあり。娑羅双樹の花の色、盛者必衰の理をあらはす…」という有名な冒頭から、漢詩文のリズムがはっきりと読み取れる。中世において物語の創作は次第に女性から武士に移り、軍記物語の発達の背後には漢文体の定着と発展があった。仮名文学は説話、たとえば『宇治拾遺物語』などで命脈を保っていたが衰えていた。近世になると、印刷出版の進歩にともなって貴族、武士、僧侶による文化圏が解体し、物語そのものは草紙、読本の形に変わっていった。和漢の典籍に精通した上田秋成が仮名文学と漢文学の技法を自在に駆使して書いた『雨月物語』は物語の集大成と言えよう。

　現代の文学において「物語」を語るとき、物語論（narratology）の角度から言及されることが多く、叙事の構造と技法を研究することによって小説の作り方を追求した結果、現代に書かれた小説の多くは、実は昔の物語の定型にはまっていることが分かった。

　「小説が衰微する一方で、物語はますます繁栄を誇るかのようである。そして、死と再生を疑似体験することで世界と自己をくっきりと結像させたいという欲求が物語をもとめるのである以上、氾濫する物語群の主流が推理またはミステリーと呼ばれる一群とSFまたはファンタジーと呼ばれる一群であることも当然である…（中略）…どれもが、現実の全貌とは無縁な場所で自らの定型を実現し、そこに繰り広げられる安定した世界像に人々は安らかでいると言った方が正確であろう。確かに、推理もSFも、とめどない都市化やハイテク化現象の比喩だと言うことはできる。だが、定型が描き出す比喩とは、既に制度化した像にすぎまい。物語が本当に、文学の袋小路を突き破る血路となるためには、比喩と定型に自足することはできないだろう。問われるべきは、『物語のダイナミズム』が今日なおも有効であるかどうか、物語の創る世界像が、定型の枠を超えて世界

の現在を開示しうるかどうかである」

——井口時男・『物語論/破局論』

　上の文章では、現代の小説が定型の束縛から脱却できないと物語に先祖返りしてしまうことが指摘されている。物語によって構築されるモデルは安定しているが、世界の歪みを描き出す力を失わせている。現代小説、たとえば、近年の村上春樹の作品が抱えている問題はまさしくそれである。その視点から現在の文学全体を眺めていくと、物語はこの時代の文学においてもなお重要なテーマの一つである。

第三章　中世の文学

第一節　中世文学概観

一、時代区分

　源頼朝(みなもとのよりとも)が鎌倉に幕府を開き、征夷大将軍(せいいたいしょうぐん)となった建久三年（1192年）あたりから、徳川家康(とくがわいえやす)が天下を統一し、江戸(えど)に幕府を開いた慶長八年（1603年）頃までの、およそ四百年間を日本文学史においては中世と呼ぶことが一般的となっている。政権の呼び方でいえば、鎌倉時代から南北朝(なんぼくちょう)時代、室町時代を経て、安土(あづち)・桃山(ももやま)時代までの時代をいう。鎌倉時代を中世前期、それ以降を中世後期と分けることができる。

二、時代背景

　中世は動乱の時代である。鎌倉幕府以来、武家は次第に権力を強め、京都の宮廷政治を有名無実のものにしていった。承久(じょうきゅう)の変(へん)（承久の乱）、建武(けんむ)の新政(しんせい)、南北朝の対立など、それらは前代を夢みた公家たちの儚い抵抗でもあった。鎌倉時代前期は、文化的には貴族らによる王朝文化を守ろうとする復古的傾向が主流であり、武士が新しい文化のにない手となるのは後期である。ただ、この時代に、新仏教の各宗派が次々に成立し、これらの仏教思想の影響を受けた人々の中から、数多くの優れた文学が生み出された。

　戦乱は、当然社会全体に大きな影響を及ぼさずにはおかなかった。中で京都を中心とする貴族階級は、政治権力のみならず、経済的基盤をも失ってしだいに没落し、これに代わって武士階級が実権を握るに至り、更に中世の末には町人(ちょうにん)たちも台頭してくるのである。けれども、文学や文化の世界では、依然として京都の貴族が中心的存在であった。特に鎌倉時代においては、武士社会は彼ら固有の文学や文化を生み出すまでには成熟しておらず、貴族の文学や文化に憧憬し、これを模倣することに精一杯であった。しかし、南北朝時代を経て室町時代になると、文化面における貴族の衰退と武士の影響力拡大は

顕著になり、半ば貴族化した将軍や大名の主導、庇護のもとに文学活動が展開され、武士階級出身の作者も多くの分野に進出した。

ついで、京都の室町に幕府が開かれてからは、武家同士の争いがつづき、ついには、京都を主戦場にして、全国を二つに分けた応仁の乱となり、下剋上の風が吹き荒れ、戦国時代にまで及んだ。文化面でも、都と地方との文化交流が行われるとともに、近世的なものの芽生えがみられた。南北朝時代は、後醍醐天皇の樹立した南朝と、足利氏が光明天皇を擁立した北朝とが対立・抗争が繰り広げられた五十余年間である。この時代は貴族勢力の退潮が一段と進み、武士・庶民を中心とする新興勢力の興隆が著しく、町衆と呼ばれる町人社会が積極的に文学にかかわるようになる。能楽など、下からの文化も起こった。室町時代は、南北朝合一が幕府の手によって実現し、幕府は最盛期を迎えたが、将軍の暗殺、内紛などがあり、応仁の乱（1461—1477年）を経て乱世の戰国時代となった。一方、文化面では、これまで文学の担い手であった貴族・武士に代わって、庶民の中から創造者が出てきた。このように、文学の担い手がもはや単一ではなくなったことが、中古の文学と異なる中世文学の特色の一つである。

三、中世文学の展開

中世前期は、伝統的な貴族文化と新しい文化の交替王朝懐古と新時代への目期にあたる。政権を武士に奪われた貴族は、平安時代を懐かしみ、王朝への回帰を夢見た。『新古今和歌集』はそのような貴族たちによってなった、王朝文化の最後の華とも言うべきもので、中世文学の性格一つである幽玄有心の世界が開拓された。その後も、和歌の伝統は、ほぼ中世全般を通じて守られていた。元来、滑稽・諧謔を主としたものであった連歌が流行して、室町期以後は和歌とほぼ同等の地位を得て、近世の俳諧に発展していった。宗祇をはじめとする連歌師は、戦国大名に招かれて地方への旅を繰り返した。それによって中央の文化は広く地方に運ばれ、地方の文化の向上をもたらした。また、歌論や連歌論が書かれ、評論の世界を開拓したが、伝統の世界を固守し、それを秘伝化する傾向もみられた。なお、臨済宗は幕府の保護をうけ、その五山を中心に生まれた漢文学は五山文学と呼ばれ、南北朝から室町期にかけて、漢文学の中心となった。それは、室町幕府の崩壊とともに衰亡したが、幽寂、枯淡の禅的な美は、この時期の文学にも反映し、さらに、江戸期の「わび」「さび」の理念に影響を与えた。

この時代には、王朝の物語を模倣した擬古物語が、説話文学とともに、室町期の

庶民的な文学で、お伽草子を生み出す橋渡しとなった。また、生々しい戦乱を描くにふさわしい和漢混交体による軍記物語が新しく作られ、その主なものは、詠誦・語りによって、大衆の心をつかんだ。随筆について言うと、鎌倉前期に『方丈記』、末期に『徒然草』が書かれ、また、京都・鎌倉間の人的往来が多くなったことから、『海道記』『東関紀行』『十六夜日記』のような旅日記文学も作られた。また、この時代には、『建礼門院右京大夫集』や『とはずがたり』のように、宮廷を舞台とした女房日記文学が盛んにつくられたが、やがて姿を消していった。なお、室町末期、キリスト教が日本に伝わり、宣教師の布教活動や日本語教育のためにローマ字で記された『平家物語』や『伊曽保物語』など、キリシタン版の文学の印刷が行われた。

　中世後期は、建武の新政とそれに続く南北朝の動乱、戦乱の世と文学の広がりによって始まる。この激動の世を背景に、歴史物語として『増鏡』、史論として『神皇正統記』が書かれた。軍記物語は大作の『太平記』『平家物語』をはじめとする作品を数多く生んだ。御伽草子は、庶民を含め読者を対象につくられた物語で、近世の仮名草子につながるものである。文学のにない手としては武士が活躍し、さらに庶民も加わるようになったことが注目され、やがて近世の町人文化が花開くことになる。

　能楽と狂言は、中世に成立した演劇である。中世には、古来の雑芸から起こった猿楽の能は、足利将軍の保護をうけて、貴族趣味の能楽として大成し、観阿弥・世阿弥父子に代表される象徴・幽玄の世界を確立し、王朝的世界へのあこがれを強く示したものである。それに対し、滑稽・物真似・諷刺の部分は狂言となり、能に付随して演じられ、喜劇的口語的性格をもって庶民的な笑いの世界をもたらした。狂言は現代的・写実的で、庶民の感情をよく表している。中世に成立した能楽と狂言とが、一方が中古的・王朝的、一方が近世的・庶民的であるということは、中世が過渡期の時代であることを示している。

四、文芸の地方化・庶民化

　中世の初めに、多くの擬古物語が書かれた。これらはいずれも王朝物語の流れをくむ、貴族的・復古的傾向の著しいものであった。この傾向は、中世末期に書かれた御伽草子にも見られるが、一方、中世の説話文学、とくに世俗説話の中に見られる庶民の描き方は、旧来の物語や説話にはない、新しい庶民的文学の方向性を示している。神仏の霊験に祈り、富貴栄達を願う庶民の姿は、旧来のものである。それに対し、生きる欲望の激しさ、

したたかさは、説話文学や御伽草子においてとらえられ、やがて、近世の浮世草子において典型化されてゆく新しい庶民の特質である。狂言の中で典型化されているいくつかの人間像においても、その特質をはっきり見ることができる。

　中世には、発展しつつあった地方社会や民衆社会の様相は、『宇治拾遺物語』などの説話文学の世界にも取り上げられ、人々に新鮮なイメージで受け止められた。また、戦乱を避けて地方に下った京都の貴族、または各地の戦国大名に招かれた宗祇や連歌師らも、地方の文化水準の向上に大きな役割を果たしたと考えられる。文学の題材、制作、享受など全ての面で、京都から地方へと大きな広がりを見せたことは、この時期の大きな特徴と言える。和歌の余技として始まった歌は、庶民の間でも流行し、田楽や猿楽、狂言の見物のかたわらで上下を問わず行われていた。庶民階級にまで広がった読者層を対象に作られたのが御伽草子であり、小歌の世界には、庶民社会の息吹が生き生きと伝えている。このように、文学・芸能の成立や受容の場に、庶民階級が大きな影響力をもつに至ったことは注目され、このことはやがて、次の近世の庶民文芸の隆盛へつながっていくものであった。

五、仏教の浸透と無常観の文学

　中世には、戦乱や政権交替が繰り返され、人々は世の儚さを実感し、宗教に救いを求めた。動乱とそれへの不安が続く中での人々の心に、強く働きかけたのは仏教であった。しかも、それは、貴族社会の中に閉じこもって無気力となった、前期の旧仏教にあきたらぬ高僧たちによって提唱された。浄土教は、平安末期に、法然によって浄土宗として広まり、弟子の親鸞は浄土真宗を樹立し、一遍は、時宗を開いた。宋から新しく伝わった禅宗には、栄西による臨済宗と、道元が開いた曹洞宗があった。また、日蓮が日蓮宗を説いた。これら現世の人間救済に積極的な新仏教は、広く庶民および武士の間に広まり、それぞれの開祖が教義をわかりやすく語った法語は、人々に受け入れられた。このように、人々の間に無常の思想を広め、無常観の文学を生み出す原動力となった。

　乱れた世を避けて山野に住み、隠者の生活を送った人々は、草庵文学と呼ばれる独特の文学を生み出した。日野山に住んでいた鴨長明は、『方丈記』の中で、都会生活の儚さから逃れて、閑居の生活を楽しむ境地を述べ、兼好法師は、『徒然草』の中で、自然や人生についての深い洞察を、豊かな学識と、何物にもとらわれない自由人の目によって示している。これらは、いずれも仏教的無常観によって人生を見つめており、中世を代表

する無常観の文学となっている。同じく無常観の文学として代表的なものに、軍記物語が挙げられる。『平家物語』は、当時の新興勢力である武士の、目を見張るような行動を生き生きと描く一方で、滅亡しつつある平家の武将、公達(きんだち)、女性らの姿を、哀切に描いている。本作に一貫して貫かれているのは、「諸行無常(しょぎょうむじょう)」の仏教的無常観である。

　また、仏教思想の影響を受けたものとしては、僧侶によって書かれた説話集が挙げられる。中世は説話の宝庫であると言われ、優れた説話文学が世に出た。鴨長明の『発心集(ほっしんしゅう)』、無住の『沙石集(しゃせきしゅう)』のように、仏教説話を中心にしたものばかりでなく、『十訓抄(じっきんしょう)』『宇治拾遺物語』など、世俗説話を中心にした作品も、仏教思想の影響を大きく受けていた。

六、「もののあはれ」から「幽玄」へ

　「幽玄」は中世の文学理念で、中古の「もののあはれ」の流れをひくものである。それは、目ではっきりと見ることのできない、奥に隠されている美を表す理念で、中古末期に藤原俊成(ふじわらのさだいえ)が追い求めていたものである。藤原定家は「幽玄」をさらに追求し、華やかな優艶美の情趣を「有心(うしん)」という言葉で表した。南北朝時代から室町時代に至ると、正徹(しょうてつ)が余情妖艶美の幽玄を唱えたのに対し、心敬(しんけい)は氷のように冷え冷えした平淡な美の情趣を求め、近世の「さび」につながっていくのである。

　鎌倉時代の初め、藤原定家らの作った『新古今和歌集』は、貴族文学の典型である古典和歌の最後を飾るものであった。この和歌集は、動乱が起こっていたという当時の現実から目を背け、王朝的・伝統的な美の世界に憧れる唯美的な歌を中心とし、幽玄を理念とした。その後、『玉葉(ぎょくよう)和歌集』『風雅(ふうが)和歌集』など数多くの勅撰集が、ようやく作られたが、いずれも見るべきところがさほどなく、和歌を唯一の拠り所とする貴族の、最後の文化を誇示するものにすぎなかった。

第二節　中世文学の流れ

一、詩歌

和歌

　中世のはじめ、公家は政治上の実権を失っていたが、まだ文学の担い手であった。政治的実権を失った貴族にとって、和歌は残り少ない誇りの一つであった。鎌倉時代に

入って、政権を関東の武士に奪われた貴族は、伝統的な文化を心の拠り所としていたため、和歌は盛んに詠まれた。歌壇の主導者は、後鳥羽院をはじめ『千載和歌集』を撰進した藤原俊成や、その子の定家たちであった。『六百番歌合』『千五百番歌合』などの大きな歌合が次々と催される一方で、和歌所が再興され、藤原定家らの優れた歌人が出てきた。こうした気運の中で、貴族文化の最後の花といえる『新古今和歌集』が勅撰されたのである（図3-1）。

中世和歌も大枠においては王朝和歌の伝統をそのまま継承しているが、時代の変化は美意識や表現技巧にも王朝とは異なったものをもたらし、結果的には中世独自の陰翳ある美の世界をもたらしている。やがて、更に中世的な詩歌形態である連歌に席を譲って、和歌自体は清新さの乏しいものと化していった。

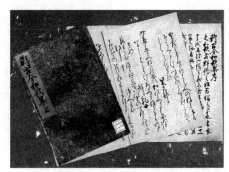

図3-1　新古今和歌集

『新古今和歌集』

後鳥羽天皇が院政開始後間もなくして院宣を下し、源通具・藤原有家・藤原定家・藤原家隆・藤原雅経の五人の撰者によって、元久二年（1205年）に成った八代集最後の和歌集である。全二十巻から成り、約二千首の短歌を収めている。『古今和歌集』と同じく真名・仮名の両序を有し、部並や構成など、『古今和歌集』に準じた面も少なくない。『万葉集』の歌は収められているが、『古今集』以後の勅撰集にある歌は載せず、当代の人々の歌に重点かおかれ、新古今調とよばれるほどの時代的特徴を示している。

後鳥羽院や撰者のほかに、西行・慈円・藤原良経・藤原俊成・式子内親王・俊成女・宮内卿など、新古今時代の当代歌人が主流を占める。なかでも、藤原定家は、父俊成の唱えた「幽玄」をさらにおし進め、厳しい現実から逃避し、歌の美的世界に生きようとして、「千載集」で目指された俊成の「幽玄」の世界を進めて、定家の「有心」の世界がつくられた。「妖艶」「有心」の詩境を目ざし、夢幻的・唯美的和歌を数多く残した。新古今調とも呼ばれるこの歌風は、『古今集』以来の王朝の美の極致ともいえるもので、以後の文学に大きな影響を与えた。

ことばによる美の世界の形成のために、本歌取り、初句切れ、三句切れ、体言止めの表現が重視され、また、本歌取りとか、『伊勢物語』や『源氏物語』の世界をふまえた歌などが多く、その結果、三十一文字に限定された和歌の内容を複雑にしたりふくらませ

たりして、絵画的、音楽的、情趣的、象徴的、物語的なイメージを表現しており、言葉の呼び起す余情を最大限に発揮させようとした。同じ目的で、漢詩文や物語を下敷きにした歌や、掛詞や縁語を用いた歌も、『新古今集』には多く見られる。用語においても、美しいイメージの、耳に響きのよい言葉を連ねて、華麗・優美・繊細な、また夢幻的な「余情美」を作り出している。過ぎ去った王朝社会への強い思慕に基づくこの新古今調は、和歌の極致の美を示すとともに、以後の和歌、連歌、そして芭蕉の文芸性などに影響を与えた。

　なお、『新古今集』時代の歌人の歌論書としては、俊成の『古来風体抄』、定家の『近代秀歌』『毎月抄』、後鳥羽院の『後鳥羽院御口伝』、順徳院の『八雲御抄』、また鴨長明の『無名抄』などが、よく知られている。

　　み吉野は山も霞みて白雪の降りし里に春は来にけり

　　　　　　　　　　　　　　　　　　　　　　　　　　　藤原良経（巻一、春上）

（口語訳）吉野では山も霞んで、白雪の降っていた、旧都の里に春はやってきたよ。

　　旅人の袖吹き返す秋風に夕日さびしき山のかけはし

　　　　　　　　　　　　　　　　　　　　　　　　　　　藤原定家（巻十、羈旅）

（口語訳）渡ってゆく旅人の袖を秋風が吹き翻し、夕日が寂しく照らし出している山の懸け橋。

　　見わたせば山もとかすむ水無瀬川夕べは秋となに思ひけむ

　　　　　　　　　　　　　　　　　　　　　　　　　　　（後鳥羽院・春上）

（口語訳）見渡すと山の麓は霞んで水無瀬川の眺めは実に美しい。夕方の景色は秋に限ると、今までなぜ思っていたのだろう。

　　春の夜の夢の浮橋とだえして峯にわかるる横雲の空

　　　　　　　　　　　　　　　　　　　　　　　　　　　（藤原定家・春上）

（口語訳）春の夜のあの人との甘美な夢は終わってしまった。夜明けの方の空では、男女が別れゆくように峰から横雲が立ち別れていく。

志賀の浦や遠ざかりゆく波間よりこほりて出づる有明の月

(藤原家隆・冬)

　(口語訳)琵琶湖の志賀の浦では岸辺から凍っていって波が次第に遠ざかり、その波の間から氷のように冴えた有明の月が出ることだ。

　　玉の緒よ絶えなば絶えねながらへば忍ぶることの弱りもぞする

(式子内親王・恋一)

　(口語訳)私の命よ、絶えるなら絶えてしまえ。このまま生き永らえると(恋心がつのって)耐え忍ぶ心も弱ってしまうから。

『百人一首』

　小倉百人一首と通称され、『古今集』から『続後撰集』までの勅撰集の中から、天智天皇に始まり、順徳院に至るまでの700年にわたる百人の代表的な歌人の歌を鎌倉時代の歌人藤原定家が年代順に一首ずつ撰んだ私撰和歌集である。王朝和歌の秀歌を撰び集めたもので、以後、和歌の世界はもとより、広く文芸の世界にまでその影響が及んでいる。江戸時代初め頃から、「歌がるた」として広く一般に普及した。恋の歌が43首と半分を占め、四季の歌が32首とそれに次ぐ。1番の天智天皇の歌から100番の順徳院の歌まで、各歌に歌番号(和歌番号)が付されている。

『金槐和歌集』

　京都に「新古今風」が盛んであったとき、鎌倉において異彩を放った、源実朝の家集である。鎌倉幕府第三代将軍の源実朝は、早くから歌道に入り、藤原定家の指導を受けて、短命で悲劇的な生涯のなかで、京都から遠い関東の土地にあって、新古今調、やがて若い感情を力強くよんだ万葉調の優れた歌を残した。その家集(個人、または一家の和歌をまとめて収めた歌集)『金槐和歌集』の歌は、近世の賀茂真淵、近代の正岡子規や斎藤茂吉らに高く評価された。

　　箱根路をわれ超えくれば伊豆の海や、沖の小島に波のよる見ゆ

(『金槐和歌集』 雑)

（口語訳）箱根の山道を私が超えてくると、目の前に広い伊豆の海が開け、その沖の方の小島に、白い波が打ち寄せているのが見えることだ。

『新古今集』以後の勅撰和歌集

　『新古今集』以後は、早くも和歌は行き詰まり、表現方法偏重の傾向を反省した定家は、心のあり方を重視した有心体(うしんてい)を主張して『新勅撰和歌集(しんちょくせん)』を独撰し、その子の為家(ためいえ)も勅撰集の撰者となり活躍した。為家の死後、土地相続の争いなどによって、家系も歌壇も、二条・京極(きょうごく)・冷泉の三派に分かれてしまい、定家が晩年撰んだ『新勅撰和歌集』を理想とする保守的な二条派と、『新古今集』を理想とする京極・冷泉派が激しく対立して勅撰集の撰集を競ったため、短期間のうちに十三代集と呼ばれる勅撰集が次々と作られた。そして、京極派を中心とした『玉葉和歌集』と『風雅和歌集』とに叙景歌を特徴とした新鮮さが見られる。南北朝頃から、和歌は僧侶や武士を中心に詠まれるようになったが、地方武士にも普及する一方で、古今伝授など形式主義に流れた和歌は、生命力を失い、衰退していった。

歌論

　平安中期から末期にかけて余情論が確立し、余情を「幽玄」と結びつけた歌論が、鴨長明の『無名秘抄』にはじまり、定家は『近代秀歌』、『毎月抄』などで、余情妖艶を主とする有心体を理想としていた。こうした文学論としての歌論は、後の心敬の「ざさめごと」などの連歌論に受け継がれていった。

連歌

　和歌に代わって盛んになったのが連歌である。連歌は、和歌の上の句五七五と下の句七七を交互に数人でよみつづけ、その付合(つけあい)を楽しむ余技として出発し、付合の緊張が追求されていく中で文学として発達した。平安時代には、このような和歌の上の句と下の句を二人で詠み分ける短連歌が知的な遊びとして盛んに行われ、連歌の機知や即興的なおもしろさが喜ばれた。中世中期に、連歌は和歌を圧倒して流行し、次第に和歌に代わる中世の代表的な詩歌としての地位を占めるに至った。形式・内容にわたり、文学として完成し、流行したのは室町期である。最初は滑稽な笑いや機知を楽しむものであったが、二条良基(にじょうよしもと)らによって幽玄を理念とするものに高められ、『菟玖波集(つくば)』のような優れた連歌集が生まれた。多くの連歌師や連歌集・連歌論が現れ、宗祇の『新撰菟玖波集』が

出るなど全盛期を迎えた。連歌もやがて形式化して衰えていくが、滑稽・諧謔を主とする無心連歌の系統からは、自由奔放の俳諧連歌が派生し、近世になると、俳諧として独立した分野を形成することになる。一方、連歌の伝統は近世に伝えられたが、注目すべき作品は生まれなかった。

連歌のおこり

連歌は最初、和歌の余興として和歌の上の句と下の句を二人で唱和する短連歌の形で行われた。すでに『万葉集』にその例があり、『金葉集』において勅撰集としては初めて「連歌」の部が設けられるようになった。これらは五七五と七七の二句から成る短連歌であった。この短連歌は中古中期から盛んになり、『金葉集』には勅撰集として初めて連歌の部が設けられた。平安末期には、三句、四句と続く鎖連歌（長連歌）が作られるようになったが、まだ、和歌のための余技にすぎなかった。この長連歌が生まれたころが、ジャンルとして連歌が和歌から独立した時期と見られる。その後、後鳥羽院の時代に百韻の形式が生まれた。

連歌の発達

鎌倉期に入ると、和歌の会とともに、連歌の会も行われ、後鳥羽院をはじめ、藤原定家や藤原家隆などが鎖連歌を愛好したため、連歌は次第に文学性を帯びてゆき、新しい式目も制定されて、百韻の形式も定着した。彼らは連歌にも和歌的優美さを求めて有心連歌を作ったが、一方、言語遊戯的な滑稽さを主とした無心連歌も作られていた。このように、鎌倉前期の連歌は、和歌的・芸術的傾向の有心派（柿本衆）と滑稽を主とする無心派（栗本衆）の二傾向に分かれていたが、しだいに有心連歌が主流となってゆき、鎌倉中期には、『建治新式』や『弘安新式』などの規則が定められて、文芸性を確立してゆく方向に進んでいった。また、武士や僧侶、庶民など地下の間にも連歌は広まってゆき、それらを指導する職業的連歌師も発生した。

連歌の確立

南北朝期に入って連歌は飛躍的に発展し、和歌にかわって時代を代表する文芸となった。連歌の進展に指導的役割を果たしたのが、二条良基とその師救済である。良基は正平三年（1357年）に最初の連歌撰集『菟玖波集』を編集した。これは勅撰集に準じられ、ここに連歌は和歌と並ぶ文芸としての地位を確立するに至った。良基はさらに、『連歌新式（応安新式）』を制定して連歌の式目を統一し、『筑波問答』などの連歌論書によって

連歌の規則を確立した。救済は良基を助け、また、清新な詠風によって連歌の師表と仰がれ、多くの門人を輩出した。室町期に入ってから、連歌の質は一時的に低下し、卑俗化の傾向があったが、やがて宗砌や心敬をはじめとする連歌師が活躍して、幽玄・有心の歌風を復興し、連歌は再び芸術性を回復した。すぐれた連歌論書『ささめごと』を書いた心敬は、心の深い境地を求め、和歌・連歌・仏道との調和による幽玄を唱え、連歌の文芸的向上に貢献した。

連歌の完成

新たに発展した連歌を完成させたのが飯尾宗祇である。宗砌・心敬の影響を受けた宗祇は、連歌集『竹林抄』『新撰菟玖波集』を編集して、これまでの連歌を集大成する一方、連歌をさらに芸術的なものに高め、連歌論『吾妻問答』を著して、幽玄・有心の歌風を完成させた。長享二年（1488年）に宗祇が弟子の肖柏と宗長との三人で詠んだ『水無瀬三吟百韻』は、連歌最高の規範とされている。

雪ながら山もとかすむ夕べかな

宗祇（発句）

行く水とほく梅にほふ里

肖柏（脇句）

川風に一むら柳春見えて

宗長（第三句）

舟さす音もしるきあけがた

宗祇（第四句）

月やなほ霧わたる夜に残るらん

肖柏（第五句）

霜おく野はら秋は暮れけり

宗長（第六句）

　　　　なく虫の心ともなく草かれて

　　　　　　　　　　　　　　　　宗祇（第七句）

　　　　垣根をとへばあらはなるみち

　　　　　　　　　　　　　　　　肖柏（第八句）

　　　　　　　　　　　　（『水無瀬三吟百韻』表八句）

俳諧連歌

　俳諧とは滑稽または戯れを意味する言葉で、連歌会の後の気楽な余興として俳諧の連歌が楽しまれていた。鎌倉時代の無心連歌の流れを汲むものである。宗祇以後の純正連歌が規則にしばられて、次第に形式化し、マンネリズムに陥っていった。ここに、連歌が本来もっていた余興的・遊戯的な性格が再び追求され、俳諧連歌が流行するようになった。俳諧連歌は、無心連歌の流れを引く、機知と笑いをねらった連歌で、無心連歌の流れを引く、機知と笑いをねらった連歌で、『犬筑波集』を編集した山崎宗鑑や、『守武千句』を作った荒木田守武によって、独立した文芸として広まっていった。これらは、やがて近世の俳諧につながっていくものである。

歌謡

　平安時代に盛んであった今様は、鎌倉時代にも引き継がれたが、やがてさまざまな歌謡が出てきた。今様のほかに武士に好まれた宴曲（早歌）、仏教歌謡の和讃などが主なものであるが、室町時代に入ると、小歌が流行するようになった。

　宴曲は、中世中期、鎌倉期から南北朝期にかけて流行した。中古の今様などの流れをくむもので、貴族や武士・僧侶など、幅広い階層で歌われて、のちの謡曲の詞章に影響を与えた。和漢の古典の詩句を多く引き、物づくしや道行体などの修辞技巧を凝らして、幽玄の美を表している。尺八などの伴奏により、宴席でもてはやされた宴曲は、今様よりも早いそうか調子で謡われたので、早歌とも呼ばれた。宴曲の大成者に明空がおり、その編になる『宴曲集』がある。

　和讃は、漢語の漢讃に対して、日本語で仏をたたえる今様風のもので、新興仏教団が布教のために作ったものである。十世紀後期頃におこったが、鎌倉期に入って多く作られるようになった。和讃とは、和語を用いて三宝（仏・法・僧）をほめたたえる賛歌で、庶民教化を目的とする平易なものが作られた。代表的なものとしては親鸞の『三帖和讃』

などが挙げられる。

室町時代になると、七五調をもとにしながらも、自由な詩型である小歌が流行した。小歌は、「民間の通俗的な歌」という意味で、七五調を主にしており、近世の七七七五形式への過渡的な形式であった。長短さまざまで、内容も恋愛をはじめ述懐や祝言など多様であるが、男女間の恋情をうたったものが多く、話し言葉や対話など、大胆に口語が取り入れられており、庶民の情感を生き生きと伝えている。小歌を集成したものに『閑吟集』『宗安小歌集』『隆達小歌』などがある。

『閑吟集』

『閑吟集』は、小歌を中心に室町時代の歌謡を集めたもので、その中には、謡曲や狂言、御伽草子の詞章と似たものも多く、相互に深い影響を与える関係である考えられる。全体の三分の二が恋の歌で、和歌に比べて、しばしば省略が効果的に用いられていて、口語的な表現が多いのもその特徴である。

　　地主の桜は、散るか散らぬか、見たか水汲み。散るやら散らぬやら、あらしこそ知れ。
　　（口語訳）清水寺の地主権現の桜は散ったかまだ散らないか。見たか、音羽の滝の水汲み上。さあ、散ったやら散らぬやら、あらしが知っているよ。

　　余り言葉のかけたさに　あれ見さいなう　空行く雲の早さよ
　　（口語訳）恋人に会えたら、あれも言おう、これも言おうと思っていたのに、いざ会ってみると、「あれを見て、雲の流れのなんて速いこと。」などとしか言うことができない。

　　よしの川の花いかだ、浮かれてこがれ候よの、こがれ候よの
　　（口語訳）わたしは吉野川の花筏、筏が浮いて槽がれるように、心は浮かれ、あなたに焦がれるばかりだよ。

（『閑吟集』）

漢詩文（隆盛と衰退）

中古中期以降、振るわなかった漢詩文であったが、禅僧による中国との交流より、鎌倉末期以降は、五山を中心として、漢詩文が盛んに作られるようになった。とくに、室町幕府の保護を受けた五山の僧による五山文学が中心となった。五山文学とは、京

都五山の禅院を中心に展開された漢文学で、主に詩が中心で、禅の法語、日記、論説などの分野にも及んでいる。鎌倉末期に、中国の禅林文学が移入されたもので、以後、多くの学僧が中国に行って教えを受け、室町前期に最盛期を迎えた。代表的な人物としては、義堂周信（ぎどうしゅうしん）、絶海中津（ぜっかいちゅうしん）、大徳寺（だいとくじ）の一休宗純（いっきゅうそうじゅん）らが挙げられる。その後、室町幕府の弱体化や五山そのものの堕落にともなって衰退していくが、近世の儒学や漢学の基盤となった。

二、物語・説話

擬古物語

　鎌倉時代に入っても、中古後期に引き続いて、王朝を舞台にした物語が盛んにつくられた。これらはいずれも、過去の夢を捨てきれない貴族が、昔を懐しんで、当時の物語を模倣したもので、擬古物語といわれる。舞台・題材・趣向に工夫を見せているが、先行する作品を改作・縮約したものが多く、登場人物の設定、構想や主題、場面の描写なども類型的である。また、仏教への傾斜も見られる。作品としては、舞台を中国にとった『松浦宮物語（まつらのみや）』、武士を主人公とした『石清水物語（いわしみず）』、典型的な継子いじめの『住吉物語（すみよし）』などが挙げられる。これらは、内容的には新鮮味に欠けるが、新興仏教の思想を反映しており、教訓と啓蒙的傾向が認められる。なかには、絵入りの本もあり、その点、室町時代の御伽草子への方向性を見ることができ、過渡的な役割になっている。なお、物語の評論書である『無名草子』には多くの物語の題名が記され、多くの擬古物語が書かれていたことがわかる。擬古物語といわれるこれらの物語にかわって、戦乱が続き、変化が大きい時代・人間を主題とした軍記（戦記）物語・歴史物語などが登場する。

歴史物語

　中世は歴史への関心も高まった時代である。歴史を物語風に叙述した歴史物語は中古においてもすでに見られたが、中世の政権がめまぐるしく変わる中で、引き続き書かれた。主なものに、平安末期から鎌倉初期の間に成立した『水鏡』、南北朝期に成立した『増鏡』がある。『水鏡』は、神代以降中古の『大鏡』で扱う以前の歴史を編年体で書いたもので、内容・文章ともに素朴である。
　『増鏡』は、鎌倉時代の歴史を貴族の立場から見たもので、各編に『栄華物語』などにならって、編年体で述べている。文章も『源氏物語』の影響がつよく、記述の正確さや

人物の心理描写、和文調の擬古文も優れており、「四鏡」の中では、『大鏡』に次ぐ傑作である。

　　都の木末を隠るるまで御覧じ送るも、なほ夢かとおぼゆ。鳥羽殿におはしましつきて、御よそひ改め、破子など参らせけれど、気色ばかりにてまかづ。これより御輿に奉れば、とどまるべき御前どもの、空しき御車を泣く泣くやり帰るとて、くれまどひたる気色、いと堪へがたげなり。

　　　　　　　　　　　　　　　　　　　　　　（『増鏡』第十六・久米のさら山）

　（口語訳）（隠岐へ流される後醍醐帝は）都の木末が隠れてしまうまで見送られるにつけても、やはり夢かと思われる。鳥羽殿に到着なされて御衣服を改め、御食事など召し上がるが、ほんの少し口をつけただけで、すぐ出発される。ここからは車でなく御輿に乗られるので、都に残る前駆の者どもは、空車を泣きながら引いて帰るといって、嘆きまどっている様子は、本当に堪えがたいさまである。

史論書

　中世では、史実の記録だけでなく、歴史を理論的に追求しようとする史論書という新しい形態の文学も現れた。鎌倉期に慈円の書いた『愚管抄』は、仏教の立場から神武天皇以来の歴史を論じた名作である。また、南朝の北畠親房の『神皇正統記』は、南朝の正統性を主張するために、神代からの歴史を記したものである。それぞれその歴史叙述は強い主張に裏付けられている。著者らは本来文学作品のつもりで書いたものではないが、その強い論調や歴史上の事件についての具体的な叙述などは、優れた文学として読むことができる。

軍記物語

　中世を代表する文学の一つに動乱の時代を反映する軍記（戦記）物語がある。その先駆作品としては、中古では、平将門の乱を扱った『将門記』や前九年の役を扱った『陸奥話記』が書かれたが、粗雑で、まだ記録的要素が多かった。平安末期から鎌倉期にかけて、生々しい動乱を経験した人々は、武家の興亡盛衰を主題とした、構想の大きな新しい様式の軍記物語を作り出し、『保元物語』『平治物語』『平家物語』『源平盛衰記』『太平記』などの多くの作品が生まれた。これらの作品は、いずれも武家の争乱・興亡を主題としたものであるが、単なる合戦記録ではなく、記録や日記、体験談などをもとに作者が文学的に構成したものである。多くの場合、琵琶を伴って語られたり、読み継がれ

たりしていくなかで、多くの人の手が加わり、おびただしい数の異本が生まれた。ここでは、武士という新しい人間像が描かれているが、一方で、合戦に伴う哀話・悲劇を描き、全体的に、仏教的無常観や因果応報の思想が根底に流れている。文体はいずれも力強い和漢混交文で、語りなどによって流布したため、よりドラマティックな内容となっている。室町期に入ると、事件を克明に記録する傾向が強くなり、当初の、物語的構想やいきいきとした表現は失われていった。

『保元物語』と『平治物語』

　鎌倉時代に入ると、本格的な軍記物語としては、まず『保元物語』と『平治物語』が挙げられる。保元、平治の乱に取材した姉妹編で、貴族と武家の対立、貴族・武家それぞれの内部対立を軸に、争乱の原因から展開、結果までが描かれている。『保元物語』では、雄々しく奮戦する敗軍の勇将源為朝が描かれ、『平治物語』では、敗れた源氏、とくに幼い義経らを抱えて逃げる常盤の姿など、争乱期の積極的で行動的な人間像が、物語の展開のなかでいきいきと描かれている。どちらも敗者に視点を置き、その末路をあわれ深く描いている。いずれも三巻と簡潔に構成され、和漢混交文である。作者は未詳だが、十三世紀半ば頃には原型が成立したと考えられている。

『平家物語』

　『平家物語』（図3-2）は十三世紀半ば頃に成立し、平家の栄華と没落を描いた軍記物語である。本作は中世軍記物語を代表する名作であるのみならず、日本文学を代表する傑作である。平家一門の盛衰の歴史が、「諸行無常、盛者必衰」の無常観に基づいて描かれている。琵琶法師によって「平曲（琵琶法師が平家物語の詞章を琵琶の伴奏で弾き語りする）」として語られ、流布するなかで、改訂増補されていった。そのため、内容も文章も、洗練されたものになり、『源平盛衰記』のような異本も多く生まれた。十二巻に灌頂の巻を加えた構成が、現在一般的である。

図3-2　平家物語

　内容は平家一門の繁盛と滅亡で、忠盛の異例の昇殿から始まり、平家六代約六十年間の歴史が語られており、物語の中心をなすのは、平家一門の全盛期から壇の浦の戦いの

敗北、その事後処理までの、約二十年間である。

　平家一門は栄華を極め、平清盛(たいらのきよもり)は太政大臣(だいじょうだいじん)にまで上り詰めるが、専横が激しく、時を移さずに反平家の動きが起こる。源頼政の決起に促された諸国の源氏は、源頼朝(みなもとのよりまさ)・木曾(きそ)義仲(よしなか)をはじめとして次々に挙兵する。折しも清盛は熱病で病没、義仲の驚異的進撃の前に、平家は京都を捨てて都落ちする。しかし、横暴な義仲軍は人心を得ることができず、頼朝の代官源義経に敗れ、義仲は討死(うちじに)にする。平家は、一の谷や屋島(いちのたに やしま)で義経の天才的な軍略によって大敗し、ついに壇の浦で滅亡する。

　このような平家一門の興亡の歴史が語られる中に、世の中のものはすべて移り変むという無常観を軸として、栄華をきわめた平家がまたたく間に没落していくさまを、多くの合戦場面を交えて描いている。また、清盛の寵愛を失った祇王(ぎおう)、高倉(たかくら)天皇の寵を得ながら清盛の圧迫を恐れて嵯峨野(さがの)に隠れた小督、一門の滅亡後、大原に隠棲した建礼門院(けんれいもんいん)徳子など、女性たちの哀しい物語も織りこまれている。仏教的な無常観に基づきながらも、勇壮合戦場面は迫力をもって描かれ、また、死や別離を前にした人々の心情も、美しく、哀切に物語られている。

　物語全体に、無常観・因果応報の仏教思想が色濃く流れており、清盛、知盛、教経(とももり のりつね)、義仲、義経らの源平の武将だけでなく、祇王、祇女、仏御前(ほとけごぜん)、小督(こごう)らの女性にまで、争乱の世の悲劇が及んでいる。軍記物語の常として、合戦の場面は勇壮で、「力」への賛美がみられるが、一方、王朝的な優美さも加えられ、剛と柔の両面が巧みに融けあっている。

　文章は、雅語(がご)・俗語(ぞくご)・仏語(ふつご)（仏教に関する語）・漢語(かんご)などを巧みにとり入れた和漢混交文で、対句的表現が多く、七五調の韻律文と記録体を含む散文とを織りまぜて、それぞれ趣を異にしながら、全体として美しく調和し、壮大な物語世界を作り上げている。また、躍動的な場面は漢文脈を基調としているのに対して、女性の悲話の場面は和文体を用い、内容に応じて使い分けられている。軍記物語の白眉(はくび)、中世文学の代表的作品で、後世の謡曲や御伽草子、浄瑠璃(じょうるり)などに多くの素材を提供している。

　冒頭の部分で、この作品を貫く主題が、哀調を帯びた七五調の韻文体で語られている。

　祇園精舎(ぎおんしょうじゃ)の鐘の音、諸行無常の響(ひび)きあり。沙羅双樹(さらそうじゅ)の花の色、盛者必衰の理(ことわり)をあらはす。おごれる人も久しからず、ただ春の夜の夢のごとし。たけきものもつひには滅びぬ、ひとへに風の前の塵(ちり)に同じ。遠く異朝(いちょう)をとぶらへば、秦の趙高(ちょうこう)、漢の王莽(おうもう)、梁(りょう)の禄山(ろくざん)、これらは皆旧主先皇の政(まつりごと)にも従はず、楽しみをきはめ、いさめをも思ひいれず、天下の乱れむことをさとらずして、民間の愁ふるところを知らざつしかば、久しからずして、亡じにしき者どもなり。近く本朝をうかが

ふに、承平の将門、天慶の純友、康和の義親、平治の信頼、これらはおごれる心もたけきことも、皆とりどりにこそありしかども、まぢかくは六波羅の入道前太政大臣平朝臣清盛公と申しし人のありさま、伝へ承るこそ、心も言葉もおよばぬ。

（『平家物語』冒頭）

（口語訳）インドの祇園精舎の鐘の音には、諸行無常の響きがある。沙羅双樹の花の色は盛者必衰の道理を表す。おごりたかぶっている人も長くは続かず、そのはかなさはまるで春の夜の夢のようだ。武勇にはやる者もいつかは滅んでしまって、全く風の前の塵と同じである。遠く外国に例を尋ねてみると、秦の趙高、漢の王莽、梁の禄山、これらは皆、自分の仕えていた元の君主や皇帝の政治にも服従せず、栄華享楽の限りを尽くし、人の諫言をも心にかけず、天下が乱れる事も悟らないで、民衆の憂い苦しんでいるのにも気付かなかったので、その栄華も長続きせず滅んでしまった者どもである。近く日本の例を考えてみると、承平の平将門、天慶の藤原純友、康和の源義親、平治の藤原信頼、これらの人物は、驕りたかぶる心も、武勇にはやることも、みな各人それぞれであったが、最近では、六波羅の入道前太政大臣平朝臣清盛公と申した人の栄華のありさまは、伝え聞いてみると、想像も及ばず、言葉でも言い表せないほどである。

木曾殿は只一騎、粟津の松原へかけ給ふが、正月二十一日、入相ばかりの事なるに、薄氷は張つたりけり。深田ありとも知らずして、馬をざつとうち入れたれば、馬の頭も見えざりけり。あふれどもあふれども、打てども打てどもはたらかず。今井が行方のおぼつかなさに、振りあふぎ給へる内甲を、三浦の石田次郎為久、追つかけてよつびいてひやうふつと射る。痛手なれば、真向を馬の頭にあててうつぶし給へる所に、石田の郎等二人落ち合ふて、つひに木曾殿の頸をば取つてんげり。

（『平家物語』巻九・木曾の最期）

（口語訳）木曾殿（義仲）はたった一騎、死に場所を求めて粟津の松原に駆け入られたが、正月二十一日、夕暮れ時のことで薄氷が張っていた。深い田があるとも知らないで、馬をざっとばかり踏みこませたところ、馬の頭も見えなくなった。あぶみであおってもあおっても、むちで打っても打っても馬は動かない。一人で防戦している今井兼平の行方が気になったので、ふり返られたところを、かぶとの内側を、三浦の石田次郎為久が追いかけ、弓をよくひきしぼり、ぴゅっと射た。致命傷で、かぶとの前部を馬の頭に押しあてたまま、うつぶせになられたところに、石田の家来二人が駆けつけて、ついに木曾殿の首を取ってしまったのだった。

『太平記』

室町期にあらわれた『太平記』は、北条高時の失政、鎌倉幕府の滅亡、後醍醐天皇に

よる建武の新政を経て、三代将軍足利義満(あしかがよしみつ)に至るまでの五十余年の南北朝の争乱の歴史を、四十巻にわたって描いている、記録的要素の多い軍記物語である。南北朝期の内乱を軸に、変革期の混迷や変転を描き出している。小島(こじま)法師の作といわれるが、『平家物語』と同様に、多くの人の修正加筆によって、今日の四十巻本になったと考えられる。思想や叙述に一貫性のないところがあり、雑然とした感はまぬがれないが、逆に、整理しきれないこの時代の真実が描かれているともいえる。仏教の無常観が根底に流れている『平家物語』に対して、儒教の道徳観と仏教の因果論が根底にあり、世相を嘆き、為政を批判する面もみられる。

人間の私利私欲のために動乱の尽きない世にあって、平和（「太平」）を願うこの物語の作者は、儒教的な見地から、人間や政治を鋭く批判している。これは『平家物語』には見られないもので、『太平記』は、この批判精神を生命としているといってもよいであろう。文体は、漢文色の濃い勇壮華麗な和漢混交文で、ことに道行文は、対句を生かした七五調の美文で綴られており、情熱を帯びた力強いものになっている。

『義経記』『曽我物語』

中世後期には、応仁の乱その他の戦乱を舞台に多くの軍記物語が作られたが、概して単調で、評価も高くない。この時代の作品としては、過去の英雄ともいうべき源義経や曽我(そが)兄弟を主人公にした『義経記』『曽我物語』が注目される。ともに室町期の軍記物語であるが、どちらも合戦やその時代を描くのではなく、特定の主人公を描いている点で、正統な軍記物語の流れから外れたものである。英雄の伝記を中心とし、主人公を悲劇的な人物として、同情の目で語っている。謡曲や歌舞伎(かぶき)など、後世の文学や芸能に多大な影響を与えた。

説話

平安時代末から盛んに編纂されるようになった説話は、中世に入ると、最盛期を迎え、多くの説話集が生まれた。それだけでなく、歴史物語、軍記物語、随筆、お伽草子、謡曲の中にも多くの説話がとり込まれている。この時代の説話には、王朝への思慕から過去の貴族社会を取り上げたものもあれば、新しい勢力への関心から、庶民や地方社会に題材を求めたものもある。また、仏教、特に浄土信仰の流行にともなって、仏の霊験や高僧の逸話などを語る仏教説話集も数多く編纂された。作者の多くは僧侶や隠者で、読者層も一般庶民にまで広がった。

説話が流行した原因としては、無気力になった貴族が、創作意欲を失ったこと、文化

の中心を占めるものが、貴族に代わって一般庶民と接触の多い僧侶や、隠者などの知識人となったことが考えられる。そして、また、読者の層が広がり、さらに、乱世に新しい生活原理や人間像を求める傾向が強くなったことなども挙げられる。したがって、この期の説話は全体的に啓蒙的・教訓的な傾向、庶民文学的な性格が強くなっている。文章も平易で、内容も読者の興味を引くような工夫がなされている。

　世俗説話集には、『宇治拾遺物語』『十訓抄』『古今著聞集』、室町期の『吉野拾遺』などがあり、文章をわかりやすくし、内容をおもしろくするための工夫がみられる。仏教説話集で代表的なものは、『宝物集』『発心集』『沙石集』などが挙げられる。仏教説話集には、説話に付する感想・教訓・説教の分量が多く、作者のものの考え方が表れている。

『宇治拾遺物語』

　作者未詳。平安末期の『今昔物語集』と並んで、説話文学の代表的作品である。貴族・民間・仏教にわたって多彩な説話が二百近く、分類されずに雑然と収められている。『今昔物語集』などの先行説話集と重なる話が八十三あるが、それらにも編者独自の見方や考え方が示されている。説話の内容は、宮廷貴族社会の挿話、歴史的事件の裏話、仏教界の話題、庶民の生活を生き生きと反映している話、不思議な話、滑稽な話など様々である。その自由で軽妙、かつ穏やかな語り口は、深い味わいをもつ。ほとんど日本の話であるが、中国やインドの話も若干含まれている。平明な和文調で、表現・内容ともに文学的価値の高い説話が集められている。編者の関心は主に人間にあるようで、当時の人々の生活感情や、現代にも通じる人間性の真実が鮮やかに表現されている。

　　「あはれに、忘れず来たるこそ、あはれなれ。」といふほどに、女の顔をうち見て、口より露ばかりの物を、落とし置くやうにして飛びていぬ。女「なににかあらん。すずめの落としていぬるものは。」とて、寄りて見れば、ひさごの種をただ一つ、落として置きたり。（中略）「されば、植ゑてみん。」とて植ゑたれば、秋になるままに、いみじく多く、生ひひろごりて、なべてのひさごにも似ず、大に多くなりたり。

（『宇治拾遺物語』雀報恩事）

　（口語訳）「まあ、忘れずに帰って来たなんて、かわいいことよ。」と言うと、女の顔を見て、口からごく小さい物を、落とし置くようにして飛んで帰る。女が「何だろう。すずめが落としていったものは。」といって、寄って見ると、瓢箪の種をたった一つ、落として置いてあった。（中略）「と

にかく、植えてみよう。」といって植えたところ、秋になるにつれて、たいそう多く、生い広がって、普通の瓢箪にも似ず、大きく多く実がなった。

　これも昔、右の顔に大きなるこぶある翁ありけり。大柑子（おほかうじ）のほどなり。人にまじるに及ばねば、薪を取りて世をすぐるほどに、山へ行きぬ。雨風はしたなくて、帰るに及ばで、山の中に、心にもあらずとまりぬ。

（『宇治拾遺物語』鬼にこぶ取らるる事）

　（口語訳）これも昔のこと、右のほおに大きなこぶのあるおじいさんがいたとさ。そのこぶは大きな柑子ぐらいだった。人と付き合うことができないので、薪をとって世を渡っているうちに、あるとき、山へ行った。雨風がひどくて家に帰ることができないので、山中に不本意ながら泊まった。

『十訓抄』『古今著聞集』

　『十訓抄』は教訓的な目的をもって作られた説話集で、その名前の通り十の教訓の例話を集めている。教訓的な啓蒙意識を基本において、具体的な処世の方向を示しているのが特徴である。また、王朝時代の説話が多く、懐古的傾向がみられる、鎌倉初期の人々の物の考え方がかなり適切に反映されている。

　『古今著聞集』は、平安時代から鎌倉初期までの説話の集大成を目指したもので、『今昔物語集』に次ぐ大部の説話集である。本作は二十巻からなり、全部で七百二十六の説話を三十の主題ごとに分類収録しており、編集の行き届いている説話集といえる。本作はどちらかと言えば全体的に貴族的色彩が濃いものである。

御伽草子

　中世後期になると、擬古物語が衰え、代わって御伽草子と呼ばれる、幅広い読者層に向けて読みやすい短編の物語が数多く作られるようになった。物語の読者は貴族だけでなく、庶民を含む広い階層を網羅していた。絵巻物（えまきもの）や冊子形式の奈良絵本の形をとるものも多く、江戸期の仮名草子に連なる。内容は多彩で、伝統的な恋愛物や、『一寸法師（いっすんぼうし）』『物くさ太郎』『文正草子（ぶんしょうぞうし）』など庶民の立身出世譚、『鉢（はち）かづき』や『岩屋の草子』などの継子いじめの話、『福富草子（ふくとみぞうし）』などの笑い話のほか、出家譚・本地物（ほんじもの）・異類物など内容は幅広く多様性があり、いずれも知識・教養がさほどない読者も楽しめ、単純で短い内容のものである。前代の物語を簡略化したもの、民間説話を物語化したものなどがあり、当

時の世相や人の気持ちをよく描き、成長しつつある庶民階級の意識を強く反映している。

三、随筆・日記・紀行

日記

　中世に入っても日記は多く書かれたが、前代に引き続いて宮廷を舞台にしたものが主流となっている。その中で、『たまきはる』『平家公達草子』は平家時代の追憶を述べており、『源家長日記』は『新古今集』成立期を記録した重要な作品である。『弁内侍日記』『中務内侍日記』は宮仕えをしていた頃の回想であるが、『十六夜日記』や『とはずがたり』は紀行部分という新しい特徴がある。

　『十六夜日記』は阿仏尼という女性が、夫藤原為家の死後、所領相続に関する争いから、わが子為相のために訴訟を起こし、老いの身をもいとわず、弘安二年（1279年）十月に京都を出発し、幕府の決裁を得るために鎌倉まで下ったときの旅日記である。わが子に対する深い愛情や訴訟への不安を底流に、旅立ちに至る事情を述べた部分、道中の風物を描写した部分、最後の鎌倉滞在記の三部から成っている。文体は擬古文で、九十首近い和歌が収められている。女性の感傷を、伝統的な洗練された教養で優美に描いているとともに、海道筋の風物や、鎌倉での動静を記すとともに、わが子への母性愛と、訴訟への不安などが描かれており、平安期の女流日記には見られない、強い意志を持つ女性を描いている。

　後深草院二条の『とはずがたり』はいかにも中世らしい自我の持ち主である女性の作品として注目に値する。本作品は愛欲生活と、それを超えようとする魂の遍歴を描いており、ありのままに自己を語る姿が、読者の共感を誘う。この作品に見られる鋭い人間観察と誠実な宗教心は、いずれも中世的精神の現れであるが、きわめて大胆に自己の告白を行った点が注目される。

　このほか、女房の日記としては、『建春門院中納言日記』『弁内侍日記』『中務内日記』、『建礼門院右京大夫集』などが挙げられる。

『建礼門院右京大夫集』

　宮廷生活を回想する歌日記的な作品である。作者の建礼門院右京大夫は、建礼門院徳子に宮廷女房として出仕し、平資盛との恋に落ちるが、やがて平家は都を追われ、資盛も一門の人々とともに壇の浦に入水して果てる。一人残された彼女は、亡き資盛への追

慕と哀悼に後半生をささげる。戦乱にもてあそばれた女性の悲哀が切々と語られており、情感あふれる作品となっている。

　恐ろしきもののふどもいくらもくだる。何かと聞けば、いかなることをいつ聞かんと悲しく心憂く、泣く泣く寝たる夢に、常に見ししままの直衣姿にて、風のおびたたしく吹く所に、いと物思はしげにうちながめてあると見て、騒ぐ心にさめたる心地、言ふべきかたなし。ただ今もげにさてもやあるらむと思ひやられて、
　波風の荒き騒ぎにただよひてさこそはやすき空なかるらめ

（『建礼門院右京大夫集』）

　（口語訳）恐ろしい武士どもが西国にたくさ下向する。いろいろなうわさを聞くので、どんなことをいつ聞くのだろうかと悲しく、つらくて、泣く泣く寝てしまった夜の夢に、いつも見なれていた直衣姿であの人（資盛）が現れて、風の激しく吹きすさぶ所に、たいそう物思いに沈んだ様子で何かを見つめている姿を見たので、胸騒ぎのあまり目覚めたときの気持ちは、何とも言いようがない。今この時もきっとそんなふうであるのだろうと、あの人のことが思いやられて、
　波風の荒々しく騒ぎたてる中にただようばかりで、きっと安らかな心持ちなどはまったくないのではないでしょうか。

紀行

　中世の前期、文化の中心は依然として京の都であったが、政治・経済の中心が鎌倉に移ったことにともなって、東海道が整備され、京と鎌倉の往復の旅を素材とした紀行文学が成立した。『十六夜日記』『海道記』『東関紀行』は、いずれも鎌倉時代に京から鎌倉へ下った人の紀行文である。
　鎌倉時代初期の『海道記』『東関紀行』は、東海道の情景と旅情を流麗な和漢混交文で描いた代表的紀行文学で、前者は漢語が多く、堅苦しい感じがするが、後者は和文調を交えて流麗で、『平家物語』などに影響を与えた。南北朝以降になると、諸国間の往来がますます盛んになり、宗祇を始めとする歌師たちを中心に紀行文が書かれた。

随筆

　中世という争乱や天災など激動する時代にあって、人々は現実社会に不安を抱き、あるいは不満や批判をもっており、出家という形で現実社会から離脱して、隠者（隠道者・世捨て人）となった。彼らは俗世間を離れて山里に隠棲し、自己や人生を静かに考え、

修行や自適の生活を送る。俗世をのがれ自然を友とし、世間に束縛されない知識人のゆとりをもって、独自の立場で描いた文学作品を残した。隠者たちは中世文学の主要な担い手として、自己や人生を冷静に見つめた随筆を多く残した。彼らの文学はしばしば隠者文学と呼ばれる。隠者文学の内容は一様ではないが、生活の合間に人生や信仰についての思いを吐露した随筆が中心となっている。そのような随筆としては鎌倉初期に書かれた『方丈記』や鎌倉末期に書かれた『徒然草』が挙げられる。『方丈記』には、人間の苦悩が感じられ、『徒然草』には、幅広い人間の知恵をうかがい知ることができる。

『方丈記』

　建暦二年（1212年）、日野外山（人里近くの山）に隠棲していた鴨長明が、人と住居とを主題とする論説的随筆で、自己を鋭く見つめた、優れた自照文学となっている。作者鴨長明は、神官の子で、後鳥羽院の和歌所の寄人（庶務、文書の執筆を担当する職員）ともなった歌人であった。のちに出家して大原山に隠棲したが、晩年は、山科の日野の山に方丈の庵を結んで、『方丈記』を書いた（図3-3）。前半には、自分が体験した大火や地震などの五つの大きな天変地異や社会変動のありさまが克明に記録されている。すなわち、京都の三分の一を焼いた安元の大火、治承の旋風、平清盛によって突如決行された福原（神）への遷都、死者が四万二千人以上といわれた養和の大飢饉、元暦の大地震などが、きわめて的確に、しかも迫力をもって描かれている。後半は、不運のくり返しであった生涯を回顧し、むなしい現実社会を捨てて出家、大原にしばらく隠棲した後、日野の外山の方丈の庵に移り住んだ

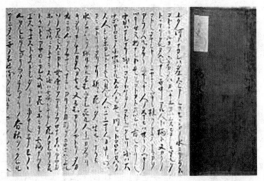

図3-3　方丈記

ことを述べている。そこでの宗教と和歌・音楽を取り混ぜた閑静で安逸な生活の様子が、生き生きと語られている。初めて得られた心のゆとりと閑寂な草庵生活の楽しみを述べる一方で、草庵生活に疑問を投げかけて自分を問い詰める姿が描かれ、明確な答えが得られぬままこの作品は終わっている。本作品は短編であるが、激動の時代に生きなければならなかった一知識人の感慨、作者の現実を見る目の確かさ、自己を凝視し、人生を追究する、その姿勢の真剣さをはっきりと読みとることができる。文章は漢文脈と和文

脈を調和させた文体で、対句や比喩が巧みで、格調も高い。

　　行く川のながれは絶えずして、しかも本の水にあらず。よどみに浮ぶうたかたは、かつ消えかつ結びて久しくとゞまることなし。世の中にある人とすみかと、またかくの如し。玉しきの都の中にむねをならべいらかをあらそへる、たかきいやしき人のすまひは、代々を經て盡きせぬものなれど、これをまことかと尋ぬれば、昔ありし家はまれなり。或はこぞ破れてことしは造り、あるは大家ほろびて小家となる。住む人もこれにおなじ。所もかはらず、人も多かれど、いにしへ見し人は、二三十人が中に、わづかにひとりふたりなり。あしたに死し、ゆふべに生るゝならひ、たゞ水の泡にぞ似たりける。知らず、生れ死ぬる人、いづかたより來りて、いづかたへか去る。又知らず、かりのやどり、誰が爲に心を悩まし、何によりてか目をよろこばしむる。そのあるじとすみかと、無常をあらそひ去るさま、いはゞ朝顔の露にことならず。或は露おちて花のこれり。のこるといへども朝日に枯れぬ。或は花はしぼみて、露なほ消えず。消えずといへども、ゆふべを待つことなし。

（『方丈記』冒頭）

　　（口語訳）流れ行く川の水は途絶えないが、もとのままではなく、よどみに浮かぶ水の泡は、消えたり結んだりして、久しくとどまっていることはない。この世の中にある人と住居も、やはりそうである。花の都の中に、棟をならべ、軒を競い合っている高貴な人の、あるいは身分の低い人の住居は、代々続いて、なくならないものだが、これを本当かと尋ねてみれば、昔ながらの家は極まれである。去年焼けて、今年造ったり、また、大きな家がなくなって、小さな家になったりしている。その家に住む人間も同じことでほんの一人か二人である。朝は死に、夕に生まれる人の世のならいは、まったくあの水のあわの通りである。一体生まれたり死んだりする人たちは、どこから来て、どこへ行ってしまうのであろう。また、はかないこの世の仮の住居を、一体、誰のために心を悩まし、どういうわけで、見栄えをよくしようとするのか。その主人と住居とが、互いにはかなさを競う有様は、朝顔の花に宿る露とかわらない。ある時は、露が落ちて花が残る。しかし花が残っても、朝日にあうとしぼんでしまう。あるいは、また、花がさきにしぼんで、露が後に消え残る。たとい、消え残ったとしても夕方まではたもたない。

　　しづかなる暁…みづから心に問ひていはく、世を遁れて、山林にまじはるは、心を修めて道を行はむとなり。しかるを、汝、すがたは聖人にて、心は濁りに染めり。栖はすなはち、浄名居士の跡をけがせりといへども、保つところは、わづかに周利槃特が行にだに及はず。若これ、貧賤の報のみづからなやますか、はたまた、妄心のいたりて狂せるか。そのとき、心更に答ふる事なし。只、かたはらに舌根をやとひて、不請の阿弥陀仏、両三遍申してやみぬ。
　　于時、建暦のふたとせ、やよひのつごもりごろ、桑門の蓮胤、外山の庵にして、これをしるす。

（『方丈記』終）

（口語訳）静か暁…自分で自分の心に聞いてみた――遁世して、山林にはいったのは仏道修行のためだったではないか。それなのに、長明よ、お前は、姿だけは清浄僧だが、心は世俗の濁りに染ったままだ。隠棲の草庵は維摩の方丈になぞらえていながら、持するところの精神の高さは、周利や槃特（釈迦の弟子の中で最も愚かな、怠け者）の修行にさえ及ばない。貧賤の報いで、心が病んででもいるのか、それとも迷い心がふかくて狂ったのか。さあ、どうだ。――こう問いつめたとき、心は全く答えることができなかった。ただ舌をやとってきて、おいでを願えない阿弥陀仏の名を二、三度となえるだけで終わった。建暦二年三月の終わりごろ、出家の蓮胤、日野の外山の庵にて、記す。

『徒然草』

作者吉田兼好（兼好法師）は京都吉田神社の神官の家系で、30歳頃出家した。和歌にすぐれ、古典や有職故実① にも明るく、仏教・儒教・老荘思想にも通じていた。兼好は、先入観をもたずに自分の観察力・判断力のみを用いて、物事のありのままの実相を把握し、合理主義で現実を徹底的に観察しながら、洗練された美を好み、中古の雅を理想としたため、王朝趣味・尚古趣味があると言われる。『徒然草』には、そのような知識人としての考え方が、あますところなく現れている（図3-4）。

図3-4　徒然草

『徒然草』は、全体序段と二百四十三段の本文とから成り、各章段は、それぞれ独立した主題をもって書かれている。内容は、自然・人事・説話・処世訓など多岐にわたっており、兼好の広い視野と深い教養がうかがい知ることができる。随所に見られる作者の自由な、しかも鋭いものの見方が、この作品を魅力あるものにしているが、その根底には、経験や教養に支えられた無常観がある。『徒然草』には王朝への思慕も強いが、無常ということに意義や美をとらえている点が、この作品の新しさであるといえる。儒教、仏教、老荘の世界を淡々として踏まえて、さまざまな

---

① 古来の先例に基づいた、朝廷や公家、武家の行事や法令・制度・風俗・習慣・官職・儀式・装束などを指す。

階層の人々を視野に入れて、風雅な人生の諸相を、味わい深く表現している。文章は全体的に平易・簡明で、内容に応じて、和文と和漢混交文を巧みに使い分けている。無駄がなく、抑制のきいた文体は、深い情趣を、あるいは思索を感じさせる。隠者文学の代表的作品で、中古の『枕草子』とともに随筆文学の白眉とされ、後世に与えた影響もはかり知れない。

　　つれづれなるまゝに、日ぐらし硯に向ひて、心に移り行くよしなしごとを、そこはかとなく書きつくれば、怪しうこそ物狂ほしけれ。

(『徒然草』序段)

　　(口語訳)なすこともない所在無さ、物寂しさに任せて、終日、硯に向かって、心に浮かんでは消えてゆく、とりとめもないことを、何ということもなく書き付けていると、我ながら怪しくも、物狂おしい気持ちはすることでもある。

　　あだし野の露消ゆる時なく、鳥部山の烟立ち去らでのみ住み果つる習ひならば、いかに、もののあはれもなからん。世はさだめなきこそ、いみじけれ。

(第七段)

　　(口語訳)化野の墓地の露は消える時がなく、火葬の地鳥部山の煙は常に立ちのぼっているが、そのように人間もいつまでもこの世に存在しているものであるとしたら、どんなに情趣のないことだろう。世の中は無常であるからこそすばらしいのだ。

　　心のままに茂れる秋の野らは、置きあまる露にうづもれて、虫の音がことがましく、遣水の音のどかなり。都の空よりは曇の往来もはやき心地して、月の晴れ曇る事さだめがたし。

(第四十四段)

　　(口語訳)おもいのままに茂っている秋の野のような庭は、こほれるほどの露に一面におおわれて、虫の声が、恨みごとを言っているように聞こえ、遣り水の音が、のどやかに聞こえる。都の空よりは雲の往き来も早いように感じられ、月が晴れたり曇ったりすることも、たえず変化している。

　　花はさかりに、月はくまなきをのみ見るものかは。雨にむかひて月を恋ひ、たれこめて春のゆ

くへ知らぬも、なほあはれに情け深し。咲きぬべきほどの梢、散りしをれたる庭などこそ見どころ多けれ。

(第一三七段)

(口語訳)桜の花は満開のときに、月の光はさえぎるものが何もないときばかりを見るべきなのだろうか。降る雨に向かって月の姿を恋いしのび、家の中に閉じこもって春の過ぎ去りつつあるのを知らないのも、なお趣があり、情け深い。今にも咲きそうな梢、(花が)散りしおれてしまった庭などにこそ、かえって見どころは多いのだ。

四、劇文学

日本には、舞台で演じられる芸能には、舞・物真似・曲芸・奇術などがあったが、筋と台本をもつ、劇と呼ばれるにふさわしい本格的芸能は中世に至ってもなかった。舞台で演じられる芸能である「能楽」と「狂言」が最初で、室町時代に劇として完成した。能の台本と狂言の詞章は劇文学として扱われている。

1. 能

宮廷で演奏された中国伝来の、またはそれを日本化した雅楽と呼ばれる舞楽に対して、見せ物風の曲芸や滑稽な物真似の所作として行われた舞楽は「散楽」と呼ばれて区別された。散楽は中古には「猿楽」「申楽」と呼ばれ、神社の祭礼や寺院の法会などで余興として猿楽法師と呼ばれる人によって演じられ、物真似(写実的な芸)を主体とする芸能に発展させた。一方、農村では、豊作を神に祈ったり感謝したりするために古くから演じられた歌舞中心の芸能があり、田楽と呼ばれていた。猿楽と田楽とは互いに影響し合って成長し、どちらも滑稽な芸と演劇的な芸を演じるようになった。十三世紀頃から、さらに演劇的な要素を多く取り入れて、故事来歴をテーマとした対話劇を演じるようになり、それぞれ「猿楽の能」「田楽の能」と呼ばれるようになり、職業的な猿楽師たちが、「座」という集団を作って有力な社寺に所属し、その保護を受けた。その中の結崎座から観阿弥・世阿弥父子が出て、足利義満の庇護のもとに、当時流行した田楽の能や種々の歌舞をとり入れ、「幽玄」の美を理想とする能楽を大成させた。やがて猿楽の能か、他の田楽の能などを圧倒して、猿楽の能を単に能(能楽)というようになった。

2. 観阿弥・世阿弥

　南北朝期に、大和猿楽四座のうち、結崎座から出た観阿弥清次は、演技者としてだけでなく作者としても優れており、田楽の他の芸能を取り入れて、猿楽の能を新しくつくりかえて、庶民だけでなく武家や貴族の鑑賞に耐えるまでのものにつくりかえた。そのあとを継いだ子の世阿弥元清は、父によって導入された歌舞の要素をさらに強め、複式夢幻能など優美な歌舞中心の能を作りあげ、能を芸術的に洗練されたものに磨き上げ、象徴性に富む、優美な芸能に大成させた。

　世阿弥は『風姿花伝』『花鏡』『申楽談儀』などの能楽論を著し、能の理念を示している。彼は、能の生命、すなわち演者が観客に与える感動の力を花と呼んだ、これらの著述は、その花をいかに咲かせるかということを論じたもので、深く幽玄情趣を追求した。

　能は、シテ（主役）、ワキ（脇役）、ツレ・トモ（従者）といわれる能役者たちが、仮面や豪奢な衣裳を身につけて、地謡や囃子につれて歌い舞う劇で、『伊勢物語』『源氏物語』『平家物語』などの古典文学や民間伝承などを素材にしたものが多い。その詞章は謡曲と呼ばれ、古歌や名文をふまえて縁語・掛詞を駆使した七五調の流麗文章で、幻想的な王朝美の世界を作りあげる。

　普通五番立てで興行し、脇能（神事物）、二番目物（修羅物）、三番目物（鬘物）、四番目物（現在物）、五番目物（鬼畜物）の順に演じられる。代表的な曲目は次の通りである。

　一番目物（脇能・神物）　高砂　老松　嵐山　賀茂鶴亀
　二番目物（修羅物）　田村　忠度　八島　頼政
　三番目物（鬘物）　江口　井筒　定家　羽衣　松風　熊野　姨捨
　四番目物（雑物）　三井寺　隅田川　葵上　道成寺　我　安宅
　五番目物（切能・鬼物）　紅葉狩　舟弁慶　海人　山姥

　能は歌舞・音曲・物真似の各要素から成る総合舞台芸術であるが、その詞章である能本・謡曲が劇文学作品と見なされるのである。謡曲の文章は古歌・古文の美しい言葉を引用した流麗なもので、枕詞・掛詞・縁語などの修辞を多用している。題材も古典に求めたものが多く、和歌や漢詩を用い、技巧を凝らした七五調の文章が多く、舞台から切り離して文章だけを読んでも、鑑賞に耐えるものとなっている。全体として象徴的・超現実的な内容で、荘重・優美の雰囲気の中に幽玄を表している。

3. 狂言

　能が歌舞を中心とする象徴性の強い芸能に発展したのに対して、同じ猿楽から、写実性の強い滑稽な科白劇として発展したのが狂言である。狂言は、シテ（主役）やアド（脇役）の口語による対話と物真似とで成り立つ演芸で、従者役に太郎冠者などを配し、滑稽で卑俗な笑いを主なねらいとしている。初期には即興的に演じられる部分が多く、社会や権力者に対する痛烈な皮肉や風刺が込められており、民衆の鋭い批判精神、下剋上の風潮を強く反映していた。やがて能と能の間に上演されるようになった。狂言は幕間に演じられる寸劇となり、詞章も固定化して、能の緊張した雰囲気を和らげるものになった。一曲の能の中で狂言の役者がある役柄を分担し、能の進行を助けたり、構成の上で前場と後場に分かれている能をつなぐ役目を果たしたりすることもあった。

　能楽が象徴的・夢幻的な舞台であるのに対し、狂言は写実的な物真似の演技を主体とし、当時の会話体を用いて、滑稽卑俗を表現した。独特の写実的な演技によって、時代の世相を風刺する喜劇である。詞章は主として対話と独白とからなり、即興的な性格が強く、当時の日常語が自由に用いられている。即興的な科白劇という性質上、能狂言はかなり長い間流動しており、特定の台本はなかったが、中世の末期頃から固定化し始め、近世に入って流派ごとに固定した台本を有するに至った。もともと下層の人々の立場から作り出されたものであるため、権力者への風刺が込められていることが大きな特徴である。題材により、脇狂言・大名物・小名物・鬼山伏物などに分類される。

　室町期の能楽四座は、各々が狂言方をもっていたが、そのうちも観世の鷺流と金春の大蔵流が名をなし、近世に和泉流が加わり狂言三流となったが、鷺流はやがて衰滅した。

4. 幸若舞

　室町時代後期には、物語に合わせて舞った幸若舞（曲舞）が流行した。扇で拍子をとりながら物語を謡って、簡単な舞を演じるもので、庶民の芸能として起こった。素材を軍記物語に求め、武将、英雄についてのものが多かったため、その叙事詩的世界が戦国武将に好まれ、権力と結びついて勢力を伸ばした。舞は簡単なもので、語りの節回しに重点が置かれた。台本を「舞の本」といい、謡曲に比べて劇的要素は乏しく散文的であった。近世にはいり、尚武の風が廃れるにつれて衰退したが、詞章、題材などが、能・狂言とともに近世の浄瑠璃に影響を与えた。

第三節　中世文学のまとめ

一、中世文学の特徴と理念

　中世文学の大きな流れとしては、貴族階級の没落と、それに代わる武士階級の台頭、庶民社会の成長を指摘することができる。文化史的にいえば、王朝的な美と、地方的・民衆的なものとの対立・融合がさまざまな面で見られ、中世という時代が大きな転換期であったことを如実に示している。

　源頼朝が鎌倉に幕府を開き、政治の中心が上方から東国へ移ったが、京都は文化的中心であり続けた。鎌倉時代には藤原定家らによって華麗な技巧に特徴がある『新古今和歌集』が編まれた。また、現代日本語の直系の祖先と言える和漢混淆文が生まれ、多くの作品が書かれた。鴨長明の『方丈記』吉田兼好の『徒然草』などがこれにあたる。『平家物語』は琵琶法師により、室町時代には『太平記』が太平記読みにより語られた。また、説経節（せっきょうぶし）等語り物の充実は、近世の浄瑠璃の隆盛へと繋がってゆく。御伽草子などの物語も一般民衆の間で読まれ、文芸が知識階級だけのものではなくなり、庶民の間へも広まっていく。　女流文学も引き続き盛んであったが、平安時代中期とは異なり、日記文学が主流であった。しかし、南北朝時代に、朝廷の衰微を背景にして、女流文学は途絶えてしまう。

　室町時代には京都五山や公家が中心となり古典研究が行われ、また鎌倉時代から上句と下句を連ねる和歌である連歌も貴族から一般民衆までの間で行われた。

　また、能楽などの舞台芸術が多くの人々に受け入れられ、その美学は世阿弥によって『風姿花伝』にまとめられた。日本仏教は、十三世紀中頃には道元の『正法眼蔵』（しょうぼうげんぞう）、その弟子の懐奘（えじょう）の『正法眼蔵随聞記』（ずいもんき）が成立したほか、禅僧達の作った「五山文藝」という膨大な文献も残されている。さらに、『水鏡』『増鏡』という歴史物語が書かれた。

　中世には様々な新しい文学形態が生まれた。まず、詩歌の分野では、和歌の一形態としては古くからあった連歌がジャンルとして独立し、更に近世に入って俳諧が独立する素地を作った。また、歌謡では、今様（いまよう）（今様歌の略で、平安中期から鎌倉時代かけて流行した七五調４句からなる新しい歌）に代わって小歌が愛好された。物語形態では、動乱の時代を反映して、『平家物語』『太平記』に代表される軍記物語の確立と、それらが

語り物として享受されたことは注目に値する。仏教信仰の浸透と表裏をなす法語などの仏教文学も、中世文学を特色づけるものである。そして、従来の日本文学史においてほとんど見るべきものがなかった演劇の分野に、能や狂言などが誕生し、享受されたことも、中世文学を豊かなものとしている。

　これら中世文学に貫流する思潮として無常の認識があり、その美意識はしばしば幽玄・有心などととらえられるが、その対極には、現世を受け入れ、楽しもうとする精神や、滑稽・無心の美意識も存在する。草庵などで孤に徹する一方では、座などによって和を楽しむ傾向も見いだせる。いわば様々な矛盾を包み込んだものが中世文学であると言える。

二、中世文学史用語解説

1．幽玄

　藤原俊成が和歌において唱えた文芸理念で、表面的な美ではなく、言外にただよう、奥深くもの寂しい静寂美。繊細美と静寂美の調和した深々とした余情である。この幽玄の美は、和歌から連歌へと受け継がれ、更に能楽・茶道などに浸透し、江戸俳諧の「さび」として継承されていく。結局は中世の芸術を貫く根本的な理念と言うことができる。

2．有心

　藤原定家が和歌において唱えた文芸理念で、妖艶美を中心とした情調。父俊成の「幽玄」の世界を深めたもので、奥深い余情の中に華やかさをもった妖艶美を理想としたもの。

3．有心連歌と無心連歌

　有心連歌は和歌的情趣を詠む連歌であるに対して、無心連歌は機知・滑稽を主とした連歌である。

4．擬古物語

　『松浦宮物語（まつうらのみや）』のように、『源氏物語』や『狭衣物語』など平安時代中期の物語をまねて作られた鎌倉時代の物語。新鮮味に乏しく、御伽草子への過渡的な存在。

5．軍記物語

　「戦記物語」と言う。『保元物語』『平治物語』『平家物語』『太平記』など、平安末期から、鎌倉・室町時代の戦乱を題材とした叙事文学を指す。主として和漢混交体で書かれている。

6. 御伽草子

室町時代に作られた短編小説。文章は平易で、現実的な幸福をテーマとしたものが多い。『鉢かづき』『物くさ太郎』『一寸法師』など。

7. 能

「能楽」とも言う、歌と舞による演劇。その台本を「謡曲」と言う。観阿弥・世阿弥父子が、当時民間に流行していた猿楽・田楽等に、種々の歌舞を取り入れて大成したもの。幽玄美を理想とする。

8. 狂言

能の演じられる間に行われる喜劇。猿楽の滑稽な物真似的要素が分かれて発達したもの。当時の口語で話す。

9. 連歌

短歌を上の句（五・七・五）と下の句（七・七）に分け、二人が唱和して一首としたもの。これを「短連歌」と言う。院政期の頃には多人数又は単独で上の句と下の句とを交互に連ねたものに発達した。これを「長連歌」あるいは「鎖連歌」と言う。

鎌倉時代に入って、滑稽を主とする「無心連歌」（栗の本宗）と、幽玄を主とする「有心連歌」（柿の本宗）とに分かれた。南北朝期に二条良基が芸術的なものに深め、宗祇が室町期に大成させた。宗祇没後は新鮮味を失ったが、宗鑑と荒木田守武らによって滑稽・諧謔の作風の「俳諧連歌」が興り、近世の「俳諧」の礎となった。

10. 隠者文学

世俗の生活を捨てた人によって書かれた文学。仏教的無常観と、束縛されない自由な精神を基調としている。主に鴨長明の『方丈記』、兼好の『徒然草』などの作品が挙げられる。

11. 五山文学

鎌倉末・南北朝時代を中心に行われた、鎌倉及び京都の五山禅僧の漢詩文。「五山」とは、幕府が臨済宗を保護し、将軍足利義満が鎌倉と京都のそれぞれの寺を鎌倉五山、京都五山とし、更に南禅寺をその上に置いたもの。

12. キリシタン文学

十六世紀中頃から十七世紀中頃にかけて、キリスト教の宣教師や信徒が、布教や日本語学習のために著述、翻訳した文学。

13. 無常観

この世の全てのものは同じ状態にとどまっていることはなく、絶えず移り変わっていること、特に人生がはかないものと認識する心境をいう。中世の人々の心に深く浸透した理念。

三、学習のポイント

1. 時代

鎌倉時代から江戸幕府成立までの四百年間。

2. 詩歌

◆『新古今和歌集』

成立：1205 年

撰者：源道具・藤原有家・藤原定家・藤原家隆・藤原雅経・寂蓮

歌数：20 巻、約 2000 首

歌風：藤原定家は父俊成の幽玄を進めて、妖艶、有心という象徴美を説いた。新古今調。

歌人：撰者・後鳥羽院・西行・藤原俊成・藤原良経・慈円・式子内親王・藤原俊成女など。

特徴：後鳥羽院の院宣により成立。幽玄。八代集の最後。

3. 随筆

◆『方丈記』

成立：1212 年

作者：鴨長明

特徴：無常観、和漢混交文

内容：前半に天変地異・遷都・飢饉などの五大、後半に山奥の方丈の庵での閑寂な草庵生活を描いた随筆で、世の無常に対する詠嘆を主題とする。「無常観の文学」の代表作の一つ。

◆『徒然草』

成立：1331年頃

作者：兼好法師（吉田兼好）

特徴：自然、人生、趣味など。様々の面に関する随想で、王朝趣味・有職故実への関心をもちながら、内容は自然や美、社会や人間といった多方面に及ぶ。文体は平明擬古文。思索的な深まりをもち、新しい美意識（無常の美）を確立。『方丈記』とともに中世隠者文学を代表する随筆。

4．説話

◆『宇治拾遺物語』

成立：1221年頃

作者：未詳

内容：平安末期の『今昔物語集』に次ぐ世俗説話集で、物語性に富んだ様々な説話を集める。『今昔物語集』と同じ説話が83ある。

5．物語

御伽草子：室町から近世初期に生まれた短編の物語草子。『一寸法師』『鉢かづき』など。

6．軍記物語

◆『平家物語』：

成立：十三世紀初め（鎌倉時代初期）

作者：未詳

内容：平曲として琵琶法師によって流布する過程で改訂増補され、多くの異本を生んだ。平家一門の栄枯盛衰を、無常観、因果応報の仏教思想を底流に描く。軍記物語の傑作。

特徴：無常観が基調。和漢混交文。

四、その他のまとめ

1．中世文学の主な作品一覧

成立	作品名	作者・編者	ジャンル
1205年	『新古今和歌集』	藤原定家・源通具ら	勅撰和歌集
1212年	『方丈記』	鴨長明	随筆

続表

成立	作品名	作者・編者	ジャンル
1213年	『金槐和歌集』	源実朝	和歌
1216年以前	『発心集』	鴨長明	説話
未詳	『保元物語』	未詳	軍記物語
未詳	『平治物語』	未詳	軍記物語
未詳	『平家物語』	未詳	軍記物語
1235年頃	『小倉百人一首』	藤原定家	私選和歌集
1242年以後	『宇治拾遺物語』	未詳	説話
1279年頃	『十六夜日記』	阿仏尼	日記
1330年頃	『徒然草』	吉田兼好	随筆
1349年頃	『太平記』	未詳	軍記物語
1400年	『風姿花伝』	世阿弥	能
1488年	『水無瀬三吟百韻』	宗祇・肖柏・宗長	連歌

2．日本古典文学理念復習（一）

理念	時代	内容
まこと	上代	偽りのない真実。「記紀歌謡」や『万葉集』にみられる、感動を率直に述べる素朴芸術態度、「明き浄き直き誠の心」（宣命）が、上代に共通の精神であったととらえることができる
もののあはれ	中古	上代には「あな、あはれ」のように深い感動を表す。中古には、物をしみじみと眺めて心に強くわきあがる喜び、悲しみなどの感動を表す。本居宣長は「見るもの、聞くもの、ふるることに、心の感じいづる嘆息の声」と言い、『源氏物語』を「もののあはれ」の文学であるとした（『源氏物語』『玉のおぐし小櫛』）。中世の歌学用語では、主にしみじみとした趣一般を指す
をかし	中古	「をかし」は「あはれ」のように時代全体をおおった理念ではない。中古、対象に知的な興味がひかれたことを示す語で、清少納言の『枕草子』に特に多く現れている。中世の歌学用語では、表現意図が優れているという意味で、「心をかし」という詞が多く用いられた
幽玄	中世	中世に、藤原俊成によって唱えられた理念で、「詞に現れぬ余情、姿に見えぬ景気なるべし」と言われた。凡俗を離れ、物事の本質に深くかかわる境地を表す。「もののあはれ」の流れをひき、「たけ高し」（壮大美）「艶」をも含みながら、全体としてはしみじみとした情趣の美、余情の美となるものである
艶	中世	「幽玄」の一種で、中古には人を魅惑的な気分にさそう言葉として使われた。優美でしみじみとした情趣をもちながら華やかに訴えてくる美である。「優艶」「妖艶」ともいわれるが、時代が下るとともに、超現実的になった。中世になってから、構成された、重層性をもった対象の幻想的な、華やかな美しさを指す
有心	中世	中世、藤原定家によって提唱され、優美でしみじみとした情趣を深く心に凝らしながらよみこみ、妖艶な美を追求しようとしたもので、上の「艶」と同じだが、定家はこれをすべて和歌の中心であるとして深め、追求した。 有心体の歌とは、作為を超えたおのずからなる風雅が、詞に生き生きと現れているものを指す。後、滑稽を主とする無心連歌に対して、和歌的風雅を主とする有心連歌を指すようになった

3.『徒然草』と『方丈記』の比較

作品	『徒然草』	『方丈記』
作者	吉田兼好（中世鎌倉時代の終わり頃に生きる）	鴨長明（中世鎌倉時代のはじめ頃に生きる）
成立	約1330—1331年（天徳二年—元弘元年）	1212年（建暦二年）
文体	平安朝の雅文体を中心とする擬古文	華麗な和漢混交文
特色	無常の世についての知恵	無常の世に生きる詠嘆
内容	「無常」「厭世」を乗り越えて、人生を見つめ、深い教養に裏付けられた自覚的な人生観へと高めてゆく。人生、学問、政治、芸能など多方面にわたる博学を生かした評論を中心とする。	前半：天災、地異と人生の転変、無常。 後半：自分の不遇と隠者生活 結び：隠者生活の迷い
無常に対する態度	無常の世であるからこそ、物の趣があるとの自覚へ向かい、無常を悲しむ者は愚かであるといい、無常を悟った者のみが知る自由の中に生きようとする	人生と住処を「淀みに浮かぶうたかた」にたとえ、世の中の無常を詠嘆し、隠者の生活をしながら、なお安らぎを得られないとして、筆をおく

4.『万葉集』『古今和歌集』『新古今和歌集』の比較

	『万葉集』	『古今和歌集』	『新古今和歌集』
成立年代	奈良時代末（八世紀後半）頃	平安初期延喜五年（905）	鎌倉初期の元久二年（1205年）
巻数・歌数	20巻、約4500首	20巻、約1100首	20巻、約2000首
種類（歌体）	短歌のほか、長歌・旋頭歌を含む。 仏足石歌一首	短歌が中心。長歌・旋頭歌も少し含む	短歌のみ
配列（部立）	雑歌・相聞・挽歌の三つの部立てに分けているが、整っていない。 東歌・防人歌も含む	季節以下賀・離別・旅行・物名・恋・哀傷・雑体その他整然と分類する	『古今和歌集』にならい整然と分類されている
編者（撰者）	大伴家持が中心とされている	紀友則・紀貫之・凡河内躬恒・壬生忠岑	源通具・藤原有家・藤原定家・藤原家隆・藤原雅経・寂蓮
調子	五七調が中心。二句、四句切れが多い	七五調が中心。三句切れが多い	七五調が中心、初句切れ、三句切れが多い
修辞	枕詞・序詞・対句・反復が多い	掛詞・縁語・序詞が多い。擬人法などの比喩が発達した	序詞・縁語・掛詞のほか、本歌取り・体言止めの技巧が発達した比喩が象徴的
歌風	感動を率直かつ自然のままに歌う。素朴・雄大・男性的な歌が多い。「ますらをぶり」と言われる	現実を観念によって再構成しようとする理知的・観念的技巧的な歌風。優美・繊細で女性的な歌が多い。「たをやめぶり」と言われる	象徴的・唯美的・技巧的な歌風で、妖艶な余情を尊ぶ。幽玄・有心と言われる趣で、華やかな中に寂しさがある
表現	直観的、実感的、現実的で直線的表現	遊戯的、即興的、想像的で屈折のある表現	幻想的で余韻余情を帯びた複雑な表現

続表

	『万葉集』	『古今和歌集』	『新古今和歌集』
特色	素朴、雄健、清明写実的、男性的 「まこと」	優美、典雅 概念的、機知的、女性的 「もののあはれ」	繊細、艶麗 耽美的、夢幻的、技巧的 「幽玄」「有心」
その他	伝えられる最古の和歌集	醍醐天皇の勅命による最初の勅撰和歌集	後鳥羽院の院宣による八番目の勅撰和歌集

5．能楽と狂言の比較

	能楽（謡曲）	狂言
取材とスタイル	多くの古典に取材し、悲劇的、象徴的、夢幻的	題材は当時の民間伝承、農村生活などからとり、喜劇的、滑稽的、写実的
種類	劇的所作に加えて、優美な歌舞に中心を置き、謡曲・舞・伴奏・音楽が一体となる総合楽劇	独白・対話としぐさを主とし、台詞は当時の口語を用い、表現はかなり写実的である喜劇。
言葉	古典的韻文	自由な口語体
特質	厳かで優美な歌舞で、伝統的貴族文化を代表する	滑稽を主とする科白劇で、新興の庶民文化を反映する
理念	「幽玄」を最高の美的理念とする	「をかし」を中心とする

総合練習

1. 中世の時代背景として間違っているのはどれか。
   A. 中世は政治的動乱の激しい時代である
   B. 貴族階級が次第に没落した
   C. 武士階級が権力を握るようになる
   D. 摂関政治が盛んであるため、女流文学が黄金期を迎える

2. 中世の文学概観として間違っているのはどれか。
   A. 中世初期に武士階級は実権を握るが、固有の文学を生み出すまでには成熟していない
   B. 和歌と同じように、物語も衰退した
   C. 後期には、町人社会も積極的に文学にかかわってくる
   D. 中世文学の担い手は単一である

3. 仏教的無常観を基盤とする作品はどれか。
   A. 源氏物語　　　B. 枕草子　　　C. 徒然草　　　D. 南総里見八犬伝

4. 勅撰和歌集として中世の独特な美の世界を形成したのはどの作品か。
   A. 万葉集　　　　B. 古今和歌集　　　C. 新古今和歌集　　D. 奥の細道
5. 中世に連歌が盛んになるにつれて、滑稽を主とする（　　　）と和歌的優雅を主とする（　　　）のに傾向が分かれた。
   A. 無心派　有心派　　　　　　　　　B. 有心派　無心派
6. 中世随筆の代表作は（　　　）の『方丈記』と（　　　）の『徒然草』である。
   A. 兼好法師　鴨長明　　　　　　　　B. 鴨長明　兼好法師
   C. 紫式部　菅原孝標女　　　　　　　D. 和泉式部　清少納言
7. 軍記物語の代表作に入らないのはどの作品か。
   A. 保元物語　　　B. 平治物語　　　C. 平家物語　　　D. 水鏡
8. 中世説話文学の代表作はどの作品か。
   A. 日本霊異記　　B. 今昔物語集　　C. 宇治拾遺物語　　D. 浦島太郎
9. 中世になって初めて本格的な演劇が成立するようになった。それは（　　　）である。
   A. 祝詞と宣命　　B. 能と狂言　　　C. 歌舞伎と浄瑠璃　D. 新劇
10. 日本古代の三大随筆を時代順に並べなさい。
    ①方丈記　　②枕草子　　③徒然草
    A. ①②③　　　B. ③②①　　　C. ②①③　　　D. ③②①
11. 鎌倉時代にまだ平安時代の勅撰和歌集の伝統が続いて、（　　　）が作られた。新古今調と呼ばれるほどの時代的特色を打ち出している。
    A. 十三代集　　B. 八代集　　　C. 新古今和歌集　　D. 古今和歌集
12. 「つれづれなるまゝに、日ぐらし硯に向ひて、心に移り行くよしなしごとを、そこはかとなく書きつくれば、怪しうこそ物狂ほしけれ。」はどの作品の内容か。次から選びなさい。
    A. 徒然草　　　B. 方丈記　　　C. 枕草子　　　D. 平家物語
13. 「祇園精舎の鐘の音、諸行無常の響きあり。沙羅双樹の花の色、盛者必衰の理をあらはす。」はどの作品の内容か。次から選びなさい。
    A. 徒然草　　　B. 方丈記　　　C. 枕草子　　　D. 平家物語
14. 中世時代に、人々は乱世から逃れて隠者になることが多かったので、隠者文学が現れた。その代表作には（　　　）と（　　　）がある。
15. 中世にはたくさんの戦いを物語った作品、いわゆる（　　　）がうまれた。その代表するものは（　　　）で、平家一族の繁盛と滅亡を描いた。

16. 次の日本文学用語を日本語で述べなさい。
    幽玄　　　　　　　　軍記物語
    隠者文学　　　　　　能と狂言
17. 日本中世時代の文学特徴について説明しなさい。

■コラム：中世の説話と地方の伝承

　中世は説話の時代とも言われている。多くの説話集が編纂されただけでなく、その素材も同時代、また後の軍記・歴史物語、能・狂言、謡曲などにも用いられ、文学の伝承が形成されていった。

　「説話」という形式が「お話」を説くという意味を考えれば、「人物」を中心に語る物語との違いは、ある奇妙な、滑稽な、或いは怪奇なテーマを持つ「出来事」を伝えることを主眼とするところにある。口伝文学としての歴史は物語と同様に古いものだが、文章としての場合は九世紀初期に成立した『日本国現報善悪霊異記』(『日本靈異記』)に遡ることができる。説話は丁寧な人物描写よりも伝承、説話人が見聞した事実を簡潔に伝えることを重んじる性質上、基本的に短編に収まっているため、必然的に説話集のようなアンソロジーの形で編纂された。『日本靈異記』以降、平安時代に『三宝絵』『日本往生極楽記』『法華験記』『江談抄』、そして『今昔物語集』が続々と作られていった。

『宇治拾遺物語』

　鎌倉時代初期に成立した『宇治拾遺物語』は、平易、洒脱な和文調で綴られた説話集である。全197編のうち、世俗的な説話が6割程度を占め、仏教の説話が4分の1程度で、残りは両者の混淆説話である。全体的にみれば、地方的・庶民的発想と王朝の趣味、擬古的な手法がうまく両立され、書承化された口承説話として統一性を保っている。とりわけ破戒僧、盗賊、博打うちの話など、『今昔物語集』などに見られない特別な失敗談、奇異譚が50話ほど残っていることが特徴で、教訓めいた説教が少ないのが中世の仏教の説話との違いである。

仏教の説話

　鎌倉時代に仏教の説話集が多く作られたのは、貴族に代わって僧侶や隠遁者が執筆者になっていたためだと言われている。平康頼が中国、インドと日本の仏教に関連する話

を集めた、問答形式をとる『宝物集』がその先鞭をつけ、鴨長明の『発心集』、無住法師の『沙石集』などが後に続いた。

仏教の説話は内容を見ると、必然的にインドと中国のような「他郷」にまつわる話が数多く収録されている。また因果応報、輪廻転生のテーマを扱っているため、浄土や地獄のような「他界」も話の舞台として登場する。中世の仏教の説話は「他郷」「他界」など日常的空間、日常の世界と隔絶する「異界」という空間を出現させることによって、その独自な精神性と世界観を成し遂げている。

『御伽草子』

室町時代から江戸時代にかけて、絵入りの通俗的な短編小説（草子）が大量に作られたが、その多くは美しく彩色されている奈良絵本であり、三百篇にも上ると言われている。江戸中期に書肆が二十三篇を選び、御伽草子（または御伽文庫）と名付けて発行した。その素朴な絵柄と古雅な体裁、親しみやすい内容で庶民に歓迎され、『一寸法師』『浦島太郎』『酒呑童子』などの代表的な説話が広く伝わり、次第に御伽草子が同類のお話の一般的な呼称となり、今日に至るまで多くのジャンルに影響を与えている。

平安時代の物語、説話と比較する場合、『御伽草子』には中世の説話の特徴が良く出ている。まずはストーリーの分量が短くなり、あらすじが簡易化され、室町時代の文学は比較的に教養の低い庶民が短期間でも楽しめるものが多い。そして内容を見ると、貴族社会の恋愛ものの数が少なくなり、また傾向として男女の仲が破れて悲恋遁世に終わるものが多い。一方、仏教の話が多くなり、人間以外の異類も登場し、神仏の示現・夢想は至る所に現れ、ある種の怪奇・滑稽な異空間を形成している。

創作の題材、表象文化が京都から地方へ広がっていくことは、中世の文学における重要な特徴である。

「京都の時雨の雨はなるほど宵暁ばかりに、物の三分か四分ほどの間、何度と無く繰返してさっと通り過ぎる。東国の平野ならば霰か雹かと思うような、大きな音を立てて降る。是なら正しく小夜時雨だ…（中略）…言わば日本国の歌の景は、悉くこの山城の一小盆地の、風物以外ならぬのであった」

——柳田国男・『雪国の春』、下線は引用者

日本は細長い島国で、文化・風土に地域差があるが、柳田が言うように、和歌は平安時代に隆盛を誇っているには地域差がほとんど見られず、京都という一地域の景物が日本の風景を表象支配している。貴族が吟詠する花鳥風月、王朝趣味の歓喜と哀傷は日本全土を覆い、僻地の民から見れば「中央集権の腹立たしい圧迫の中でも、一番反抗してみたいのは文芸の専制」であると柳田国男は「草木と海と」で論じたが、その気風を作ったのは都の民よりも田舎からの優秀な学人であるとも注意を促した（柳田国男・『民間伝承論』)」。

　したがって、地方の伝承が中世の説話に取り入れられたことは重要な意味を持っており、野鄙と見なされていた地方の風土が話の背景となり、文学の空間を一変した。王朝時代の説話ではもっぱら都の貴族社会が描かれているが、中世の説話においては地方や庶民の話が主流を成しており、高僧隠逸の秘話、神仏の霊験談、また日本列島の津々浦々に伝承されている老若男女にまつわる奇譚怪事が人口を膾炙し、中世の文学を彩っている。

第四章　近世の文学

第一節　近世文学概観

一、時代区分

　徳川家康が江戸に幕府を開いた慶長八年（1603）から、十五代将軍徳川慶喜が朝廷に大政を奉還した慶応三年（1867）までの約二百六十年間を文学史上、近世と呼んでいる。またこの時代は政治の中心が江戸にあったので江戸時代ともいい、徳川氏が政権を担当したことから徳川時代と呼ぶこともある。

二、時代背景

　近世の日本では、幕府による厳しい統制が行われ、それは、学問、思想、宗教、身分にまで及んだ。まず政治的には、応仁の乱以来の長い戦乱は終止符が打たれ、中央の統一政権としての江戸幕府と、その支配下に独立の領国をもつ藩を置いて統治するという中央集権的幕藩体制が確立された。幕府は、大名を全国に配置して、それぞれの領地を治めさせる幕藩体制をとり、参勤交代を制度化して大名への統制を強めた。
　思想的には、君臣の秩序を説く儒教（朱子学）が幕府の御用学として採用された。朱子学は、名分を重んじ、君臣父子の道徳を説き、社会の秩序を乱さぬように説くものであったから、幕府に特別の保護を加えられて奨励された。そして、世襲の職業によって定められた士・農・工・商という厳しい身分制度と家長への絶対服従を要求する家族制度がしかれ、この体制を維持し、社会の秩序を固定するのに重要な役割を果たした。武士は、兵農分離により全て城下町に集められ、それを統治する諸大名には参勤交代を命じた。工商は、あわせて町人と呼ばれ、農民は、町人の上に置かれたが、それだけ厳しい統制をうけた。農民は田畑の永代売買の禁令をうけ、さらに、居所の移動を禁じられ、衣食住にいたるまで干渉された。

また幕府が海外との交流を禁ずる鎖国政策をとった。対外的はわずかに中国、オランダ、朝鮮との交易が認められただけだったので、外国思想の移入は、ほとんど不可能であった。キリスト教を禁圧し、仏教は、寺院が寺請制度の機関として、キリシタン禁圧と戸籍面の管理を担った。政権を安定させるためには秩序を重んじ、人々が自由に羽ばたくのを極度に抑えつけようというのがこの時代の基本的あり方だった。このようにして、徳川三百年の泰平の世の中で、学問・文化が普及し栄えた。

　しかしその反面、閉ざされた世界の中とはいえ、前時代には見られなかった新しい動きが生まれたのも事実である。まず、統一的な貨幣経済の成立があげられる。参勤交代の制度や商業の発達によって、交通量が増え、街道や海上交通が整備され、都市・城下町はにぎわった。陸海交通路の開発と相まって、商業資本主義時代を生み出した。なかでも、大阪は米など全国の商品の集散地となり、京都は宗教・学芸の中心として栄え、工芸品や織物の生産も盛んになった。また、政治の中心である江戸は、多くの武士が住む大消費都市となった。そしてこれらの新しい経済活動の主役となったのは最下層の身分である町人たちであった。さらにまた文化現象に目を転じると、武士の子弟のための藩校と並んで庶民の教育機関である寺子屋の普及が挙げられる。庶民教育の普及は出版機構の発達も促すことになり、木版印刷の大量出版によって古典をはじめとする文学書の読者層が大幅に広がっていった。その後、元禄時代に象徴されるような太平の世が続いたが、消費が増大し、また失政や飢饉などによって幕府や藩の財政が窮乏し、享保の改革、寛政の改革、天保の改革などが行われた。幕末になると、外国から開港を迫られ、それに伴って尊王攘夷の運動がおこり、幕府は次第に衰退していった。

三、町人文学の誕生

　近世文学を特徴づけるものとして庶民文学、または町人文学という言葉が用いられる。それは旺盛な経済力と進取の精神によって文化的に成長していった町人を中心とする庶民たちによって支えられた文学である。

　四代将軍徳川家綱は、儒学の政治思想に基づいて法や制度を整え、社会の秩序維持をはかる文治政治への転換を図った。幕府の文治政策により、武士階級はもちろん、経済力をつけた町人の間にも、文学・芸能が広まっていった。

　近世の前半に、大阪や京都など上方で栄えた文学・芸能は、やがて江戸でも盛んになり、全国へと広まっていった。このような、文学・芸能の発展、大衆化の原因として、教育

の普及による読者層の増大や、これまでの写本と違って、大量出版できる版木印刷が出現したことが挙げられる。武士が伝統としきたりを重んじて封建制を守ろうとしたのに対し、町人は、商業によって経済力を身につけ、生活を楽しみながら自らの文化を形成していくという前向きな生き方をみせた。特に、各藩・各地の産物が集中し、交易の中心となった大阪、工芸品の生産の進んだ京都では、新興町人の台頭がめざましかった。土地経済から貨幣経済へと進むにつれて、彼らは次第に資本を蓄積して、経済上の実権を握るようになり、当時の社会の中で低い身分であった町人階級の有力者が活躍するに至ったのは皮肉なことである。

　なお、幕府がとった文治政策の結果、民間の教育機関としての寺子屋が発達し、さらに、印刷術の進歩により、書物が商品として大量に出版され、町人が文学を楽しめるようになった。武家社会では、漢詩文・和歌・謡曲など、伝統的を文学・芸能が行われたが、新興の町人社会では、仮名草子・浮世草子・浄瑠璃・歌舞伎など、庶民的・娯楽的文学・芸能が愛好された。さらに、こうした中で、これまでは公家や僧侶などによって書かれた作品を読んでいたにすぎなかった町人が、自分で文学作品を作るようになり、ここにいわゆる町人文学の誕生をみた。

四、近世文学の展開

　近世文学の流れは十八世紀の半ば頃を境に上方から江戸に移る。中央集権的封建制のもとで、交通網が整備され、流通経済が発展した。大阪・京都・江戸などの大都市を中心に、各地の城下町を結ぶ商業が盛んになり、都市の町人は次第に資本を蓄積して経済力を強めていった。それとともに、武士の保守的な伝統文化の枠内には求められない、自らの文化的欲求を持つようになった。近世の文学は、こうした町人・庶民層の欲求を核として、武士・学者らの知識人までを含む、様々な階層の人々によって生み出されたものである。こうした町人文学の隆盛には、庶民教育の普及による享受層の拡大と桃山時代以来の印刷技術の発達などの要因が大きく貢献している。大量の版本が供給されるようになり、これ以前の写本の時代では一部特権層の専有物にすぎなかった文学が、はじめて庶民のものになったからである。

　前期の上方文学期は元禄文学が中心で、小説では井原西鶴、俳諧では松尾芭蕉、演劇では近松門左衛門がそれぞれ活躍して、近世文学の最初の開花期を飾った。これらの文学は新興町人層の活力に支えられ、清新はつらつとしたエネルギーに満ちたものであっ

たが、やがて町人の活力にも陰りが見えはじめ、文学も創造力を失っていった。代わって文学の中心になっていったのは、新興都市の江戸であった。この江戸時代後期の文学を江戸文学期と呼んでいる。

　江戸文学期は松平定信の寛政の改革をはさんでさらに前期と後期に分けることができる。前期は安永・天明期（1772―1789年）を中心とする時期で、主に武士階級の知識人たちが余技として行った黄表紙・洒落本・狂歌などを中心とする遊戯的な文学が主流出会った。後期は文化・文政期（1804―1830年）を中心とする時期で、勧善懲悪を掲げる読本や滑稽本・人情本・合巻などのより庶民的文学が主流となった。文学の低俗化は免れなかったが、一面で文学を真に大衆化した時代ともいえるのである。

上方文学期（十七世紀初期―十八世紀初期）

　近世前期の文学は、まず京阪地方を中心に盛んになったため、上方文学と言われ、元禄期が最盛期だったことから、元禄文学とも言われる。この時期は、中世の戦乱期を脱してようやく民心も安定し、文学・芸能が盛んになった。

　小説では、中世のお伽草子を受けて、京都を中心に仮名草子が生み出され、広まった。仮名草子は、公卿・僧侶らが仮名で書いた読み物で、民衆の啓蒙・教訓・娯楽などをねらいとしていた。元禄期になると、談林で活躍していた大阪の井原西鶴によって、町人の世態人情を描いた浮世草子という新しい領域を開いた。西鶴は現実の町人社会を直視し、町人の旺盛な経済活動や享楽的な官能の世界を、鋭い観察とリアリズムによって描写している。代表作には『好色一代男』『世間胸算用』などがある。

　俳諧では、この時期の初め、京都の松永貞徳を中心とする貞門派が広まった。貞徳は俳諧のきまりを定め、俳諧の庶民化を計り、滑稽性を強調して、俳諧を連歌から独立した文学とした。続いて、西山宗因を宗匠とする談林派が大阪からおこった。貞門派が形式にこだわったのに対し、談林派は自由軽妙な表現をし、内容のおかしみをねらい、新奇と自由を求めた。元禄期には、この二つの影響を受けながら、これを超克した松尾芭蕉が出て蕉風俳諧をおこし、中世の「幽玄」の伝統をひく「さび」を理念とし、俳諧を芸術性豊かなものとして完成させ、平俗の中に、「さび」「しをり」「かるみ」の美を発見した蕉風俳諧を確立した。芭蕉の代表作には、俳諧紀行文の『奥の細道』、俳諧七部集の『冬の日』『猿蓑』などがある。俳論には、芭蕉の弟子の向井去来が著した『去来抄』や服部土芳の『三冊子』がある。

　演劇では、浄瑠璃と歌舞伎とが世に広まり、元禄期になると、近松門左衛門が、写実

風の歌舞伎狂言を作り、在来の物語風の古浄瑠璃から面目一新した新浄瑠璃を創始し、義理と人情の板ばさみになって苦しみながら生きる人間の姿を浄瑠璃の『曾根崎心中』『冥途の飛脚』などにおいて描き出し、多くの名作を残した。

江戸文学期（十八世紀初期―十九世紀中期）

　江戸町人の興隆に伴い、享保年間（1716―1735年）を境に、文芸の中心地は上方から江戸へと移っていった。天明から文化・文政期（1804―1892年）には、江戸文学の最盛期を迎えた。

　江戸文化は、多くの様式を生んだが、元禄期のような迫力はなかった。その理由としては、長年の鎖国のために、人々は外国での出来事に目を向けることがなく、太平の世に慣れきったことが考えられるが、本質的な理由は、町人そのもののあり方にあった。前期の町人が、たくましい新興町人であったのに対して、この時期の町人は、身分が固定し、小市民化された町人となっていた。また、享保、寛政、天保の改革が町人を卑屈にしていったとも考えられる。したがって、江戸文学の多くは、享楽的・逃避的傾向をも、機知、駄洒落を交えた、皮肉・穿ち（簡単には気づかない世俗風俗の現象や人間の欠点などを指摘する）・笑いのみられる戯作文学であった。

　近世の初めから、江戸には、赤本・黒本・青本など、表紙の色から名づけられた子供向けの絵本があった。これらが発展して、江戸文学期には長編化・伝奇化し、大人向けの大衆絵入り小説の黄表紙となった。それはさらに何冊かを合わせた合巻となって明治時代まで続いた。上方文学の浮世草子は、西鶴の没後も書かれたが、それは出版元の名を取って八文字屋本と呼ばれた。浮世草子が衰えると読本が流行し、なかでも、上田秋成の『雨月物語』が優れている。やがて、読本は江戸に地盤を移し、滝沢馬琴の『南総里見八犬伝』などが広く読まれた。そのほか、遊里を舞台にして会話で筋を運ぶ洒落本、その流れをくむ人情本、それと並行して読まれた滑稽本などが文化・文政期にどんどん生み出された。滑稽本は十返舎一九の『東海道中膝栗毛』が評判となり、広く読まれた。天保の改革によって人情本・合巻の作者が処罰されたことにより、江戸期の小説は衰微していった。

　俳諧では、天明期（1781―1788年）に与謝蕪村が現れて浪漫的な句をよみ、天明期の蕉風復興が全国的に行われた。文化・文政期に小林一茶が現れて生活感情を率直によんだ句を残した。江戸では、庶民の遊びとも言うべき川柳が流行した。また、抑圧された人々の鬱憤をはらす笑いとも言うべき狂歌が盛んに作られた。

演劇は、近松門左衛門の没後、浄瑠璃は衰え、歌舞伎が全盛をきわめ、文化・文政期は江戸歌舞伎の爛熟期でもあった。

　幕府は、世を治めるのに都合のよい儒学を官学にしたが、それに対抗して、日本の古代精神を実証主義によって明らかにしようとした国学（こくがく）が、江戸文学期に盛んになり、近世和歌の展開と密接な関係をもちながら発展していった。また、江戸中期には、前野（まえの）良沢（りょうたく）・杉田玄白（すぎたげんぱく）らの『解体新書（かいたいしんしょ）』の訳述（1771年）開始から、蘭学（らんがく）がおこり、自然科学分野における西洋学術導入のきっかけとなった。蘭学における視野の広がりは、幕末から明治にかけて福沢諭吉（ふくざわゆきち）らの啓蒙主義を生む要因ともなっていった。

第二節　近世文学の流れ

一、詩歌

　俳諧とは「俳諧の連歌」の略称で、中世に栄えた連歌から派生した。連歌の中でも、即興と機知をもとにした自由で民衆的な俳諧の連歌が、和歌的情趣をもとにした貴族的な連歌から独立した。もともと連歌会の余興として行われたもので、作り方は難しくなく、おもしろみやおかしみをねらったものであることから、次第に庶民の間に流行していった。「俳諧」という言葉は、もともと滑稽を意味するものであったように、室町時代末期の山崎宗鑑（やまざきそうかん）や荒木田守武らによる当初の俳諧は、奔放滑稽が命であった。そうした流れを受けて、俳諧を庶民文学として独立させ、全国的に普及させたのが、松永貞徳である。

1. 貞門俳諧

　連歌・和歌の権威者である松永貞徳は豊かな古典的教養で、俳諧の文芸としての独立を推進した。貞徳は、俳諧も連歌の一体であって、和歌の教養に乏しい一般の人々とって入りやすい利点があるとする啓蒙家的立場から、「俳諧は連歌の入門であり、俗語をまじえた連歌が俳諧である」と主張し、庶民にも迎えられ、非常に流行した。京都に住んだ貞徳は、温厚な人柄も手伝って人望を集め、貞徳は俳諧の法式を定め、新興の文学である俳諧の指導者として、この様式の整備と確立に努め、俳諧を全国に広めた。その派は貞門と呼ばれ、門下に北村季吟（きたむらきぎん）らがいる。貞門の俳風は、言葉のおもしろみをねらいとし、和歌的な技巧を多用した。しかし、貞徳は俳諧を和歌・連歌より一段下のものとす

る考えから抜け出せなかったため、俳諧の詠みぶりは奔放というよりは保守的・微温的になりがちだった。用語上の知的なおかしみにはしり、縁語・掛詞をもちいた言語遊戯の域を出ず、さらに、彼が『御傘(ごさん)』などの俳論書によって定めた法式の煩雑さのために、形式にとらわれてマンネリズムに陥り、窮屈なものとなって、次第に人々に飽きられていった。

　　霞さへまだらに立つや寅の年　　　　　　　　　　　　　　　　貞徳
　　（口語訳）春霞がたなびいている。寅年だから霞までもまだらに立つのだろうか。

　　まざまざといいますが如し魂祭(たままつり)り　　　　　　　　　　　　　季吟
　　（口語訳）祖先の霊を祭る魂祭りの様子は、亡き人が目前に現れていらっしゃるようだ。

2. 談林俳諧

　貞門俳諧の後退の後をうけ、延宝元年（1673）頃に新しい勢力として大坂に興ったのが、大阪の連歌宗匠であった西山宗因を中心とする談林派の俳諧である。大坂町人の旺盛な経済力を背景にした、エネルギーにみちた軽妙闊達な詠みぶりを特徴とした。俳諧を和歌・連歌などの古典的伝統の束縛から解放し、題材・用語にわたって自由を求めて、滑稽さや洒落を重んじ、題材・用語にこだわらない点が町人に迎えられた。貞門が、連歌に見倣うことによって、俳諧を文学として認知させようとしたのに対し、談林は意気盛んで、「連歌にそむく所をもってもつば専ら俳体」というように、連歌の権威から徹底して自由であろうとして、町人社会の生の感情を積極的に歌ってはばかるところがなかった。

　新興都市町人の生の感情や意欲をあらわそうと、題材や用語、連句での付合（付句の付け方）の面においても奔放・奇抜さが好まれ、宗因門下の西鶴らが活躍した。とくに西鶴は、限られた時間内に俳諧を多く詠むのを競う矢数(やかず)俳諧を得意とし、俳諧の遊戯化を促進した。やがて、宗因以外の談林派の人々の作品は放埒となり、俳諧革新の気運が興った。しかし、延宝の頃の約十年間の盛行に終わり、間もなく行き詰まった。井原西鶴が矢数俳諧で名をはせた後、散文に転じたことが、その末期の状況をよく示している。また、その一部は雑俳に転じた。

　一方、談林の俳諧は、自由奔放になりすぎたために自滅していったが、そのあとを受け、

遊戯的な俳諧観を捨てて、新しい俳諧を開き始めた人々に、池西言水・上島鬼貫・山口素堂らがいる。彼らは余りにも散文化した俳諧を本来の詩に戻すべきであると考え、詩としての純度の高い作品を残した。蕉風の先駆とみることができる。その中で、鬼貫は、「まことの外に俳諧なし」と唱えて、禅の精神に学ぼうとする独自の方向性を示し、抒情ゆたかな口語調の作品をつくった。

　　眺むとて花も痛し首の骨
　　（口語訳）国桜の花を一日中見上げて眺めていたので、首の骨が痛くなってしまった。

　　長持に春ぞ暮れゆく更衣
　　（口語訳）更衣の今日、小袖を長持に収めた。春は長持の中へ暮れてゆくのだなあ。

3. 松尾芭蕉と蕉風

　新しい俳諧を求める動きの中で、松尾芭蕉は蕉風と言われる閑寂高雅な俳風をうち立てた。松尾芭蕉は、正保元年（1644）、伊賀上野に生まれた。初め、武家奉公のかたわら貞門俳諧を学び、後に奉公をやめ、江戸に出て談林派の人々と交わり、俳諧の宗匠として身を立てた。その後、門人の尽力で深川に芭蕉庵を結び、着々と独自の句境を開いていった。天和三年（1683）に「虚栗」が出たが、これは芭蕉を主とする蕉門の最初の俳諧集であり、字余りの句や漢詩文の趣向を取り入れ、幽玄閑寂の境地に入ろうとする句境の進展がみられる。

　貞享元年（1684）、芭蕉は俳諧のあり方を模索するため、芭蕉庵での思索的な生活を切り上げて『野ざらし紀行』の旅に出かけ、漂泊遍歴の境涯に身を置くことで句境を磨き続けた。その旅中で『冬の日』が成り、蕉風の基礎が確立された。これ以後、芭蕉の俳諧は、旅という実践の場において深められていくことになって、自然と一体となって詩心を磨くために多くの旅に出ており、蕉風俳諧の詩精神はいちだんと深められることになった。芭蕉は己の詩精神の系譜を西行や宗祇、つまり中世的な幽玄美の世界に求め、その美を獲得するために自然と一体化することを主張する。しかし大事なことは、芭蕉は中世に後もどりしたのではなく、中世的幽玄美を新しい庶民芸術である俳諧の通俗性の中に生かそうとした点にある。そのためにこそ芭蕉は旅を続けたのであった。

西行の和歌における、宗祇の連歌における、雪舟の絵における、利久が茶における、その貫道するものは一なり。しかも風雅におけるもの、造化にしたがひて四時を友とす。見る所花にあらずといふ事なし。思ふ所月にあらずといふ事なし。

（松尾芭蕉『笈の小文』）

　（口語訳）和歌の道で西行のしたこと、連歌の道で宗祇のしたこと、絵画の道で雪舟のしたこと、茶道で利久のしたこと、それぞれ道は別だが、それぞれの芸道の根底を貫いているものは同一である。ところで俳諧というものは天地自然に随順して、四季の移り変わりを友とするものである。見るものすべてが花であり思うことすべてが月でないものはない。

　芭蕉は、『鹿島紀行』『笈の小文』『更科紀行』の旅などを重ねた後、門人の曾良とともに元禄二年（1689）には七ケ月にわたる奥羽・北陸地方を巡った『奥の細道』の旅を敢行した（図4-1）。『奥の細道』の紀行文は、蕉風の完成を示すものとして名高い。次は、その冒頭で、万物は流転してやまず、時は歩みを止めない旅人だとして、人生も旅だと匂わせ、芭蕉の世界観・人生観を格調高く述べている。

図4-1　奥之細道

　月日は百代の過客にして、行かふ年も又旅人なり。舟の上に生涯を浮かべ、馬の口とらへて老をむかふる物は、日々旅にして旅を栖とす。古人も多く旅に死せるあり。予もいづれの年よりか、片雲の風にさそはれて、漂泊の思ひやまず。

（『奥の細道』冒頭）

　（口語訳）月日は永遠の旅人であり、来ては去り、去っては来る年も、また旅人である。舟の上に一生を送り、馬をひいて老いゆく者は、日々が旅であって、旅そのものが終のすみかとなってしまう。風雅の道の古人たちも、たくさん旅中に死んでいる。わたくしもいつの頃からか、ちぎれ雲を吹きとばす風にそぞろ誘われて、漂泊の思いが止まず。

　西行・宗祇や杜甫など和漢の旅の詩人の系譜につながろうとした芭蕉は、彼らの作を文章の中に組みこみ、独自の詠嘆的な文章を作りあげた。したがって紀行文といっても、

旅の忠実な記録ではなく、『奥の細道』においても大幅な虚構のあることが指摘されている。

　芭蕉が旅に求めたものは自然との触れ合いにとどまらず、昔の詩人との触れ合い、さらには庶民の生の生活感情との触れ合いでもあった。これら数年にわたる旅の後、元禄四年（1691）の『猿蓑』によって、いわゆる「さび」「しをり」「ほそみ」と呼ばれる蕉風俳諧の理念が樹立され、芭蕉芸術が完成した。さらに『炭俵』では、晩年の美「軽み」へと新しい展開を示し、中世の幽玄を俳諧の通俗性に生かして、俳諧という庶民的な文学形態を芸術的に完成した。

　　　初しぐれ猿も小蓑をほしげなり
　　　（口語訳）初しぐれの山中を旅していると、猿が目に入った。猿も蓑が欲しいことだろう。

　　　むめが香にのつと日の出る山路かな
　　　（口語訳）早春の山路を歩いていると、梅の香が漂い、朝日がのっとさし出てきた。

　　　旅に病んで夢は枯れ野をかけ廻る
　　　（口語訳）旅先で病床に臥す身が夢に見るのは、枯野を駆けめぐる自分の姿である。

　その後芭蕉は、近江の石山や京都の嵯峨野に滞在して、『幻住庵記』や『嵯峨日記』を著した。元禄七年（1694）の夏、五十一歳のとき、帰省をかねて上方に再び旅し、西国行脚の途上、秋、大阪で病死した。芭蕉の＜不易流行＞の論などの俳論は、死後で弟子の手によって編まれた『去来抄』『三冊子』などにみられる。

4. 蕉門の俳人

　芭蕉の一派を蕉門といい、蕉門には榎本其角・服部嵐雪・向井去来・森川許六などの蕉門十哲をはじめ、多くの俳人が出て、俳諧を芸術の域にまで高め、全国の俳壇に強い影響を与えた。榎本其角は、洒脱で都会的な句をよみ、服部嵐雪は温雅な句をよむなど、それぞれ活躍した。また、向井去来は『去来抄』を、服部土芳は『三冊子』を著して、芭蕉の俳論を伝えた。しかし、芭蕉の没後には、次第に多くの流派に分かれていき、蕉風は低俗化の運命をたどることになった。

　　　日の春をさすがに鶴の歩みかな　　　　　　　　　其角

（口語訳）元日の朝日の中を、めでたい日にふさわしく鶴が気品あるさまで歩く。

梅一輪一輪ほどの暖かさ　　　　　　　　　　　　　　嵐雪
（口語訳）梅が一輪咲いた。ほんの少し暖かさも感じられるようで、春はま近い。

　都市的な江戸文化が成熟するにつれて、遊びの文芸も盛んになった。川柳と狂歌はその代表で、俳諧・和歌といった既成の形式を借りて、機知によるおかしみを詠みこんだ庶民的な芸術である。ともに近世後期、江戸の地で最盛期をむかえた。

5. 川柳

　俳諧が普及するにつれて、十七世紀終わりから、より遊戯的な要素をもつ雑俳（雑体の俳諧）が流行した。川柳は、その雑俳の一体である「前句付」の付句が独立したものである。前句付とは、俳諧付け合つけくわせの練習のために、選者が七・七の前句を出して、これに各々五・七・五の付句をするものである。やがて、前句を平明にして、素養のないものでも楽しめるようになり、ひろく流行した。
　十八世紀半ば、前句付の選者として活躍した柄井川柳の選んだ句を、呉陵軒可有が編集して『誹風柳多留』と名づけて刊行した。これが大好評を博して続編が刊行されるようになり、この形式の文学を創始者にちなんで川柳と呼ぶようになった。
　川柳は、俳諧の発句と異なり、季語や切れ字の制限もなく、より自由な平俗形式として江戸市民の風俗や世相や人情の機微を巧みに詠みこむ短詩となった。日常語を使い、卑近な題材をとらえて、世相の矛盾・欠陥をうがち、古典や人物をも滑稽化し、もっぱら笑いと風刺で世態や人情の機微を詠んだので、軽妙さを好む江戸町人の気質にも合って広く流行するようになった。しかし、寛政の改革以後、しだいに観察や皮肉の鋭さがなくなり、マンネリ化していった。

　這へば立てたてば歩めの親心
　（口語訳）子育ての昔も今も変わらぬ親心。人情の機微をついた句。

　役人の子はにぎにぎを能く覚え
　（口語訳）役人は賄賂をよくにぎるので、その子供もにぎにぎをよく覚えるだろう。

　なきなきもよい方をとるかたみわけ

（口語訳）親が死んで悲しいが、親の遺品を分けるとなると欲が出て、泣きながらもよいほうをとろうとする。

『誹風柳多留』

6. 狂歌

狂歌は狂体（着想や用語に滑稽みをもたせたもの）の和歌のことで、古くは『万葉集』に戯咲歌があり、『古今集』には誹諧歌があるが、近世になって一つの独立したジャンルとして流行した。身近なものを題材とし、形式は短歌と同じであるが、俗語を使っており、機知・滑稽をよみこんだ、一種の遊びの文学で、近世に大いに流行した。近世の狂歌には、大阪を中心とした上方狂歌と、江戸を中心に全国に広まった江戸狂歌の二つの流れがある。

上方狂歌は、十八世紀前半に大阪で流行した。生白堂行風の古今の狂歌を集めた『古今夷曲集』の刊行によって流行しはじめ、中期になると大坂の永田貞柳の登場によって全盛期をむかえ、専門の狂歌師も生まれた。しかし内容的には、総じて和歌のもじりにとどまるものが多かった。近世後期になると、狂歌の流行は江戸に移り、江戸っ子好みの軽妙な洒落と鋭い風刺とが加わり、鋭い機知と軽妙な作風を特徴とする新しい狂歌が生まれた。江戸狂歌は、武士や学者などを中心に、十八世紀半ばか通俗的なら流行し始め、天明年間（1781—1788年）に全盛を迎え、いわゆる天明調狂歌の全盛時代を築いた。唐衣橘洲・四方赤良（大田蜀山人）・朱楽菅江らが代表的作家で、着想奇抜で洒脱な作品を残している。十九世紀初めの文化・文政期にも、赤良の門人である宿屋飯盛などを中心に多くの狂歌が作られ、狂歌は引き続き流行したが全般的には質が低下していった。

　　風鈴の音はりんきのつげ口かわが軒の妻に秋のかよふを

唐衣橘洲

（口語訳）風鈴の音がりんりんと鳴るのは、わたしにしっとさせるための告げ口だろうか。わが家の軒の端にひそかに秋風が通ってきているのを知って。

　　生酔の礼者を見れば大道をよこすぢかひに春は来にけり

四方赤良

（口語訳）ほろ酔いで年賀に歩く人を見ると、表通りを千鳥足で横すじかいにひょろりひょろりと、新春がやってきた。

　　天の原月すむ空をま二つにふりわけみればちやうど仲麻呂

朱楽菅江

　（口語訳）月の澄みきっている今宵、空を仰ぎみながら、秋をまっぷたつに分けてみると、今夜がちょうど仲麻呂ならぬ、真ん中になる。

7. 和歌と国学

　近世初期に、二条派系統の細川幽斎が、古今伝授を中心とする伝統的な歌学を集大成し、多くの堂上歌人（公卿の歌人）を育てたが、新しい歌風は生まれなかった。その中にあって、幽斎の門人松永貞徳は和歌を民間に普及させ、歌人として異彩を放つ木下長嘯子は清新な和歌をよみ、注目される。

　十七世紀後半に、武士出身の地下歌人（位階や官職を持たない人）たちによって、和歌の革新と古典の研究の気運が興った。江戸では戸田茂睡が『梨本集』を著して、保守的な堂上和歌を批判し、以後の和歌の革新は国学の発生を促すことになる。伝統からの脱却をめざした下河辺長流は『万葉集管見』を著し、和歌の学問的な自由研究の糸口をひらいた。僧契沖は、『万葉代匠記』を著して、文献学的実証的な方法による国学研究の基礎を築いた。また、京都伏見稲荷の神官荷田春満は、『万葉集』『日本書紀』などを研究し、国学を提唱した。彼の門人賀茂真淵は、『万葉考』などを著して、国学を体系化し、発展させた。田安宗武・加藤千蔭・村田春海らの歌人を輩出したが、真淵の学問を継承して、国学を大成したのは本居宣長である。

　伊勢松阪の医者であった本居宣長は、真淵の門に入って古典の研究に力を尽くし、古代の神の道を尊重する国学を完成した。三十五年を費やした『古事記伝』、「もののあはれ」の文学論を展開した『源氏物語玉の小櫛』など、新しい文学観をうち立てた。宣長没後、文献学的実証研究の方向は本居春庭・伴信友らに受け継がれ、古代精神追求の方向は平田篤胤らに継承されていった。

　近世後期になると、京都でも和歌革新の動きがおこった。小沢蘆庵は清新な感情を、平易なことばで、自然に表現すべきだとした「ただごと歌」を唱え、それをうけた香川景樹は物に触れて発する真情がおのずから歌の調べになるという「しらべの説」を

説いた。なお、各地には、江戸末期には越後の良寛、越前の橘曙覧、備前の平賀元義、築前の大隈言道、京都の大田垣蓮月など、それぞれ日常生活に即した個性味のある歌をよんだ。

8. 漢詩文と儒学

江戸幕府は封建制度の精神的な支柱として儒学を重んじた。なかでも、身分の秩序・礼節を重視する朱子学を官学として採用したので、朱子学をはじめとする儒学が武士階級の学問として各藩に広まり、すぐれた学者が輩出した。朱子学派の学者の中でも新井白石はとくに傑出しており、政治的生涯を回想した自伝風の『折たく柴の記』などのすぐれた随筆も残している。また室鳩巣は自分の見聞によせて道義と学問とを勧めた教訓的な随筆『駿台雑話』を書いた。やがて、朱子学の学者から、その理論を批判する者が現れ、中江藤樹とその弟子の熊沢蕃山は陽明学を信奉した。元禄期になると、京都では町人出身の儒者伊藤仁斎は日常生活を重視し仁（人間への愛）を説く古義学を唱えた。古語を研究して古典の本質を学ぶ古文辞学派の荻生徂徠の学風も儒学から朱子学的な道学主義を追放するものであったから、その門下からは詩文で遊んで個性を自由に発揮する文人たちが輩出された。服部南郭や祇園南海はその代表的な人々である。

江戸時代の後期には儒学の権威が揺らぎ始めたこともあって、漢詩文が一般の文人の間に広まり、漢詩文に力を注ぐ学者が多くなった。初期には、林羅山・木下順庵らの儒学者たちが余技として漢詩を作っていた。享保期になると、漢詩文は広く流行するようになった。後期になると、儒学者の文筆活動はますます活発になり、漢詩文は庶民の間にも広まった。寛政の頃には風格の高い詩をよんだ菅茶山、文化・文政の頃には才筆をふるって日本的漢詩文の創造を試みた頼山陽、気慨と迫力に満ちた詩をよんだ梁川星巖、平淡で味わいのある詩風の広瀬淡窓など、優れた詩人が次々に登場し、漢詩文は隆盛をきわめた。また、漢詩の形式によりながらパロディや滑稽な内容を詠みこむ狂詩が、漢詩の流行に伴って行われた。江戸の寝惚先生こと大田南畝の『寝惚先生文集』と、京都の銅脈先生こと畠中観斎の『太平楽府』が名高い。

二、近世小説

1. 仮名草子

江戸幕府が開かれてから約八十年間、京都を中心にして、啓蒙的な書物が数多く出版

された。これらは主に仮名を用いて書かれたので仮名草子と呼ばれている。中世の御伽草子の流れを受けた仮名草子は、主として仮名で書かれた平易な読み物のことで、貴族・僧・武士などの知識階級によって、啓蒙・教訓・娯楽を目的として書かれたものである。これらは、印刷術の発達によって大量・安価な出版が可能になると、広く流布されるようになり、庶民の間に急速に広まっていった。

近世初期は、新しい平和な時代を迎えて世の中全体に活気があふれ、啓蒙的な気運が高まっていた。文字を獲得した一般武士や新興町人を中心に、読者層も一段と広がりをみせ、人々はこぞって新しい文化を求めた。これらの作品の作者には、古典的教養が豊かであった公家を初めとして、仮名草子を民衆教化の手段として利用した僧侶や儒者、大名に仕えて話題とぎ提供を役目としたお伽衆、関ヶ原の戦いなどで禄を失った浪人、それに新興の俳諧文学である俳諧を職業とした俳諧師などがいた。主な作品に、教訓物の『可笑記』(如儡子)、仏教懺悔の『二人比丘尼』(鈴木正三)、浮世房という滑稽な人物の一代記の形式で当時の世相を描く『浮世物語』(浅井了意)、日本で最初の西洋文学の翻訳である『伊曾保物語』(作者未詳)、怪談物の『伽婢子』(浅井了意)、名所記物で、やぶ医者竹斎の滑稽な遍歴を描いた『竹斎』(富山道冶作)、『東海道名所記』(浅井了意)、笑話物の『醒睡笑』(安楽庵策伝)、古典を模した戯文の『仁勢物語』(作者未詳)などがある。

仮名草子の内容は啓蒙的な色彩が濃く、実用的・娯楽的で文学性に乏しかったとはいえ、庶民を文学に親しませた点で意義は大きい。中には、笑話や名所・遊里の案内記など、新しい題材を扱ったものや、これまでの物語から脱した小説的傾向のものもみられる。仮名草子は、さまざまな要素の混じった過渡的な性格をもっていて、文学的には未熟であるが、現世を積極的に肯定する生き方などが見られることから、次の本格的な近世小説である浮世草子への橋渡しとしての意義も認められる。新しい時代を代表するにふさわしい、真に庶民的な近世作家が誕生するまでにはもう少し時間が必要であった。

2. 浮世草子

浮世草子は、十七世紀の終わりの元禄期から約百年間、上方を中心に広まった写実的な風俗小説のことである。これは、経済力を次第につけてきた町人階級によって作られた文学で、町人の好色ぶりや金もうけの悲喜劇を現実に即して書いたものである。「浮世」とは、広い意味で現世であり、中世までの厭世的な「憂き世」に対して、享楽主義的にみた現世をさし、狭い意味で好色生活をさす。近世の散文は、浮世草子にいたって、近

世庶民の文芸と言うにふさわしい内容と表現とを得た。

　中世には、仏教的な無常観や厭世思想の影響によって、現世を辛い世の中とみる「憂世」という言葉があった。しかし、近世になって人々が太平の世を謳歌しはじめると、現世は「憂世」であるよりは、むしろ「浮世」と表現されるような享楽すべき世の中として認識されはじめた。町人は厳重な封建的身分制度の枠に縛られていたため、経済的余裕が生じるとともに、享楽生活にこの世の楽しみを見いだすようになった。浮世草子は、そういう町人の世態人情を描いた小説である。封建的な制約の中で、遊里と芝居小屋とは町人の自由な主体性が発揮された所であるが、その風俗・人情を描いた好色物に見られる現世享楽的な傾向と鋭い写実性とが、従来の仮名草子と一線を画したものを感じさせた、真に近世的な小説がここに初めて成立したことになる。

　その最初の作品とされるのが、天和二年（1682年）刊の井原西鶴作『好色一代男』で、当代の享楽的好色風俗を肯定的な態度で描き、従来の仮名草子と一線を画する作品になった（図4-2）。これを第一作として、以後の約百年間、上方を中心に行われた庶民的で現実主義的傾向の濃い作品を総称して浮世草子と呼んでいる。井原西鶴の好色物に限って浮世草子ということもあるが、普通は後続の八文字屋本までを含めている。

3. 井原西鶴

　井原西鶴は、寛永十九年（1642年）に、大阪の裕福な町家に生まれた。十五歳頃から貞門派の俳諧に親しみ、その後西山宗因の門に入って、俳諧師として活躍し、奔放奇抜な俳風をもって鳴らした。俳風は自由清新で、矢数俳諧を得意とした。矢数俳諧とは、一日にどれだけ多くの句を作るかを競うもので、西鶴は一昼夜に二万三千五百句を作り、二万翁と自称した。

図4-2　好色一代男

　師の宗因没後、初めて小説に手をそめ、浮世草子の初作『好色一代男』が好評を得たことから浮世草子作家へと転じ、以後、約十年間、旺盛な創作活動を展開した。近世の散文を代表するジャンルである浮世草子を創始し、それを代表する作家となった。

西鶴の作品は、男女の愛欲の姿を描いた好色物、武家社会の義理を扱った武家物、説話に取材した雑話物、町人の経済生活を扱った町人物の四つに分けられる。口語文脈を基本にしながら、その中に『源氏物語』『伊勢物語』などの古典や謡曲の表現を積極的にとりこみ、俗語と雅語の入り混じった一種の独特の詩的散文となっている。文体の特徴としては、主語や述語の省略、あるいは連体止めの多用などが挙げられる。これは俳諧の連句的な連想に基づくものといわれ、人間性の解放をうたい上げる内容と照応して、みごとな効果を収めている。

　西鶴の初作『好色一代男』は、世之介という好色な男の愛欲遍歴の一生を描いて、鋭い観察と簡潔自在な文章とによって人の生と情とのありようをとらえたものであった。主人公の生涯を『源氏物語』に倣って五十四章にわたって描きながら、当時の好色風俗を鋭い観察に基づいて大胆かつ清新に描き、小説の新生面を開いた。これが大評判となって以降、好色というテーマは、引き続き取り上げられ、町人の「粋」の世界が描き尽くされた。西鶴が書いた他の好色物には、実在の恋愛事件に取材した五つの短編集『好色五人女』や、一人の女の好色生活と転落の跡を描く『好色一代女』などがある。

　以下に示したのは、『好色一代男』の冒頭部分であるが、文中の夢介の子供である世之介という遊蕩児を主人公に、その一代の好色生活を五十四章に配して描いた。この冒頭で西鶴は雪・月・花という中世的な美よりもむしろ色道という人間的な愛欲の世界が優位に立っているということを述べた。中世において抑圧され、タブー視されがちであった性が、おおらかに解き放たれたのである。

　　桜も散るに嘆き、月は限りありて入佐山、ここに但馬の国かねほる里の辺に、浮世の事を外になして、色道ふたつに寝ても覚めても夢介と替名よばれて、名古屋三左・加賀の八などと、七つ紋の菱にくみして身は酒にひた、一条通り、夜更けて戻り橋、ある時は若し衆出立、姿をかへて墨染の長袖、又は立髪かづら、化物が通るとは誠にこれぞかし。

（『好色一代男』巻一・冒頭）

　（口語訳）桜もすぐに散ってしまうので人は嘆き、月は限りがあって山の端に入ってしまう。そんな入佐山のある但馬の国の銀山近くに住んで、世俗のことはほったらかし、男色・女色の二つの色道に夢中になって、夢介とあだ名を呼ばれ、人に知られた名古屋三左や加賀の八などという遊び人と菱の七つ紋を印として仲間づき合い、酒びたりの毎日、（京の遊廓から）一条通りを通り、夜更けに戻り橋を帰っていくその姿は、ある時は若衆の扮装、また姿を変えて僧たてがみかずら衣をまとったり、または立髪鬟の男伊達となったり、まったく化物が通るとはこのことだ。

第四章 近世の文学

　人気作家となった西鶴は、やがて取材の範囲を広げて武家の義理の世界に主題を求め、敵討ちの話を集めた『武道伝来記』や義理に縛られて生きる武士の姿を描いた『武家義理物語』などの武家物を書いた。また、説話への関心が強まり、全国の説話に取材して、諸国の珍談・奇談を集めた『西鶴諸国ばなし』や不孝者の話を集めた『本朝二十不孝』などの雑話物を続々と世に送り出した。

　晩年の西鶴は、町人の経済生活にも強い関心を寄せて、町人物を発表し、『世間胸算用』『日本永代蔵』などで物欲の世の中に弄ばれる庶民の悲喜こもごもの様子を書いた。『日本永代蔵』はどうすれば分限者（金持ち）になれるかを扱ったモデル小説である。次はその一節で、西鶴の処世訓をうかがい知ることができる興味深いものである。

　　一生一大事、身を過るの業、士農工商の外、出家・神職にかぎらず、始末大明神の御詫宣にまかせ、
　　金銀を溜べし。是、二親の外に命の親なり。

　　　　　　　　　　　　　　　　　　　　　　　（『日本永代蔵』巻一　初午は乗てくる仕台）

　（口語訳）人間にとっての一大事は、世を過ごすための仕事である。だから、士農工商はもとより、僧侶・神官でさえも、倹約の神である始末大明神のお告げのとおり働いて、金銀をためるのがよい。これこそ両親以外の、命の親である。

　『世間胸算用』で西鶴は中・下層町人の冷酷な運命を直視し、町人の生活を鋭い観察のもとに生き生きと描き、一年の最終日である大晦日に悪戦苦闘する中・下層の町人の悲喜劇をリアルな目で見つめた。質屋を舞台に、大晦日に、店に持ち込まれるさまざまな物を写して、やっとわずかばかりのお金を手にして正月を迎えなければならなかった下層町人の追いつめられた生活ぶりをリアルに描いている。文体も初期の「好色物」の文飾はなく、平明で落ち着いたものになっている。遺稿集『西鶴置土産』もかつては羽ぶりのよかった町人の落ちぶれた姿を描いて独特の味わいがある。西鶴が作家として至りついた晩年の心境はこの二つの作品が良く示しているといえよう。

　　門の戸のなるたびに、女房びくびくして、まだ帰られませぬ。さいさい足をひかせましてかな
　　しう御座ると、いづれにも、同じことはりいひて帰りける。程なく夜半も過、明ぼのになれば、掛
　　乞ども愛に集まり、亭主はまだかまだかと、おそろしき声を立る所へ、でつ大息つぎて帰り、旦
　　那殿はすけ松の中程にて、大男か四五人して松の中へ引込み、命が惜くばといふ声を聞捨にして、
　　逃て帰りましたといふ。内儀おどろき、おのれ主のころさるあさるに、男と生まれて浅間しやと

泣出せば、かけ乞ひとりひとり出て行、夜はしらりと明ける。此女房、人帰りし跡にて、さのみなげくけしきなし。

（『世間胸算用』巻三「神さへ御目違ひの一節」）

　（口語訳）門の戸がなるたびに、女房は、びくびくして、「まだ主人は帰られません。たびたびむだ足を運ばせてお気の毒でございます。とだれにも同じことをいって帰した。まもなく夜中も過ぎて、明け方になると、借金取りたちがこの家に集まり「亭主は、まだかまだか。」と恐ろしい声を立てているところへ、丁稚が大息をついて帰ってきて、「旦那様は助松の中ほどで、大男が四、五人で松林の中に引き込み、命がおしければ（金を出せ）。という声を聞き捨てにして、逃げて帰りました。」といった。女房はびっくりして、「おまえは主人が殺されるというのに、それをおいて逃げて帰るとは、男と生まれてあさましいやつだ。」と泣き出すので、借金取りはひとりひとり出て行って、夜はしらじらと明けていった。この女房は人々が帰ったあとではそれほど嘆く様子もない。

　時に一人の祖母涙をこぼし、「ただ今のありがたいことを承りまして、さてもさても、わが心底の恥づかしうござります。今夜のこと、信心にて参りましたではござらぬ。一人あるせがれめが、常々身過ぎに油断いたしまして、借銭に請ひ立てせつきられまして、節季節季にさまざま作りごと申してのがれましたが、この節季の身抜け、何と分別あたはず。私には、『道場へまゐれ。その後にて、見えぬと嘆き出し、近所の衆を頼み、太鼓・鉦をたたき尋ね、これにて夜を明かして済ますべし。古いことながら、大晦日の夜のお祖母を返せは、われらが仕出し。』と思案して、世の不祥なればとて、辺りの衆に思はぬやつかい掛くること、これ大きなる罪。」とぞ嘆きける。

（『世間胸算用』巻五「平太郎殿」）

　（口語訳）（節分の法会が、一年間の決算日である大晦日と重なったため、三人しか集まらなかった参会者に、僧が信心深いことをほめる話をした。）そのとき、一人の老婆が涙をこぼして、「ただ今のありがたいお話をお聞きしまして、それにつけても、自分の心根が恥ずかしうございます。今夜のことは信心で参りましたのではございません。ただ一人のせがれめが、常日ごろ生業に油断いたしまして、借金の取り立てに追われて、節季の支払い日ごとに様々の口実を申してのがれてきましたが、この節季の支払いをのがれるには、なんともよい思案がありません。私に対しては、「お寺へ参りなさい。その後で、ばあさまが見えないと騒ぎだし、近所の人たちを頼んで、太鼓や鉦をたたいて探し、これで夜を明かして支払いをせずに済まそう。古くさい方法ながら、大晦日の夜のばあさま返せは、おれたちの趣向だ。」とひと工夫して、浮き世の義理だとはいえ、近所の衆に思わぬやっかいをかけること、これは大きな罪作りよ。」と嘆いたことだ。

西鶴の特徴は、冷徹な目で人間を観察し、人間性の真実をとらえて写実的に描いた点や、巧みな話術と俳諧的手法を生かした簡潔な文章で表現した点にある。また、文学史上においも、浮世草子という文学形態を創始し、町人が町人の生活を描くという町人文学を誕生させたという点で、意義は大きい。

4. 八文字屋本

西鶴の没後は、しばらくの間、西鶴を模倣した作品が出続けたが、多くが興味本位にはしったもので、現実を見つめる目、人間性の追求、その表現力において西鶴には及ばず、浮世草子は大衆化、商品化の道をたどった。そうした中で、浮世草子の新生面を開いたのは、京都の八文字屋から出版された『八文字屋本』であり、主な作者に『世間子息気質』『浮世親仁形気』などの「気質物」で好評を博した江島其磧や八文字屋自笑がいる。西鶴の影響を受けつつも新味を見せた江島其磧は歌舞伎などの演劇に関する知識や経験を生かし、構成の巧みさで新生面を開いた。八文字屋本は長く通俗的な娯楽小説として栄えたが、西鶴のような人間観察の鋭さやリアルな表現力はなく、次第にマンネリ化していった。

5. 草双紙

江戸では、十七世紀後半から、平易な仮名入り絵本が出版されていた。時期的に装訂や内容が変化し、表紙の色で赤本・黒本・青本・黄表紙と呼ばれ、後の合巻とあわせて草双紙と総称された。赤本には子供向きの『舌きれ雀』『猿蟹合戦』などの民話や童話が多い。黒本と青本は平行して出版され、内容上の差もないが、筋も絵も複雑になり、赤本よりは大人向きに創作味を加え、演劇の粗筋を紹介するような作品も多かった。

6. 黄表紙

赤本、黒本、青本までは、子供や婦人を相手とする平俗、安易な小型の絵本であったが、安永年間（1772―1781年）の黄表紙からは、滑稽、洒脱、風刺を主とする大人の読本となった。十八世紀後半に恋川春町の『金々先生栄華夢』が出てから、青本と一線を画し大人向けのものとなった。これは洒落や滑稽や風刺を内容とし、画と文とが互いに補いながら、当時の風俗を巧みに風刺して好評を得、江戸の人々に大いに受け入れられ、真に大人のための絵本へと変身した。春町に続いて、山東京伝が『江戸生艶気樺焼』を書くなど、さらに作風は精緻で技巧を凝らしたものになり、黄表紙は十八世紀後半に大流行した。しかし、それらの風刺的な作風はやがて寛政の改革による幕府の干渉を受けて、

穿ちによる滑稽という黄表紙本来の特徴が後退し、道徳的な心学物や敵討物（かたきうちもの）へ移っていき、以後は、内容も教訓の意をこめたものや、敵討物、怪談物となり、長編化して、合巻に転じた。

7. 合巻

　黄表紙の強い風刺が、幕府の怒りにふれてからは、教訓的傾向を強めて、敵討物などを主とするようになった。よって長編化し、内容が膨れあがり、筋が複雑になったため、黄表紙を何冊かを綴じ合せた合巻と呼ばれる合冊体裁が生み出され、十九世紀初めから流行した。合巻の最初といわれるのが式亭三馬（しきていさんば）の『雷太郎強悪物語』（いかずちたろうごうあくものがたり）で、黄表紙から合巻への橋渡し的作品とされる。合巻の代表作には、将軍家斉（いえなり）の大奥（おおおく）生活を扱ったとされる柳亭種彦（りゅうていたねひこ）の『偐紫田舎源氏』（にせむらさきいなかげんじ）がある。合巻はその後も数多く出版されて、明治初期まで大衆向けの読物として量産された明治20年頃まで続いた。

8. 前期読本

　八文字屋本がマンネリ化した頃、上方の知識人の間では中国の白話（はくわ）小説が流行していた。これに影響を受けて、大阪の儒学者都賀庭鐘（つがていしょう）は、中国の小説『今古奇観』（きんこきかん）を翻案した『古今奇談　英草紙』（はなぶさそうし）を書き、浮世草子の衰退した当時の文壇に新しい趣をもたらした。これが読本の始まりで、以後、数々の読本が書かれた。主な作品に、建部綾足（たけべあやたり）の『西山物語』、上田秋成（うえだあきなり）の『雨月物語』（うげつものがたり）『春雨物語』（はるさめものがたり）などがある。これらの作品はいずれも怪異性・伝奇性に富み、浪漫的傾向を持つ短編が多い。特に、賀茂真淵門下の国学者でもあり、庭鐘の医学の門人でもあったという上田秋成の登場によって、前期読本が完成した。

9. 上田秋成と『雨月物語』

　前期読本を代表する作家である上田秋成は、大坂の商家の養子として育ち、後に町医者に転業した。秋成は、明和5年（1768年）に前期読本の代表作『雨月物語』を著し、推敲を重ねて八年後に出版した。九編の怪異小説からなる短編集で、執念に凝り固まった人間性の真実を、怪異の出現によって見事に描き出している。晩年の作品には、秋成の特異な歴史観が託された十編の短編からなる『春雨物語』がある。

　前期読本の代表的作品『雨月物語』は、中国の小説や日本の古典から題材をとった怪異小説集は、「浅茅（あさじ）が宿」や「菊花（きっか）の約（ちぎり）」など九篇の怪異小説からなる。前期読本の傑作で、文章は格調高い雅文に漢語を交え、簡潔流暢で、怪異的・神秘的雰囲気を見事に表現し、緊密な構成によって人間の奥深い情念を描き出している。

窓の紙松風を啜りて夜もすがら涼しきに、途の長手に疲れ熟く寝たり。五更の天明けゆくころ、現だき心にもそぞろに寒かりければ、衾被かんと探る手に、何物にやさやさやと音するに目覚めぬ。顔にひやひやと物のこぼるるを、雨や漏りぬるかと見れば、屋根は風にめくられてあれば、有明月の白みて残りたるも見ゆ。家は扉もあるやなし。簀垣朽ち頽れたる間より、薄高く生ひいでて、朝露うちこぼるるに、袖湿ぢてしぼるばかりなり。壁には蔦葛延ひかかり、庭は葎に埋もれて、秋ならねども野らなる宿なりけり。さてしも臥したる妻はいづち行きけん、見えず。

（『雨月物語』「浅茅が宿」）

　（口語訳）窓の紙に松吹く風がかすかな音を立てて涼しく、（勝四郎は）道中の疲れでぐっすり寝込んだ。五更の空が明けゆくころ、夢心地にもなんとなく寒かったので、夜具をかぶろうと探った手に、何かさやさやと音がするので目が覚めた。顔に冷たくこぼれかかる物を、雨がもったのかと見上げると、屋根は風に吹きめくられているので、有明月が白く空に残っているのも見える。家は雨戸もあるかないかで、簀垣の床が腐れ落ちた間から荻薄が高く生えていて、朝露がこぼれかかり、衣の袖がぬれてしぼるほどであった。壁には蔦葛がまつわりつき、庭は一面雑草に埋もれて、秋でもないのに秋の野らに等しい家であった。それにしても傍らに寝ていた妻はどこへ行ったのか、姿も見えない。

　此の約にたがふものならば、賢弟吾を何ものとかせんと、ひたすら思ひ沈めども遁るるに方なし。いにしへの人のいふ。『人一日に千里をゆくことあたはず。魂よく一日に千里をもゆく』と。此のことわりを思ひ出でて、みづから刃に伏、今夜陰風に乗てはるばる来り菊花の総に赴く。この心をあはれみ給へ」といひをはりて涙わき出るが如し。「今は永きわかれなり。只母公によくつかへ給へ」とて、座を立つと見しがかき消て見えずなりにける。

（『雨月物語』「菊花の約」）

　（口語訳）あの約束を違えるものなら、あなたが私をどんな人間と考えるだろうと、ひたすら思い沈みましたが、逃れ去る方策がありません。古人の言葉に『人は一日に千里を行く事はできない。しかし魂は一日によく千里をも行く事ができる』とあります。この道理を思い出して、自刃し、今夜、陰風に乗って、はるばるとこの約束を果たしに参じました。せめてこの気持ちだけはお察しください。」と言い終ってとめどなく涙を流す様子であった。「これで永のお別れです。どうぞ母堂によくお仕えください。」と言って座を立つと見えたが、そのままかき消えて見えなくなってしまった。

10. 後期読本

　十八世紀末頃から、読本の中心は上方から江戸に移り、内容面では長編伝奇小説の傾向が強まり、文化・文政期に最盛期に達した。江戸における後期読本の基礎を作ったのは山東京伝であった。洒落本・黄表紙作家として著名だった京伝は、寛政の改革による出版取り締まり以降、読本に転じ、『忠臣水滸伝』『桜姫全伝 曙 草紙』などを書いた。京伝門下の滝沢馬琴は、力作『椿説弓張月』などによって代表的読本作家となり、二十八年にわたり全精力を傾けて九十六巻百六冊からなる一大長編小説『南総里見八犬伝』を完成した。八犬士の活躍する波乱万丈のストーリーは、幕末から明治にかけて多くの読者を魅了した。

　馬琴の読本の特徴は、いずれも雄大な構想と複雑な筋の展開をもつ長編で、その雄大で緊密な構想を支えるために、勧善懲悪や因果応報という思想を駆使したところにある。また、作品を合理的に組み立てようとした馬琴は、中国の小説理論に導かれながら、稗史七法則と呼ばれる独自の小説理論を、『八犬伝』の創作過程の中から確立していった。文章は、和漢混交文や擬古文が使い分けられて、流麗重厚にして迫力がある。以下に示すのは『南総里見八犬伝』の伏姫が自害したときに飛び散った数珠から八太士が誕生する場面で、七五調を基調に豊かな修辞を駆使した名文である（図 4-3）。

図 4-3　南総里見八犬伝

　（伏姫ハ）護身刀を引き抜きて、腹へぐさと突き立てて、真一文字に掻き切り給へば、あやしむべし、瘡口より一朶の白気閃きいで、襟に掛けさせ給ひたる、かの水晶の珠数を包みて、虚空に昇ると見えし、珠数はたちまち弗と断離れて、その一百は連ねしままに、地上へ憂と落ちとどまり、空に遺れる八つの珠は、燦然として光明を放ち、飛び遶り、入り紊れて、赫奕たる光景は、流るる星に異ならず。……主従は今さらに、姫の自殺を禁めあへず、われにもあらで蒼天を、うち仰ぎつつ目も黒白に、あれよあれよ、と見る程に、颯と音し来る山おろしの、風のまにまに八つの霊光は、八方に散り失せて、跡は東の山の端に、夕月のみぞさし昇る。当に是数年の後、八犬士出現して、遂に里見の家に集合ふ、萌芽をここにひらくなるべし。

（『南総里見八犬伝』第二輯、巻二）

（口語訳）伏姫が守り刀を引き抜いで、腹へぐさっと突き立てて、真一文字にかき切りなさると、不思議なことだ、傷口から一筋の白気がひらめき出て、襟に掛けておいでであった、あの水晶の数珠を包んで、中空に昇っていくかと見えたが、数珠はたちまちぶっつりとちぎれて、百の珠はつながったままからから地上に落ち、空に残った八つの珠はきらきらと光り、飛びめぐり入り乱れて輝く有様は、まるで流星そのままである。……（里見義実）主従は今はもう伏姫の自殺を止めることもできないまま、我を忘れて青空を仰ぎ、意外さに驚きながら、あれよあれよと見ているうちに、さっと音をたてて吹いてくる山おろしの風のまにまに、八つの霊光は八方に散り失せて、あとには東の山の端に、夕月がさし昇るばかりである。これこそ数年後に、八犬士が出現して、最後には里見家に集合するという、そのきざしをここに開示したというべきであろう。

八つの珠はそれぞれ仁・義・礼・智・忠・信・孝・悌という儒教における八種の徳を表している。それぞれの玉を持った八犬士が各地に育ち、やがて一堂に会して里見家の復興に尽くすというこの作品の粗筋は確かに観念的で荒唐無稽なものともいえるが、儒教や仏教基づく勧善懲悪・因果応報の思想をちりばめた建築的な構想の雄大さは他の追随を許さないものがあった。九十六巻百六冊という大長編にもかかわらず明治に至るまで多くの読者を獲得したのは波乱万丈のストーリーもさることながらこの思想性と構築性が迎え入れられたからだと思われる。

11. その他

江戸中期から、上方を中心とする漢詩文趣味の流行は、一方で読本の発生を促したが、他方で漢学知識人の余技としての遊里案内記の流行を生んだ。滑稽と通とを主とする戯作文学が様々な形で展開した。題材やその扱い方の違いから、洒落本・滑稽本・人情本などの別がある。漢文体の戯文が小説として発展したのが洒落本であるが、寛政の改革で弾圧を受け、発禁になる後、この洒落本から風刺のトゲを抜いて、ナンセンスな滑稽を売り物に発展したのが滑稽本であり、また洒落本の描いた客と遊女の恋愛を市井の男女に移して、より複雑に仕立てた恋愛小説が人情本である。

12. 洒落本

初期の洒落本は、十八世紀半ばに漢学者の余技から始まり、漢学者などが中国の遊里文学をまねて書いた戯文であったが、しだいに遊里を素材に、客と遊女が遊ぶさまや、遊里風俗を描いた短編に発展した。西鶴の浮世草子の好色物の流れを受けたものともいえ、黄表紙と並行して盛んに作られた。明和七年（1770年）頃刊行された田舎老人

多田爺の『遊子方言』によって、会話体の洗練された精緻な描写力をもつ洒落本の定型が確立された以後、約四百編が刊行された。当時、遊びに通じているものを「通」、その心のこざっぱりしているのを「意気」、察しのいいことを「粋」といったが、洒落本では、「通」の理念がよく表れている。洒落本の代表作、山東京伝の『通言総籬』は、江戸吉原で遊ぶさまや遊女の言動を、軽妙洒脱な、いわゆる「穿ち」の手法で描き出したものである。江戸町人の気風に合った洒落本は大いに流行したが、作品様式の行きづまりや、寛政の風俗取り締まりにより禁止され、以後は徐々に衰え、人情本と滑稽本に席を譲ることになった。

13. 滑稽本

　滑稽本とは、笑いを目的とした小説で、前期と後期とに分けられる。前期の滑稽本は、十八世紀半ばの宝暦頃に流行した談義本といわれるもので、滑稽の中に教訓や風刺をたくした小説である。中には教訓性や風刺を伴った作品が多く、講談、風刺の傾向はなく、くすぐりの笑いや、駄洒落をメインとする軽妙な趣がある。主な作品に、講談物のはじめとなった静観房好阿の『当世下手談義』や世相風刺の戯文をつくった風来山人の『風流志道軒伝』があり、奇抜な構想を奔放な文体をもつ出色の作品で、痛烈な世相風刺を展開した。後期の滑稽本は、十返舎一九の『東海道中膝栗毛』が起点であり、式亭三馬の『浮世風呂』『浮世床』などの作品も生み出された。これらは洒落本禁止のあと、洒落本の遊里趣味を捨てて舞台を日常生活の場に移し、会話体にこめた洒落やくすぐりで、庶民生活をユーモラスに描いている。

　十返舎一九は、当初は黄表紙や洒落本を書いていたが、『東海道中膝栗毛』が好評を得て、以後二十年間にわたって『続膝栗毛』を書き続けた。『東海道中膝栗毛』は、江戸の町人弥次郎兵衛と喜多八がさまざまな失敗を重ねながら東海道を上っていく道中での奇行・愚行の滑稽さを、狂歌を交えた会話体で描いたものである。『膝栗毛』は当時、非常な好評をもって迎えられた。膝栗毛物として次々と続編が書かれ、二十一年間に渡ってベストセラーを続けた。一九にやや遅れて滑稽本を発表した式亭三馬は『雷太郎強悪物語』を書いて合巻を創始した。以後、彼は滑稽本に転じて、一九と並び称された。『浮世風呂』『浮世床』は、庶民の社交場であった銭湯や床屋を舞台に、そこに出入りする町人男女の風俗・世態を軽妙洒脱な筆で、ユーモアを交えて生き生きと活写しており、落語や浮世物真似などという当時の話芸の影響が大きかったといえる。

14. 人情本

　洒落本が禁止されたあと、洒落本の写実性を受け継ぎつつ、舞台を遊里から江戸下町の庶民の日常生活に移して、庶民の人情、とくに男女の恋のもつれを、退廃的・情緒的な雰囲気の中で描いた人情本が現れた。人情本は恋に憧れる婦女子を主な読者として、後期読本から構成の方法を、洒落本から写実的な風俗描写や会話表現を取り入れて成立し、幕末（1854—1867年）まで約五十年間流行した。文章は会話主体の口語体である。代表作者の為永春水が恋の葛藤と義理人情とのからみ合うさまと人情の機微がとらえられている『春色梅児誉美』で人気を得たが、天保の取り締まりで、風俗を乱したという理由で手鎖（家にいたまま両手に手錠がはめられる刑罰）五十日の刑に処せられ、板木を没収され、翌年に没した。以後、人情本は衰退の一途をたどったが、地の文と会話とを明確に区別した文体と性格描写の工夫は明治時代の硯友社の文学に、大きな影響を残した。

三、劇文学

1. 浄瑠璃

　室町時代の末に、牛若丸（源義経）と浄瑠璃姫との恋愛を扱う『浄瑠璃物語』が盲目の法師などによって、扇拍子や琵琶の伴奏で語られていたが、その語り口が後に一般化して、浄瑠璃と呼ばれるようになった。これが浄瑠璃の起源であるといわれている。この浄瑠璃節に、室町時代末期に琉球渡来の三味線の伴奏が加わり、さらに人形を使った芸が結合して、近世初期に物語、三味線、人形の三者一体による人形浄瑠璃が成立し、舞台芸能に発展した。各地にさまざまな流派があったが、江戸では和泉太夫による豪壮な金平節が歓迎され、京都では優美な嘉太夫節が人気を博した。

　十七世紀後半、大阪に竹本義太夫が出て竹本座を開き、歌舞伎作者であった近松門左衛門を迎えて人気を博し、義太夫節の浄瑠璃が浄瑠璃界を制覇することになった。その契機となったのが貞享二年（1685年）興行の『出世景清』で、それまでの平板な語り物の調子から脱し、劇的構成によって人間の葛藤の姿を描いて、文章韻文の修辞法を取り入れた流麗なものである。写実性によって好評を博し、従来のものと一線を画した。それ以前の作を古浄瑠璃、それ以後を新浄瑠璃と呼ぶ。以後、形式も五段形式に整い、表現も写実的となったが、近松は義太夫のために新作を書き続け、時代物や世話物に『国性爺合戦』など数多くの傑作を残した。

2. 近松門左衛門

　近松は、武士の家に生まれ、父が浪人になったことから京都に移住し、その後演劇作者の道を歩んだ（図 4-4）。元禄末年まで、主に坂田藤十郎のために歌舞伎の脚本を書いていたが、宝永二年（1705 年）、竹本座の専属作者となり、以後、竹本義太夫のために多くの浄瑠璃脚本を書き下ろした。近松の作品は、時代物と世話物とに分かれる。

図 4-4　近松門左衛門

　時代物は、歴史上の事件や伝説に取材したもので、忠義の精神を変化に富んだ筋立てで描いている。代表作に『出世景清』『国性爺合戦』があり、史実や伝説から題材を取り、波瀾に富む劇的展開の中に、義理に生きる人間の姿が描き出されている。世話物とは現代物という意味で、当時実際に起こった事件を脚色した簡潔な三段形式と流麗な文章で綴ったもので、義理と人情の葛藤に悩む町人の姿を哀切に描いて人々に深い感動を与え、高く評価されている。文章は、韻文的要素を取り入れ、叙情的で美しい。世話物には、『曾根崎心中』『冥途の飛脚』『心中天網島』『女殺油地獄』など多くの名作がある。中に現実に起こった心中事件を脚色した『曾根崎心中』はいわゆる世話物の第一作で、大当たりをとった。この世話物においては、筋の展開より人間の性格や心理を中心とし、人間の自然な情が社会の義理と矛盾する人間存在の悲しみを追求した。こうした近松の演劇観は、穂積以貫の『難波土産』に芸は虚と実との境目の微妙なところに展開するという「虚実皮膜論」として伝えられる。

　近松の作品は名文といわれるが、特に道行文における韻律の美しさは他の追随を許さないものがある。次は『曾根崎心中』の主人公お柳と徳兵衛が、心中に向かうその道行の冒頭部である。流れるような七五調の技巧的な美文に、叙景と抒情が一体となって盛りこまれ、見る者・聞く者を陶然とさせる魅力を備えた名文となっている。

　　この世のなごり、夜もなごり。死にに行く身をたとふれば、あだしが原の道の霜、一足づつに消えてゆく、夢の夢こそあはれなれ。あれ数ふれば曉の、七つの時が六つ鳴りて、残る一つが今生の、鐘の響きの聞きをさめ、寂滅為楽と響くなり。鐘ばかりかは、草も木も空もなごりと見上ぐれば、雲心なき水の面、北斗はさえて影うつる、星の妹背の天の河。梅田の橋をの橋と契りていつまでも、

われとそなたは女夫星、必ず添ふとすがり寄り、二人が中に降る涙、川の水嵩もまさるべし。

(『曾根崎心中』道行)

　（口語訳）いよいよこの世への別れであり、夜明けるに間がない。死にに行く身を譬えてみると、墓場に行く道におりている霜が、一足ごとに消えるように、われわれの命も一足ごとにちぢまってゆくのであって、夢のようなはかない世で、さらに夢をみているように哀れである。ああ、鳴っている鐘を数えると、暁の七つの鐘が六つまで鳴って残る一つの鐘がこの世での聞き納め、その鐘は寂滅為楽となりひびくのだ。鐘だけがこの世の聞き納めではない、草も木も空も、別れだと思って見上げると、雲は何の心配もなさそうに無心に動いており、水も心なく流れており、北斗星は冴えて水面に星影を落とし、牽牛・織女が妹背を誓う天の川にかかっている。この梅田橋を鵲の橋になぞらえて、おまえと私は永久に変わらない夫婦の星となろう、必ずそうしようとすがりついて、二人の間には涙が雨のように降る、その涙によって、川の水かさも増すことであろう。

　義太夫の門下であった豊竹若太夫は、大阪に豊竹座を創設し、作者として紀海音をむかえた。こうして、竹本座と豊竹座の競り合いが、脚本・人形・装置を進歩させ、浄瑠璃は歌舞伎を圧倒して空前の盛況を呈した。近松の没後は竹本座の竹田出雲や豊竹座の並木宗輔らが活躍し、彼らの合作によって複雑な趣向で、舞台効果の高い作品が生み出され、人形浄瑠璃は全盛時代を迎えた。しかし、十八世紀半ば以降、舞台効果をねらうあまりに、人間性を見つめることが失われていき、浄瑠璃は衰退して、歌舞伎にとってかわられた。

3．歌舞伎

　歌舞伎は、もともと「かぶく（傾く）」が名詞化したもので、人並みはずれた、異様なふるまいや身なりをすることをいう。芸能としての歌舞伎は、近世初頭のそうした自由奔放時代精神を背景にして発生したのである。

　慶長八年（1603年）に、出雲大社の巫女と称する阿国が京都に出て、胸に十字架、腰に瓢箪をつけて勧進のための「かぶき踊り」を踊ったのが、その始まりだといわれている。この阿国歌舞伎は大評判で、それに刺激されて各地に女歌舞伎（遊女歌舞伎）が爆発的に流行したが、寛永六年（1629年）に風俗を乱すという理由で禁止にあい、以後女性は歌舞伎の世界から姿を消した。次いで前髪を結った美少年の演ずる、若衆歌舞伎が流行したが、それも、承応元年（1652年）に同じ理由で禁止された。その後、成人の男子の役者が演ずる野郎歌舞伎に移ったが、容色の魅力に乏しい野郎歌舞伎は、技芸をみがき、

筋のある歌舞伎を演ずるようになり、脚本の作者もようやく現れるようになった。ここに歌舞中心の芸能から、筋立てと物真似の演技を主眼とする演劇的要素を強めていくことになる。

十七世紀末の元禄期になると、歌舞伎は発達期に入り、上方と江戸で盛んになった。常設の劇場も設けられ、人気役者も続出して演技面で著しく進歩した。上方では、坂田藤十郎が、写実的でしなやかな芸を演じて、和事の名人といわれた。近松門左衛門は、かれのために脚本を書き、『傾城仏の原』はその代表作である。一方、江戸でもまた、荒事の初代市川団十郎や和事の中村七三郎などの名優が現れ、人気を博した。まだ役者中心の舞台であったために脚本も充分ではなく、作者の活躍する余地は少なく、近松、海音によって全盛期にあった浄瑠璃に圧倒されたままであったが、脚本も次第に充実し、歌舞伎にも演劇的な展開が入り始めたことが注目すべき点である。

十八世紀後半、浄瑠璃の衰退とともに、歌舞伎は勢いを盛り返して隆盛をきわめ、作者の地位が向上した。その中心にいたのが大坂の作者並木正三であった。正三は浄瑠璃作品の影響をうけてその人物設定や場面構成に学んで複雑な筋立てを展開するとともに、回り舞台などの舞台装置を改良するなど舞台機構を工夫して劇効果を高め、歌舞伎のスケールを大きくし、観客の期待に応えた。作品に、『三十石艠始』などがある。正三の門下で、上方の代表作家であった並木五瓶は、寛政六年（1674年）に江戸に下って活躍し、その写実的作風を江戸に持ち込み、江戸の歌舞伎に影響を与えた。また、江戸の桜田治助は、正三・五瓶と同時代に活躍し、軽妙洒脱な作風を示した。五瓶には石川五右衛門を主役とする『金門五山桐』、治助には義経・弁慶の『御摂勧進帳』どの傑作がある。

この頃から歌舞伎の中心は江戸に移ることになるが、化政期（1804—1830年）になると爛熟期をむかえた。この時期を代表するのが四世鶴屋南北で、その作風は生世話と呼ばれ、封建社会の底辺に生きる人々を退廃と悪の色彩の中で生々しく描いた。代表作には『東海道四谷怪談』がある。天保（1830—1844年）以後、歌舞伎は一時沈滞したが、幕末の安政ごろから明治にかけて河竹黙阿弥が活躍し、伝来の歌舞伎の技巧を駆使し、台詞に工夫を凝らして洗練したものにし、江戸歌舞伎の集大成を成し遂げた。黙阿弥は盗賊を題材とした白浪物を得意とし、『三人吉三廓初買』や『青砥稿花紅彩画』などがよく知られている。文体は、七五調の流麗な台詞がリズミカルに長く連なるのを特徴とし、黙阿弥調と呼ばれた。この台詞の音楽性は観客を魅了した。以下に示すのは『三人吉三廓初買』の大川端出会いの場でのお嬢と吉三の有名なせりふで、その七五調の流れるよ

うな名調子が、黙阿弥の特徴をよく示している。

　お嬢「月も朧に白魚の篝も霞む春の空、つめてえ風もほろ酔いに心持好く浮か浮かと、浮かれ烏の只一羽、塒へ帰る川端で、棹の雫か濡手で粟、思ひがけなく手に入る百両。(ト書き省略)
　お嬢「ほんに今夜は節分か、西の海より川の中、落ちた夜鷹は厄落し、豆沢山に一文の銭と違って金包み、こいつあ春から縁起がいいわえ。

『三人吉三廓初買』二幕目

第三節　近世文学のまとめ

一、近世文学の特徴と理念

　二百六十五年という長きにわたる近世文学は、まず、商業の中心であった上方で盛んになった。近世初期には、仮名草子や貞門俳諧のような、中世的精神の影響がなお色濃く見られる啓蒙的な文学が行われたが、やがて、松尾芭蕉が出て、近世の代表的な韻文としての俳諧が完成した。また、仮名草子の好色物を発展させた井原西鶴は、『好色一代男』を書き、町人の価値観を短編小説に結晶させた浮世草子という新領域を開拓した。浮世草子は約百年間続いたが、十八世紀半ばには衰え、代わって読本と呼ばれる新しい傾向の伝奇小説が現れた。代表作に上田秋成の『雨月物語』がある。町人文化の場とも言うべき劇場の文学としては、上方・江戸ともに歌舞伎が流行したが、大阪に近松門左衛門が出て、竹本義太夫と協力して人形浄瑠璃を大成させた。

　近世後期に、文学の中心は上方から江戸へと移り、戯作と総称されるさまざまな小説が現れた。前期から江戸で行われていた草双紙は、後期になって、子供の絵本から脱して、世相を描写した黄表紙となり、長編物語化して合巻に発展した。また、上方で発達した読本は江戸に移って曲亭馬琴らの本格的長編小説を生んだ。一方、遊里を題材にして描いた洒落本は独特の会話体で人気を博し、滑稽本、人情本が派生した。この傾向は文学の質的な低俗化を意味するが、わかりやすい文学ということは同時に、文学の享受人口の拡大を意味しており、近世文学の本当の大衆化はこの時期に果たされたといえよう。韻文では、和歌が国学研究と相まって新たな展開を見せ、俳諧では、天明期には与

謝蕪村、化政期には小林一茶が登場した。また、和歌と俳諧に対して滑稽や諧謔を主とする狂歌・雑俳を生じたのは時代の好尚を反映している。劇文学では、浄瑠璃に替わって歌舞伎が全盛となり、化政期には、その完成の域に達した。

　近世文学の特徴は、町人文学あるいは庶民文学という言葉で表現されることが多い。武士・農民よりも一段低い位置に置かれた町人は厳重な身分制度にしばられていたが、しだいに強い経済力をもつようになった彼らは、自分たちの生き方・考え方・趣味の反映した文学を要求し、自らも創作に参加するようになった。その結果、仮名草子・浮世草子・歌舞伎など、卑近な現実世界を積極的に取りこんだ文学の諸ジャンルが興った。これらの作品に見られる町人性・庶民性こそ、近世文学を、隣接する中世文学や近代文学と異なるものとして特徴づける最も顕著な要素となっている。

　町人は、経済的余裕ができると、遊里や芝居に楽しみを見いだした。そのような遊びの世界で、社交的に洗練された享楽精神を「粋」と呼び、この理念が浮世草子や浄瑠璃に取り入れられている。江戸文学期の洒落本・人情本には、遊里の事情によく通じていて失敗しないことを誇りとする「通」の理念、また、都会風に洗練された、江戸っ子のさっぱりした意気地をさす「意気」の理念が描かれている。合巻・読本では、善を勧め悪を懲らす「勧善懲悪」と「因果応報」とが、よくテーマとされた。さらに、浄瑠璃・歌舞伎では、「義理と人情」が好んで取り上げられた。一方、蕉風俳諧は、閑寂・枯淡の境地を求める「さび」、さらに平俗なものを詩的な美に高める「軽み」などを文学理念としている。

二、近世文学史用語解説

1. さび

　蕉風の基本理念で、中世以来の幽玄に枯寂な色調が加えられ、「わび」と共通する枯淡の境地をいう。句の余情が作者の内面的な枯淡の境地を反映し、深みのある情調をたたえていて、侘しさを超越し「わび」を風雅にまで深めたところに「さび」が生まれたとも考えられる。句を味わう場合には、「さび」を細分して「しをり」「ほそみ」としてとらえる。自然や人事を見つめる作者の奥深い詠嘆が句の余情となって感じられるのが「しをり」、対象に深く入り込む繊細な詩心を感じさせるのが「ほそみ」と言える。

2. かるみ

　芭蕉晩年の俳風といわれる。芭蕉が中世的な「さび」の境地から晩年に脱却し、庶民的世界に移ったときの美的理念で、表現の重さを脱し、市井の情に和し、物にとらわれない淡泊な心境で流通自在を求める新風を言う。題材を市民生活の中に求め、俗語をも雅語と同等に用い、句の情調に明るさ・軽快さを求めた。

3. 不易流行

　芭蕉俳諧において、俳諧の理念を表す語。「不易」とは時代を超越して変化しないものを指し、「流行」とはその時代時代の人々の好みに従って変化していくものを指す。この二つは、共に風雅の誠から出るものであるから、根元においては一に帰すべきものであるとする。

4. 義理人情

　近世の社会から生まれた文学理念。「義理」は共同社会を営む他人に対して果たさなければならない道徳理念であり、「人情」は封建社会から拘束されない人間の自然の心情である。この社会的な道徳理念の義理と、人間本来の心情である人情と相反する理念が社会生活で矛盾をきたし、それをいかに超克していくかが文学で取り上げられる。近松の浄瑠璃に重視されている。

5. 勧善懲悪

　善を勧め、悪を懲らしめるという道徳的主張。善人と悪人とを登場させ、善人が栄え、悪人が滅びるという主題を持つもので読本、特に曲亭馬琴の『南総里見八犬伝』の基調をなす思想である。

6. 仮名草子

　仮名草子とは、近世初頭から天和二年（1682）に西鶴の『好色一代男』が登場するまでの一時期に生まれ、行われた散文類の総称である。「仮名」とは漢文（漢籍・仏典）に対しての用語であり、仮名草子という言葉は、通俗的な易しい読み物という程度の意味で用いられている。主な作品に『可笑記』『東海道名所記』『醒睡笑』『竹斎』『伽婢子』などが挙げられる。

7. 浮世草子

　浮世草子とは、仮名草子と一線を画した井原西鶴の『好色一代男』の刊行から、それ以後約百年間、上方において栄えた写実的な風俗小説の一群を指す。主として町人の生活に取材し、現実主義的傾向を持つ。『好色五人女』『日本永代蔵』『世間胸算用』『武家義理物語』など。

8. 八文字屋本

　京都の書店八文字屋で刊行した浮世草子。紙質が良く、挿絵・彫刻なども巧みであった。

9. 草双紙

　江戸に発生し発展した婦人・子供向けの、多くは平仮名だけで書かれた絵本。初め赤い表紙の赤本、次に黒、青本、黄表紙と発展し、内容も複雑で長くなり、やがて何冊かを合冊して刊行するようになり、合巻と呼ばれるものになった。

10. 読本

　読本は、江戸中・後期に流行して、中国白話（口語）小説を翻案して趣向とし、勧善懲悪・因果応報の内容を雅俗折衷の和漢混淆文で綴った小説群のこと。「初期読本」（前期読本・上方読本）と「後期読本」（江戸読本）に分けられる。初期読本の代表作は上田秋成の『雨月物語』で、後期読本の代表作は曲亭馬琴の『南総里見八犬伝』などが挙げられる。

11. 洒落本

　洒落本は、遊里を世界とし、客や遊女のありさまを、登場人物の会話によって写実する小説である。洒落本を支えた精神は、江戸を代表する美意識「通」によるうがちである。

12. 滑稽本

　滑稽本とは、近世後期の小説中、笑いを目的とした一群の作品をいうもので、町人の日常生活を題材とし、会話を主としてそれに洒落や地口を盛り込むなど、滑稽を主眼とした文学である。『東海道中膝栗毛』『浮世風呂』『浮世床』など。

13. 人情本

　町人の恋愛の種々相を描いた風俗小説で、女性の嗜好に見合う芝居や恋愛の世界を描

く手段として文を用いた。『春色梅児誉美』『春色辰巳園』など。

14. 川柳

雑排の一種で、ある前句付けの付け句は独立したもの。

15. 狂歌

和歌の形式で滑稽な内容を読み込むもの。

三、学習のポイント

1. 時代

江戸時代（1603—1867年）

2. 小説

井原西鶴：元禄期の浮世草子作家。はじめ上方で談林派の俳人として活躍。その後浮世草子作家に転じた。

  好色物：『好色一代男』『好色一代女』
  町人物：『日本永代蔵』『世間胸算用』
  武家物：『武道伝来記』『武家義理物語』
  雑話物：『西鶴諸国話』『本朝二十不孝』
  上田秋成：上方で読本作家として活躍。『雨月物語』『春雨物語』
  読本：滝沢馬琴『南総里見八犬伝』 勧善懲悪、因果応報

3. 俳諧

松尾芭蕉：元禄期の俳人。蕉風を確立。俳諧は貞門→談林→蕉風と発展

  紀行文、俳文：『野ざらし紀行』『笈の小文』『奥の細道』など
  理念：さび、しをり、細み、軽み
  与謝野蕪村：絵画的で、印章鮮明な句を詠んだ。『蕪村七部集』『新花摘』など。
  小林一茶：人間味豊かな生活俳句を詠んだ。『おらが春』『父の終焉日記』など。

4．劇文学

近松門左衛門：元禄期から活躍した浄瑠璃、歌舞伎の脚本作家。

時代物：『出世景清』『国姓爺合戦』

世話物：『曽根崎心中』『心中天網島』

演劇論：虚実皮膜論

四、その他のまとめ

1．近世文学の主な作品一覧

成立	作品名	作者・編者	ジャンル
1682 年	『好色一代男』	井原西鶴	浮世草子
1685 年	『出世景清』	近松門左衛門	浄瑠璃
1686 年	『好色五人女』	井原西鶴	浮世草子
1686 年	『好色一代女』	井原西鶴	浮世草子
1688 年	『日本永代蔵』	井原西鶴	浮世草子
1692 年	『世間胸算用』	井原西鶴	浮世草子
1702 年	『奥の細道』	松尾芭蕉	俳諧紀行
1703 年	『曽根崎心中』	近松門左衛門	浄瑠璃
1704 年	『去来抄』	向井去来	俳諧
1709 年	『笈の小文』	松尾芭蕉	俳諧
1715 年	『国性爺合戦』	近松門左衛門	浄瑠璃
1720 年	『心中天の網島』	近松門左衛門	浄瑠璃
1776 年	『雨月物語』	上田秋成	読本
1790 年	『古事記伝』	本居宣長	国学
1795 年	『玉勝間』	本居宣長	国学
1802 年	『東海道中膝毛』	十返舎一九	滑稽本
1809 年	『浮世風呂』	式亭三馬	滑稽本
1814 年	『南総里見八伝』	曲亭馬琴	読本
1820 年	『おらが春』	小林一茶	俳諧

2. 近代俳風の変遷

作風	時期	代表人物	特色
貞門風	1624—1673	松永貞徳	山崎宗鑑や荒木田守武らによって流布した俳諧連歌は、松永貞徳によって再興された。彼は俳言（和歌・連歌で未使用の俗語・漢語）の有無で連歌と区別し、連歌に準じて俳諧式目を定めた。縁語・掛詞など用語上のおかしみを重視している
談林風	1673—1688	西山宗因	談林の特色は、貞門の法則をほとんど無視して自由に句を作り、奇抜な着想と斬新な比喩とを重んじた点にある。用語の自由、字余りなどがみられ、連句の付合も物付から心付に転じた。独吟で多数の句を作る矢数俳諧も流行した
蕉風	1688—1704	松尾芭蕉	貞門・談林俳諧の俳言・言葉の機知や「をかしみ」を退け、私意私情を去って自然に観入して、物我一体の境地をめざした。ここに至って俳諧は「わび」・「さび」という美的理念を持った芸術として確立された
天明調	1671—1689	与謝蕪村	一方では「蕉風復帰」をめざしながらも、天明期の俳人たちは芭蕉における中世的なものを捨て、自然と感覚に依存する近代的唯美の世界にロマンチックな憧憬を寄せた。そのため、高踏的想像力が尊ばれた
化政調	1804—1830	小林一茶	各流派の宗匠は、職業的俳諧人として多くの弟子を持ったので、俳諧は全国に広まった。しかし、文学性の高い作品は影をひそめ、平明または俗情を孕んだ俳風が流行した。その中で小林一茶は、生活に根ざした個性的な句を作って光っている

3. 日本古典文学理念復習（二）

理念	解説
さび	芭蕉俳諧の根本的理念。中世の隠者的境地の流れに立つもので、自然と一体となり、寂しさに徹した閑寂・枯淡を慕う心がおのずから句の上に現れる美をいう
しをり	芭蕉俳諧の理念の一つ。荒々しいものでも優しく、太い感じのものでも細くしなやかに整っている句の姿をいう。趣向・素材・用語のあわれっぽいものをいうのではない
細み	芭蕉俳諧の理念の一つ。繊細な感情によって対象をとらえたところに生ずる句境で、内的な深みにくい入った状態をいう。単にかぼそく弱々しい内容の句をいうのではない
軽み	主に人事に取材して平俗なことを高次の詩的な美へと昇華させた境地をいう。芭蕉は元禄期頃からそうした境地への傾向を見せていたが、晩年になって、それを指導理念にまで高め、『炭俵』はその句境を示す代表的選集となった
虚実皮膜論	近松門左衛門の芸術観。「芸は虚にして虚にあらず、実にして実にあらず。その中間にあって初めて真実感もおもしろ味も生ずる。」という理論。すなわち、事実の描写では芸は成り立たず、そこに虚構（誇張・美化）加わらなければならないとする考え方
粋	近世前期（主に元禄期）の浮世草子や浄瑠璃などに見られる精神。例えば、『好色一代男』（西鶴）の主人公世之介のように、社交的に洗練された享楽精神を有することを理想とするもので、単なる色欲生活を送ることをさすものでない。野暮の反対の概念
通・意気	通・意気とも近世後期のもの。通は遊里の事情や趣味生活などの遊びの方面によく通じていて、失敗しないことを誇りとすること。「粋」が積極的なのに比し、「通」はやや消極的で洒落本に最もよく見られた。意気は、都会風に洗練された、あかぬけした美で、内に清澄な生気を含んでいるものである
勧善懲悪	近世後期の読本・人情本・合巻・歌舞伎脚本などに多くみられる。善を勧め、悪を懲らしめるという道徳的主張である

総合練習

1. 日本近世時代の背景ではないのはどれか。
    A. 封建支配体制が確立した
    B. 士農工商の身分制度を採った
    C. 鎖国政策を採った
    D. 資本主義産業は目覚ましい発展を遂げた
2. 日本の近世文学について正しくないのはどれか。
    A. 個性の尊重をその基本とする文学だと言えよう
    B. 文学を生み出す力が貴族や武士の手を離れて民衆の側に移った
    C. 町人文学の隆盛には、庶民教育の普及と印刷技術の発達などが大きく貢献した
    D. 近世の戯作文学は文学価値が低い
3. 貞門俳諧の誹風は（　　　）で、談林俳諧の誹風は（　　　）である。
    A. 奔放的で、笑いを誘う　　　　B. 保守的、古典的
4. 「月日は百代の過客にして、いきかふとしもまた旅人なり」はどの作品の冒頭文か。
    A. 去来抄　　　B. 奥の細道　　　C. 幻住庵記　　　D. 方丈記
5. 以下のものでは、近世俳人ではないのはどれか。
    A. 小林一茶　　　B. 与謝蕪村　　　C. 西行　　　D. 松永貞徳
6. 近世浮世草子の代表的人物はどれか。
    A. 井原西鶴　　　B. 上田秋成　　　C. 滝沢馬琴　　　D. 十舎返一九
7. 近世前期読本と後期読本の代表作はそれぞれどれか。
    A. 雨月物語　　　B. 南総里見八犬伝
8. 近世読本の文学的基調はどれか
    A. 物の哀れ　　　B. さび　　　C. 勧善懲悪　　　D. 不易流行
9. 以下のものを時代順に並べなさい。
    1 柿本人麻呂　2 兼好法師　3 近松門左衛門　4 紀貫之
    A. 1-2-3-4　　　B. 1-3-4-1　　　C. 1-4-3-2　　　D. 1-4-2-3
10. 近世の代表的な芸能はどれか。
    A. 祝詞と宣命　　　B. 能と狂言　　　C. 歌舞伎と浄瑠璃　　　D. 新劇
11. （　　　）は独自の俳境を開拓し、それまでの俳諧を遊戯文学から閑寂高雅な純粋的な詩へ引き上げ、蕉風を樹立した。

A. 松尾芭蕉　　　B. 井原西鶴　　　C. 正岡子規　　　D. 上田秋成

12. 日本中世に生まれた伝統芸能「能」に関する説明として、適当ではないなものはどれか。
    A. 日本の演劇の始めと言われる代表的な伝統芸能
    B. 写実的な演技、滑稽的な表現が多い
    C. 厳かで優美な歌舞
    D. 象徴的、夢幻的で、古典的韻文を用いる

13. （　　　）の『好色一代男』以降の一連の作品を、これまでの仮名草子とは一線を画すもので、今日では浮世草子と呼ばれる。

14. 日本の俳諧は俳諧連歌の略称である。俳諧は、近世になってから民間に流行しはじめ、和歌の一種として独立してきた。その代表的な近世歌人は（　　　）、（　　　）などである。

15. 近世後期の読本は（　　　）を中心とするストーリーとなっている。その代表する作家は（　　　）の『南総里見八犬伝』である。

16. 次の日本文学用語を日本語で述べなさい。
    読本　　　　　　　勧善懲悪
    浮世草子　　　　　歌舞伎

17. 日本近世時代の文学特徴について説明なさい。

■コラム：武士の嗜みと町人の娯楽

　近世とは通常江戸幕府（1603—1868年）の時期、即ち徳川家康の江戸開府から十五代将軍徳川慶喜の大政奉還までの265年間を指す。江戸幕府を中心とした幕藩体制が確立し、幕府が外国貿易を独占する鎖国体制が敷かれ、士農工商という身分制度が導入された。中国伝来の朱子学は君臣父子、名分道徳の秩序を強調していると見なされているため、幕府によって奨励され、武士の必須教養となった。仏教の寺院は寺請制度の機関として統治の担い手の一つとなり、僧侶は世襲の武士とともに統治階層を支える柱となった。一方、工商、即ち町人たちは身分こそ低いが、比較的に自由な活動が許され、都市の文化の面で次第に影響力を拡大していく。

　武士は朱子学に基づく儒学の勉強を職務の一部とされ、漢詩文と和歌、とりわけ漢詩を武士の嗜みすることが求められた。江戸時代の漢詩の発展は、儒学、国学の発展と関

連性がある。前期は徂徠の復古思潮を受けてきたが、中期から宋詩の自然、清新の風が吹き込まれた。江戸後期以降、日本漢詩は全盛期を迎え、手法も円熟にし、詩人、詩作とも最も輝いていた時であった。

　日本漢詩は最初から、詩作の思想よりも感性を重んじており、作者の憂国の志より、豊富な教養を反映している。江戸時代以降、朱子学の三説に反して、「風雅」こそ漢詩の真意であると祇園南海が唱え、「詩ハ風雅ノ器ナリ、俗用ノ物非ズ」と述べた。この風雅詩観は近世日本漢詩の基底部を構成し、さらに荻生徂徠らに受け継がれ、いわゆる古典主義詩観を形成した。漢詩は風雅、教養を表現する言葉の芸術で、真実を伝える手段ではないという観念は、和歌、俳諧などいくつかの領域にも影響を及ぼした。日本漢詩は武士の嗜みとして磨きをかけられた結果、独自の文学性と美的意識を得た。たとえば、以下のような詩作は、中国の模倣から完全に脱したと言えよう。

　江戸時代に幕府は湯島聖堂を昌平坂学問所として設立し、漢学と儒学を受講した教員は各地に赴いて武士の教育を行う一方、民間の教育機関として各地に点在する寺小屋は町人の識字率を飛躍的に高めた。印刷術の発展に伴い、従来公家、僧侶の手によって書き写されてきた書物が商品として都市で流通し、町人が文学を享受することが可能になった。しかし町人たちは武士階層の高尚な趣味に背を向け、より官能的な愉悦、卑猥、残酷、滑稽な話を文学に求めていた。本章で取り上げられた読本以外、江戸中後期に流行った草双紙の一種である黄表紙も当時の町人の趣味をよく表している。

　草双紙は江戸時代に生まれた一連の挿絵入り仮名書き小説の総称である。凡そ17世紀の後半より刊行された児童向けの赤本を皮切りに、青少年向けの黒本、演劇の演目に取材した複雑な構成を持つ青本、滑稽洒脱な黄表紙、数冊分を合本する合巻という順で明治の初期頃まで展開した絵草紙（絵本）を指しており、中国の「連環画」に似ている出版物とみればよい。なかでも、滑稽、風刺を主なテーマとする黄表紙は大人が読むに足りる書物として、江戸中後期において人気を誇っていた。

　黄表紙は1775年に刊行された恋川春町の『金々先生栄花夢（きんきんせんせいえいがのゆめ）』によって出発したと言われている。萌黄色の表紙を目印にした黄表紙は値段が安く、軽妙で滑稽な筆致であっという間に一世を風靡した。春町のほかに、朋誠堂喜三二、芝全交らの作者、または鳥居清長、喜多川歌麿ら浮世絵師がコンビを組んで、18世紀末に独特な町人文学ブームを生み出した。なかでも、山東京伝作・北尾政演（山東京伝の別名義）画の『江戸生艶気樺焼（えどうまれうわきのかばやき）』（1785年）は特筆に値する。

『江戸生艶気樺焼』は京伝が 24 歳の時の作といわれ、上中下 3 冊全部で 30 ページの黄表紙で、当時有名な版元である蔦屋重三郎によって出版された。主人公である金持ちの道楽息子、仇気屋艶二郎が色男の浮名を流すことによって世間を騒がせたら「さぞおもしろかろう」と考え、遊び仲間と幇間(ほうかん)たちの手を借りて、様々な荒唐無稽の行いを披露したことを絵物語として描かれていた。猥談が滑稽話に変えられ、主人公艶二郎の特徴的な鼻、姿を以って笑いを誘う絵で、黄表紙の代表作となっている。

寛政の改革（1787—1793 年）によって出版物の取り締まりが強化され、黄表紙の作者たちも廃業か、作風を風刺から説教に転換することを余儀なくされた。1804 年に喜多川歌麿でさえ太閤記の錦絵を三枚描いたため、為政者の逆鱗に触れて牢に入れられ、「十五貫の科料（罰金）を申し付けられた」。その後、黄表紙は長編の仇討物の合巻に変わり、画工(がこう)も作者も滑稽な作品から残酷な作品へと変わったが、官能的な愉悦は一貫して町人の娯楽であった。結局、武士と町人はそれぞれの陣地から一方も出ることなく、来る近代文学の足音を聞くまで合流することはなかった。

第五章　近代の文学

第一節　近代文学概観

一、時代区分

　日本文学史の時代区分については、研究者によって異論があり、近代と現代を分離するか否かについても諸説あり、定まっていない。明治維新（めいじいしん）から現在までの文学を近代と現代の二時期にわけている場合は、分け方が大体二通りある。一つは明治新政府が誕生した明治元年（1868年）から大正期の末までを近代、昭和元年（1926年）から現在までを現代、という分け方である。もう一つは昭和二十年（1945年）年を現代の始まりとし、明治維新から第二次世界大戦終結までを近代、それ以降は現代という分け方である。本書では、明治元年（1868年）を近代の出発点とし、その後の展開に応じて、大きく二つに分け、近代の文学（明治、大正文学）と現代の文学（昭和、平成文学）に区分することとする。

二、時代背景

　日本の近代化は経済面では資本主義化であり、社会面では市民社会の構築を目標とした。1868年の明治維新によって、封建体制が崩壊し、新しい時代の幕が開かれた。明治の新時代は、社会一般の性格として、政治は民主主義の方向へ、思想は自由主義に向って発展し、経済は封建体制の中で芽生えていた資本主義を発展させた。

　幕藩体制崩壊後、明治政府は、封建的身分制の廃止、廃藩置県、学制の発布、太陽暦の採用、公式の服装の洋装化など、新体制の確立を急いだ。そして、長い鎖国政策による立ち遅れを取り戻すために、「文明開化」「富国強兵」をモットーとして、欧米諸国を模倣した近代化を急速に進めた。その結果、資本主義産業は目覚しい発展を遂げた。在来の慣習はその権威を失い、文明開化の名のもとに、西欧の新知識紹介の啓蒙運動が盛

んに行われ、文学もその影響を直接的・間接的に受けた。この時代は、日本古典文学史の「締め括り」と言え、江戸時代までの文学が次第に表舞台から退き、近代文学が本格的に始動する萌しを見せた時代である。

　思想の面では、福沢諭吉は、「西洋事情」、「学問のすすめ」などを著して、基本的人権の確立、実学の尊重を説いた。また、近代化の一つであった教育制度の拡充は国内の読者人口を増加させ、マスメディアの発達とともに出版文化の隆盛に大きな役割を果たし、文学もまた新しい時代へと脱皮していくことになる。明治20年代の前半には、擬古典主義が流行したが、後半には、抑圧された自我を、芸術や文学の中に解放しようとする浪漫主義が台頭してきた。日露戦争によって、国民の視野は世界的に広がり、西洋近代精神の特色である個人主義的な自我意識と現実感は、従来の半封建的な因襲や道徳を揺り動かし、また、資本主義も、その地歩を固めるにつれて、その内に潜む矛盾は、国民の前に露呈され、深刻な現実問題として取り上げられるに至った。こうした社会情勢を背景として、自然主義の思潮は、主情的な浪漫思潮を退けて、急速に普及した。

　しかし、あまりに急激に西欧諸国に追いつくことを目的としたため、国内の近代化のための諸条件は整わず、いろいろな矛盾や問題を抱えこむことになった。やがて、日露戦争を経て、資本主義は次第に発展し、国力の伸長をみたが、急速な発展に伴う内部矛盾もはらみ、社会問題の発生をみるに至った。このような時代背景は、文学の当事者であった知識人層にはかり知れぬ影響を与え、文学の動向を左右してきた。

　大正期に入ると、第一次世界大戦による経済的繁栄を背景に、日本の資本主義が確立された。大正デモクラシーといわれる民主主義を求める思想や運動が発展し、政党内閣の樹立、普通選挙法の公布が実現された。一方で、労働者や農民などの生活が圧迫され、労働運動が台頭してくるようになった。共産主義の思想とともに、種々の社会運動が展開し、それは普通選挙法の成立という形で実を結んだ。その一方で、治安維持法が制定され、社会運動に制限が加えられることになった。

三、近代文学の展開

　明治前半の二十年間は、近世から近代への過渡期にあたる。学校教育と活版印刷およびマスコミの発達によって読者層が飛躍的に拡大し、西洋の思想や文化の強い影響のもとで、開化の風俗を取り入れた文学が生まれ、文学の近代的条件が次第に準備されていった。明治初年、啓蒙家たちの活動がみられたが、文学には反映せず、封建体制の打破、

文明開化にともない、文学においても新時代の気風が期待されたが、強力に推し進められた皇道化政策の下で、近世以来の戯作の伝統が踏襲され、江戸末期の戯作文学や伝統的な詩歌の流れをくむ過渡的な作品しか見られなかった。戯作を中心とする旧時代の文学は、勧善懲悪思想からを解放することができず、「近代」への道はなお遠かった。

　明治十年代になると、西洋文学の翻訳や民権運動と呼応した政治小説の流行を背景に、西洋の詩を模範にして新しい詩の形式を求めようとする新体詩の運動や、旧文学観を排除して世態人情の写実を説く『小説神髄』の坪内逍遙らの写実主義の提唱、二葉亭四迷や山田美妙らの言文一致の実践など、文学そのものの形式や方法の革新に進み、新しい文学の動きがみられ、四迷の『浮雲』によって最初の結実をみた。優れた啓蒙思想家や先覚者の手で外国文学が紹介され、翻訳文学や自由民権運動の担い手たちが自ら筆を執った政治小説などの流行を通して、文学が知識人の仕事として認められるようになった。

　明治20年代になると、森鷗外の影響による浪漫主義、極端欧化主義への反省に立つ尾崎紅葉や幸田露伴らの擬古典主義の運動が同時期に起こった。これを批判して起こったのが、『文学界』を中心とする浪漫主義の運動であり、透谷はその先駆者となった。日露戦争後は、資本主義の急激な発展によって生じた社会矛盾を直視する中で、近代科学精神と結びついたフランスの自然主義運動が日本にも及んだ。しかし日本では、赤裸々な自我の告白を通して人生の真実を描こうとする、独自の自然主義文学運動となり、島崎藤村の『破戒』、田山花袋の『蒲団』などが発表された。

　自然主義と呼ばれたこの新しい文学運動は、徳田秋声や正宗白鳥らの優れた作家や、島村抱月ら有力な批評家の参加を得て、瞬く間に文壇最大の勢力となった。しかし、現実をありのままに描き出すことに主眼をおいた自然主義は、現実の諸矛盾の社会的根源を追求してそれとの対決を目ざすという方向には進まず、作家の身の回りの事実に題材を限定した観照のリアリズムとして定着し、やがて、広津和郎や葛西善蔵らの日本独特の私小説の系譜へと受け継がれていくことになり、文学運動としては衰退に向かっていった。この時期、詩は自然主義の影響下にあり、解放的な口語自由詩のスタイルを確立し、近代詩の基盤を築き上げた。

　大正期の文学は当初、明治末期に現れた、精神性を重んじる反自然主義の立場をとる人々によって展開された。その中で、自然主義の事実偏重主義にくみせず、独自の作家的境地を守ったのが夏目漱石と森鷗外である。この二人は、当時の自然主義に批判的である点で一致しており、深い文明批評的な精神をもち合わせていた点も共通しており、文明批評的な視野の広さと豊かな教養に裏付けられた質の高い作品を次々に発表し、当

時の若い世代へ大きな影響を与えた。漱石は新時代を生きる知識人の姿を凝視する作品の数々を発表し、また鷗外は歴史小説、史伝とジャンルをかえて知識層の姿を追求した。またこの時期、自然主義とは対極的に、芸術至上主義の立場で刺激と享楽の中に自我の解決を求めようとする、永井荷風・谷崎潤一郎らの耽美派の運動が起こった。

一方には、「文化」という名の生活様式や自由を謳歌する時代のムードが、自我を主張し、人類の意志を説く文学を生んだ。第一次世界大戦後のデモクラシーの思潮の影響を受けて、個性的な自我と人間性の肯定を主張する人道主義の立場に立ち、これまでとは全く異質の白樺派の文学が登場してきた。理想主義とヒューマニズムを内容とする武者小路実篤・志賀直哉らは、雑誌『白樺』で活躍した。第一次世界大戦後、労働運動の発生などによって社会情勢が変化し、現実を凝視してその本質をとらえ、現実の中に見られる人間性や人間の心理を理知的に分析して表現するという新しい文学が文芸雑誌『新思潮』において興った。芥川龍之介を中心とする新現実主義の文学の担い手は「新思潮派」と呼ばれる。また、関東大震災後、雑誌『文芸時代』によって知的に再構成された新しい現実を斬新に表現した新感覚派が注目された。

大正時代の文学は、大正デモクラシーを背景にして、個性の尊重と自由の開花をその根本精神とした点が特徴である。「文化」という名の生活様式や自由を謳歌する時代のムードが、自我を主張し、人類の意志を説く文学を生んだ。教養主義とか人格主義という言葉が生まれ、目覚めた労働者が新たな階級としてペンを持つことになる。耽美派・白樺派・奇蹟派・新思潮派など、多様な文学が開花する中で、労働文学・プロレタリア文学が、意識の変革を求め、社会改造への道を開いた。関東大震災が文化の大衆化現象を生み、新たな時代を呼びつつあった。第一次世界大戦後、マルクス主義の影響を受けた労働運動・社会運動が急速に発展した。その中から生まれてきたプロレタリア文学は、文学の階級性という新しい主張を掲げて大正文壇を大きく揺るがした。この流れは、『種蒔く人』から『文芸戦線』へと進むにつれて、次第に革命的な色彩を濃厚にしていった。一方、私小説的伝統の打破をめざすもう一つの流れとして、横光利一・川端康成らの新感覚派が挙げられる。この勢力は形式重視の立場からプロレタリア文学とも対立した。これら二つの新興勢力が「既成作家」を挟撃する形で、文学史における昭和の幕が開けられたのである。

大正の文学は、個人が現実に即して調和的な生の道を求めるものであり、市民文学の一応の達成をみることができる。しかし、有島武郎、芥川龍之介という代表的な大正作

家の相次ぐ自殺は、その限界を象徴し、近代から現代への移行期における既成文壇の側の苦悩を象徴する事件であったといえよう。

第二節　近代文学の流れ

一、啓蒙期

　明治初年（1868年）から明治二十年（1887年）頃までを、日本近代文学の啓蒙期と呼ぶ。この時期には、西洋列強に対抗し得る統一国家の確立をめざして、西洋文明の急速な導入に力が注がれた。とくに、国家機構と産業との整備が喫緊の課題とされたため、より功利的・実用的な事柄に努力が払われた。また、活版印刷および新聞の発達と、学校教育による識字人口の増加によって、読者層が全国的拡大した。これにより、近代文学出発の外的条件が次第に整いつつあった。

　明治初期の文学はしばらく前代を継承する形が続いた。この近世的文学観から近代的文学観への移行期には、まず江戸末期からの伝統的手法によって明治の新風俗を描いた戯作の流れがある。明治新政府に迎合し、勧善懲悪を基軸とする興味本位の文学だったが、彼らを代表する魯文の『西洋道中膝栗毛（せいようどうちゅうひざくりげ）』や『安愚楽鍋（あぐらなべ）』は、開化の風を取り込んで、広く読まれた。また、文明開化の風潮が高まるにつれて、西洋文明を紹介した翻訳小説や、自由民権運動の隆盛を母胎にした政治小説の系列が加わることによって、小説に知識人層の情熱をぶつける対象という新しい可能性がもたらされた。

戯作文学

　明治維新後、しばらくは近世末期の戯作文学がそのまま継承された。幕末から明治にかけての戯作文学は、旧来の勧善懲悪を基軸とした「興味本位の文学」の域を脱していなかった。その中で、仮名垣魯文（かながきろぶん）の『西洋道中膝栗毛』『安愚楽鍋』がいち早く当時の文明開化の新風俗を写実的に生き生きと再現し、新しい時代を風刺（ふうし）・滑稽化（こっけいか）したもので、表面的ではあるが、当時の世相の特色をとらえている。

　　モシあなたヱ牛ハ至極高味でごすネ此肉がひらけちゃァぼたんや紅葉ハくへやせんこんな清潔なものをなぜいままで喰ハなかつたのでゴウせう西洋でハ千六百二三十年前から専ら喰ふやうになりやしたがそのまヘハ牛や羊ハその国の王か全権と云ッて家老のやうな人でなけりゃァ平人の

ロヘは這入やせんのサ追々我国も文明開化と号ッてひらけてきやしたから我々までが喰ふやうになったのハ実にありがたいわけでごス

(『安愚楽鍋』)

ここには躍動的で的確な描写は見られるものの、新しい文学を創造しようとする意欲は見られず、一種のスケッチ的な文学といえる。

明六社と啓蒙思想

明治六年（1873年）、アメリカ帰りの森有礼をはじめ、当時一流の洋学者が集まって、明六社が設立され、学術団体として広く国民の教育啓蒙に貢献した。福沢諭吉や西周がその中心にいた。彼らは、機関誌『明六雑誌』を通じて、種々の分野にわたる啓蒙的意見を発表した。なかでも、福沢諭吉は『学問のすすめ』『文明論之概略』で功利主義の立場から学問や独立自尊の精神を説き、西周は『百学連環』ほかの著作で西欧の学問万般を紹介し、新しい文学の知識を導入し、当時の知識層・青年層に大きな影響を与えた。

翻訳小説と政治小説

明治の初年、文明開化の努力は、政治、経済などの実用面に注がれて、文芸は軽んじられ、作家の意識が低かった。明治10年代になると、ヨーロッパ文学の翻訳・紹介が盛んになった。英国の政治家であり文学者であったリットンの原著を、織田純一郎が翻訳した『花柳春話』は、漢文体であり翻案に近かったが、はじめて西洋近代の風俗・人情を伝えて世の歓迎をうけた。翻訳小説は、西洋の政治や思想・風俗を紹介するためになされたもので、西洋に対する関心が高まるにつれて反響を呼んだ。当初は、啓蒙的性格が濃かったが、次第に文学的意識も現れた。

ついで、自由民権運動の影響で政治熱が高まるにつれて、政治小説の翻訳が行われ、政治思想の啓蒙、宣伝を目的とする政治小説流行の気運が、当時の藩閥政治に反対する運動をした人々によって作られた。政治小説は作者の政治主張を戯作的趣向に託し、文学が初めて広い社会に目を向けたという点で注目される。古代ギリシアの歴史に取材した矢野龍渓の『経国美談』（1883—1884年）と、作者と同名の主人公を登場させ、世界の弱小諸民族の悲劇を憤りをこめて綴った東海散士の『佳人之奇遇』（1885—1897年）は、雄大なロマン性とモチーフの鮮烈さとによって、当時の青年たちから熱狂的な支持を受けた。これらの政治小説は、戯作文学とは違う新しい方向性を打ち出したという意味で、

翻訳文学とともに、前代継承の文学に代わる新時代の文学への道を開役割を果たし、近代小説成立のための契機となったといえよう。

翻訳小説や政治小説は、文明・思想の紹介や政治的啓蒙が目的であったため、文学的な価値は十分ではなかったが、文学への関心を広く一般社会人に与え、当時の文学に新風を送った点で、文学史的意義は大きい。こうした功利主義的な文学の立場から脱して、文学のあり方に対する啓蒙の任を果たしたのが、明治18年（1885年）の坪内逍遙の評論『小説神髄』であり、明治の新文学は、この書の影響からはじまるといってよいであろう。

二、写実主義

西欧先進国の風を入れようとする時代の改良ムードの中で、文学改良への動きが出てきた。小説改良の最初の試みは坪内逍遙によってなされた。彼は評論『小説神髄』を著し、主として十八世紀の英文学に学んで、文学の本質を明らかにして写実の方法を説いた。小説改良の気運の中で書かれたこの文学理論書は、小説を芸術の一ジャンルとして明確に規定し、「仮作物語」の歴史を、荒唐無稽な「ローマンス」から写実的な「ノベル」への発展ととらえることによって、現代文学における小説の優位性を説いた。また「人情世態」の「模写」を軸とする写実主義の立場から、小説を「改良進歩」させていく方策を提起している。逍遙に刺激された二葉亭四迷は、『小説総論』を書いて逍遙の考えを深めて発展させ、その理論の実践として『浮雲』を発表した。

坪内逍遙

明治十八年（1885年）から翌年にかけて、坪内逍遙は西洋の近代文学をふまえた日本最初の小説論『小説神髄』を発表し、近代文学のあるべき理念・小説理論を示し、強い影響を与えた。その中で、従来の勧善懲悪の思想や功利的文学観を強く否定して文学の独自性を主張し、あるがままの人間心理の分析を主眼とした写実主義を唱えた。次は、小説の主眼を述べた一節である。

> 小説の主悩は人情なり、世態風俗これに次ぐ。人情とはいかなるものをいふや。曰く、人情とは人間の情慾にて、所謂百八煩悩是れり。（中略）此人情の奥を穿ちて、賢人、君子はさらなり、老若男女、善悪正邪の心の中の内幕をば洩す所なく描きいだして周密精到、人情を灼然として見えしむるを我が小説家の努めとはするなり。

（『小説神髄』上巻）

（口語訳）小説で最も重要なのは人情を描くことであり、世態風俗がその次である。人情とはどのようなものをいうか。人情とは人間の欲望であって、俗にいう百八の煩悩である。（中略）この人情の奥をえぐって、賢人、君子はいうまでもなく、老若男女、善悪正邪の心中の内幕を細々と漏らさず描いて、人情をはっきりと表すことが、我々小説家の仕事である。

　逍遙は、文学が道徳の僕(しもべ)でも政治宣伝の手段でもない、人情を写し、世態風俗を描くという独自の使命を持っているのだと主張した。逍遙はその実践として、『当世書生気質』を書いたが、風俗描写にとどまり、模写の追求が不足して写実が皮相的であり、人間の内面をとらえるまでには至らなかった。

二葉亭四迷

　ロシア文学の教養が豊かであった二葉亭四迷は、逍遙の考えに共鳴し、さらに写実主義を唱える根拠と目的を明確にした『小説総論』を発表した。「実相を仮りて虚相を写し出す」のが写実だとする方法意識は、『小説神髄』における主張を更に深めたものであり、それは徹底さを欠いていた『当世書生気質(とうせいしょせいきしつ)』への批判ともなっている。その理論を具体化したのが『浮雲』である。この小説は広い社会性と生き生きした形象性との統一の実現を目ざして、潔癖だが無器用な青年知識人内海文三(うちうみぶんぞう)を主人公に、要領のよい出世主義者本田昇、気の移りやすい美少女お勢、その母親で功利思想の持ち主であるお政など文明開化の日本を象徴する典型的な人物を配して、当時の不安な社会を写し出し、明治社会の様相をとらえようとした。それぞれの人物の性格や心理を細かく描写して、とくに文三の内面的苦悩を追求した心理描写と、革新的な言文一致の文体は、日本近代文学の先駆をなすものであった。しかし、当時はその価値が十分理解されなかったため、作者自身懐疑におちいり、ついに未完のままに終わった。

　　文三が食事を済まして縁側を廻はり、窃かに奥の間を覗いて見れば、お政ばかりでお勢の姿は見えぬ。お勢は近属早朝より、駿河台辺〈英語の稽古に参るやうになツたこどゆる、さては今日も最う出かけたのかと恐る恐る座舗へ這入ツて来る。その文三の顔を見て今まで火鉢の琢磨をしてるお政が、俄かに光沢布巾の手を止めて不思議さうな顔をしたも其筈、此時の文三の顔色がツイ一通りの顔色でない、蒼ざめてゐて力なささうで、悲しさうで恨めしさうで、恥かしさうで、イヤハヤ何とも言様がない。

　　　　　　　　　　　　　　　　　　　　　　（『浮雲』）

『浮雲』の主人公内海文三は、近代的自我に目覚め、封建的な体制の中で苦悩する青年である（図5-1）。知識人の内面に目を向けた新しい人物像の造型と言文一致体による自由な表現の創始は、近代文学の行方を指し示す、二葉亭の大きな功績だった。また、四迷は、ツルゲーネフの作品を原文に対する徹底的な忠実さによって、洗練された口語体で翻訳し、翻訳文学史上に新時代を画した。その口語文体の清新さと自然描写の美しさが、若い読者に大きな影響を与えた。

図5-1　浮雲

三、擬古典主義

明治十八年（1885年）、尾崎紅葉、山田美妙らの文学青年グループは、日本最初の文学結社硯友社を結成し、同人雑誌『我楽多文庫』を発刊した。文章の修辞的な技巧や脚色に工夫を凝らし、文壇の中心勢力となったが、逍遙の写実主義を表現技術の問題として継承し、江戸文学を模倣したため、戯作調を脱し切れておらず、写実も表面的描写にとどまった。同じころ、やはり西鶴の影響を深く受けながら、紅葉の華麗さとは対照的に東洋風の雄渾な作風を特徴とする作家幸田露伴があらわれ、「紅露の時代」と呼ばれる一時期をつくった。

尾崎紅葉

硯友社の中心作家であった尾崎紅葉は、西鶴の影響を受け擬古文体を得意とし、雅俗折衷体の『二人比丘尼色懺悔』で名を挙げ、文壇で活躍した。以後、文章技術の向上や新文体の創造をめざして努力を続け、明治二十九年（1896年）に発表された『多情多恨』では心理描写の深化が見られ、「である調」の言文一致体を完成させた。晩年に書かれた『金色夜叉』は、雅俗折衷体に欧文脈を交えた美文調の文体が評判を呼び、広く愛読されたが、思想的な限界から真の近代文学の推進者とはなり得なかった。次の一節は、有名熱海の海岸の場面である。

「吁、宮さん恁して二人が一処に居るのも今夜限だ。お前が僕の介抱をしてくれるのも今夜限、僕がお前に物を言ふのも今夜限だよ。一月の十七日、宮さん、善く覚えてお置き。来年の今月今夜は、貫一は何処で此月を見るのだか！再来年の今月今夜……十年後の今月今夜…一生を通して

僕は今月今夜を忘れん、忘れるものか、死んでも僕は忘れんよ！可いか、宮さん、一月の十七日だ。来年の今月今夜になったらば、僕の涙で月は曇らして見せるから、月が…月が…月が…曇つたらば、宮さん、貫一は何処かでお前を恨んで、今夜のやうに泣いて居ると思ってくれ。」
　宮は挫ぐばかりに貫一に取着きて、物狂しう咽入りぬ。

（『金色夜叉』前編）

幸田露伴

　幸田露伴は紅葉と並び、西鶴風の擬古文調で名を成したが、漢学の教養を生かして、儒教的、武士道的精神と仏教的諦念のまじった作品を残した。芸道に生きる男性の理想像の造型に特色を見せ、写実的女性描写を得意とした紅葉と対照される。幸田露伴は東洋の古典に学び、現実の愛を断念し、永遠の愛の化身を仏像に託す出世作『風流仏』をはじめとして、芸道に精進する理想生義的男性像を描いた『一口剣』、芸術の永遠性とそれにうちこむ職人の強烈信念とを、迫力のある文章によって描いた『五重塔』などの作品がある。後年は、『芭蕉七部集』などの研究や、随筆・史伝に優れた仕事を残して、高い評価を得ている。

樋口一葉

　明治の女流文学の第一人者樋口一葉は、初めは古風美文小説を書いていたが、旧時代のしがらみの中で悲運に泣く女性を描いて傑出した才能を見せ、明治二十年代を代表する作家となった（図5-2）。自身の貧窮生活の中で、底辺に生きる人を鋭く見つめ、ぎりぎりの生活を強いられながらも必死で生きる人間の姿を描きだした。『大つごもり』で独自の才能を開花させ、以後、写実性を増して、貧しく虐げられた女性の怒りと悲しみを描き続けたが、わずか二十四歳の若さで世を去った。作品に『にごりえ』や『十三夜』などがある。代表作『たけくらべ』は、遊廓地吉原周

図5-2　樋口一葉

辺を舞台にし、そうした環境の中で思春期を迎える少年少女の微妙心理と淡い恋を詩情豊かに描きあげた作品で、森鷗外や露伴らに激賞された。その流麗な雅俗折衷（文語体と口語体を適時混ぜた文）の文章によって写し出された微妙な心理や浪漫的詩情は、時代を越えてこの女流作家の名を高からしめている。以下に示すのは、困っている信如を

みて美登利が助けに行こうか迷う場面である。

　　見るに気の毒なるは雨の中の傘なし、途中に鼻緒を踏み切りたるばかりは無し、美登利は障子の中ながら硝石ごしに遠く眺めて、「あれ誰れか鼻緒を切つた人がある、母さん切れを遣っても宜う御座んすか。」と尋ねて、針箱の引出しから友仙ちりめんの切れ端をつかみ出し、庭下駄はくも鈍かしきやうに、馳せ出でて椽先の洋傘さすより早く、庭石の上を伝ふて急ぎ足に来たりぬ。
　　それと見るより美登利の顔は赤う成りて、何のやうの大事にでも逢ひしやうに、胸の動悸の早くうつを、人の見るかと背後の見られて、恐る恐る門の傍へ寄れば、信如もふつと振返りて、此れも無言に脇を流るる冷汗、跣足になりて逃げ出したき思ひなり。

（『たけくらべ』）

四、ロマン主義

　写実主義が展開された時期と同じ明治二十年代に、ロマン主義（浪漫主義）の運動がおこった。これは、世俗的習慣や封建的倫理にとらわれずに、自我のめざめと内面的真実とを尊重した運動で、ドイツ留学から帰国した森鷗外や、北村透谷を中心とした『文学界』の作家らによって推進された。一方、戦争後の社会不安の中から、観念小説、深刻小説があらわれたが、ながく続きせず、明治三十年代（1897―1906 年）には、いわゆる後期浪漫主義の作家たちが活躍した。

初期の鷗外

　明治二十二年（1889 年）、ドイツ留学から帰国した森鷗外は、文芸雑誌『しがらみ草紙』を拠点として、広く文学・芸術・哲学にわたる新知識をもって意欲的な執筆活動を展開した。ドイツ三部作と称された『舞がぶん姫』『うたかたの記』『文づかひ』がある。いずれも雅文体で書かれ、ドイツの風物を背景に、青春の浪漫的情緒を綴った悲恋物語だが、特に『舞姫』は、近代的自我に目覚めた青年の苦悩を写して、『浮雲』とともに日本近代文学の先駆的作品と評価され、当時の青年層に深い感銘を与えた。また西欧の名作の翻訳紹介を積極的に行い、明治二十五年（1892 年）から発表され始めたアンデルセン原作の翻訳小説『即興詩人』は、原作以上の名訳とたたえられ、典雅な文体が初期鷗外の浪漫的詩情を伝えている。また、評論活動にも力を入れ、坪内逍遙との間で交わされた「没理想論争」は、理想と美とを重んずる立場から客観的な写実主義を説く逍遙に対して、ハルトマンの美学に基づいて応酬し、当時の青年たちの文学への関心を深めるとともに、

芸術を支える理論の重要性を印象づけた。

　　かくて三年ばかりは夢の如くにたちしが、時来れば包みても包みがたきは人の好尚なるらむ、余は父の遺言を守り、母の教へに従ひ、人の神童なりなど褒むるが嬉しさに怠らず学びし時より、官長の善き働き手を得たりと奨ますが喜ばしさにたゆみなく勤めし時まで、
　　ただ所動的、器械的の人物になりて自ら悟らざりしが、今二十五歳になりて、既に久しくこの自由なる大学の風に当たりたればにや、心の中なにとなく妥ならず、奥深く潜みたりしまことの我は、やうやう表にあらはれて、きのふまでの我ならぬ我を攻むるに似たり。……余が病は全く癒えぬ。エリスが生ける屍を抱きて千行の涙を濺ぎしは幾度ぞ。大臣に随ひて帰東の途に上ぼりしときは、相沢と議りてエリスが母に微なる生計を営むに足るほどの資本を与へ、あはれなる狂女の胎内に遺しゝ子の生れむをりの事をも頼みおきぬ。／嗚呼、相沢謙吉が如き良友は世にまた得がたかるべし。されど我脳裡に一点の彼を憎むこゝろ今日までも残れりけり。

　　　　　　　　　　　　　　　　　　　　　　　　（『舞姫』）

文学界と北村透谷

　浪漫主義の先駆者としては、初期の鷗外を挙げることができるが、実際に活躍をしたのは、北村透谷ら、『文学界』の若い人々であった。明治二十六年（1893年）、文芸雑誌『文学界』が、北村透谷・島崎藤村・平田禿木らによって創刊された。同人の多くは、キリスト教的人間観の影響を受けて、人間性の解放を求め、当時の文壇の支配的地位にあった、硯友社の半ば封建的で卑俗な文学に対抗し、人間性の解放と芸術の絶対的価値を説いた。『文学界』は浪漫主義運動の拠点となり、反響は乏しかったが、強い自我の解放を求め、初期は透谷の評論、中期が藤村の詩、後期が樋口一葉の小説と、それぞれ時代を代表する評論家、詩人、作家に重要な活躍の舞台を提供した。
　『文学界』の思想的支柱と指導的理論家であった北村透谷（きたむらとうこく）は、『人生に相渉（あいわた）るとは何の謂ぞ』『内部生命論』などの評論で、自我の確立、生命感の充実や恋愛賛美を叫び、日本の浪漫主義運動の先駆者として活躍した。透谷は『厭世詩家（えんせいしか）と女性』で恋愛は人生の秘密を解く鍵だと大胆に恋愛の意義を唱え、恋愛を賛美する世の詩人たちがなぜ恋愛から逃げ、世の中を嫌うようになるかを論じた。

恋愛は人生の秘鑰なり、恋愛ありて後人世あり、恋愛を抽き去りたらむには人生何の色味かあらむ、然るに尤も多く人世を観じ、尤も多く人世の秘奥を究むるといふ詩人なる怪物の尤も多く恋愛に罪業を作るは抑も如何なる理ぞ。古往今来詩家の恋愛に失する者挙げて数ふ可からず、遂に女性をして嫁して詩家の妻となるを戒しむるに至らしめたり、

(『厭世詩家と女性』)

　透谷は人間の精神の自由と生命感の拡充を求めて、半封建的な明治の社会に激烈な戦いを挑んだが、現実生活の矛盾に追いつめられて、二十五歳の若さで自殺した。

社会小説

　急激な資本主義の発展が引き起こした社会を背景に、社会の諸現象に対して作者の抗議や主張が露骨にあらわれている「観念小説」と呼ばれる作品群があり、泉鏡花の『夜行巡査』、川上眉山の『書記官』などが流行した。また、悲惨な事件を扱った広津柳浪の『黒蜥蜴』のように、悲惨な事件を深刻に解剖した深刻小説（悲惨小説ともいう）が生んだ。しかし、その自我解放は、思想的地盤が弱かったために、単なる浪漫主義的な傾向小説として終わった。尾崎紅葉門下で観念小説から出発した泉鏡花は、『照葉狂言』『高野聖』『歌行燈』などで浪漫的作風を示し、神秘的・幻想的な美的世界を築いた。
　悲惨小説や観念小説の不自然さを脱却して社会の本質に迫る新しい小説の出現を要求した明治三十年前後の「社会小説」論は、直接的には見るべき成果を残さなかった。しかし、徳富蘆花の『不如帰』（明治31—32年）や、尾崎紅葉の『金色夜叉』（明治30—35年、未完）などの作品に当時の社会矛盾が強く反映されていて、広く読者の共感を呼んだ。蘆花には、鹿鳴館時代の政界の内幕を描き出した『黒潮』（明治31年、未完）のような意欲的な試みもあって、スケールの大きな社会性を示した。明治三十年代後半には、木下尚江が登場し、『火の柱』（明治37年）と『良人の自白』（明治37—39年）を発表して社会主義小説の先駆をなした。

泉鏡花

　紅葉の門人として出発した泉鏡花は、素朴な正義感と幻想的・神秘的な美の世界を合わせもつ特異な作家で、『夜行巡査』『外科室』など、恋愛や世間的道徳への問題提起をした観念小説で名を成した。その後鏡花は、鷗外の「即興詩人」の暗示を得て書いた『照

葉狂言』や、神秘的・幻想的な浪漫主義の作風を示した『高野聖』などで、独自の文学世界を築いた。文章で夢幻的、怪奇的なユニークな作品世界を現出させ現実主義的傾向を深めていた時代に、妖艶な女性美や清純な恋愛至上の境地をとらえ、幻想美の世界の創造に華麗な才能を発揮し、独特なリズムを持つ。

　さあ、然うやって何時の間にやら現ども無しに、恁う、其の不思議な結構な薫のする暖い花の中（柔らかに包まれて、足・腰・手・肩・頸から次第に天窓までびつく一面に被ったから吃驚、石に尻餅を搗いて、足を水の中に投げ出したから落ちたと思う途端に、女の手が背後から肩越しに胸をおさえたので確りつかまった。

（『高野聖』）

自然描写の系譜

　また、この時代は「自然」に対する文学的関心が強まった時期でもあり、蘆花の『自然と人生』（明治33年）や、国木田独歩の『武蔵野』（明治34年）などの散文詩風自然文学が生まれた。国木田独歩は、その後、社会に適合できない弱い人間たちに目を向け、叙情性を削って否定的現実の冷徹な観察者へと転じ、「ありのままに見、ありのままに書く」という意味での自然主義に接近していった。自然を描いて独歩の『武蔵野』に並べられるのは、明治33年（1900年）に発表された徳冨蘆花の『自然と人生』で、自然が絵画風に描かれている。キリスト教を信じ、自由主義者であった徳冨蘆花は、『不如帰』を書いて、封建的な家族生活の因襲の理不尽さを訴えた。また、浪漫的で清新な自然描写の『自然と人生』、リベラルな自伝的小説『思出の記』などを発表して独自の地位を築いた。

国木田独歩

　自然を愛した国木田独歩は、処女作『源叔父』を書いてから浪漫主義の作家として出発し、孤独な老人の哀しみを詩情豊かに描いた。明治31年（1898年）『武蔵野』で自然と人間を散文詩風に描いて人気を博した。また、『忘れえぬ人々』『牛肉と馬鈴薯』『運命論者』などで叙情詩人らしい資質を示した。また、晩年には、ヒューマニスティックな観点から現実・人生の相を彫り上げ、人間の運命を凝視する自然主義的傾向を帯びてい

った。浪漫的な詩人の情感をフレッシュな文体に寄せて写し出した『武蔵野』は、幽寂な自然美をとらえた名文である。

　同じ路を引きかへして帰るは愚である。迷つた処が今の武蔵野に過ぎない。まさかに行き暮れて困る事もあるまい。帰りも矢張凡その方角をきめて、別な路を当てもなく歩くが妙。さうすると思はず落日の美観をうる事かある。日は富士の背に落ちんとして未だ全く落ちず、富士の中腹に群がる雲は黄金色に染て、見るがうちに様々の形に変ずる。連山の頂は白銀の鎖の様な雪か次第に遠く北に走て、終は暗澹たる雲のうちに没してしまふ。
　日が落ちる、野は風が強く吹く、林は鳴る、武蔵野は暮れむとする、寒さが身に沁む、其時は路をいそぎ玉へ、顧みて思はず新月が枯林の梢の横に寒い光を放てるるのを見る。風か今にも梢から月を吹き落しさうである。突然又野に出る。君は其時、
　山は暮れ野は黄昏の薄かな
の名句を思ひだすだらう。

（『武蔵野』）

五、自然主義

　明治39年（1906年）から大正元年（1912年）にかけての数年間で、日本の近代文学はようやく成立期を迎えたが、その先駆けとなったのが自然主義である。十九世紀後半、フランスを中心におこった自然主義は、人間や社自然主義会の現実を体系的・科学的に追求し、それを客観的に描写することによって社会の病弊(びょうへい)を暴露しようとする文学運動であった。この文学運動は、世界的に波及し、日本でも明治30年代に、近代の外国文学に対する視野が深まるとともに、社会をみる目が鋭くなり、自然主義文学流行の気運が起こった。明治三十年代半ばに、小杉天外はゾラ風の現実解釈（人間を決定するものは体質で、その体質は遺伝と環境によって形成されるという理論）をして『はやり唄』を発表し、前期自然主義の代表作家となった。また、広津柳浪の門にあった永井荷風(ながいかふう)は、フランス文学にあこがれて、エミール・ゾラの紹介や、彼の影響をうけた作品を発表した。なかでも、『地獄の花』（明治35年）には、社会の暗黒面を批判しようとする意図がみられる。

　しかし、ヨーロッパ自然主義の理論は、結局日本には根づかず、客観描写の方法だけが残り、次代に受け継がれた。日本の自然主義は、作者個人の内面の真実を客観的

に描くことを目標にし、硯友社的な小説観を否定した「排技巧」「排理想」の主張と、激しい自己告白への欲求という二つの要素を、最初から内在させていたというのが特徴である。当時は、天皇制国家権力がますます強大になりつつあった時期だったため、日本の自然主義においては、旧習に対する批判が社会との対決という方向には進まず、逆に、初期に見られた反抗の情熱が短期間で失われて、作家の身辺にのみ視野を絞った「観照」のリアリズムが主流となった。そのために日本の自然主義作家は、「事実」偏重の方法論と相まって、虚構を退け、現実の暴露へと向かい、赤裸々の告白を尊重した日本独特の「私小説」に道を開いていく。真実を描くためには古い道徳や習俗を批判し、タブーをおそれず、本能の世界を掘り下げて描いた。これが日本の自然主義文学の特徴である。

　自然主義時代の到来を決定づけた作品は、島崎藤村の『破戒』(1906年) と田山花袋の『蒲団』(1907年) である。明治39年 (1906年)、島崎藤村の『破戒』の登場は自然主義の新局面を切り開き、翌四十年 (1907年)、田山花袋の『蒲団』によって方向づけられた。『破戒』は、社会の偏見に苦しみながら自我に目覚め、真実に生きようとする青年を描き、社会性と自己告白性が一体となった本格的な近代小説になり、明確な虚構性が意図されていた。しかし、自分の体験した事実をそのまま描いた『蒲団』の成功に刺激されて、『破戒』のもつ社会性は受け継がれず、その後の日本の自然主義は、ヨーロッパのものとは異なって、自伝や私生活の告白へと向かい、作家身辺の狭い事実偏重と告白性とを特徴とした文学として発展し、その方法は大正期の私小説・心境小説へと引き継がれていった。その後藤村は、『春』から『家』において自身を掘り下げる方向に向かい、花袋もまた『生』以下の三部作でやはり自身の周辺を描き続け、両者は歩調を合わせたように同じ道を歩んだ。自然主義の作家には、藤村・花袋のほかに、無理想、無解決の態度で人生の真実を探究した徳田秋声、「生えぬきの自然主義作家」と呼ばれながら主観性の強い作品を書いた正宗白鳥、「芸術即実行」という「新自然主義」の理念を掲げた岩野泡鳴らがいる。彼らを理論的に支えたのが島村抱月であった。日本の自然主義は、島村抱月・長谷川天溪らの理論に支えられて、集団的な文学運動となり、明治末年 (1912年) まで近代文学の主流を占め、広く文芸の世界に影響を残した。

島崎藤村

『文学界』の同人として出発し、『若菜集』などの清新な詩集を発表して浪漫的叙情詩人として文名を得た島崎藤村は、明治30年代に入って、散文による新しい表現方法を模索するようになった。明治30年代後半には、のちに『千曲川のスケッチ』としてまとめられた写生文などを書いて散文に移行し、明治39年（1906）、『破戒』を発表して自然主義文学に転じた。自然主義と作家藤村の誕生を告げるこの記念碑的作品は、これまでの積み重ねの上に着想・執筆され、自費出版されたのである（図5-3）。

図5-3　島崎藤村

『破戒』は、社会的偏見の強かった明治時代を舞台に、被差別地区出身の青年教師を主人公にし、ローカルカラー豊かな信州の風土を背景に「眼醒めたる者の悲しみ」を描いた長編小説である。被差別部落出身の青年教師瀬川丑松が、「素性を隠せ」という父親の戒めと、自分の出身地を堂々と明かして差別と戦っている猪子蓮太郎の生き方との間で揺れ動きながら、同僚と教え子の前に出生の秘密を告白するまでの過程を清新文体で描かレている。世の中と妥協して生きる偽りの自分と己の卑屈さを自覚して告白を決意するまでの主人公の心の動きが掘り下げて描かれており、舞台となった信州の風物描写には、「千曲川のスケッチ」以来の研究の成果が示されている。この作品は、社会小説的側面と自己告白小説的側面を併せ持ち、当時は、島村抱月をはじめ多くの評論家に絶賛された。こうして、『破戒』は、日本自然主義文学運動の発足、日本近代小説の出発を示す「記念碑」的作品となった。

部落差別という重い現実をとらえた社会小説的な要素と、『若菜集』以来のテーマである自己告白への恐れと欲求を主人公に仮託した内面小説としての要素とが並存している。作品の構想にドストエフスキーの『罪と罰』、描写には、フランスの小説家・美術評論家ゴンクール兄弟（エドモン・ド・ゴングール、ジェール・ド・ゴングール）の印象描写の影響が考えられる。近代的自我の表出に悩んだ作者の苦悶を、社会の問題との関連において写し出した点で、自然主義文学の指標となった。

　　成程、自分は変つた。成程、一にも二にも父の言葉に服従して、それを器械的に遵奉するやうな、其様な児童では無くなって来た。成程、自分の胸の底は父ばかり住む世界では無くなって来た。

成程、父の厳しい性格を考へる度に、自分は反つ反対な方へ逸出して行って、自由自在に泣いたり笑つたりしたいやうな、其様な思想を持つやうに成つた。ああ、世の無情を憤る先輩の心地と、世に随へと教へる父の心地と——その二人の相違は奈何であらう。斯う考へて、丑松は自分の行く道路に迷つたのである。

（『破戒』第十章）

図 5-4　破戒

　『破戒』は、主題の社会的問題性より告白性が強く、精緻でローカルな描写とともに、近代の作品たるにふさわしい内容を備えている（図 5-4）。『破戒』にはそもそも鋭い社会小説的側面と自己の告白に閉じこもる二つの側面があったが、藤村は自身の示した社会性をその後より広く展開することはなく、以後、内面の告白を主とした自伝的小説家への道をたどった。次作の『春』は、『文学界』時代の青春の苦悩を題材にし、藤村およびその身辺に素材を求めた自伝小説の第一作で、そこには、理想と現実との矛盾に悩み、絶望する藤村の姿が克明に描かれている。続く『家』では、明治末の封建的家族制度に苦しむ人間と滅びゆく家の姿とを、藤村自身の体験に基づいて描き、自身を含めた島崎一族の事実に即して、旧家の血の宿命を追求するという方向でリアリズムを深め、自伝的な小説家へと向かう。さらに、第一次世界大戦後に書かれた『新生』では、自己告白を徹底させて、告白小説として反響を呼んで、自然主義の私小説性を色濃く示した。晩年の歴史小説『夜明け前』では、激動の時代を生きた知識人の苦悩の一生を、日本回帰の道の中に描き上げている。大正期末には『伸び支度』『嵐』など心境小説としての佳編を残してもいるが、『破戒』のもっていた社会小説への可能性が放棄されたことは確かである。

田山花袋

　感傷的な叙情詩人として出発した田山花袋は、フランスの自然主義作家モーパッサンに強く影響され、明治 35 年（1902 年）に小説『重右衛門の最後』、37 年（1904 年）に評論『露骨なる描写』を発表し、「何ごとも露骨でなければならない、何ごとも真相でな

ければならない、何ごとも自然でなければならない」という「本能」を重んじる、彼なりの主張をかかげ、自然主義運動の先頭に立った（図5-5）。明治40年（1907年）に『破戒』に刺激を受けて明治40年『蒲団』を発表し、藤村と並ぶ自然主義の旗手としての地位を得た。当初きわめて感傷的な作家であった花袋が、『蒲団』において「皮剥の苦痛」に耐え、「平面描写」という手法を用い、自己の内面を赤裸々に告白し、以後の文壇の方向を示した。

『蒲団』は「露骨なる描写」論の創作実践として書かれた短編小説で、中年の主人公竹中時雄が若い内弟子芳子に魅かれながらも、体面上それを告げることはできないことを描き、女弟子への愛欲に苦しむ中年文士の姿をありのまま暴露した。花袋自身の生活を表現したと解され、私小説の端緒ともなった。『蒲団』におけるこの告白性は、以後の自然主義文学の性格をほぼ決定づけた。当時の読者が、これを花袋自身の「大胆なる懺悔録」と受けとめたことによって、大きな反響を呼んだ。次は、芳子が恋人の発覚などで竹中家を出たあとの主人公を描いた、最後の場面である。

図5-5 田山花袋

　芳子が常に用ひて居たる蒲団－萌黄唐草の敷蒲団と、綿の厚く入つた同じ模様の夜着とが重ねられてあつた。時雄はそれを引出した。女のなつかしい油の匂ひと汗のにほひとが言ひも知らず時雄の胸をときめかした。夜着の襟の天鵞絨の際立つて汚れて居るのに顔を押附けて、心のゆくばかりなつかしい女の匂ひを嗅いだ。
　薄暗い一室、戸外には風が吹き暴れて居た。

（『蒲団』）

そして、こうした受けとめられ方が作者に逆影響する形で、花袋はその後の作家的進路を、「皮剥の苦痛」に耐えて自己とその周辺の事実を「平面描写」で書き続けていくという方向に見いだし、『生』『妻』（1908－1909年）・『縁』（1910年）の三部作を完成させた。この自伝的小説三部作において、できるだけ露骨に大胆にそして冷静に描こうとした花

袋は、彼の身近な家庭事情をはばからずに書き、私小説作家としての地位を不動のものにした。花袋はいっさいの主観を排し、対象をできるだけ具体的に、事実そのものとして、自然に再現しようとする平面描写を力説し、その後の文学に大きな影響を与えた。また、明治42年（1909年）には小学校教師の日記をもとにして、不幸な青年の生涯を描いた代表作『田舎教師（いなかきょうし）』では、いっさいの主観を排して対象をありのままに描写するという、自己の「平面描写論」を徹底させている。大正中期以降は、宗教的な諦観（ていかん）の中で、自分を見つめる作風に変わり、次第に時流から疎外（そがい）された。随筆『東京の三十年』は、風物の推移と文芸思潮の交替があわせ語られていて、興味深い。

その他の自然主義作家

徳田秋声

　尾崎紅葉門下であった徳田秋声は、「生まれたる自然派」と呼ばれた。自分自身の家庭生活を心理的に投影した『新世帯』を発表して好評を得、自然主義作家として認められた。つづいて、『足迹』『黴』『爛』『あらくれ』などの作品を発表し、それらの作品を通して人生に対する「無理想・無解決」の態度を示し、詠嘆や感傷を極度に抑えた、徹底した客観描写で自然主義の有力な一人となった。晩年の『仮装人物』『縮図』に至るまで一貫して冷静な写実に徹して、日本の自然主義文学を完成させた。

正宗白鳥

　自然主義の台頭とともに作家的出発をした正宗白鳥は、藤村や花袋のような感傷性はなく、虚無的、厭世的思想を持ち、『何処へ』で注目され、自然主義作家として認められた。虚無的・傍観者的立場に立ち、人間の心理を鋭く観察する態度で、冷酷に人生の暗さを描いた。また、『作家論』などの作品で活躍し、評論家としても個性的な対象把握や合理的な鋭い批評精神を示した。

岩野泡鳴

　『耽溺（たんでき）』で作家的地位を築いた岩野泡鳴は、どのような醜悪も平然として写し出す作家で、奔放で露骨な描写によって、自然主義作家の中でも異色ある存在となった。泡鳴のとった、「僕」という一人称を使って主人公の思想を語らせる方法は、「一元描写論」へと発展した。

反自然主義

　因襲打破・習俗破壊をモットーにして、あるがままの現実をえぐり出した自然主義は、客観的なリアリズムの手法と相まって、近代文学たるにふさわしいリアリティを確保した。しかし、あまりに卑近な身辺の現実や暗く醜い人間の心事を暴くことに急であり、とらわれ過ぎた。事実偏重の姿勢は、作品の世界も狭くした。明治四十年代は、物質的で本能的な事実偏重の告白文学に進む自然主義のあり方に反発する作家、グループの活動もあった。こうした、自然主義に批判的立場をとった作家の文学傾向を総合して反自然主義という。これは、文学観の相違もかなりあって、もともと一つの立場としてまとまりを持つものではないが、ほぼ次の三つに大別できる。

　第一に、余裕をもって人生を眺め、唯美的な立場から高踏派・余裕派と呼ばれた森鷗外と夏目漱石である。

　第二に、官能や情緒に訴える美的世界を追求した永井荷風・谷崎潤一郎らの耽美派である。

　第三に、明るく人間の理想を追い、理想主義的個人主義を唱えて、自己に忠実であることを尊重した武者小路実篤・志賀直哉らの白樺派である。

　また、芥川龍之介によって代表される理知主義（新現実主義）の文学なども現れ、多様な文学の時代が現出する。

私小説と心境小説

　自然主義の落とし子と言われる私小説・心境小説が、大正中期から後期にかけての文壇を特徴づけた。閉ざされた個人の内側に目を向け、身辺の雑事を鋭い感受性で作品化しており、伝統的な風土と特異な展開を遂げた閉鎖的な「近代」に深く根付いて、近代文学の流れに大きな影を落とした。近松秋江・葛西善蔵らの破滅的な生活の現実を描く私小説と、志賀直哉、徳田秋声らの調和的自己完成を志向する心境小説とに区別されたりもするが、現在に及んでしばしば話題にされ、問題になった。

六、余裕派

　森鷗外と夏目漱石は、近代文学史上多くの作家たちに影響を与え、今なお幅広い読者に親しまれている。二人はともに外国留学を経験し、豊かな教養と広い視野、鋭い批判精神を持ち、自然主義文学の流行にも超然として、理知的な態度を保ち、文学の虚構性を重んじた。理想や道徳が軽んじられた時代に、倫理的、理知的な作品を発表して、

当時の風潮と対立しながら、次の時代の理想主義、理知主義の人々に深い影響を与えた。このように、自然主義の流れの外側に立って独自の立場を保った二人を、高踏派・余裕派と呼ぶ。

望まれぬ末子として江戸の町方名主（江戸の町役人。上の命令の伝達が主な仕事で、戸籍調査や税務などの仕事もした）の家系に生まれ、薄幸な少年期を過ごした漱石が、反官的な気骨を貫いたのに対して、津和野藩典医の長男として早くから家族中の期待と愛情を集めて育った鷗外は、国家官僚の要職を歴任、死ぬまで官側の人間であり続けた。しかし、いずれも自然主義とはしっかりと距離を保ちながら、文明批評的な視野の広さと、洋の東西を問わない豊かな教養に裏づけられた、質の高い創作活動を行った。また、自我の苦悩を日本の性急な近代化のゆがみの中で認識していたという点においても、併称されるにふさわしい共通性をもっており、同時代から今日に至るまで、文学にとどまらず広く強い影響を与え続けている。

森鷗外

明治40年代になって、しばらく小説の創作から遠ざかっていた鷗外は（図5-6）、自然主義や漱石の活躍に刺激されて作家活動を始め、明治42年（1909年）、文芸雑誌『スバル』の創刊とともに文壇に復帰し、創作活動を精力的に行った。自然主義的性欲中心の人生観に対抗する意図をこめて主人公の性欲史を淡々とつづった『ヰタ・セクスアリス』、漱石の『三四郎』に触発された『青年』、西洋哲学との対決を通して日本の近代化（西欧化）の中でいかに日本らしさを守るかをテーマにしている自伝的小説『妄想』、初めて自我に目覚めかけた女主人公お玉の挫折を的確な心理描写と緊密な構成によって叙情的に描きあげた『雁』などを発表した。鷗外は軍人としての制約の中で、可能なかぎり自己を忠実に表現しようとし、また書くことで知識人を指導しつづけることに苦心した。この時期の鷗外の創作活動は、じつに多彩をきわめている。

図5-6　森鷗外

鷗外は、明治天皇の病死と乃木大将の殉死に刺激されて、歴史小説の分野に転じ、新境地を開いた。『興津弥五右衛門の遺書』『阿部一族』が、いわゆる「歴史其儘」の姿勢

に基づいて書かれた。以後は、歴史上の素材に束縛されることなく、倫理的行為を社会的習慣から問うことをテーマとした小説を書いた。その立場の歴史小説に、『山椒大夫』『最後の一句』『寒山拾得』などがある。

　越後の春日を経て今津へ出る道を、珍しい旅人の一群が歩いてゐる。母は三十歳を踰えたばかりの女で、二人の子供を連れてゐる。姉は十四、弟は十二である。それに四十位の女中が一人附いて、草臥れた同胞二人を、「もうぢきにお宿にお著なさいます」と云つて励まして歩かせようとする。二人の中で、姉娘は足を引き摩るやうに歩いてゐるが、それでも気が勝つてゐて、疲れたのを母や弟に知らせまいとして、折々思ひ出したやうに弾力のある歩附をして見せる。近い道を物詣にでも歩くのなら、ふさはしくも見えさうな一群であるが、笠やら杖やら甲斐がかしい出立をしてゐるのが、誰の目にも珍しく、又気の毒に感ぜられるのである。

（『山椒大夫』冒頭）

　次は、「知足（足るを知る）」と「安楽死」の問題を主題とした『高瀬舟』の一節である。赤貧の中で喜助兄弟は生活していくことができない。病気の弟は兄のために自殺しようとするがうまくいかないところに兄が帰ってくる。弟は刃を喉につき刺したまま苦しんでいる。「刃」を抜きとった兄は弟殺しの罪人として囚われる。『高瀬舟』は、＜安楽死を罪とすることへの疑念＞というテーマをはっきりと提示する。かれの歴史小説は、歴史の事実を今日の問題と連関して考察したもので、のちに、理知派の芥川龍之介や菊池寛のテーマ小説に影響を与えた。

　庄兵衛は只漠然と、人の一生といふやうな事を思って見た。（中略）万一の時に備へる蓄がないと、少しでも蓄があつたらと思ふ。蓄があつても、又其蓄がもつと多かつたらと思ふ。此の如くに先から先へと考へて見れば、人はどこまで往つて踏み止まることが出来るものやら分からない。それを今目の前で踏み止まつて見せてくれるのが此喜助だと、庄兵衛は気が附いた。（中略）
　弟は剃刀を抜いてくれたら死なれるだらうから、抜いてくれと云つた。それを抜いて遣つて死なせたのだ、殺したのだとは云はれる。しかし其儘にして置いても、どうせ死ななくてはならぬ弟であつたらしい。それが早く死にたいと云つたのは、苦しさに耐へなかつたからである。喜助は其苦を見てゐるに忍びなかつた。苦がら救つて遣らうと思つて命を絶つた。それが罪であらうか。殺したのは罪に相違ない。しかしそれが苦から救ふためであつたと思ふと、そこに疑が生じて、どうしても解けぬのである。

（『高瀬舟』）

さらに鷗外は、資料や史実を尊重し、想像をできるだけ排した新しい史伝の方法を用いて『渋江抽斎』『伊沢蘭軒』『北条霞亭』など事実のみを淡々と綴った傑作を発表し、史伝のジャンルを確立し、作家としての最後の境地を求めていった。豊かな学識と透徹した知性によって築かれた鷗外の文学世界は、漱石と並んで日本近代文学史の最高峰というべきものである。

夏目漱石

英文学者として教職にあった夏目漱石は（図 5-7）、三十九歳で作家活動を開始した。ロンドン留学を終えたのち、明治 38 年（1905）から、雑誌『ホトトギス』に俳諧趣味によって世俗を風刺した『吾輩は猫である』を書き、斬新な風刺と洒脱な文体で、一躍世間に知られるようになった。名もない飼い猫が「吾輩」という尊大な一人称でナレーターをつとめ、英国小説の風刺的性格をもったこの作品は、知識人の生活態度や思考方法、近代日本の性格などを鋭く批判したもので、高い教養に裏づけられた、独創的で斬新な文学となった。以下に示すのは、本作の有名な冒頭の部分である。

図 5-7　夏目漱石

> 吾輩は猫である。名前はまだ無い。
> どこで生れたか頓と見当がつかぬ。何でも薄暗いじめじめした所でニャー〜泣いて居た事丈は記憶して居る。吾輩はこゝで始めて人間といふものを見た。然もあとで聞くとそれは書生といふ人間中で一番獰悪な種族であったさうだ。此書生といふのは時々我々を捕へて煮て食ふ話である。然し其当時は何といふ考もなかつたから別段恐しいとも思はなかつた。
>
> （『吾輩は猫である』上巻）

続いて、松山中学英語教師時代の体験をふまえて、社会的正義感を前面に押し出した『坊ちゃん』や俗世を離れた「非人情」の世界を求め、情緒あふれる『草枕』を発表し、深い教養に基づく知的な人間観察や文明批評は、余裕派とか低徊趣味と言われる超俗的な姿勢とともに、暗く平板な現実描写に終始した自然主義を超えるものとして迎えられた。

明治40年（1907年）、大学教授の職を辞退して新聞社に入社した漱石は、職業作家の道を本格的に歩き始め、第一作である『虞美人草（ぐびじんそう）』を発表した。漱石は鷗外とともに自然主義文学と対立し、余裕派などと呼ばれるが、実は作品の世界では暗鬱（あんうつ）な自己を抱えながら、近代文明の欺瞞と鋭く対決していった。続く前期三部作『三四郎』『それから』『門』に至って諧謔性を排して作風は一変し、恋愛と社会を枠組（わくぐみ）として、近代人の自我の不安を探究しようとする態度がみられる。作者の体験した事実に即するのではなく、虚構の設定の中に作中人物を生かすことによって、偽善と誠実のテーマを鋭く追求したこの三部作は、方法の点でも、自然主義作品との間にはっきりとした相違が認められる。

　前期三部作のうち『三四郎』は日露戦争後の社会を背景に書かれた明治の青春小説の代表作である。物語は九州から上京した青年三四郎が様々な人物に出会う中で美しい女性美禰子に淡い恋情を抱き、破れる話であるが、ストーリーが進むにつれ、作中の人々はそれぞれ暗い悲しみを漂わせていく。漱石は青春像に託して明治という新時代の寂しい内面を読者に見せたのであった。

　　美禰子は三四郎を見た。三四郎は上げかけた腰をまた草の上に下ろした。そのとき三四郎はこの女にはとてもかなわないような気がどこかでした。同時に自分の腹を見抜かれたという自覚に伴う一種の屈辱をかすかに感じた。
　　「迷子。」
　　女は三四郎を見たままでこの一言を繰り返した。三四郎は答えなかった。
　　「迷子の英訳を知っていらしって。」
　　三四郎は知るとも、知らぬとも言い得ぬほどに、この問いを予期していなかった。
　　「教えてあげましょうか。」
　　「ええ。」
　　「迷える子（ストレイシープ）－分かって？」

　　　　　　　　　　　　　　　　　　　　　　　　　　　　　（『三四郎』）

　明治43年（1910年）の修善寺の大患は、漱石の人生観・死生観に大きな影響を与えた。胃潰瘍で大量吐血して生死の境をさまよい、危うく一命をとりとめるという経験を通して死生観を深めた漱石は、以後、人間を見つめる目がますます深まり、近代人に背負わされたエゴイズムを深くえぐり出した。後期三部作の『彼岸過迄（ひがんすぎまで）』では自我意識の過剰がもたらす苦悩を、『行人』では自己を信じるあまり落ちこんだ孤独と懐疑の苦しみを、『こころ』では我執（がしゅう）の恐ろしさを描き出した。

私は先づ『精神的に向上心のないものは馬鹿だ』と云ひ放ちました。是は二人で房州を旅行してゐる際、Kが私に向つて使つた言葉です。私は彼の使つた通りを、彼と同じやうな口調で、再び彼に投げ返したのです。然し決して復讐ではありません。私は復讐以上に残酷な意味を有つてゐたといふ事を自白します。私は其一言でKの前に横たはる恋の行手を塞がうとしたのです。

（『こゝろ』）

　『こゝろ』は友人Kを出し抜いて結婚をした先生が、その罪の意識を決算する形で明治という時代に殉死する物語であるが、エゴイズムの姿が究極にまで突き詰められ、読者の前に示している（図5-8）。

　晩年の漱石は、「人生いかに生くべきか」に真剣に取り組み、自己に忠実に生きようとする主人公と妻や親類などとの人間関係の相剋を鋭く描いた、唯一の自伝的小説『道草』を書いた。続いて、近代人のエゴイズムを夫婦のすさまじい葛藤の中で描き出し、「則天去私」の境地を希求したといわれる『明暗』にとりかかったが、未完のまま病没した。漱石は、人間の内部に巣食うエゴイズムや個人主義の問題などを追求し続けた。厳しい倫理観に裏付けられて提起された問題は、なお今日に引き継がれる課題として生きている。

図5-8 こゝろ

七、耽美派

　自然主義文学が醜悪な現実暴露の方向に向かっていったのに対して、永井荷風・谷崎潤一郎を代表とする耽美派は官能の美を見いだすことに、文学の意義を求め、自由で美的な世界を描こうとした。耽美主義文学は、『スバル』創刊を契機とし、永井荷風主宰の『三田文学』などを舞台として展開した。永井荷風は芸術の「美」に重きを置き、耽美派の作家の中心となり、荷風の推挙によって華やかにデビューした谷崎潤一郎は、独自の官能的美の世界を構築して、耽美派の代表作家となった。この耽美的傾向の作家には、『田園の憂鬱』の佐藤春夫や、鈴木三重吉、久保田万太郎らがいる。

永井荷風

フランス文学に憧れていた永井荷風は（図 5-9）、当初はゾラに傾倒して、『地獄の花』などの作品で自然主義を実践した。五年間のアメリカ・フランス留学の後、永井荷風は旅行記と短編小説を混合した体裁の詩情豊かな『あめりか物語』『ふらんす物語』を書き、さらに、江戸情緒的な風俗小説『すみだ川』（1871年）『冷笑』などの長短編を次々と発表して文名を高めた。「江戸」の賛美に向かうという反時代的な美学を築きあげていったのである。

図 5-9 永井荷風

> 二人は、今此処で、一度別れては何日又逢うか分らぬ身と知りながら、一瞬間の美しい夢は一生の涙、互に生残って遠に失える恋を歌わんが為め、其の次ひるすぎの日からは毎日の午後をば、村はずれの人なき森に、深い接吻を交わしたのであ（あめりか物語）つたものを……

（『あめりか物語』）

水々しい香気あふれる作品であるが、その後は発売禁止となる。こういう経験を通して、ますます明治の偽文明に対する嫌悪と絶望の念を強めさせた。明治43年（1910年）鷗外の周旋で慶応大学教授に迎えられ、『三田文学』を創刊し、自然主義の『早稲田文学』と対立した。しかし文明批判の気持ちが強いにもかかわらず、大逆事件の衝撃を受けて文学者としての無力感を感じたのちは、自らを江戸戯作者に身をやつし、花柳界に材をとった耽美的・享楽的作品を書き、しだいに伝統的な江戸文化に戻っていき、近代社会に背を向けた。そして、大正期に入ってからは、花柳界を舞台にした『腕くらべ』（1916—1617年）・『おかめ笹』（1918年）のような力作を発表し、独自の作家的成熟を遂げていくのである。その江戸情緒への傾倒は反近代という抵抗精神に出るもので、鋭い社会風刺や文明批評は多くその日記にうかがわれる。

> 吉岡は菊千代と駒代との間の兎角何かにつけて競争の気味合になりたがつて居る事をば思ひ返した。現に今日の演芸会についても、立方の駒代が清元の保名を出すならば、同じ家の菊千代が芸は清元と云ふ事になって居るので、それに地を頼めば無事なのを、駒代はそれでは自然踊が引

立たないと思ふ処から、莫大な御礼をも惜しまず本職の男の太夫連中をば瀬川一糸から頼んで貫つた。別に菊千代に歌はれるのがいやだとか、又は菊千代の芸がわるいからだとか云ふ訳ではない。駒代は唯只自分の芸を立派に引立たせ、この踊一番て新橋中へ名を売弘めたいばかり、兎角の事情を顧みてるる暇がなかつたのである。

(『腕くらべ』)

谷崎潤一郎

　出世作『刺青(いれずみ)』によって文壇の寵児となった谷崎潤一郎(たにざきじゅんいちろう)は、谷崎は前期自然主義作家だった荷風と違って生粋の耽美派で、漱石や鷗外が近代市民社会の中でモラルを求めたのと異なり、その枠をはるかに超えた虚構の美の世界を構築し、官能的な欲望の実現を果たしていった。

　荷風の激賞を受けて、華やかな脚光を浴びながら作家生活に入り、甘美で異常な魅力を探求して、特異な女性美への憧憬や病的な官能美を追うユニークな存在であった。また、精神病理学の知識をも踏まえながら、変態的快楽の問題を大胆に取りあげた『悪魔』(明治45年)を発表して以来、日本における「悪魔主義」の代表作家と見なされるようになった。代表作に『異端者の悲しみ』『痴人の愛』などがある。

　荷風が否定的、虚無的であったのに対し、潤一郎は人生を肯定的に見ていた。女性の美しさは、男性をその前にひざまずかせずにはおかないというのが、処女作以来の彼のメーン・テーマであるが、荷風のような時代に対する嫌悪のかげがなく、肉体への肯定と賛美に立って特異な耽美的世界がくり広げられているところに、谷崎文学の特色がある。次にあげるのは、荷風が激賞して谷崎の出世作となった『刺青』の一節である。

　　「己はお前をほんたうの美しい女にする為めに、刺青の中へ己の魂をうち込んだのだ、もう今からは日本国中に、お前に優る女は居ない。お前はもう今迄のやうな臆病な心は持つて居ないのだ。男と云ふ男は、皆なお前の肥料になるのだ。……」
　　其の言葉が通じたか、かすかに、糸のやうな呻き声が女の唇にのぼつた。娘は次第々々に知覚を恢復して来た。重く引き入れては、重く引き出す肩息に、蜘蛛の肢は生けるが如く蠕動した。

(『刺青』)

　潤一郎は、女性の官能美を徹底して描きつづけ、その姿勢は終生変わらなかった。倒錯的で異常な題材と退廃的な美を好んで描いた初期の作風は悪魔主義とも呼ばれ、美的

感覚に富んだ豊かな想像力ときらびやかな文体で、常に耽美派の第一人者として活躍した。作品に『麒麟』『幇間』『秘密』『悪魔』などがある。関東大震災を契機に東京から関西へ移住し、『痴人の愛』『春琴抄』『細雪』を書き、日本の古典美へと回帰していく。以後、それまでの西洋的な現代趣味から作風を一変させ、伝統的日本文化の感化を多分に受けた、地味で趣深い作品を書くようになった。『卍』『蓼喰ふ虫』『盲目物語』などは、官能描写を柔らかく包み込み、しかも古典的雰囲気をもった作品となっている。

八、白樺派

明治という一つの時代の終わりとともに、自然主義は停滞・退潮期に入ったが、それに代わる新しい文学勢力として台頭してきた。『白樺』は明治43年（1910年）に創刊され、第一次世界大戦後のデモクラシー思想の高揚にのって、大正中期の主要な文芸思潮となった。雑誌『白樺』を拠点として活躍した作家たちを白樺派という。主な作家は武者小路実篤・志賀直哉・有島武郎・里見弴らで、のちに長与善郎・倉田百三などが加わった。

白樺派のメンバーのほとんどが特権・上流階級の家庭に育った学習院出身者であり、自身の出自と社会正義との矛盾に悩んだ青春の中から、「自己を生かす」方向に進んできた者が多い。こうした特徴をもつこの同人組織は、主観を排する自然主義とは大きく異なった自己主張強烈さによって大正時代前半の文壇の最主流となった。

白樺派の人々は、否定的な人間観に行き詰まった自然主義に対して、個我の高揚を主張し、人間の内部にある生命の力を信ずる理想主義・人道主義の立場をとった。日露戦争後、資本主義社会がさらに発展して外国に植民地を求めるようになり、貧富の差がさらに拡大し、社会問題が激化していく中で、暗い自然主義的人生観とまったく違った白樺派の若い青年は国や社会の問題をきわめて楽観的にとらえ、自己と人類・宇宙を結び付け、自己の個性を発揮していった。

武者小路実篤を中心とする学習院出身の若者たちは、現実の暗さや人間性の醜さを強調した自然主義に強く反発し、理想主義的な人道主義に基づいて、個性の尊重と自由とを強く主張した。その中心となったのは武者小路実篤と志賀直哉で、芸術一般にも及ぶ白樺派の幅広い活動は、大正期の文学活動の中心的な存在となった。

武者小路実篤

『白樺』を創刊して白樺派の指導的地位にあった武者小路実篤は、白樺派の思想的特徴を最もよく表している。公卿華族の家系に生まれた彼は、二十歳前後の時期にはトルストイ傾倒して罪意識にとらえられていたが、やがてその禁欲的なヒューマニズムの「重荷」から脱出する方向に転じ、人間の内部の力を信じ、「自己を生かす」ことが人類普遍の善につながるという徹底的な自己肯定の考え方を主張した。

小説『お目出たき人』『幸福者』『友情』『愛と死』などのほかに、戯曲『その妹』『人間万歳』などで、楽天的で自然な人間肯定の精神を示した。実篤は平明な言葉と、無技巧の技巧ともいうべき文体によって、幅広い読者を得た。作品には、人道主義を堅く信じた人生観が反映しており、素直な表現とあいまって、日本市民文学の一つの頂点となった。

『お目出たき人』(1911年)は、少女に対する失恋を率直に語っており、片思いの相手の少女が結婚してしまった後も、なお主人公は、その少女が自分を愛していたはずだと信じて疑わないという日記体の小説で、この時期の代表作である。人間はどのような打撃をうけても、常に希望をもっており、それこそが人間のありがたさだという明るい自己肯定感を示している。

> 自分は鶴が自分を愛していてくれたと思わないではいられなかった。自分の心は嬉しさにおどった。
> 真心は真心に通ずる。自分が鶴を恋しているように、矢張り鶴も恋していてくれたのだ。
> 自分の足はおどった。自分の足はつい早くなった。六丁目あたりに来てふり向いた時、最早鶴の姿は見えなかった。自分は鶴は何処かの商店に入っているのではないかと思ったが見えなかった。しかし自分は嬉しくってたまらなかった。自分は自家に急いだ。
> 鶴は自分を恋しているのだ。鶴は自分の妻になるのだ。二人は夫婦になる運命を荷った生まれて来たのだ。
>
> (『お目出たき人』)

第一次世界大戦開戦後、楽天的な自我肯定を保持したまま熱心な人道主義者となった武者小路は、反戦的気分の濃厚な戯曲『その妹』(大正四年)や『或る青年の夢』(大正五年)などを発表した。なお、実篤はトルストイの影響から人道主義を唱え、その実践の場として宮崎県に小さなユートピア「新しき村」を創設した。その後の彼は、しだいに人道

主義からも離れて、「生命賛美」の思想を主張し始め、プロレタリア文学が隆盛をきわめた昭和初期に「失業時代」を経験したあと、無邪気な戦争肯定者として文壇に復活してくることになる。

志賀直哉

　白樺派の中にあって「小説の神様」といわれた志賀直哉は（図 5-10）、士族出の有名な実業家の家庭に生まれ、白樺派の中心的存在となった。強い自我を持ち、自己の感情の動きに忠実に生きようとする自然さと純粋さとを持った作家で、『白樺』創刊号に、処女作『網走』までを発表し、最初から円熟した技法を示した。彼は、内村鑑三への接近と離反、足尾銅山鉱毒事件をめぐる父との衝突などを青春時代に体験している。だが、そうした体験を通して社会的視野の広がりや思想的な深まりに向かうのではなく、むしろそれらを一切捨て去り、自我の感性に対する絶対的な自信に支えられた強靭なエゴイズムの世界を、潔癖に築き上げていく。潔癖な義観に支えられたヒューマニズムと冷徹な対象把握とが、簡潔で的確な文体に凝結し、類を見ないリアリズム文学を完成した。

図 5-10　志賀直哉

　志賀文学の特徴は、志賀直哉個人の感受性を絶対的なものであると断定する彼の個性の確かさにある。直哉の強烈な自我肯定の精神は、鋭い詩的感受性を基調に、透きとおった簡潔な文体と卓越したリアリズムの技法によって、すぐれた短編小説を生んだ。自伝風の『大津順吉』、ユーモラスな小品『清兵衛と瓢箪』、近代人の病的な神経に取材した『范の犯罪』などがそれである。そののち、一時的に筆を絶ったが、やがて、『城の崎にて』『和解』『暗夜行路』前編などを書いた。『城の崎にて』には、偶然出会った鼠の死に至る様子を正確に描きながら、自己の生命を凝視する作者の心境がきびしく描かれ、心境小説の代表作といわれている。

　　自分は鼠の最期を見る気がしなかった。鼠が殺されまいと、死ぬに極った運命をにな担いながら、全力を尽して逃げ廻っている様子が妙に頭についた。自分は淋しい嫌な気持になった。あれ

が本統なのだと思った。自分が稽つている静かさの前に、ああいう苦しみのある事は恐ろしい事だ。死後の静寂に親しみを持つにしろ、死に到達するまでのああいう動騒は恐ろしいと思った。自殺を知らない動物はいよいよ死に切るまではあの努力を続けなければならない。今自分にあの鼠のような事が起ったら自分はどうするだろう。自分は矢張り鼠と同じような努力はしまいか。

(『城の崎にて』)

　大正六年（1917年）に発表された『和解』には、精神的緊張の主柱となっていた長年にわたる父との不和が解消し、その経緯が書かれ、鋭い感覚と冷徹な知性とがみごとに調和したリアリズムの卓越さがみられる。のち、彼の作家姿勢は、東洋的調和の世界を求める方向へ転回していった。さらに二十年ほどかけて完成させた『暗夜行路』は、見事な描写力が随所に見られ、小説をより美しくしている。前編では、出生の秘密という暗い宿命を背負って彷徨する青年の様を描き、後編では、妻の貞操上の過失という設定に基づく夫婦間の葛藤から、単身大山登山を決行した主人公謙作が、自然との融合を感得するまでを描いた。虚構の主人公であるにもかかわらず、作者自身の現実との不用意な混同が認められ、また、長編としての構成という点での不備も目立つが、簡潔をきわめた文体による描写の的確さに支えられながら、志賀直哉という作家の個性が全編にあふれた作品となっている。

　彼は自分の精神も肉体も、今、此大きな自然の中に溶込んで行くのを感じた。（中略）大きな自然に溶込む此感じは彼にとって必ずしも初めての経験ではないが、此陶酔感は初めての経験であつた。これまでの場合では溶込むといふよりも、それに吸込まれる感じで、或る快感はあつても、同時にそれに抵抗しようとする意志も自然に起るやうな性質もあるものだつた。しかも抵抗し難い感じから不安をも感ずるのであつたが、今のは全くそれとは別だつた。彼にはそれに抵抗しようとする気持は全くなかつた。そしてなるがままに溶込んで行く快感だけが、何の不安もなく感ぜられるのであつた。

(『暗夜行路』後編十九)

有島武郎

　有島武郎(図5-11)は白樺派の中で最も思想的に苦しんだ作家で、格調の高いヒューマニズムと社会的な関心の強い作家であった。アメリカ留学中にキリスト教を離れて社会主義に関心を持ち、現実の中で理想を生かすことのできない悩みから、文学で生きる決心をして、『白樺』の創刊に加わった。帰国後の大正六年(1917年)に人間の原始的な本能と生命力の荒々しさを掘り下げた『カインの末裔』で文壇に登場した。以後三年間が、彼の作家的全盛期であり、『迷路』『生まれ出づる悩み』、『小さき者へ』などを発表し、また、十年近くを費やして『或る女』を完成させた。これらの作品では、愛を基調とする理想主義の立場から、自我や本能の発展と確立をめざしている。

図5-11　有島武郎

　中でも『或る女』は、十年近くの制作期間を費やして完成された大作で、『暗夜行路』と並ぶ白樺派を代表する長編小説である。この小説のヒロインの早月葉子は近代的自我にめざめた強い個性と感性をもちながらも、自分の生きる道が見えないまま半封建的な社会の中で悲劇的な人生を歩まされてしまう。『或る女』は社会問題に苦悩し、女性解放にも注目していた良心的な知識人による問題提起の作品であり、本格的なリアリズムの傑作ということができよう。

　　新橋を渡る時、発車を知らせる二番目の鈴が、霧とまではいへない九月の朝の、煙つた空気に包まれて聞こえて来た。葉子は平気でそれを聞いたが、車夫は宙を飛んだ。而して車が、鶴屋といふ町の角の宿屋を曲つて、いつでも人馬の群がるあの共同井戸のあたりを駆けぬける時、停車場の入口の大戸を閉めようとする駅夫と争ひながら、八分がた閉りかゝつた戸の所に突つ立つてこつちを見戍つてゐる青年の姿を見た。

　　　　　　　　　　　　　　　　　　　　　　　(『或る女』冒頭)

　第一次世界大戦後の社会運動の高まりは、社会矛盾に敏感だった有島を、新たな思想的苦悶の中に追いこんだ。大正十二年(1923)、心中によって自らの手で45年の生涯を閉じた。その翌年に、『白樺』は廃刊になった。

里見淳

　有島武郎の弟の里見淳は、白樺派の中にあってとくに現実主義的傾向を持ち、『多情仏心』『安城家の兄弟』で、強い自己肯定による独自の倫理観「まごころ哲学」を示した。心理描写や会話表現にすぐれ、官能的世界に傾きながらも倫理的態度を失わない。「お民さん」などの心理描写にすぐれた心境小説を発表したが、やがて白樺派を離れた。

長与善郎

　『白樺』廃刊後も、白樺派の理想主義を代表する作家となった長与善郎は、戯曲『項羽と劉邦』、小説『青銅の基督』『竹沢先生と云ふ人』などを発表して、東洋的調和の世界を描いた。代表作『竹沢先生と云ふ人』には、西欧のヒューマニズムが、東洋的な世界の中に淡々として生かされ、思想小説として推賞された。

　しかし、第一次世界大戦後、労働運動と結びついた社会主義の影響が文学にも及んでくるにつれて、白樺派はグループとしての力を失い始めた。大正期の都市化の進行や社会不安の拡大は、のちに新感覚派・プロレタリア文学などの新しい文学を生み出す土壌となる。その後、時代は昭和と変わり、激動の時代を迎えることになる。

九、新現実主義

　耽美派と白樺派とは、大正文学を形づくる二つの大きな流れであったが、大正後期にはもう一つ、新現実主義と総称される大きな流れがあった。新現実主義は、主として大正中期から後期にかけての文学傾向で、耽美主義や理想主義によって遠ざけられた現実を、もう一度、明澄な知性と明確な技巧とでとらえなおしてみようとするのがその共通の傾向である。新現実主義に数えられる作家は広範囲にわたっており、したがってその作風もさまざまであった。芥川龍之介・菊池寛・山本有三などの新思潮派、荷風の三田派から出た佐藤春夫とその影響をうけた室生犀星、後期自然主義ともいうべき広津和郎・葛西善蔵らがそれである。

新思潮派

　新思潮派は、第三次『新思潮』(大正三年創刊)、第四次『新思潮』(大正五年創刊)において活躍した作家である。理知派と新現実派とも呼ばれる。芥川龍之介・菊池寛・久米正雄・山本有三らである。彼らは冷静な観察によってとらえた人生の現実を、個性的解釈を加えて理知的・技巧的に描いた。

日本文学史

芥川龍之介

芥川龍之介（図5-12）は、新思潮派を代表する作家である。在学中に、『羅生門』を発表し、翌年、第四次『新思潮』創刊号（大正五年2月）に『鼻』を発表し、夏目漱石に激賞され、文壇に登場し、多彩様式・文体を駆使した短編小説に才能を発揮した。芥川の初期作品は、『今昔物語集』や『宇治拾遺物語』に取材したものが多く、古典に取材して現代的テーマで再構成した歴史小説に特色があった。それは『昔の再現』を目的としたものではなく、歴史的事象に近代的解釈を加え、明確な主題を定めて再構成したテーマ小説であった。

図 5-12 芥川龍之介

彼の歴史小説はその題材によって次のように分類される。『今昔物語集』『宇治拾遺物語』などから題材を得た『羅生門』『鼻』『芋粥』『地獄変』『藪の中』などの王朝物、『戯作三昧』『枯野抄』などの江戸物、『奉教人の死』『きりしとほろ上人伝』などの切支丹物、明治初期に題材をとった『開化の殺人』『舞踏会』などの開化物である。新奇な題材、すぐれた着想、そして、かれ一流の心理的な解釈がみられ、理知派・新技巧派の代表作家と目された。

また、このほかに、現代小説『秋』『トロッコ』、インド・中国に取材した童話『蜘蛛の糸』『杜子春』などの優れた作品も残している。のち、プロレタリア階級の台頭に伴う社会変動と自身の健康を損ねたことによって、自己存在の不安に神経をすりへらしていった。新し時代の動きに苦悩する自我や鋭敏で懐疑的な神経と戦いながら、世相と自身を戯画化した『河童』、自分を描いた『蜃気楼』などを発表し、ついには自己の生命を絶つに至った。芥川の自殺は知識人の運命を示すものと受けとめられ、同時代の人々に大きな衝撃を与えた。崩壊していく自己を冷静に書き写す『歯車』『或阿呆せいほうの一生』など晩年の作品には、時代の流れに従うことのできない鋭い自我意識と宗教への希求が見られ、芥川の苦悩が描かれている。

『鼻』

短編小説。『今昔物語集』の『池尾禅珍内供鼻語』『宇治拾遺物』の『鼻長キ僧の事』に取材した作品。禅智内供が自分の異様に長い鼻を短くしようとする苦心を描いて、人間の自尊心のもろさと傍観者の利己主義を語っている。

『羅生門』

短編小説。『今昔物語集』に取材した作品。人間は生きるためには必然的に悪をかかえこむことになり、その悪を許すことができるのは、やはり悪しかないのだ、という暗い人生観が描かれている。

> 「では、己が引剝をしようと恨むまいな。己もさうしなければ饑死をする体なのだ。」下人はすばやく、老婆の着物を剝ぎとつた。それから、足にしがみつかうとする老婆を、手荒く死骸の上へ蹴倒した。梯子の口までは、僅に五歩を数へるばかりである。下人は剝ぎとつた檜皮色の着物をわきにかかへて、またたく間に急な梯子を夜の底へかけ下りた。
>
> しばらく、死んだやうに倒れてゐた老婆が、死骸の中から、その裸の体を起したのは、それから間もなくの事である。老婆はつぶやくやうな、うめくやうな声を立てながら、まだ燃えてゐる火の光をたよりに、梯子の口まで、這つて行つた。さうして、そこから、短い白髪を倒にして、門の下を覗きこんだ。外には、唯、黒洞洞たる夜があるばかりである。下人の行方は、誰も知らない。

『羅生門』末尾

『河童』

短編小説。現代の世相とその中に生きる芥川自身の姿を河童の世界に託して描いた、寓意(ぐうい)小説である。芥川が晩年に抱いていた焦燥感や、世相に対する嫌悪がうかがえる。

菊池寛

明解なテーマ小説を書いた菊池寛は芥川よりデビューが遅れ、大正7年(1910年)、『無名作家の日記』と『忠直卿行状記(ただなおきょうぎょうじょうき)』の二作で華々しく文壇に躍り出た。菊池の作品はテーマ小説と呼ばれ明快である。芥川とともに理知派の一員に数えられたが、芥川と違って神経の太い現実主義者で、世紀末的な苦悩はみられない。歴史小説に優れたものがあり、武士道を超越した人間性を描いた『恩讐の彼方に(おんしゅうのかなたに)』のほか、『藤十郎の恋』『蘭学事はじめ始』などの作品がある。のちに雑誌『文芸春秋(ぶんげいしゅんじゅう)』を創刊し、通俗小説へと向かった。劇作家としても多くの戯曲を書き、名作『父帰る』を残した。また、雑誌『文芸春秋』を主宰し、芥川賞・直木賞などを設けて後進の育成にも努め、文学界の発展に貢献した。

久米正雄

　久米正雄も『新思潮』に戯曲を発表して文学的スタートを切ったが、後に『破船』（1922）などで通俗小説作家としての人気を得た。後年は新聞小説や通俗小説の分野で活躍した。

山本有三

　劇作家として活躍した山本有三は、『生きとし生けるもの』『波』『女の一生』『真実一路』『路傍の石』などで、人道主義の作家として注目された。人生の問題を健全な理想主義の立場から肯定的に解決しようとする作家である。

新早稲田派の人々

　大正元年（1912年）同人雑誌『奇蹟』が広津和郎・葛西善蔵らによって創刊される。『奇蹟』廃刊後は、主として『早稲田文学』に作品を発表したことから、新早稲田派と称される。この派の作家は後期自然主義、ないし新現実主義として文壇で注目される存在となった。自然主義文学を継承しながら、さらに自己の内面を凝視し続け、日常生活に執着し、人生の暗さに徹する態度をとり、ありのままの私を描き、私小説という日本独特の小説形式を完成させた。奇蹟派ではないが、広津和郎の親友であった宇野浩二は、自身の体験をそのまま書いた『蔵の中』『苦の世界』『山恋ひ』『子を貸し屋』などを発表し、現実を追求しながらも、軽いユーモアのある独自の作風をもって、自然主義的な暗さからの脱却を図った。

広津和郎

　広津柳浪の次男広津和郎は、自己喪失を描いた『神経病時代』でデビューし、翌々年の『死児を抱いて』（1919年）などで意志の弱い神経過敏な知識人を、性格破産者という新しい人間の型として描いた。『怒れるトルストイ』『散文芸術の位置』など、鋭い評論も多く、大正期の進歩的リベラリストとして広く尊敬を集めた。

葛西善蔵

　葛西善蔵は、芸術に生きるために自己の実生活を徹底的に破壊して、放浪の生活を送った。極度の貧困の中での自身の生活を冷静な目で描いた『哀しき父』でデビューし、つねに貧窮と病苦のなかで世俗的倫理を退け、生活の犠牲のなかで自己を切り刻むように破滅的に生きるさまを客観的に描いた。『哀しき父』『子をつれて』などの作品を発表して、大正期を代表する破滅型の私小説作家となった。

室生犀星・佐藤春夫

ともに詩人から出発した作家である。慶応義塾に学ぶ人々を中心とした『三田文学』に参加していた佐藤春夫は大正7年（1918）『田園の憂鬱』によって作家としての声価を得、『都会の憂鬱』によってその文学を確立した。世紀末的な感覚を解剖し、随想的な小説で、過剰な自意識を理知的に客体化して私小説と一線を画す。室生犀星は大正8年（1919年）の処女作『幼年時代』、『性に目覚める頃』で散文詩風の詩的表現をなし、繊細な官能の世界を描いた作品で自己の境地を確立した。

十、詩歌

近代詩

明治時代になると、詩歌のジャンルには漢詩・和歌（短歌）・俳句・狂歌・川柳があったが、いずれも新しい時代の精神を十分に表現しきれていなかった。文明開化の風潮の中、従来の伝統的な文芸に対し、新しい時代の思想や感情を表現することのできる、新しい詩形を生み出そうという気運が生じた。近代詩の出発は、明治15年（1882年）西洋詩を手本にした「新体詩抄」による、新体詩の提唱によって始まった。この新体詩に芸術性と浪漫的叙情とをもたらしたのは、明治22年（1889年）に発表された森鷗外らの訳詩集『於母影』である。同作は西洋の詩の形式を和歌の音数律で表現し、芸術的な翻訳詩のあり方を示すとともに西欧のロマンを伝え、個性的抒情詩への道をひらいた。明治二十年代から三十年代にかけて、西洋思想の影響を受けた詩が作られるようになる。とくに、島崎藤村は伝統的な七五調の詩の形式を守りながら、新しい詩精神を盛り込んだ新体詩を作り出し、注目された。島崎藤村の『若菜集』は、日本語で芸術性に富む創作詩が書けることを証明し、伝統的な形式と新しい詩情とを融合して、新体詩の芸術的完成をとげた。擬古典主義運動の批判として、『文学界』を中心とする浪漫主義の運動が起こり、透谷がその先駆者となった（図5-13）。やがて、封建道徳から人間性の解放を求める浪漫主義の風潮が高揚し、浪漫詩が全盛となり、北村透谷・島崎藤村らや、与謝野鉄幹

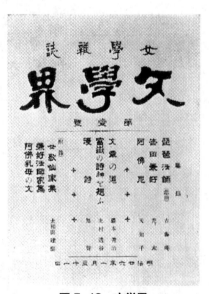

図5-13　文学界

・晶子らが、雑誌を創刊して活躍する。明治三十年代には上田敏の訳詩集『海潮音』などによってヨーロッパの象徴詩が紹介され、薄田泣菫や蒲原有明らも象徴詩を作るようになった。また、自然主義文学運動の影響で詩壇に自由なリズムで詩を民衆に近づけ、平易な口語で歌おうとする声が強くなり、北原白秋、木下杢太郎、高村光太郎らによる口語自由詩が試みられ、近代の思想・感覚はこの形式によって表現しやすくなり、七五や五七の定型にとらわれない自由なリズムの獲得が新しい時代を呼んだ。

　大正期に入ると、白樺派の影響を受けた高村光太郎や室生犀星などの理想主義の詩人や、大正デモクラシーの中で出てきた白鳥省吾ら民衆派の詩人が口語自由詩をめざした。大正三年（1914年）、ようやく内面の問題意識が詩に向かう高村光太郎の『道程』が出た。デカダンやニヒルな傾向が白樺派への接近から人道主義的、理想主義的に変わり、燃焼する内在律を素朴で男性的なリズムに乗せて歌い上げる独自の詩風で、口語自由詩を確立した。そして、萩原朔太郎の『月に吠える』が出て、近代詩は完成した姿を見せた。萩原朔太郎は詩における韻律を重視し、鋭敏感性、高村光太郎らが推進してきた口語自由詩を完成させ、「近代」化が与えた自我の確立とその苦悩をうたった。大正後期には、宮沢賢治など豊かな内面と鋭い言語感覚をもった個性が開花する。

島崎藤村

　島崎藤村は北村透谷らが作品を発表した雑誌『文学界』を舞台に活躍し、初期浪漫主義運動の「美しい果実」とされる『若菜集』によって「新しい詩歌」の時代を拓いた。新しい時代の詩を生み出そうという情熱をもった藤村は、『若菜集』をはじめとして、『一葉舟』『夏草』『落梅集』の四冊の詩集を発表した。新しい詩歌の時代の到来を格調高く告げ、「讃美歌」のスタイルと、その雰囲気とをとり入れながら、明治の青春を力強くうたった。

　　遂に、新しき詩歌の時は来りぬ。
　　そはうつくしき曙のごとくなりき。あるものは古の預言者の如く叫び、あるものは西の詩人のごとく呼ばはり、いづれも明光と新声と空想とに酔へるがごとくなりき。

　　　　　　　　　　　　　　　　　　　　　　　　　　　　（『藤村詩集』序）

　　（口語訳）ついに新しい詩歌の時代は訪れた。
　　それはまるで美しい曙のようであった。ある詩人はかつての預言者のように新しい時代の到来を告げ、ある詩人は西洋の詩人のようにうたいあげ、だれもが明光と新声と空想とに酔っているようであった。

なかでも『初恋』は名作の誉れ高く、恋の喜びと恐れが、しなやかな日本語によって表現されている。しかし、その裏には恋と文学と家をめぐる苦悩があった。彼は明治四十年代に入ると小説家に転身する。

  まだあげ初めし前髪の
  林檎のもとに見えしとき
  前にさしたる花櫛の
  花ある君と思ひけり
  やさしく白き手をのべて
  林檎をわれにあたへしは
  薄紅の秋の実に
  人こひ初めしはじめなり

島崎藤村『初恋』冒頭

また、彼は次の詩のように、日本の美意識と西欧の近代詩の形とを融合させ、青春の苦悩と情感を七五調の哀調を帯びた流麗な調べでうたっている。

  夕波くらく啼く千鳥
  われは千鳥にあらねども
  心の羽をうちふりて
  さみしきかたに飛べるかな

(『若菜集』)

(口語訳)夕闇の中でさびしげな声で鳴く千鳥。わたしの身は千鳥ではないけれど、あの千鳥のように、心の羽をはばたかせて、さびしい漂泊の旅に出ることよ。

高村光太郎

『明星』『スバル』などを通して活動してきた高村光太郎は、口語自由詩の推進にも大きな力を果たした。高名な彫刻家の長男として生まれ、西欧留学の後、青年文芸家・美術家の懇談会「パンの会」の詩人らとまじわり、父との対立もあって、一時デカダン的(虚無的、退廃的な風潮や生活態度)傾向に陥っていたが、白樺派の影響や、のちに彼の

妻となった長沼智恵子との出会いによって、理想主義の方向へ向かっていった。詩集『道程』(1914年)は、生命の衝動と理想への意志が平明な用語と語法によって力強く表現された画期的な詩集で、前半には耽美的傾向の文語自由詩、後半には人道主義的な情熱が強くうかがえ、燃焼する内在律を素朴で男性的なリズムに乗せて歌い上げる独自の詩風だった。ここに口語自由詩が確立した。

　　　　僕の前に道はない
　　　　僕の後ろに道は出来る
　　　　ああ、自然よ
　　　　父よ
　　　　僕を一人立ちにさせた広大な父よ
　　　　僕から目を離さないで守る事をせよ
　　　　常に父の気魄を僕に充たせよ
　　　　この遠い道程のため
　　　　この遠い道程のため

　　　　　　　　　　　　　　　　　　　(『道程』)

萩原朔太郎

　萩原朔太郎（はぎわらさくたろう）は『新詩社』の人たちの影響を受けて詩人として出発した。「詩とは感情の神経を掴んだものである」とし、心の奥深いところから、言葉とイメージとリズムを探り出そうとし、口語自由詩を完成させた。変転する近代社会を生きる魂の孤独や虚無や倦怠を、鋭い病的な感覚でとらえ、それを象徴的に歌い上げた。その詩風は、現代詩の展開に大きな影響を残した。代表詩集に『月に吠える（つきにほえる）』『青猫（あおねこ）』『氷島（こおりしま）』がある。鋭い神経によって、近代人の抱える不安や倦怠、孤独や焦燥を表現した。彼は、『月に吠える』で、詩の言葉そのものが人間の存在と同等の重さをもつことを伝えた。ここに口語自由詩は、内面的にも詩型の上でも洗練され、ひとつの成果を得た。

　『月に吠える』には、作者の鋭い感受性でとらえた幻想的メージが展開されている。「竹」では天地を貫く竹が不気味な緊迫感をもつものとしてとらえられ、苦悩と罪意識の象徴となっている。続く『青猫』では、特異な感覚と存在の不安を結ぶ領域を拓き、また、言語の持つ音楽性を生かした芸術としての口語自由詩を完成した。

　　　　竹
　　光る地面に竹が生え、
　　青竹が生え、
　　地下には竹の根が生え、
　　根がしだいにほそらみ、
　　根の先より繊毛が生え、
　　かすかにふるえ。
　　かたき地面に竹が生え、
　　地上にするどく竹が生え、
　　まつしぐらに竹が生え、
　　凍れる節節りんりんと、
　　青空のもとに竹が生え、
　　竹、竹、竹が生え。

　　　　　　　　　　　　（『月に吠える』）

短歌

　明治二十年代までは、従来の和歌の伝統を守る旧派が歌壇を支配し、桂園派を主流とする御歌所派が勢力をふるっていたが、和歌改良を志す人々によってその題詠による作歌と風雅な趣向が批判され、自由と個性を求める近代短歌が開かれた。明治二十年代後半、落合直文が浅香社を結成して主観を重視する浪漫的な方向をめざす短歌革新運動をおこし、その気運は与謝野鉄幹や佐佐木信綱に受け継がれた。とくに、鉄幹主宰の『明星』は与謝野晶子を中心にして、明治三十年代に浪漫主義短歌の全盛期を築き、明星派が歌壇の主流を占めた。また、俳句革新を軌道にのせた正岡子規は『歌よみに与ふる書』を発表して客観を重んじて写生を唱え、根岸短歌会をおこして短歌革新にも乗り出した。明治四十年代には、自然主義の影響のもとに若山牧水・石川啄木らが登場し、一方、それに対抗して『スバル』を「拠点」としていた北原白秋ら耽美派の歌人らが活躍した。子規没後にそのあとを継いだ伊藤左千夫は『アララギ』を創刊し、これに集まったアララギ派は島木赤彦・斎藤茂吉が世に出て勢力を強め、大正・昭和の歌壇の主流を形成していった。このアララギ派に同調しない北原白秋や木下利玄らは、『日光』を「拠点」に反アララギ勢力を集めた。なお、白樺派からは木下利玄が出た。大正末から昭和にかけては、口語自由律短歌の運動がおこり、それはプロレタリア短歌運動とも結びついていった。

明星派

　落合直文に師事した与謝野鉄幹は、歌論『亡国の音』と題する文章によって、御歌所派の和歌を軟弱として攻撃し、みずからも悲憤慷慨調の詩歌を作り、「ますらをぶり」の勇壮な歌風によって新時代の歌をめざした。明治32年（1899）に新詩社を結成し、翌年、機関誌『明星』を創刊し、浪漫主義の影響のもとに浪漫的歌風を築きあげ、当時の歌壇を圧し、浪漫主義短歌の全盛期を迎えた（図5-14）。この派には窪田空穂・山川登美子・石川啄木・北原白秋・吉井勇らが属したが、なかでも歌壇の注目を集めた明星派の代表歌人は、激しい恋愛の末に鉄幹と結ばれた与謝野晶子であった。晶子は人間としての大胆な本能の解放や恋愛賛美、青春へのあこがれなどを浪漫的・情熱的にうたった。その恋愛のなかで作られた歌を中心にまとめたのが『みだれ髪』である。同作は、新しい声調で、官能の解放による自我解放、奔放な青春の情熱と官能の美を歌いあげ、『明星』全盛期をもたらした。『みだれ髪』に見られる唯美的な恋愛賛歌は星菫調と呼ばれてこの派の特色となり、古い道徳からの脱皮を果たしており、近代短歌の成立を意味しよう。

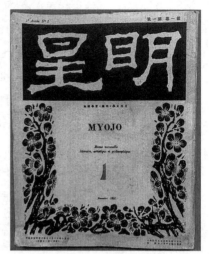

図5-14　『明星』

　　われ男の子意気の子名の子つるぎの子詩の子恋の子ああもだえの子

　　　　　　　　　　　　　　　　　　　　　　　　　　（鉄幹『紫』）

　　その子二十櫛にながるる黒髪のおごりの春のうつくしきかな
　　やは肌のあつき血汐にふれも見でさびしからずや道を説く君

　　　　　　　　　　　　　　　　　　　　　　　（与謝野晶子『みだれ髪』）

俳句

正岡子規の俳句革新

　俳句の革新は、旧派の俳諧を批判し、純文学としての俳句を求めた正岡子規に始まる。旧派の俳句は月並と称する月例会で行われたもので、知識に基づく陳腐的なものであっ

た。根岸短歌会を結成した正岡子規は、これを批判して蕪村の絵画的、印象的句風に共感し知識・理屈よりも感情を、空想よりも写実という写生説を唱えた。それは明治の社会・文化全般にわたる改良運動の一つのあらわれでもあった。明治30年（1897）に『ホトトギス』が創刊されると、子規はこれを基盤に俳句革新運動を展開し、同作は俳壇の中心的位置を占めた。彼は『俳人蕪村』によって芭蕉よりも蕪村を高く評価し、低俗・陳腐な月並俳句を批判して、見たまま感じたままを表現する「写生」の方法を主張した。子規の周りには、河東碧梧桐や高浜虚子を筆頭に多くの門下が集まり、いわゆる日本派は他を圧する勢いで俳壇の主流を形成した。子規没後の明治時代は碧梧桐が俳壇をリードし、新傾向俳句運動を展開した。しかし、『ホトトギス』を主宰した虚子が俳壇に復帰し、旧来の有季定型を主張すると、多くの俳人が集まって碧梧桐の一派を圧倒し、子規を継ぐ『ホトトギス』派が長く俳壇の主流となった。

　　　　雪残る　頂一つ国境　　　　　　　　子規
　　　　若鮎の二手になりて上りけり　　　　子規
　　　　元日や一系の天子不二の山　　　　　鳴雪
　　　　叩かれて昼の蚊を吐く木魚かな　　　漱石

十一、劇文学

　明治期に入っての演劇界はなおしばらく近世の歌舞伎が主流をなしていたが、明治十年代末から歌舞伎の近代化をめざす演劇改良の気運が高まってきて、次第に改良を余儀なくされた。演劇の革新は、文壇の自然主義期にはじめられた新劇の登場まで待たねばならなかった。新しい演劇は、自由民権運動の手段として生まれた新派が発展し、政治運動からは独立して発展した。新劇運動は、文芸協会および自由劇場の成立によって進められ、逍遙と鷗外は、西洋戯曲の手法をとり入れたり、近代西欧劇を翻訳したりして、演劇革新に力を注いだ。明治末から大正における新劇活動は、演劇界に自覚を促すとともに多くの劇作家をつくりあげ、大正期には文壇人がこぞって戯曲を書いた。

歌舞伎の改良

　江戸時代に大きく発展した歌舞伎は、明治に入っても、大衆の支持を得て栄え、劇作家として、近世末の河竹黙阿弥が依然として重んじられた。明治新政府は、開化の手段

として演劇改良を取りあげた。これは明治19年（1886）、末松謙澄らの演劇改良会に発展する。江戸時代から活躍していた黙阿弥は、時代の変化に目を向け、散切物・活歴物といわれる作品を書いたが、改良運動の線に沿うあまり、面白味がさほどなかった。近世以来の歌舞伎に新時代に呼応して散切頭の人物を登場させた散切物①、史実を尊重する活歴物、新史劇などの工夫がみられたが、勧善懲悪が主題となっており、概ね伝統演劇内での改良にとどまっていた。これに対して、川上音二郎や伊井蓉峰らが主に当時の文学作品を脚色して演じたのが新派劇である。

新派と新劇運動

　明治二十年代、自由民権運動の宣伝劇として、壮士芝居や川上音二郎の書生芝居、男女合同劇などが登場した。これらの新演劇は過去に取材する史劇に対し、新派劇は現代の問題や世相を写実的に演ずるもので、歌舞伎（旧派）に対して「新派劇」と呼ばれた。やがて当初の政治色から脱し、演劇とする努力がされ、三十年代には徳冨蘆花の『不如帰』、尾崎紅葉の『金色夜叉』を上演して好評を博し、歌舞伎を圧倒した。明治39年（1906年）、逍遙と島村抱月によって文芸協会が設立されると、ヨーロッパの近代劇運動の影響の下で新しい芝居をめざす新劇運動が始まり、シェイクスピアの『ハムレット』や松井須磨子によるイプセンの『人形の家』などが上演され、大きな反響を呼んだ。

小山内薫と自由劇場

　近代劇を確立したのは小山内薫である。明治42年（1909）は小山内薫が二代目市川左団次と組んで自由劇場をおこし、鷗外訳のイプセンなど、西洋の近代戯曲の翻訳劇を上演して新劇運動の先駆けとなった。この時期は、岡本綺堂・真山青果・中村吉蔵・木下太郎・菊池寛などによって創作劇が書かれた。大正13年（1924）、小山内は土方与志と「演劇の実験室」としての築地小劇場を創設し、翻訳劇を中心とする新劇発展の地固めをした。小山内は山本安英など多くの俳優の育成に力を入れ、新劇運動の推進に大きく貢献した。翻訳劇に刺激されて多くの創作劇が執筆された。しかし彼の死を契機に、左翼演劇への移行などによって解散した。

---

① 散切物：明治維新後の開化風俗に取材した作品。

第三節　近代文学のまとめ

一、近代文学の特徴

　日本の近代化は、西欧と比べると外国の圧力による外発的なものであった。あまりに急激に西欧諸国に追いつくことを目的としたため、国内の近代化のための諸条件が整わず、いろいろな矛盾や問題を抱えこむことになった。明治維新は、封建制から抜け出して、日本が近代へと歩み始めるターニングポイントであったが、本質的には封建社会を打破する成熟した市民革命ではなく、封建的な色彩を多く残していた。この「外発的」な開化は、日本文化の流れとしては大きな衝撃であったことは間違いなく、日本の近代の性格にも、また近代文学の成立や展開にも、大きな影を落とすことになった。個人は解放されたはずなのに、その自由には大きな制約が付いてまわった。天皇を中心とする絶対君主政体の確立がこうした事情を決定的にし、そこに抑圧された特殊な近代日本が形成された。そのために、文学も必然的に曲折を余儀なくされ、日本独自の性格と形態を生むことになった。

　日本の近代文学は、近代社会を生きる人間の諸々の問題を追求する。『小説神髄』による坪内逍遥の写実主義宣言は文学を道徳や政治から解放し、文学独自の使命を明らかにし、近代文学の進む道を指し示した。近代的自我に目覚め、個人と社会にかかわる問題を提起した二葉亭四迷が日本文学に近代的な実質をもたらし、北村透谷らの浪漫主義が、文学における「近代」の意味を教えた。急速に膨張した資本主義が露呈した社会的諸矛盾の中で、作家たちは「われとは何か」「われいかに生くべきか」という近代文学の基本的な課題に立ち向かった。自然主義文学の時代に入ってから、日本の文学はようやく市民文学として「近代化」されたと考えられる。大正に入って、白樺派が登場し、理想主義的なヒューマニズムと強烈な自我肯定を特色とする作品内容、および文語性を完全に切り落とした自由平明な文体とによって、大正前期の文壇の主流としての位置を獲得した。

　また、理知を武器にした芥川龍之介や菊池寛、新現実主義と呼ばれる文学で市民文学の一応の達成をみることができるが、有島武郎、芥川龍之介のあいつぐ自殺は、その限界を象徴しているともいえよう。自然主義や白樺派も含めて、ほとんどの大正作家が行

き着いたのは、体験的な事実の世界でリアリズムをみがきあげていく私小説の方向性であり、それは芸術家としての純粋性の達成と同時に、深刻な行きづまりをももたらさずにはおかなかった。

二、近代文学史用語解説

1．戯作文学

　江戸時代における大衆相手の草双・滑稽本・人情本などの系統をひく文学で、当時の文明開化の世相を巧みに描き出したが、前代の戯作者に及ぶところ無く世相の表面の模写に終わった。

2．政治小説

　自由民権運動における、政治的啓蒙・宣伝を目的として展開した文学。明治二十年前後、自由民権運動と密接に関連しつつ盛んに発表された。

3．言文一致

　日常で用いられる話し言葉に近い口語体で文章を書くこと。俗語を自由に取り入れ、近代人の思想や感情を表現するにふさわしいとされ、後の文学に大きな影響を与えた。

4．写実主義

　社会の実情や人間心理の描写を主眼とし、人生・社会をありのままに描き出す方法としての写実を主張した理念。日本では坪内逍遥が『小説神髄』で提唱した。二葉亭四迷により現実を批判的に描くことが主張された。

5．擬古典主義

　文芸思潮。日本では明治二十年代初頭からの国粋主義台頭によって現われた古典回帰の傾向。在来の伝統文学との調和を保ち、西鶴の写生手法を取り入れたリアリズムを展開した硯友社の文学と、理想的古典的世界が描かれた露伴らに対して名づけられた。

6．ロマン（浪漫）主義

　日本では明治二十年代後半から起こってきたもので、現実に抑圧された個我（エゴ）を芸術と観念のうちに解放し、主観と空想のうちに現実を美化し、芸術化された生を生

きようとした文芸思潮。自我の解放を基調とし、社会批判の意識などさまざまな要素を含むが、やがて官能的・耽美的なものへ移っていった。

7. 深刻小説

明治三十年代に、社会矛盾が激化し、貧困問題が注目された。この社会状況をとらえ、悲惨で深刻な事件を題材に扱った小説。悲惨小説ともいう。代表作に広津柳浪の『変目伝』『黒蜥蜴』などがある。

8. 観念小説

深刻小説と同じように、深刻な題材を扱いながらも、そこに作者の観念が付与されており、鋭い問題意識を持っている。泉鏡花の『夜行巡査』、川上眉山の『書記官』などがある。

9. 自然主義

文芸思潮。フランス自然主義の影響のもとで、虚構を否定して事実を事実としてあるがままに描いた。日本では小杉天外・永井荷風らによるゾライズムの移植で始まる。旧習打破・現実暴露を主張。事実ありのままに観照し、客観的描写を尊重、実践する。のちに「私小説」を生み出す。個我の確立。

10. 余裕派

夏目漱石を中心とした写生文系統の作家たちによって形作られた文学流派。現実をその情趣を通して味わおうとする態度で、低徊派・俳諧派などとも呼ばれた。自然主義とは別の地点から出発し、非自然主義的立場に立ち、時流を超越した場所で独自の文学を形成した。

11. 白樺派

トルストイの人道主義や新理想主義の影響を強く受け、個性の尊重を唱えた文学流派。新理想主義とも言われ、『白樺』同人によって形作られた。学習院の出身者で占められている。その主張は当時の文壇では際立って清新な態度であり、自然主義にも耽美派にも対立した。

12. 耽美派

芸術至上の立場に立ち、異国情緒・江戸情緒の世界に耽溺し、官能的享楽への陶酔な

どの形をとる文学流派。自然主義の平板単調な灰色の世界を否定し、強烈主観の燃焼を求めた。官能的、耽美的で、デカダンスの傾向も強い。永井荷風、谷崎潤一郎、北原白秋、木下本太郎などがいる。

13. 理知派

東大の学生の同人雑誌『新思潮』の第三次・第四次の同人によって形作られた文学流派をいう。近代精神に立脚した文学で大正期を代表する。白樺派の人道主義・個人主義を継承しながら、現実を理知によって再構成しようとする。

14. 私小説

作家自身の身辺に取材し、生活体験を鋭い感受性で作品化したもの。葛西善蔵・宇野浩二・広津和郎らの作品に代表される。

15. 心境小説

私小説の一種。生活自体を破滅させてゆく私小説に対し、生活に即して調和と自己完成を図る。志賀直哉の『城の崎にて』に代表される。

16. 新体詩

日本の近代詩の中で、主に明治期の文語詩を言う。明治十五年の『新体詩抄』がそのはしり。

三、学習のポイント

1. 時代：明治時代―現代（明治・大正）

（市民社会の確立と近代文学の建設）封建体制が打破され、市民社会が確立し、近代文学が大きく発展した。

2. 小説・評論のまとめ

■明治初年―十年代（近世から近代へ）

戯作文学

翻訳小説・政治小説＜啓蒙文学＞

写実主義　現実をありのままに表現すること。リアリズム。逍遙は「模写こそ小説の真

面目なれ」と唱えた。

　坪内逍遙『小説神髄』＜写実主義理論＞

■明治二十年代（近代の出発）

　二葉亭四迷『浮雲』＜写実主義の実践、言文一致体＞

　言文一致　話し言葉と書き言葉を一致させること。

　初期の森鷗外『舞姫』

　紅露の時代（硯友社・尾崎紅葉・幸田露伴『五重塔』）

　『文学界』と北村透谷＜浪漫主義＞

■明治三十年代―四十年代社会矛盾の追求と自然描写―

　樋口一葉『たけくらべ』『にごりえ』

　泉鏡花『高野聖』

　社会小説（徳冨蘆花『不如帰』・尾崎紅葉『金色夜叉』）

　ゾライズムの文学（小杉天外・永井荷風ら）

　自然描写（徳冨蘆花『自然と人生』・国木田独歩『武蔵野』）

■明治から大正へ　Ⅰ―自然主義―

　自然主義フランスの小説家エミール・ゾラの説いた理論で、人間や現実を自然科学的方法で観察し客観的に描写するものだが、日本の場合は「私小説」に見られるような自己告白を特徴とする。

　島崎藤村『破戒』『春』『家』

　田山花袋『蒲団』

　徳田秋声『黴』『新世帯』

　その他（島村抱月・正宗白鳥ほか）

■明治から大正へⅡ―漱石と鷗外―

夏目漱石の作品

＜初期＞『吾輩は猫である』（余裕派）『草枕』『坊っちゃん』『虞美人草』

＜前期三部作＞『三四郎』『それから』『門』

＜後期三部作＞『彼岸過迄』『行人』『こころ』

＜晩年＞『道草』『明暗』（未完）

森鷗外の作品

＜豊熟の時代＞『ヰタ・セクスアリス』『青年』『雁』

＜歴史小説・史伝＞『阿部一族』『山椒大夫』『高瀬舟』『渋江抽斎』

■明治から大正へ　―耽美派―

耽美派　自然主義に反発して登場した、「美」を強調し官能的享楽的な文学態度を持った作家たちを言う。

永井荷風『あめりか物語』『すみだ川』

谷崎潤一郎『刺青』

■大正時代Ⅰ―白樺派―

白樺派　人道主義・理想主義に基づき、自我の尊厳を叫び、人間性を回復しようとする流派。

新現実主義　現実を明晰な知性で把握し直そうとする文学傾向。

武者小路実篤『お目出たき人』『幸福者』『友情』

志賀直哉『和解』『暗夜行路』

『或る女』有島武郎

■大正時代Ⅱ―新現実主義―

新思潮派－芥川龍之介『鼻』『羅生門』『河童』『歯車』

その他（菊池寛・久米正雄・山本有三ら）

新早稲田派－（私小説）広津和郎、葛西善蔵

佐藤春夫・室生犀星・宇野浩二

四、その他のまとめ

1．近代文学の主な作品一覧

成立	作品名	作者・編者	ジャンル
1872	学問のすすめ	福沢諭吉	随筆、評論
1885	小説神髄	坪内逍遥	随筆、評論
1887	浮雲	二葉亭四迷	小説
1890	舞姫	森鴎外	小説
1891	五重塔	幸田露伴	小説
1895	たけくらべ にごりえ	樋口一葉	小説
1897	若菜集	島崎藤村	詩歌
1897	金色夜叉	尾崎紅葉	小説
1901	みだれ髪	与謝野晶子	詩歌
1905	我が輩は猫である	夏目漱石	小説

続表

成立	作品名	作者・編者	ジャンル
1906	破戒	島崎藤村	小説
1906	坊っちゃん 草枕	夏目漱石	小説
1907	蒲団	田山花袋	小説
1910	一握の砂	石川啄木	詩歌
1913	阿部一族	森鴎外	小説
1914	こころ	夏目漱石	小説
1915	羅生門	芥川龍之介	小説
1916	鼻	芥川龍之介	小説
1916	明暗	夏目漱石	小説
1916	高瀬舟	森鴎外	小説
1917	城の崎にて 和解	志賀直哉	小説
1919	友情	武者小路実篤	小説
1921	暗夜行路	志賀直哉	小説
1923	山椒魚	井伏鱒二	小説

2．近代文学の思潮と流派

流派		思潮	代表作家と作品
啓蒙文学	戯作文学	江戸時代における大衆相手の草双紙・滑稽本・人情本などの系統をひく文学	仮名垣魯文『安愚楽鍋』
	翻訳小説	維新に伴う西欧文学の移入で、外国の風俗・政治思想・科学的内容を持つ	織田純一郎『花柳春話』（リットン作）
	政治小説	自由民権運動における、政治的啓蒙・宣伝を目的として展開した。	矢野龍渓 『経国美談』
写実主義		社会の実情や人間心理の描写を主眼とし、その方法としての写実を主張した理念。	坪内逍遙『小説神髄』、二葉亭四迷『浮雲』
擬古典主義	硯友社	在来の伝統文学との調和を保ち、西鶴の写生手法を取り入れたリアリズムを展開した。自然主義文学への過渡期であった。	尾崎紅葉『二人比丘尼色懺悔』
	理想主義	硯友社と対立して理想的古典的世界が描かれた。	幸田露伴『五重塔』
浪漫主義		現実に抑圧された個我（エゴ）を芸術と観念の中で解放した。主観と空想の中で現実を美化し、芸術化された生を生きようとした。	森鴎外『舞姫』、北村透谷『内部生命論』、島崎藤村『若菜集』、与謝野晶子『みだれ髪』
自然主義		フランス自然主義の影響のもとで、虚構を否定して事実を事実としてあるがままに描いた。のちに「私小説」を生み出す。個我の確立。	島崎藤村『破戒』、田山花袋『蒲団』、正宗白鳥『何処へ』

続表

流派		思潮	代表作家と作品
反自然主義	高踏派余裕派	自然主義とは別の地点から出発し、非自然主義的立場に立ち、時流を超越した場所で独自の文学を形成した。	夏目漱石『吾輩は猫である』『こゝろ』、森鷗外『青年』『雁』『阿部一族』
	耽美派	自然主義の平板単調な灰色の世界を否定し、強烈主観の燃焼を求めた。官能的。耽美的で、デカダンスの傾向も強い。	永井荷風『あめりか物語』『ふらんす物語』谷崎潤一郎『刺青』
	白樺派	自然主義が否定した善・美の理想を旗幟に掲げ、トルストイの人道主義を主張した。学習院の出身者で占められている。	武者小路実篤『お目出たき人』『その妹』、志賀直哉『和解』『城の崎にて』
新現実主義	新思潮派	東大の学生の同人雑誌『新思潮』の第三次・第四次の人々をいう。近代精神に立脚した文学で大正期を代表する傾向。	芥川龍之介『鼻』『羅生門』、久米正雄『破船』、菊池寛『父帰る』
	奇蹟派	『新思潮』系とは別の形で現実的傾向が強く、自然主義の伝統につながる文学的傾向を示すが理知性に乏しかった。「新早稲田派」ともいう。	宇野浩二『蔵の中』、広津和郎『神経病時代』、葛西善蔵『哀しき父』

総合練習

1. 日本近代文学背景ではないのはどれか。

    A. 明治政府は身分制度の廃止、廃藩置県など、新体制の確立を急いだ

    B. 日本は文明開化、富国強兵をモットーとして、近代化を急速に進めた

    C. 明治になって、資本主義産業は目覚ましい発展を遂げた

    D. 戦後民主主義が実質化された

2. 日本の近代文学内容に入らないのはどれか。

    A. ロマン主義文学運動

    B. 観念小説、深刻小説の出現

    C. 自然主義文学

    D. 無頼派文学

3. 伝統的な勧善懲悪の功利主義的な文学観を打破しようとして写実主義を提唱したのはどの作品か。

    A. 森鴎外「即興詩人」

    B. 北村透谷「文学界」

    C. 坪内逍遥「小説の神髄」

    D. 樋口一葉「たけくらべ」

第五章　近代の文学

4. 西鶴風の擬古文長で「紅露時代」を開いたと言われる二人の作家はだれか。
   A. 尾崎紅葉と幸田露伴
   B. 夏目漱石と森鴎外
   C. 尾崎紅葉と山田美妙
   D. 泉鏡花と幸田露伴

5. 日本自然主義の達成は（　　）によって代表される。
   A. 森鴎外「舞姫」
   B. 永井荷風「あめりか物語」
   C. 島崎藤村「破戒」
   D. 夏目漱石「吾輩は猫である」

6. 白樺派の代表人物は（　　）などである。
   A. 夏目漱石、武者小路実篤、志賀直哉
   B. 永井荷風、谷崎潤一郎、志賀直哉
   C. 森鴎外、芥川龍之介、菊池寛
   D. 武者小路実篤、志賀直哉、有島武郎

7. 日本文学史上、余裕派、あるいは高踏派と呼ばれる作家は（　　）である。
   A. 永井荷風と谷崎潤一郎
   B. 夏目漱石と森鴎外
   C. 尾崎紅葉と幸田露伴
   D. 芥川龍之介と菊池寛

8. 新思潮派は「新現実主義」とも言われて、大正文壇の主流の位置を占めた。その代表的な作家ではないのは（　　）である。
   A. 芥川龍之介　　B. 菊池寛　　C. 山本有三　　D. 佐藤春夫

9. 明治四十年代の自然主義に対抗して、独自の特色を見せたのは耽美派の文学がある。その代表的な作家は（　　）などである。
   A. 芥川龍之介と菊池寛　　　　　　B. 永井荷風と谷崎潤一郎
   C. 夏目漱石と森鴎外　　　　　　　D. 志賀直哉、有島武郎

10. 第一次世界大戦後、新感覚派は新たな様相を呈してきた人間現実を実現するために、新しい文学技巧で知的に再構成された感覚によって、現実をとらえた。その代表的な作家は（　　）などである。
    A. 川端康成、横光利一　　　　　　B. 芥川龍之介、菊池寛

C. 堀辰雄、伊藤整　　　　　　　　D. 島崎藤村、田山花袋

11. 日本の大正期に、現実を凝視し、そこに人生の矛盾や意味を見出そうとしたのは（　　）の文学である。
　　A. 自然主義　　　B. 新思潮派　　　C. 戦後派　　　D. 白樺派

12. ドイツの風物を背景に、日本人留学生の悲恋を典雅な文体でつづり、ロマン的な異国情緒を十分に漂わせる作品は（　　）である。
　　A. 舞姫　　　B. 即興詩人　　　C. 厭世詩家と女性　　　D. 高野聖

13. 白樺派の中核となった存在で、強い倫理観と個性を持って、「小説の神様」とまで呼ばれている。心境小説の完成者でもある。（　　）
　　A. 武者小路実篤　　　B. 太宰治　　　C. 志賀直哉　　　D. 有島武郎

14. 伝統的な勧善懲悪の功利的な文学観を打破しようとして発表された作品はどれか。（　　）
　　A. 森鴎外『舞姫』　　　　　　　　B. 坪内逍遥『小説真髄』
　　C. 島崎藤村『破戒』　　　　　　　D. 田山花袋『蒲団』

15. 「則天去私」は日本近代作家（　　）の晩年の代表的な思想である。
　　A. 夏目漱石　　　B. 森鴎外　　　C. 島崎藤村　　　D. 志賀直哉

16. 大正末期から、横光利一や川端康成らによって、表現技法の新しさを特徴とする（　　）が現れた。「文学の革命」と称される。
　　A. 自然主義　　　B. 新感覚派　　　C. 戦後派　　　D. 白樺派

17. 坪内逍遥は（　　）の中で写実主義を説き、さらに写実主義を小説に適用し、作品（　　）を書いた。

18. 日本近代の自然主義に反して、人間個性の尊重を主張し、理想主義、人道主義の立場をとった文学流派は（　　）である。その代表作家は（　　）、（　　）などである。

19. 明治の終わりになると、日本自然主義が起こった。ヨーロッパの自然主義は遺伝学などを取り入れ客観的な描写を行うものであったが、日本では現実を赤裸々に暴露するものと受け止められた。島崎藤村の（　　）に始まり、後に田山花袋の（　　）によって方向性が決定づけられた。花袋の小説は私小説の出発点とも言われ、以後日本の小説の主流となった。

20. 次の日本文学用語を日本語で述べなさい。

　　　戯作文学　　　　　　言文一致
　　　私小説　　　　　　　余裕派

21. 日本近代文学の特徴について説明しなさい。

■コラム：私小説

　私小説は「わたくししょうせつ」とも「ししょうせつ」とも読む。日本自然主義の流れを汲んだもので、大正時代に成立し、昭和の初期に完成した日本独自の小説スタイルである。主人公に作者自身の事実と心境を直接重ねることで作品を成立させる方法で書かれる小説が私小説である。

　「私」語りの文学である私小説の源流を遡れば、古代の自伝や古典筆記文学に辿り着く。孔子の「吾十有五而志于学」（吾十有五にして学に志す）からの下り、ローマ帝国時代の数学者ディオファントス（Diophantus）の墓碑銘、司馬遷の「史記・太史公自序」、またはローマのアウグスティヌス（Augustinus）の『告白録』など、洋の東西を問わず大事業を成し遂げた人間が、自分の「心の遍歴」を回想することは古くから受け継がれている。中国と日本は筆記、随筆の体裁を取っているが、ヨーロッパの場合は書簡体がよく使用された。

　私小説の近代におけるルーツは、18世紀のフランスの哲学者であるジャン＝ジャック・ルソー・『懺悔録』（『告白』とも訳す）の名言「私は、かつて例もなかったし、将来真似手もあるまいと思われることを企図するのである。一人の人間を、全く本然の真理において、人々に示したい。その人間とは、私である。ただ私だけだ」に帰着する。ルソーやゾラに触発され、明治時代に登場する日本の自然主義は自己告白を提唱し、虚構を否定している。「露骨な描写」（田山花袋）によって語られる主人公の「私」が語る作者の「私」と同一化することによって、私小説が生まれた。

　　私は「私小説」を以て、文藝の最も根本的な、基礎的な形式であると信ずる。そして根本的であり、
　　基礎的であるが故に、最も素直で、最も直接で、自他共に信頼すべき此の形式を措いて、何故に、
　　他に形式を求めなければならぬ必要があるのか、といったまでなのである。

　　　　　　　　　　　　　　　　　　　　　——久米正雄・「「私」小説と「心境」小説」

久米正雄は1925年に文芸春秋社から刊行された『文芸講座』で以上のように宣言した。その理由について、「藝術が真の意味で、別な人生の『創造』だとは、どうしても信じられない」と揚げ、また「『自分』を描いても、充分『他』に通ずる」とも述べ、さらに「真の意味の『私小説』は、同時に『心境小説』でなければならない」と主張した。
　「心境」とは俳人が移り変わっていく気持ち、心の据えるところを表現する時に使っている語彙であったが、ここで久米は私小説の真髄が心境の機微を描写するところにあるという意図で心境小説と名付けた。回想や自伝と違って、私小説の場合は、事実の在り方よりも心の在り方を重点とし、「出来事よりも知覚する行為の重要性」（井上健、2022）がより上位に置かれ、語られる「私」よりも語る「私」のほうを作者が見つめている。志賀直哉の『城崎にて』、梶井基次郎（かじいもとじろう）の『檸檬』はいずれもそのような繊細な心境描写の結晶と言えよう。
　私小説が「作者と作中の主人公が同一の人物だという了解が作者と読者のあいだにあり、それを前提としてすべての小説が鑑賞されます」（中村光夫・『明治文学史』）というスタイルを取っている以上、作家の私生活が読者の視線に晒されたり、作家の心境が作中の主人公のそれと比較されたりする恐れもある。自分の生活と心境の移り変わりへの描写を以って読者に「他人を生きる」という疑似体験をさせるため、自らの感受性を上手く読者に伝える表現力を持っていなければ、私小説が単なる乾燥無味な作家の生活記録になってしまうリスクを内包している。こうしたリスクを承知した上で、上林暁、葛西善蔵、丹羽文雄ら作家は私小説を通して読者に「私」を語りかけ続いている。
　私小説に分類されていないが、「私」を語る作品も数多く存在する。たとえば、正岡子規の随筆『病牀六尺』（びょうしょうろくしゃく）は、「苦痛を苦痛としてみとめ、醜悪さを醜悪さとしてみとめ」（柄谷行人、1980年）、闘病生活の生々しさで死生観を告白している。林芙美子（はやしふみこ）の自伝的小説『放浪記』に書かれているものはすべて事実とは限らないが、結婚するつもりであった青年に捨てられた芙美子が市井で貧困、孤独な生活に喘いでいたときの真の気持ちがそこに込められている。
　近代以降日本の知識人が綴った回想録、外遊記、見聞録なども、私小説の側面があり、今日においてその身辺の環境、時代の雰囲気を知り得る貴重な資料となっている。陸奥宗光の『蹇々録』は外務大臣の視点から日清交渉などの歴史上の出来事を振り返る記録で史料としての価値も高い。また清末から民国の時期にかけて、内藤湖南、徳富蘇峰、村松梢風ら日本の知識人が続々と中国の土を踏み、夏目漱石の『満韓ところどころ』（1909）、芥川龍之介の『上海游記』（1921）、佐藤春夫の『南方紀行　厦門採訪

冊』(1922)、谷崎潤一郎の『上海交遊紀』(1926) などの外遊記も文学者目線の中国認識、また中国という「鏡」に映る自己意識を認識するものであり、近代における東アジア知識人の自伝ともいえるため、比較文学、比較文化の視角におけるその重要性がますます高まっている。

第六章　現代の文学

第一節　現代文学概観

一、時代区分

　日本現代文学の起点は、第一次世界大戦後の社会運動の高揚を背景にして、プロレタリア文学が台頭してきた時期に求めるのが一般的である。なお、太平洋戦争が終わった昭和20年（1945）を現代の始まりとする考え方もある。本書では、昭和初期のプロレタリア文学・新感覚派から現在にいたるまでの文学を現代とする[①]。時代名で言えば、昭和、平成の時代にあたるが、平成時代は、やや短いから定説にはならないため、主に昭和期の六十年を中心に考えられるのが一般的である。

二、時代背景

　昭和期になると、日本国内における社会不安がますます増大した。第一次大戦後の不況や関東大震災により、金融恐慌が始まり、日本国内の社会不安が深刻化する。政治面ではファッショ的な軍国主義化がすすみ、太平洋戦争へと突入していく。そして、昭和二十年までは、戦争を中心とする間であるが、国内の混乱と絶望のうちに、昭和20年（1945年）、連合国に無条件降伏するに至った。戦後日本は象徴天皇や戦争放棄をかかげた新憲法（日本国憲法）の制定、教育制度の改革など、政府は、民主国家をめざす国づくりに着手した。太平洋戦争で壊滅的な打撃を受けた日本経済は、その後、国や経済の復興を、積極的財政・金融政策に支えられて経済大国とよばれる工業国に成長した。その激動の社会に相応し、文学も多様化の発展を見せて今日に至っている。

---

① 第二次大戦以前を近代、戦後を現代とする場合もある。

三、近代から現代へ

　昭和二年に、芥川龍之介が自殺した。これは文学における大正から昭和への転換を象徴する大事件である。人間の個性や芸術への確固たる信頼を前提として展開した大正文学は急速に見失われていった。第一次世界大戦後、マルクス主義の影響を受けた労働運動・社会運動が急速に発展してきた中から生まれてきたプロレタリア文学は、文学の階級性という新しい主張を掲げて大正文壇を大きく揺るがした。また、プロレタリア文学と対立し、昭和初期の文学を形成したグループには、斬新な比喩・擬人法などの感覚的表現に特徴がある新感覚派（横光利一・川端康成）、その流れをくむ新興芸術派、新心理主義の作家らがいた。これら二つの新興勢力が「既成作家」を挟撃する形で、文学史における昭和の幕が開けられたのである。

四、現代文学の展開

　大正期のプロレタリア文学は、第一次大戦後の社会不安に伴う労働者と資本家の対立の影響を受けて、労働者の生き方をリアリズムによって表現しようとし、昭和三、四年頃には文壇の一大勢力となり、数多くの傑作が生まれた。しかし、昭和初期に、ファシズム台頭、中国侵略戦争と深刻化する厳しい情勢の中で、観念的な「民衆」と現実との落差や、政治意識の違いによる分裂や官憲の弾圧によってプロレタリア文学は急速に衰退し、崩壊した。やがて自らの思想性を放棄した転向作家が現れた。これに対抗して、知的感覚表現で文体の革新をめざし、伝統文学の否定を試みる、新感覚派を中心とする新興芸術運動がおこり、横光利一・川端康成らが活躍するが、表現形式の尊重による人間性の喪失によって衰退する。

　プロレタリア文学の退潮後、文壇は思いがけない活況を呈し、既成作家が復活して、「文学界」同人の活動、石川達三ら新人作家の登場が見られた。藤村の『夜明け前』、志賀直哉の『暗夜行路』をはじめとして、永井荷風、谷崎潤一郎の代表作も書かれている。しかし、この時期の文学は「転向文学」を含めて、戦時下の知識人の思想性、あり方を検証する意味で、色々な問題をはらんでいて、この「文芸復興」と呼ばれる気運が長くは続かなかった。

　その後、果てしない戦線の拡大に伴うファシズムの進行によって言論統制が厳しくなり、戦争の進展にともなって言論・思想は戦時統制下に置かれ、表現の自由を奪われた文壇の沈滞と荒廃は避けがたく、国策文学・戦意高揚文学が強制され、この空前の暗

黒状況は日本の敗戦まで続いた。古典尊重の＜日本への回帰＞の動き・転向文学・国策文学などがこの時期の文壇の様相を示している。詩では、雑誌『四季』を中心とした詩人が活躍し、俳句では昭和十年前後に水原秋桜子らが新興俳句運動を起こし、虚子の「花鳥諷詠（かちょうふうえい）」を批判した。また、短歌では北原白秋が新古今風を唱えた。

　敗戦後、言論・出版の自由が復活すると、戦争の傷跡を心の中に残しながらも、文学再生への新たな息吹が芽生えた。まず、志賀や谷崎らの既成作家たちが、長い間の苦しみから解放されて活躍した。戦前のプロレタリア文学者は、雑誌『新日本文学』によって民主主義文学を唱えた。さらに新戯作派によって反俗精神が示され、戦後の混乱した世相は、風俗小説として描き出された。この期に戦後の文壇に新鮮な空気を注入したのは、戦争・敗戦の体験から出発した第一次・第二次戦後派の文学であった。「近代文学」を中心に活動した武田泰淳たちは第一次戦後派と言われ、朝鮮戦争の爆発後、新しい情勢の下で、文壇にデビューした大岡昇平（おおおかしょうへい）・安部公房（あべこうぼう）・三島由紀夫（みしまゆきお）らは第二次戦後派（だいにじせんごは）と言われた。安岡章太郎（やすおかしょうたろう）・遠藤周作（えんどうしゅうさく）ら第三の新人が続き、新文学の地平線を開いていった。昭和三十年代（1955―1964年）以後は、「第三の新人（だいさんしんじん）」が登場し、活発な動きをみせている。また、出版ジャーナリズムの巨大化に伴う中間小説が出現し、多くの読者を得た。その後、豊かで複雑な社会における自己の存在の意味を問う「内向の世代（ないこうせだい）」の人たちが、非政治的姿勢で文学活動を続け、さらには戦後生まれの作家も登場して、文学はますます多様化していく。純文学の変質が説かれ、中間小説の流行が文壇を変貌させ、SFや推理小説など含めて、文壇に多極化の動向が見られる。川端康成のノーベル文学賞受賞によって、日本文学に対する海外の関心が高まり、日本文学の翻訳作品が海外で支持を得るようになった。その後の戦後文学は、ジャーナリズムの巨大化に伴う問題を含みながらも、次々に新しい作家を生み出して今日に至っている。

第二節　現代文学の流れ

一、プロレタリア文学

　大正末から昭和の初めにかけては、関東大震災、世界恐慌による経済不況・農村恐慌が相ついで起こり、社会不安が増した。その中でプロレタリア文学運動は、大正10年（1921年）創刊の文芸雑誌『種蒔く人（たねまくひと）』に始まる。これは、大正12年（1923年）の関東

大震災とその後の弾圧のために廃刊されたが、翌年には『種蒔く人』の後身として創刊されたプロレタリア文学の雑誌『文芸戦線』が発刊され、運動は再び活気づいた。プロレタリア文学運動は、その後、さらに数度の集合離散を繰り返して、全日本無産者芸術連盟（ナップ）の成立とその機関誌『戦旗』の創刊（1928年）によって大きな潮流になって、昭和六年頃までがプロレタリア文学運動の全盛期である。

しかし、1931年以降、当局の思想弾圧が激しくなり、1933年以降はプロレタリア文学組織が完全に崩れ去り、転向者が続出し、1934年には、転向文学への移行を余儀なくされ、プロレタリア文学運動が崩壊した。

プロレタリア文学は、近代文学の個人主義が私小説に偏っているときに出現し、文学における社会性を主張した。評論家蔵原惟人は、それまでのリアリズムが個人的生活を多く描いている点を批判し、階級的視点に立ったプロレタリア・リアリズムの創作方法を主張した。『戦旗』には、小林多喜二の『蟹工船』、徳永直の『太陽のない街』などが発表され、佐多稲子・宮本百合子・壺井繁治らも活躍した。一方、『戦旗』派に対して劣勢ではあったが、分裂後の『文芸戦線』は労農芸術家連盟（労芸）の指導のもとに社会民主主義的傾向を深めていった。『文戦』派の作家には葉山嘉樹のほかに、黒島伝治、平林たい子らが活躍した。

小林多喜二

小林多喜二は、『蟹工船』（1929年）や『党生活者』（1933年）など、プロレタリア文学の中で最も優れた作品を残した（図6-1）。政治を優先する文学理論を忠実に実践しようとして書かれた『蟹工船』は、苛酷な労働条件下で搾取の仕組みに気づいていく労働者の群像を鋭い筆致で描き、国際的評価を得た。以下に示す場面にも、労働者たちの激しい怒りと国家と資本家に対し団結して闘争に立ちあがってゆくありさまがよく描かれている。ほかには、警察の眼を逃れての潜行活動を私小説風に書きつづった『党生活者』という優れた作品もある。

図6-1　小林多喜二

『蟹工船』

中編小説。日本海軍に保護されてカムチャツカに出漁する蟹工船労働者の悲惨な労働

条件と、彼らが組織的な闘争に立ちあがっていくさまを描いた作品である。

　いくら漁夫達でも、今度といふ今度こそ、「誰が敵」であるか、そしてそれ等が（全く意外にも！）どういふ風に、お互が繋がり合つてゐるか、といふことが身をもつて知らされた。
　毎年の例で、漁期が終りさうになると、蟹缶詰の「献上品（けんじょうひん）」を作ることになつてゐた。然し「乱暴にも」何時でも、別に斎戒沐浴（さいかいもくよく）して作るわけでもなかつた。その度に、漁夫達は監督をひどい事をするものだ、と思つて来た。——だが、今度は異つてしまつてゐた。
　「俺達の本当の血と肉を搾り上げて作るものだ。フン、さぞうめえこつたろ。食つてしまつてから、腹痛でも起さねばいゝさ。」
　皆そんな気持で作つた。
　「石ころでも入れておけ——かまふもんか！」

　　　　　　　　　　　　　　　　　　　　　　　　　　　　　（『蟹工船』）

葉山嘉樹

　職業を転々とした葉山嘉樹（はやまよしき）は、初期プロレタリア文学を代表する作家で、自身の体験をもとにした作品を書いた（図6-2）。彼の作品には、政治理論優先の小林多喜二に比べて情念を重視したものが多く、とくに、工場労働者の悲惨さを描いた『セメント樽の中の手紙』、下級船員たちの階級的目覚めを描いた『海に生くる人々』などは、前期プロレタリア文学の傑作とされる。

図6-2　葉山嘉樹

『セメント樽の中の手紙』

　葉山嘉樹が名古屋セメント会社での勤務経験を生かして書かれた魅力ある短編である。彼の特質は、思想を超えて、常に虐げられる一般民衆の一人として、何とかそこから解放されたいとさけいう素朴な欲求を叫びつづけたところにあるといえる。

　私はNセメント会社の、セメント袋を縫う女工です。私の恋人は破砕器に石を入れることを仕事にしていました。そして十月の七日の朝、大きな石を入れる時に、その石と一緒に、クラッシャーの中に嵌りました。（中略）

骨も、肉も、魂も、粉々になりました。私の恋人の一切はセメントになってしまいました。残ったものはこの仕事着のボロ許りです。私は恋人を入れる袋を縫っています。
　　私の恋人はセメントになりました。私はその次の日、この手紙を書いて此樽の中へ、そうっと仕舞い込みました。
　　あなたは労働者ですか、あなたが労働者だったら、私を可哀想だと思って、お返事下さい。
　　此樽の中のセメントは何に使われましたでしょうか、私はそれが知りとう御座います。

(『セメント樽の中の手紙』)

　まるで機械にでもなったように働く以外にない主人公の生活描写と、恋人を失った女工の哀切な手紙の中に願うように塗りこめられているものは、作者の一般民衆への限りない愛と資本家への実に素朴な怒りなのである。政治思想が優先し、文学（芸術）そのものがもつ価値が否定されたため文学性に乏しいものの多い中で、ここでとり上げた作品は完成度の高いものである。

二、芸術派

　昭和初期に、関東大震災を境として、環境の大きな変化もあり、既成文学の打破をめざし、文壇に新しい空気を送りこもうとする文学活動がおこった。その一つが前述したプロレタリア文学で、もう一つが文芸上の改革をめざす芸術派の運動である。プロレタリア文学が革命の文学をめざしたのに対し、近代文学の主流であるリアリズムを否定し、文学の技法や表現の革命をめざした。芸術派では、横光利一・川端康成らの新感覚派がとくに重要なはたらきを示したが、そのほかに、井伏鱒二・梶井基次郎らの新興芸術派、堀辰雄・伊藤整らの新心理主義の文学もみられた。おもに、作品内容をどういうふうに芸術的に描くかという、新たな文体や表現上の手法を追求した。彼らの理論の背景には西欧の前衛芸術があった。その特色は、都会生活や機械文明の断片や現象を感覚的に拾いあげ、知的に再構成していくところにある。

新感覚派

　新感覚派の運動は大正13年（1924）に創刊された『文芸時代』に拠った横光利一・川端康成・片岡鉄兵ら、なかでも横光、川端の二人を中心に進められた。新感覚派の人々は「宗教時代より文芸時代新感覚派へ」という考えに立って、直接に小説表現の革新を目指した。ここでいう感覚とは実際の官能による感覚でなく、知的に再構成された感覚である。したがって、芥川・菊池の理知的傾向を発展させるとともに、第一次世界大戦後、

ヨーロッパで行われた前衛的な二十世紀芸術の新しい思潮をとり入れて、在来の私小説的な現実主義をこえようとするものであった。

新感覚派は、小説に大胆な擬人法、比喩、倒置、意識の流れなどの様々な手法を導入し、独自の感覚表現の技巧に終始して、表現の革新を試みた。それまでの写実的な表現方法を否定した彼らは、擬人法や比喩などを斬新に用いた表現方法によって、とくに感覚面で鮮やかなイメージを描き出した。もっとも、このような表現は、その内的必然性を失えば直ちに形の上での新奇さだけを競うものとなるのは自明のことであったため、新感覚派の運動もやがて形骸化していくこととなった。

横光利一

新感覚派を代表する横光利一は、『蠅』『日輪』の新しい感覚的な表現方法により、新進作家としての地位を固めた（図6-3）。理論面・実作面で大胆に実験を試み、印象の飛躍と言語の感覚的配列とによる立体的な手法を確立した。横光は、理論を大胆に実作に移して注目を浴びたが、次にあげる擬人法も、当時の人々を驚かせたものである。

図6-3　横光利一

　　馬車は崖の頂上へさしかかった。馬は前方に現れた眼匿しの中の路に従って柔順に曲り始めた。しかし、そのとき、彼は自分の胴と、車体の幅とを考えることが出来なかった。一つの車輪が路から外れた。突然、馬は車体に引かれて突き立った。瞬間、蠅は飛び立った。と、車体と一緒に崖の下へ墜落して行く放埓な馬の腹が眼についた。そうして、人馬の悲鳴が高く発せられると、河原の上では、圧し重った人と馬と板片との塊りが、沈黙したまま動かなかった。が、眼の大きな蠅は、今や完全に休まったその羽根に力を籠めて、ただひとり、悠々と青空の中を飛んでいった。

　　　　　　　　　　　　　　　　　　　　　　　　　　　　　（『蠅』）

横光は、人間を自分ではどうともできない宿命的な、あるいは運命共同体的な実に不安定な存在としてとらえ、一匹の「眼の大きい蠅」によって相対化されてしまう集団を描いている。翌年の『文芸時代』創刊号に発表された『頭ならびに腹』はより徹底した

描き方をしている。冒頭の「真昼である。特別急行列車は満員のまま全速力で馳けていた。沿線の小駅は石のように黙殺された。」という一節は自然主義文学の文章に馴れていた読者をびっくりさせた。

横光は『上海』を最後に新心理主義に移り、『機械』や『紋章』などで現代知識人の強烈な自意識を追求した。『機械』『紋章』は、人間存在の不安定性に対する、巧みな図式化であり、好評を博した。未完の長編『旅愁』は、西洋精神との対決を通して、東洋的精神への傾斜を示した作品である。また、評論に『純粋小説論』などがあり、純文学と通俗小説との関連を論じ、文壇に大きな議論を巻き起こした。

川端康成

横光とともに新感覚派を代表する作家であるが、横光ほど技巧的ではなく、日本の古典の流れをくむ抒情性があり、それが近代的な知性と感覚とによって、一種の哀愁をただよわせている。そして、初期の代表作『伊豆の踊子』の抒情味ゆたかな青春の感傷が、以後、王朝文学や仏教の経典の影響を受けて、虚無的な哀しみをもった叙情性のあふれる作品を書くようになり、浅草の詩情を描いた『浅草紅団』を経て、『雪国』では虚無の花と称せられたような、抒情の哀しい美しさを感じさせるものとなり、戦後の『山の音』などの静寂な世界へと受け継がれた。

川端には生命に対する根強い憧れがあり、それは生涯変わりませんが、初期の代表作『伊豆の踊子』にもよく表れている（図6-4）。

図6-4　川端康成

「何か御不幸でもおありになったのですか。」
「いいえ、今人に別れて来たんです。」
　私は非常に素直に言つた。泣いてるるのを見られても平気だつた。私は何も考へてゐなかつた。ただ清々しい満足の中に静かに眠つてゐるやうだつた。
　海はいつの間に暮れたのかも知らずにゐたが、網代や熱海には灯があつた。肌が寒く腹が空いた。少年が竹の皮包を開いてくれた。私はそれが人の物であることを忘れたかのやうに海苔巻のすしなぞを食つた。そして少年の学生マントの中にもぐり込んだ。私はどんなに親切にされても、それを大変自然に受け入れられるやうな美しい空虚な気持だつた。明日の朝早く婆さんを上野駅

へ連れて行つて水戸まで切符を買つてやるのも、至極あたりまへのことだと思つてゐた。何もかもが一つに融け合つて感じられた。

　船室の洋燈が消えてしまつた。船に積んだ生魚と潮の匂ひが強くなつた。真暗ななかででまか少年の体温に温まりながら、私は涙を出委せにしてゐた。頭が澄んだ水になつてしまつてゐて、それがぼろぼろ零れ、その後には何も残らないやうな甘い快さだつた。

（『伊豆の踊子』終章）

『伊豆の踊子』は、踊り子たちの人間性によって、屈折した主人公の心が洗われる物語で、青春の甘い感傷をうたいあげた、青春文学の傑作と言われる。

『雪国』では、雪国の風物を背景に男女間の心理の機微が含蓄の多い筆致で描き出された。虚像として設定された主人公に投影される雪国女性のひたむきな生が、叙情的、象徴的に生かされている。次は『雪国』の冒頭で、「夜の底が白くなった。」という新感覚派的表現が、前後の描写と溶け合って、叙情的印象をもたらしている。

　側の座席から娘が立つて来て、島村の前のガラス窓を落した。雪の冷気が流れこんだ。娘は窓いつぱいに乗り出して、遠くへ叫ぶやうに、
　「駅長さあん、駅長さあん。」
　明りをさげてゆつくり雪を踏んで来た男は、襟巻で鼻の上まで包み、耳に帽子の毛皮を垂れてゐた。

（『雪国』冒頭）

川端にはまた、「掌の小説」といわれる短編小説群があり、さまざまな人間像や人物の心理を鮮やかな筆で描き分けている。戦後、『千羽鶴』（1949年）などで哀しく美しい叙情の世界を追求し続けた。昭和43年（1968）には、日本的な美を描いた一連の作品によって、ノーベル文学賞を受賞した。

新興芸術派

昭和5年（1930年）に、『文芸時代』の同人や、新感覚派の影響を受けた作家は、プロレタリア文学に対抗して、「新興芸術派倶楽部」を結成した。ここに集まった人々を新興芸術派と呼ぶ。その多くは、龍胆寺雄が統率者であり、主流は中村武羅夫を中心と

する『新潮』系の作家たちであったが、軽薄な技巧で退廃的・享楽的作風にとどまり、むしろ新人として参加していた井伏鱒二・梶井基次郎らの方が独自の個性を切り開いていき、作品が注目された。

井伏鱒二

　井伏鱒二は、独特のユーモアを持ちながらも、傍観者的に人生の事件を的確に描いた。初期の佳作には、人生の哀感とユーモアとがないまぜにされており、これが井伏の作品に一貫するトーンとなっている。

　文壇登場作『山椒魚』は、岩穴から外に出られなくなった山椒魚の一見滑稽な反応を描いているが、そのことによって人間そのものの愚かしさを、鋭く、しかも優しいあきらめのうちに、読者に読み取らせる傑作である。のちに『多甚古村』などで庶民的ヒューマニズムの作家と呼ばれるようになった。

　　山椒魚は悲しんだ。
　　彼は彼の棲家である岩屋から外へ出てみやうとしたのであるが、頭が出口につかへて外に出ることができなかつたのである。今は最早、彼にとつて永遠の棲家である岩屋は、出入口のところがそんなに狭かつた。そして、ほの暗かつた。強ひて出て行かうとこころみせんると、彼の頭は出入口を塞ぐコロツプの栓となるにすぎなくて、それはまる二年の間に彼の体が発育した証拠にこそはなつたが、彼をろうばい狼狽させ且つ悲しませるには十分であつたのだ。

　　　　　　　　　　　　　　　　　　　　　　　　　　（『山椒魚』冒頭）

梶井基次郎

　鋭い感受性をもった梶井基次郎は、生前ほとんど評価を得られなかった。終生肺結核に苦しんで、「死」と隣あわせの生活の中で小説を書きつづけた。青年の憂鬱を散文詩のような透明感あふれる短編に結晶させ、「死」を見つめながら自分を確かめようと努力した。作品に、詩的イメージで構成した『檸檬』や、『城のある町にて』などがある。

　　その檸檬の冷さはたとえようもなくよかった。その頃私は肺尖を悪くしていていつも身体に熱が出た。事実友達の誰彼に私の熱を見せびらかす為に手の握り合いなどをして見るのだが、私の掌が誰のよりも熱かった。その熱い故だったのだろう、握っている掌から身内に浸み透ってゆくようなその冷たさは快いものだった。私は何度も何度もその果実を鼻に持って行っては嗅いで見

た。それの産地だというカリフォルニヤが想像に上って来る。漢文で習った「売柑者之言」の中に書いてあった「鼻を撲つ」という言葉が断れぎれに浮んで来る。そしてふかぶかと胸一杯に匂やかな空気を吸込めば、ついぞ胸一杯に呼吸したことのなかった私の身体や顔には温い血のほとぼりが昇って来て何だか身内に元気が目覚めて来たのだつた。

（『檸檬』）

新心理主義

新感覚派の流れを受け継ぎ、ジョイス・ラディゲ・プルーストなどの影響を受けて、人物の深層心理を芸術的に表現しようとしたものである。

堀辰雄

ラディゲ・リルケらの二十世紀西欧文学の紹介で功績を残した堀辰雄は、知性と感性とが調和した、心理主義の小説を書いた。創作でも、『聖家族』をはじめとして、『風立ちぬ』『美しい村』『菜穂子』などの作品を、繊細な筆づかいで描いた。堀が求めた小説とは、心理の解剖を中心とするものであった。そのためには筋とか動作とか背景とか心理以外のものは脇におしやられてもしかたないと考えた。『風立ちぬ』は、ヴァレリの詩『海辺の墓地』中の一句「風立ちぬ、いざ生きめやも」から表題をとった中編小説で、婚約者を病気で失い、思い出の中に生きようとした「私」が、リルケの詩に触発されて新しい生を求める心境になるまでの過程を、「私」の一人語りのスタイルで叙情的に描いたものである。

風立ちぬ、いざ生きめやも。（ヴァレリー）
　ふと口を衝いて出て来たそんな詩句を、私は私に靠れてゐるお前の肩に手をかけながら、口の裡で繰り返してゐた。それからやつとお前は私を振りほどいて立ち上つて行つた。まだよく乾いてはゐなかつたカンワスは、その間に、一めんに草の葉をこびつかせてしまつてゐた。

（『風立ちぬ』）

ほかに、古典文学を新しい視点でとらえた『かげろふの日記』『曠野』などがある。

伊藤整

最初詩人として出発した伊藤整は新心理主義に傾き、小説『幽鬼の街』、評論集『新

心理主義文学』を発表し、自己の方法を模索した。その後、『小説の方法』『小説の認識』などの評論で、新しい近代日本文学史論を示した。

三、文化統制下の文学

　昭和6年(1931)以後、日本はアジア諸国への侵略を続け、時勢は泥沼に入り込んでゆく。不安と混迷の社会世相の中に、当局の言論・思想への弾圧はますます強化された。こうした社会情勢に文学の世界も敏感に反応し、昭和十年代の文学は激しい動揺と混迷を示した。プロレタリア文学運動は崩壊して、転向文学が出現した。一方では、既成作家による文芸復興の動き、小林秀雄ら『文学界』同人の活躍、中島敦ら新世代作家の登場がみられたが、ファシズムの台頭によって言論統制が厳しくなり、国策への順応が強制された。その後、いっそう徹底した思想統制が強行され、戦争協力のための戦争文学や国策文学が現れ、文学暗黒の時代がつづいた。この時期は戦時下の知識人の思想性、あり方を検証する意味で、色々な問題をはらんでいる。

転向文学

　転向とは、国家権力その他、外的な事情によって共産主義・社会主義を放棄することをいう。昭和8年(1933)の小林多喜二の虐殺、日本共産党中央委員長佐野学らの転向をきっかけとして、プロレタリア文学運動から転向する者が続出した。その転向についての苦悩などを作家自身の体験から告白したのが、転向文学である。転向文学に私小説風な作品が多い。なかには、中野重治『村の家』(1935年)のように、歴史の中で深く根づいた倫理と対決し、自己の信念を再確認するものや、島木健作『生活の探求』(1937年)のように農民の生活を描くことで自己を再生させる道を求めようとするものもあった。ほかに、転向文学として、村山知義の『白夜』、立野信之の『友情』、徳永直の『冬枯れ』などがある。なお、島木健作・高見順・太宰治などの若い人たちは、転向ののちに新しい作家として出発した。

中野重治

　昭和7年(1932)に逮捕、投獄された中野重治は、党活動はしないという意味での転向を行い、昭和九年に出獄した。以後、『村の家』『小説の書けぬ小説家』などで自身の生き方を厳しく追求した。

彼は、自分が気質的に、他人に説明してもからぬような破廉恥漢なのだろうかという、觀然とした、うつけた淋しさを感じたが、やはり答えた、「よくわかりますが、やはり書いて行きたいと思います。」「そうかい……」

孫蔵は言葉に詰ったと見えるほどの侮蔑の調子でいった。彼らはしばらく黙っていた。

(『村の家』)

既成作家の活躍

　昭和初年代の既成文壇の作家たちは、旧文学を否定するプロレタリア文学とモダニズム文学の二つの潮流におされて沈黙しがちであったが、プロレタリア文学が衰えると、既成作家たちが沈黙を破って相次いで力作を発表し、いわゆる文芸復興の様相を呈した。永井荷風は『つゆのあとさき』『濹東綺譚』で独自の世界を築いていった。谷崎潤一郎は『盲目物語』『吉野葛』『春琴抄』などの作品を書き、また、『源氏物語』の現代語訳をするなどの活動を続け、時局に背を向けて日本の伝統美への回帰をめざした。島崎藤村は歴史小説『夜明け前』、徳田秋声は『仮装人物』『縮図』を発表し、志賀直哉は、彼の作品中唯一の長編小説『暗夜行路』を完成させた。その中で、文芸復興の中心的な役割を果たしたのが、昭和8年（1933）に発行された『文学界』である。その同人の中でも、小林秀雄の評論活動はめざましかった。

　疲れ切ってはいるが、それが不思議な陶酔感となって彼に感ぜられた。彼は自分の精神肉体、今、此大きな自然の中に溶け込んで行くのを感じた。その自然というのは芥子粒程に小さい彼を無限の大きさで包んでいる気体のような眼に感ぜられないものであるが、その中に溶けて行く、それに還元される感じが言葉に表現出来ない程の快さであった。何の不安もなく、睡い時、睡に落ちて行く感じに多少似ていた。一方、彼は実際半分睡ったような状態でもあった。大きな自然に溶け込む此感じは彼にとって必ずしも初めての経験ではないが、此陶酔感は初めての経験であった。

(『暗夜行路』)

　ところで、こうして老大家が活躍している時期に、中堅作家も意欲的に作品を発表した。横光利一は『純粋小説論』の実験作『家族会議』を、川端康成は『雪国』を、堀辰雄は『風立ちぬ』を、伊藤整は『街と村』を、阿部知二は『冬の宿』を発表し、それぞれ独自の作風を深めていった。

新人の登場

　戦争下の危機感と不安に満ちた暗い時代でありながら、昭和10年（1935）に創設された芥川・直木両賞は文芸復興の一翼をになうことになり、新人作家の登場を促す機運をつくった。昭和十年代には多くの新しい作家たちが登場し、実りある作品を発表した。この時期に登場し活躍した作家には、中島敦をはじめ、『人生劇場』の尾崎士郎、『いのちの初夜』の北条民雄、『暢気眼鏡』の尾崎一雄、『如何なる星の下に』の高見順、『蒼氓』の石川達三、『若い人』の石坂洋次郎のほか、上林暁・林芙美子・壺井栄・芹沢光治良などの、戦後に文壇の第一線で活躍する人々がいた。この時期北条民雄の『いのちの初夜』が大きな反響を呼んだ。当時の難病で、死に直面しながらもあくまで生きることへの可能性を追求しようとした作品である。生きることの危機感に、暗い時代の危機感が重ねられ、いかに生きるかという問題に焦点が煮詰められている。　なお、戦後、新戯作派（無頼派）として活躍する太宰治や、『普賢』の石川淳『夫婦善哉』の織田作之助もこの時期に登場する。

中島敦

　漢学者の家に生まれた中島敦は、中国古典の素養が高く、『山月記』（1942年）を『文学界』に発表して認められ、続いて『光と風と夢』（1942年）を発表したが、まもなく病没した（図6-5）。中国古典に取材した『李陵』『弟子』が遺稿として残された。その実存的作風は、戦後文学へのかけ橋の意味をもっている。騒然とした戦時下において類まれな純粋さに輝いているばかりでなく、その中に豊かな可能性を秘めていることをうかがわせる。

　中島敦は、『山月記』『李陵』『弟子』などの歴史に取材した作品で、理知的な人物描写や引き締まった格調の高い表現、巧みな構成力を示し、中国古典と西洋文学の素養をもとにして自意識を克服しようとした。以下に示すのは、彼が追求した芸術家の自意識の問題を、人が虎に変身する物語によって表した『山月記』の一節である。

図6-5　中島敦

避しいことだが、今でも、こんなあきましい身と成り果てた今でも、己は、己の詩集が長安風流人士の机の上に置かれてゐる様を、夢に見ることがあるのだ。岩窟の中に横たはつて見る夢にだよ。嗤つて呉れ。詩人に成りそこなつて虎になつた哀れな男を。（袁傪は昔の青年李徴の自嘲癖を思出しながら、哀しく聞いてゐる）きうだ。お笑ひ草ついでに、今の俺を即席の詩に述べて見やうか。この虎の中に、まだ、曾ての李徴が生きてゐるしるしに。

（『山月記』）

四、戦後文学の出発

　戦後の文学は、荷風・康成・潤一郎ら大家の復活、民主主義文学、太宰治らの新戯作派、野間宏・大岡昇平・三島由紀夫らの戦後派の活躍により出発した。昭和20年（1945）、日本は無条件降伏した。その結果、これまで抑圧されていた言論・表現の自由が回復され、いちはやく復刊または創刊された文芸雑誌の盛行や出版ジャーナリズムの発達などによって、作家活動が活発になり、多様な発展を見せた。戦時中に活動できなかった作家や若い世代の人々が、盛んに作品を発表し始めた。

　敗戦後まもなく復活したのは、戦時中に発表のあてもないまま作品を書きすすめていた既成作家であった。また、旧プロレタリア系の文学者たちも、運動を再出発させた。文芸雑誌の復刊や創刊もあいつぎ、戦後派の新人が続々と登場して、戦争中に抑圧されていた文学的エネルギーが一挙に噴出したかのごとき様相を呈した。

既成作家の復活

　戦時中も、戦争に背を向けて自分の文学を磨き続けていた作家の大家の復活は、戦後まもなく活動を再開した。永井荷風は、戦時中から書きためていた『踊子』『浮沈』『勲章』『問はずがたり』を発表した。谷崎潤一郎は、戦時下連載中止となったのちも書きつづけて『細雪』を完成させ、次いで平安期に舞台を採った『少将滋幹の母』を発表した。また、『鍵』『瘋癲老人日記』などの女性美を追求した作品もある。『細雪』は、大阪船場にある旧家の四人姉妹を中心に、関西の旧家の歳時や日常風俗を描いた、優雅な絵巻物ふうの物語である。

　「こいさん、頼むわ。―」
　鏡の中で、廊下からうしろへ通入って来た妙子を見ると、自分で襟を塗りかけてゐた刷毛を渡

して、其方は見ずに、眼の前に映ってゐる長襦袢姿の、抜き衣紋の顔を他人の顔のやうに見据ゑながら、

「雪子ちやん下で何してる。」

と、幸子はきいた。

（『細雪』冒頭）

そのほか、正宗白鳥は『人間嫌ひ』『日本脱出』、志賀直哉は『灰色の月』、里見淳『美事醜聞』、長与善郎は『野性の誘惑』、尾崎一雄は『虫のいろいろ』、野上弥生子は『迷路』を一挙に発表し、その健在ぶりを示した。少し遅れて川端康成は『山の音』『千羽鶴』で日本の伝統的な美を現代生活のなかに表現し、井伏鱒二は『遥拝隊長』ですさんだ戦後の世相にほろ苦いユーモアを投げかけ、上林暁は『聖ヨハネ病院にて』で虚脱した戦後の人々に感銘を与えた。風俗小説作家たちが活躍を開始するのもこの頃である。丹羽文雄・舟橋聖一らが活躍し、林芙美子は『晩菊』『浮雲』などで流行作家となった。また、石川達三・石坂洋次郎は、新聞・雑誌に連載小説を書くようになった。

民主主義文学

敗戦直後の昭和二十年暮れ、中野重治・宮本百合・蔵原惟人ら、戦争中に沈黙を余儀なくされていたプロレタリア系の文学者たちが中心となり、民主主義文学の創造と普及を目標として新日本文学会が結成され、民主主義文学を目標に掲げた。そして、宮本百合子の「歌声よおこれ」の呼びかけに応じて、翌二十一年機関誌『新日本文学』が創刊された。この運動の中から、宮本百合子の『播州平野』『道標』、徳永直の妻『よねむれ』『静かなる山々』などの佳作が生まれた。他に、この派に関係ある多くの女流作家も活躍している。壺井栄・佐多稲子・平林たい子などが多くの作品を発表した。壺井栄の抒情溢れる『二十四の瞳』(1953)は、反戦小説としてベストセラーになった。

宮本百合子

旧姓は中條、18歳で東北農民を人道的視点から描く『貧しき人々の群』を発表し、文壇処女作として注目を集めた。その後ソ連を訪れ、1931年の暮れに日本共産党に入党し、プロレタリア文学運動に参加した。翌年評論家、政治家の宮本顕治と結婚した。戦時下の13年間、3度の検挙、再度の執筆禁止などの重圧が続いたが、非転向を貫き、執筆活動を可能な限り続けた戦後は『歌声よ、おこれ』を書いて民主主義文学運動の出発を宣言、

社会運動や執筆活動に精力的に取り組み、『播州平野』『風知草』『二つの庭』『道標』など多くの作品を残した。波乱に満ちた生涯のうちの大部分を小説として自身の手で描き出し、日本の民主主義文学、さらには日本の近代女流文学を代表する作家の一人である（図6-6）。

図6-6　宮本百合子

　かた、こと、と鳴る轍の音は不思議に若者たちの陽気さと調和した。そしてひろ子の心に充ち溢れる様々の思ひに節を合はせた。この国道を、かうして運ばれることは、一生のうちに、もう二度とはないことであらう。今すぎてゆく小さな町の生垣。明石の松林の彼方に赤錆て立ってゐる大工場の廃墟。それらをひろ子は消されない感銘をもって眺めた。日本ぢゅうが、かうして動きつつある。ひろ子は痛切にそのことを感じるのであった。

（『播州平野』・最終部）

無頼派

　戦後のめざましい活躍により時代の寵児として迎えられた作家に、新戯作派または無頼派と名づけられた太宰治・坂口安吾・織田作之助・石川淳・檀一雄らの一群がいる。この派の特徴は、既成道徳や既成の自然主義的なリアリズムに逆らい、自虐的・退廃的に生きるところにあった。この派には、織田作之助・太宰治・坂口安吾・石川淳らがいる。戦後社会のあらゆる権威と秩序の崩壊、ニヒリズムとデカダンスの風潮のなかで、いっさいの権威を認めようとしない彼らの反俗無頼の精神が強い共感を呼んだ。

太宰治

　新戯作派を代表する作家である（図6-7）。津軽の大地主の子として生まれた太宰治は、家庭の疎外感とエリート意識との間で揺れ動き、一時左翼運動にかかわる。それに挫折したことと、生来の「存在の罪」の意識とから、常に自虐的な気持ちを持ち続けた。戦後の荒廃と農地改革による生家の没落は、彼に深い悲しみを与えた。比較的安定した中期には、『富嶽百景』『走れメロス』『津軽』などの明る

図6-7　太宰治

い作品を書いたが、戦後は再び破滅的指向が強くなり、『斜陽』『人間失格』などを書いた。『斜陽』は、戦後のきびしい現実に直面して、没落貴族の家を背景に、老母・姉・弟・小説家の四人の姿が、姉かず子の日記と手紙とを通して語られる形式の小説である。作者太宰は、四人それぞれに自己を託しており、戦後社会に対する太宰の絶望と倫理的理念とを語った。

　夕日がお母さまのお顔に当つて、お母さまのお眼が青いくらゐに光つて見えて、その幽かな怒りを帯びたやうなお顔は、飛びつきたいほどに美しかつた。さうして、私は、ああ、お母さまのお顔は、さつきのあの悲しい蛇に、どこか似ていらつしやる、と思つた。さうして私の胸の中に住む蝮みたいにごろごろして醜い蛇が、この悲しみが深くて美しい美しい母蛇を、いつか、食ひ殺してしまふのではなからうかと、なぜだか、なぜだか、そんな気がした。

（『斜陽』）

坂口安吾

戦時中に、独自の合理主義に立って、伝統的形式美を排し、実質的なものが美であるとする優れた評論『日本文化私観』などを発表した坂口安吾は、戦後いちはやく「生きよ、堕ちよ」と説く『堕落論』を発表し、小説『白痴』と共に、混迷する戦後社会に迎えられ、一躍流行作家となった。『外套と青空』『桜の森の満開の下』など、デカダンスの倫理を問う作品を次々と書いたが、自身も破滅的にその生を燃焼させた。

　桜の花が咲くと人々は酒をぶらさげたり団子をたべて花の下を歩いて絶景だの春ランマンだのと浮かれて陽気になりますが、これは嘘です。なぜ嘘かと申しますと、桜の花の下へ人がより集つて酔つ払つてゲロを吐いて喧嘩して、これは江時代からの話で、大昔は桜の花の下は怖しいと思つても、絶景だなどとは誰も思ひませんでした。近頃は桜の下といへば人間がより集つて酒をのんで喧嘩してゐますから陽気でにぎやかだと思ひこんでみますが、桜の花の下から人間を取り去ると怖ろしい景色になりますので、（中略）桜の林の花の下に姿がなければ怖しいばかりです。

（『桜の森の満開の下』冒頭）

五、戦後の文学1（昭和二十年代）

戦後派文学

　戦後はじめて新世代として文壇に登場した作家たちを戦後派と呼び、ふつう第一次戦後派と第二次戦後派とに分ける。昭和21年（1946）には、政治よりも人間の優位を尊重しようとした山室静・本多秋五・平野謙・荒正人・埴谷雄高・佐々木基一・小田切秀雄らの批評家たちによって、個々の主体性を尊重した雑誌『近代文学』が創刊された。ここには、やがて三十名に近い、新しい作家、評論家たちが集まり、いわゆる戦後派とよばれる文壇の新勢力が形成され、昭和24年（1949）頃には最盛期に達した。かれらは、戦時中の自己の体験を生かして、個々の主体性を重視することを基本として、新しい近代の文学を探究し、新しく興ってくる戦後の文学を支援しようとした。

　この『近代文学』に支援される形で登場してきたのが戦後派の人々である。彼らに共通するものは、既成のいかなるリアリズムでもとらえがたい、彼ら自身の体験した暗い谷間の時代や戦争や敗戦といった心理的な極限状況を、新しい文学的方法によって描き出し、自己の存在と生き方を問おうとするものであった。戦後派は、通常第一次戦後派とそれに少し遅れて登場した第二次戦後派とに分けて考えられている。第一次戦後派は、プロレタリア文学運動に次ぐ獄中体験ないし戦争体験で傷ついた自我の再建と、生への根源的問いを課題とした作家たちで、野間宏をはじめ、中村真一郎、埴谷雄高、梅崎春生、椎名麟三、武田泰淳らがいる。

　重厚な文体の『暗い絵』で戦後派的な作風を示した野間宏は、戦争に対する批判をこめて、軍隊の非人間性をあばく『真空地帯』を書き、『わが塔はそこに立つ』『青年の環』などの自伝的長編を完成した。梅崎春生は、彼自身の戦争体験に基づいて書いた『桜島』『日の果て』で認められた。中村真一郎は『死の影の下に』五部作を発表、以後旺盛な創作活動を続けた。戦時中から「司馬遷」などで独自な中国文学研究をつづけていた武田泰淳は、敗戦後の上海を背景にした『蝮のすゑ』で注目され、『風媒花』『ひかりごけ』などの問題作を相次いで発表した。『深夜の酒宴』『永遠なる序章』『重き流れのなかに』で登場した椎名麟三は、その実存主義的な作風が注目を浴び、さらに、『邂逅』などを書いた。武田泰淳は、『蝮のすゑ』（1947年）・『風媒花』（1952年）で新たな人間認識を示した。

　第二次戦後派は第一次戦後派よりはやや遅れて活躍を開始した。昭和25年（1950）の

朝鮮戦争勃発という新たな時代を背景に登場して、第二次戦後派を代表する作家に大岡昇平・島尾敏雄・堀田善衛・三島由紀夫・安部公房がいる。第二次戦後派のほうは、やや多様問題意識をもち、強い個性と才能によって注目された。上海で敗戦を体験し、国際的政治感覚を身につけた堀田は、スケールの大きい視野で『広場の孤独』などを書いた。第二次戦後派には、『出孤島記』の島尾敏雄、『シベリア物語』の長谷川四郎、大岡昇平、三島由紀夫らがいる。

　これらの戦後派作家たちは、戦争下での孤立した文学的蓄積を、戦後になって一時に開花させた。大岡は、フィリピン従軍中、捕虜となった体験を通じて、人間の存在の危機感を鋭くキャッチした『俘虜記』を書き、その後『武蔵野夫人』などの心理状態を冷静に描いた作品と並行して、『野火』『レイテ戦記』などを発表した。また、二十一歳の若さで、戦後の文壇に登場した三島由紀夫は、『仮面の告白』『潮騒』『金閣寺』などを発表して、異色ある活動を続けた。

野間宏

　敗戦後、野間宏は、戦前までの文学には見られなかった斬新な文体で、京大時代の体験に基づく『暗い絵』を発表して注目された（図6-8）。完成に二十四年を費やした大作『青年の環』や、『真空地帯』『わが塔はそこに立つ』などがある。『暗い絵』は、野間宏の処女作であり、戦後文学の第一声で、その発想の独自さと粘液質の文体とあいまって、大きな反響を呼んだ。『真空地帯』は、軍事法廷の本質、将校の腐敗ぶりや内務班の非人間性があばき出されていき、人間の自然性を抑圧して（真空）の状態にしてしまう兵営の実態を描いている。

図6-8　野間宏

　あた草もなく木もなく実りもなく吹きすさぶ雪風が荒涼として吹き過ぎる。はるか高い丘の辺りは雲にかくれた黒い日に焦げ、暗く輝く地平線をつけた大地のところどころに黒い漏斗形の穴がぽつりぽつりと開いている。その穴の口のあたりは生命の過度に充ちた唇のような光沢を放ち堆い土饅頭の真中に開いているその穴が、繰り返される、鈍重でみだらな触感を待ち受けて、まるで軟体動物に属する生きもののように幾つも大地に口を開いている。（中略）どういうわけでブ

リューゲルの絵には、大地にこのような悩みと痛みと疼きを感じ、その悩みと痛みと疼きによってのみ生存を主張しているかのような黒い円い穴が開いているのだろうか。

(『暗い絵』)

大岡昇平

昭和19年（1944）に召集されてフィリピン戦線に送られ、そこで米軍の捕虜になるという経験をした大岡昇平は、その時の経験を『俘虜記』で発表し、戦後派作家としての地位を確立した。彼は、戦争という環境が人間個人にどういう意味をもたらしたかを知的に追求し、周到な考察によって解明した。次の『野火』も、戦争と罪の問題を、主人公の心の動きに従って分析的に描いている。

糧食はとうに尽きてゐたが、私が飢ゑてゐたかどうかはわからなかつた。いつも先に死がゐた。肉体の中で、後頭部だけが、上ずつたやうに目醒めてゐた。
死ぬまでの時間を、思ふままに過すことが出来るといふ、無意味な自由だけが私の所有であつた。携行した一個の手榴弾により、死もまた私の自由な選択の範囲に入つてゐたが、私はただその時を延期してゐた。

(『野火』)

三島由紀夫

『仮面の告白』『愛の渇き』『金閣寺』などで作家としての地位を確立した三島由紀夫は、最初戦後派に近いところから出発し、『近代能楽集』などを書いて、次第に古典主義の傾向を強めた。さらに、『憂国』や、輪廻転生を主題と『豊饒の海』などを書き、昭和45年（1970）に衝撃的な自殺を遂げた。

『金閣寺』は実際の事件を題材としながら、そこで展開されたのは作者の美学であった。疎外感に悩む主人公が金閣寺の美に惹きつけられ、金閣寺を焼くことによって新たな人生に出発しようとする。作者は、極めて論理的な文体と綿密な構成によって、隙のない世界をつくり上げた。

私は力の限り叩いた。手では足りなくなって、じかに体をぶつけた。扉は開かない。（中略）ある瞬間、拒まれているという確実な意識が私に生れたとき、私はためらはなかった。身を翻えして階を駈け下りた。煙の渦巻く中を法水院まで下りて、おそらく私は火をくぐった。ようやく西

の扉に達して戸外へ飛び出した。それから私は、自らどこへ行くとも知らずに、韋駄天のように駈けたのである。

(『金閣寺』)

安部公房

安部公房は戦後派作家の中で最観念的で前衛的な作風をもつ作家だといえよう。超現実主義の手法で社会と人間の疎外関係を描く『赤い繭』『壁-S・カルマ氏の犯罪』『砂の女』で、芥川賞をはじめ数々の文学賞を受賞した（図6-9）。

図6-9 安部公房

　S・カルマ……口の中で繰返してみました。ぼくの名前のようではありませんでしたが、やはりぼくの名前らしくもありました。けれどい、いくら繰返してみても、忘れていたものを想出したというような安心感も感動もおきないのです。そのうち、それがぼくの名前であるのは何かの間違いではないかとさえ思われはじめました。

(『壁―S・カルマ氏の犯罪』)

第三の新人

　昭和27、28年（1952―1953年頃から、第一次・第二次戦後派よりは文壇登場が遅れ、また私小説的傾向を持つゆえにその異質性が目立ちいわゆる「第三の新人」が登場し始める。その文学の特徴は、戦後派作家とは対照的に、日常生活に密着し、大衆社会化状況の中で、見失いがちな個人のあり方を見定めようとしたところにある。作家に、『海辺の光景』の安岡章太郎、『驟雨』『範の中身』の吉行淳之介、『アメリカン・スクール』『抱擁家族』の小島信夫、『プールサイド小景』の庄野潤三、『沈黙』『海と毒薬』の遠藤周作、『春の城』の阿川弘之、『箱庭』の三浦朱門、『遠来の客たち』の曾野綾子らがいる。「第三の新人」の作家たちは、「戦後派」の政治性・観念性に対し、日常的な世界を重んじた。戦後派作家たちとは違って、伝統的な私小説的方法によって市民生活の表裏を描き、戦前の「家」よりも「家庭」を重んじ、しかも生活の底に重大「危機」が潜むことを示した点で重要である。

安岡章太郎

　戦争中に精神形成を強いられた安岡章太郎は、政治的思想的潮流に背を向け、自分の感性に従った創作を続けてきた。芥川賞受賞作の『陰気な愉しみ』『悪い仲間』では、弱者のポーズをとった視点で戦中派の青春を描いた。とくに『悪い仲間』は、戦争中の体験を抒情的に描いたもので、戦後派の作品と部分的に重なり合いつつも微妙に一線を画しており、朝鮮動乱（朝鮮戦争）終結後のやや安定した時期にふさわしい、第三の新人たちの先駆をなす作品である。その後、母の死去を題材とした『海辺の光景』によって私小説の新境地を開いたとされ、文壇での地位を確立した。

　……一瞬、すべての風物は動きを止めた。頭上に照りかがやいていた日は、黄色いまだらなシミを、あちこちになすりつけているだけだった。風は落ちて、潮の香りは消え失せ、あらゆるものが、いま海底から浮び上っ沈異様な光景のまえに、一挙に干上って見えた。歯を立てた櫛のような、墓標のような、杙の列をながめながら彼は、たしかに一つの"死"が自分の手の中に捉えられたのをみた。

（『海辺の光景』末尾）

六、戦後の文学２（昭和三十年代）

　昭和三十年代に入ると、社会性を持った新しい型の作家が登場する。戦後に出発した彼らの文学に共通するのは、安定ムードの中で芽生えた空虚感や徒労感を打ち破ろうとする強烈な個性である。政治性や社会性を含めて新たに人間の全体像をとらえようとする試みは、開高健や大江健三郎らによってなされた。『裸の王様』で芥川賞を受賞した開高健は、『パニック』で社会の現実を鋭く風刺した。『日本三やみ文オペラ』『夏の闇』などの小説のほか、『ベトナム戦記』などのルポルタージュがある。開高健と並び新しい文学の旗手と認められた大江健三郎は、『死者の奢り』・『同時代ゲーム』で鋭い社会意識を示した。『地の群れ』（1963年）の井上光晴なども、現代という状況下での人間存在あり方を追求した。深沢七郎（ふかざわしちろう）の『楢山節考』（ならやまぶしこう）は、民俗伝承を素材として、これまでの文学観に衝撃を与えた。また、女流作家の活動も活発になる。

大江健三郎

『死者の奢り』などで出発し、『飼育』で芥川賞を受賞した大江健三郎は、豊かで特異なイメージと独特の文体で人々に衝撃を与えた（図6-10）。

図6-10　大江健三郎

> 死者たちは、濃褐色の液に浸って、腕を絡みあい、頭を押しつけあって、ぎっしり浮かび、また半ば沈みかかっている。彼らは淡い褐色の柔軟な皮膚に包まれて、堅固な、馴じみにくい独立感を持ち、おのおの自分の内部に向って凝縮しながら、しかし執拗に躰をすりつけあっている。
>
> （『死者の奢り』冒頭）

彼は、常に社会や政治に対して鋭敏な感受性と思考とを示し、『万延元年のフットボール』『新しい人よ眼ざめよ』や、ルポルタージュの『ヒロシマ・ノート』など、次々に問題作を発表し続けている。平成6年（1994）には、ノーベル文学賞を受賞した。

『飼育』は、戦争末期のしかも戦争とはほとんど無縁な谷間の村の一夏の物語である。大江は第一創作集の後記で、「僕はこれらの作品を一九五七年のほぼ後半に書きました。監禁されている状態、閉された壁のなかに生きる状態を考えることが、一貫した主題でした」と述べた。

> 僕らの村で野天の火葬をしなければならなくなったのは、その夏の始まる前の長びいた梅雨、執拗に長い間降りつづけ洪水を日常的にした梅雨のためだった。僕らの村から《町》への近道の釣橋を山崩れが押しつぶすと、僕らの小学校の分教場は閉鎖され、郵便物は停滞し、そして僕らの村の大人たちは、やむを得ない時、山の尾根づたいに細く地盤のゆるい道を歩いて《町》へたどりつくのだった。（中略）
>
> しかし《町》からすっかり隔絶されてしまうことは僕らの村、古いが未成育な開拓村にとって切実な悩みを引きおこしはしなかった。
>
> （『飼育』）

こんな村に「敵」の飛行機が墜落し、黒人兵が捕らえられる。彼は「地下倉」に監禁され飼育される。そして少年は突然、彼の虜にされるのである。少年は片手と引き換えに解放されるが、こうした状況を作者が設定した理由はほぼ明らかだった。戦争という雲をつかむような閉塞した状況、「《町》から隔絶」した村、地下倉、さらには分教場の閉鎖、あるいは、敵と味方がいつ入れかわるかわからないという細かいところまで状況を執拗に積み重ねてゆくのは、作者の後記とよく合致している。それは、「1957年の後半」、つまり、「60年安保」を目前にした日本列島の末端に至るまでの存在状況のたとえとも二重写しともいえるのである。このような作者が、のちの若い世代の強い支持を受けるのも無理ではなかったといえる。

女流作家の活躍

この年代から女流作家の活躍がめだち始める。風刺とアイロニーと寓意の『パルタイ』で登場した倉橋由美子、『紀ノ川』『華岡青洲の妻』を書き、才女と評された有吉佐和子、『田村俊子』の瀬戸内晴美、『婉という女』の大原富枝、『挽歌』の原田康子、『幼児狩り』の河野多惠子など、多彩な新人たちが登場した。一方、新人の活躍に刺激され、ベテラン勢も充実した作品を発表する。芝木好子、『女坂』の円地文子、『樹影』の佐多稲子、『秀吉と利休』の野上弥生子、『青い果実』の大谷藤子、『おはん』の宇野千代などがその力量を示した。また、父を語る随筆で認められ、のち小説に転じた『流れる』『おとうと』の幸田文（幸田露伴の娘）、『父の帽子』の森茉莉（森鷗外の娘）、『父・萩原朔太郎』の萩原葉子らがいる。

文学の大衆化

一方、この頃から、マスコミが発達して、いわゆる「マスコミ時代」が到来し、読者層の拡大とともに文学も多様化した。出版ジャーナリズムは、昭和22年（1947）の雑誌『小説新潮』の創刊の頃から、次第に巨大化し、戦前の数十倍の読者を擁するようになった。これは、都市化・大衆社会化への道であり、当然文学に反映してくる。文化の大衆化現象がおこり、大衆文学・推理小説が流行した。その結果、純文学と大衆文学の区別がつきにくくなり、大衆文学・中間小説がいっそう盛んになった。

『雁の寺』で直木賞を受けた水上勉は『飢餓海峡』などを書き、『或る「小倉日記」伝』で芥川賞を受けた松本清張は『点と線』などを書いて、社会派推理小説作家と呼ばれた。芥川賞作家の五味康祐は『柳生武芸帳』などを書き、直木賞作家の柴田錬三郎は

『眠狂四郎無頼控』を書いて剣豪ブームを引き起こした。そのほか、井上靖、『樅の木は残った』の山本周五郎、『龍馬がゆく』の司馬遼太郎、『暖簾』の山崎豊子、『天と地と』の海音寺潮五郎らが活躍した。また、異色の作家深沢七郎は、『楢山節考』で土俗的世界を描いた。こうした中で、昭和24年（1949）に『闘牛』で芥川賞を受けた井上靖は、『天平の甍』『楼蘭』『敦煌』『蒼き狼』などの、中国に材料を得た歴史小説などを書いて異彩をはなった。

井上靖

『猟銃』『闘牛』によって登場した井上靖は、歴史小説『風林火山』、現代小説『氷壁』などで文名を確立した（図6-11）。その後も、大陸を舞台にした『天平の甍』『敦煌』『孔子』など次々に力作を書き、運命や死、孤独と対決する人間の姿を格調高く描いた。次は『天平の甍』の一節で、二十年ぶりに唐から日本へ帰国する留学僧の普照が、仲間の業行の船が難破し写経が海中に沈むさまを夢に見る場面である。

図6-11 井上靖

> 船は何回も波濤の山に上り波濤の谷へ落ち込んだ。普照の耳には何回も業行の叫び声が聞え、普照の眼には何回も夥しい経巻が次々に透き徹った潮の中へ転がり落ちて行くのが見えた。
>
> （『天平の甍』）

七、戦後の文学3（昭和四十年代）

昭和三十年代後半から四十年代にかけて、出版ジャーナリズムの盛況もあって、多くの作家が活躍している。その中には、戦前に出発した作家もあれば、昭和四十年前後に出発した若い世代の作家もいる。さまざまな世代の作家が、それぞれの境地を切り開いている。昭和四十年代に、政治性・社会性の強い作品と、それとは対照的な日常性の強い作品を両極として、さまざまな作品が書かれた。マスコミの影響と読者層の拡大により文学は多様化し、現在さらにその傾向が著しくなっている。

大江・開高の社会意識をそれぞれ独自のかかわり方で受け継ぐ、高橋和巳・小田実・真継伸彦・柴田翔らが昭和三十年代後半に登場し、40年代に活躍する。イデオロギーぬきの内向的性格が指摘した「内向の世代」の登場のほか、各文学賞から多くの作家も登

場した。高橋和巳は、知識人の内面を追求した『悲の器』や『邪宗』などを書いた。北杜夫はナチス支配下の医師の苦悩を描いた『夜と霧の隅で』で芥川賞を受賞した。ほかに注目すべき作家としては、三浦哲郎、『廻廊にて』の辻邦生、『感傷旅行』の田辺聖子、『アカシヤの大連』の清岡卓行、『あの夕陽』の日野啓三らが活躍した。また、若者に共感を呼んだ、野坂昭如、五木寛之、笑いと風刺を身上とする井上ひさしの活躍が目立った。

　女流文学では、女性の社会的役割への注目よりも、女性の生理や存在感覚の表現に向う傾向が現われ、河野多恵子に続く作家として、三枝和子、金井美恵子、高橋たか子、吉田知子、大庭みな子らが活躍し始めた。他に、私小説に対決する方法意識を持つ丸谷才一、スピードと緊迫感のある若々しい文体を示した丸山健二、長い放浪を経て幽明の世界を描き出した森敦がいる。

三浦哲郎

　『忍ぶ川』で芥川賞を受けた三浦哲郎は、自分の背負う宿命の暗さを直視し、『恥の譜』『結婚』『白夜を旅する人々』などを書いた。以下に示すのは、『海の道』の終わり近くで、戦争中赤い髪を黒く染めて生きることを余儀なくされた母娘が、終戦の前日、茫然と自分の運命について考える場面である。

　　「戦争が済んだら、すぐ海に入って髪を洗おうな。」はぎは桜にそういった。「戦争が済んだら？済むの？」と桜がいった。「済むえなあ。はじまったことは、いつかは済むにきまってらい。」ある日、なんのまえぶ前触れもなしに、突然、潮の道が変るように、世の中も、朝、目を醒ましてみると、どんでん返しに変っているというふうにはいかないものだろうか。

（『海の道』）

内向の世代

　昭和四十年代の経済的な繁栄は、豊かな生活と安定した市民社会をつくり上げた。しかし、それと同時に、急速に都市化されてゆく現象の中で、これまでの日常生活が突き崩される危機感が生じてきた。大衆社会化は、良きにつけ悪しきにつけ、個人の存在を埋没させてしまう危険をはらんでいた。昭和三十年代後半から四十年代初めにかけて、そうした不確かな日常生活・人間関係を精細に写し出そうとする文学が現れ、いわゆる「内向の世代」と呼ばれる作家たちの活躍が始まる。これらの作家たちを「内向の世代」と呼ぶ。彼らは、従来の小説のスタイルを拒み、より純粋に、動揺する人間の存在の内

面を確認し、形づくろうとしている。

　「内向の世代」の作家たちは政治や社会を直接の素材としては取り上げず、都市における家族や人間関係の中で、自己の存在の手ごたえ、不安を追求することに力を入れた。古井由吉は、日常の中の非現実的面を求め、『杳子』などの作品を書いた。後藤明生は、不安定現代人の生活を独特の笑いをこめて描き、『笑い地獄』や『挟み撃ち』などの作品を発表した。小川国夫は、抑制の効いた、イメージの明確な文体を駆使して、生の奥深いところにある暗さをとらえ、『アポロンの島』『生のさ中に』などの作品を書いた。ほかに、『司令の休暇』の阿部昭、『時間』『群棲』の黒井千次、『書かれない報告』の後藤明生『徳山道助の帰郷』『ベルリン漂泊』の柏原兵三なども「内向の世代」の作家とみなされる。

阿部昭

　『子供部屋』『未成年』などで自己の成長過程を追求した阿部昭は、『司令の休暇』『人生の一日』など、自身の身の回りの事柄を素材とした優れた短編小説を書いた。また、省察にみちたエッセイ集に『言葉ありき』などがある。『司令の休暇』では、不遇な元海軍大佐の父を中心とする家族の日常を私小説の手法で描き、父の老醜を見据えることによって、自己の存在を確認している。

　　そして彼等がいわゆる職業軍人に対して抱いている固定観念のようなものを、僕はいやというほど知っているつもりだった。十歳の子供だった頃からそのことは知っていた。しかし彼等が何と考えようと、いま目の前で襤褸きれのようになって喘いでいるこの老人は、僕の父親だった。その老人の不運や孤独はもとより、その怯懦や卑劣さからさえも僕は免れるつもりはなかった。

（『司令の休暇』）

古井由吉

　古井由吉の代表作『杳子』は、神経に失調をきたした杳子と、「健康人としても、中途半端」な「彼」との主に精神的なかかわり合いを描いた小説である。作者は、人生の日常化に強いこだわりを見せている。人生の日常化とは、「繰り返しばかりで見事に成り立っている」世界への個人の埋没にほかならない。杳子は、「あたしはいつも境い目にいて、薄い膜みたいなの。」「病気の中にうずくまりこむのも、健康になって病気のことを忘れるのも、どちらも同じことよ。」という。病気になり切ることも健康になり切ることも、

結局、精神の緊張・生の実感を欠くという意味では自己を見失うことなのである。小説末尾の一節はたいへん象徴的である。

 彼はそばに行って右腕で杏子を包んで、杏子にならって表の景色を見つめた。（中略）
 地に立つ物がすべて半面を赤く炙られて、濃い影を同じ方向にねっとりと流して、自然らしさと怪奇さの境い目に立って静まり返っていた。
 「ああ、美しい。今があたしの頂点みたい」
 杏子が細く澄んだ声でつぶやいた。もうなかば独り言だった。彼の目にも、物の姿がふと一回限りの深い表情を帯びかけた。しかしそれ以上のものはつかめなかった。

（『杏子』）

杏子は、薄い膜みたいな「境い目」という、危うい均衡の上にいてはじめて「生きていることの実感」を得ることができる。人生もまた「一回限り」のものなのである。

八、戦後の文学４（昭和五十年代以降）

　高度経済成長に陰りが見えはじめたのと平行して、昭和五十年代は、国際化と高度情報化社会へと変容を遂げていった。この年代に入ると、戦後生まれの世代が登場し、昭和五十年代以降の文学既成作家たちとあわせていよいよ文学は多様化する。また、ルポルタージュ・紀行などのノン・フィクションが盛んになった。
　戦後生まれの作家が登場するようになり、新世代の海外感覚が、青野聰、宮内勝典らによって示され、地方が都市化されてゆくありさまは、中上健次、立松和平らによって描かれた。ことに中上は、『枯木灘（かれきなだ）』などにおいて、神話性や土俗性を盛り込みながら、抑圧されたエネルギーの奔出を、肉体と自然との一体化を感じさせる文体で描き出し、緊密な物語空間を創り上げた。一方、都市に生きる若者の風俗と感覚は、＜ロックと自由な性の時代＞を印象づけた村上龍、都会っ子の抑制された羞恥を表出する村上春樹、無意味と戯れる感性を示した島田雅彦によって書き継がれた。
　新世代の作家では、『ノルウェイの森』の村上春樹、『限りなく透明に近いブルー』の村上龍、『僕って何』の三田誠広、『泥の河』『蛍川』の宮本輝、『九月の空』の高橋三千綱、『遠雷』の立松和平、『愚者の夜』の青野聰らが活躍した。そのほか注目すべき作品として、林京子『祭りの場』、中村真一郎『四季』、辻邦生『春の戴冠』、吉行淳之介『夕暮まで』、津島佑子『寵児』、竹西寛子『管絃祭』、加賀乙彦『宣告』、大西巨人『神聖喜劇』、小島

信夫『別れる理由』、金石範『火山島』、吉村昭『破獄』、山口瞳『血族』などがある。

村上春樹
むらかみはるき

『風の歌を聴け』でデビューした村上春樹は、続く『1973年のピンボール』『羊をめぐる冒険』で、現代社会の中の青春の姿を新しい文体で描き、新世代の作家の登場を印象づけた。SF的想像力を駆使したり、『ノルウエイの森』で死を通過儀礼とする青春のかたちを提出したりして、圧倒的に読者を獲得した（図6-12）。次は、大ベストセラーとなった『ノルウェイの森』の結末で、喪失感の中に漂う青春を描いた物語にふさわしい幕切れとなっている。

> 僕は受話器を持ったまま顔を上げ、電話ボックスのまわりをぐるりと見まわしてみた。僕は今どこにいるのだ？　でもそこがどこなのか僕にはわからなかった。見当もつかなかった。いったいここはどこなんだ？僕の目にうつるのはいずこへともなく歩きすぎていく無数の人々の姿だけだった。僕はどこでもない場所のまん中から緑を呼びつづけていた。
>
> （『ノルウェイの森』末尾）

図6-12　ノルウエイの森

大衆文学作家の活躍

昭和40年代から50年代にかけて、直木賞受賞者や大衆文学作家の活動は盛んであった。『火垂るの墓』の野坂昭如、『青春の門』の五木寛之、『光と影』の渡辺淳一、『一絃の琴』の宮尾登美子、『父の詫び状』の向田邦子、『項羽と劉邦』の司馬遼太郎、『吉里吉里人』の井上ひさし、『虚人たち』の筒井康隆、『蒲田行進曲』のつかこうへい、『時代屋の女房』の村松友視、『恋文』の連城三紀彦らがいる。昭和60年代以降では、『ソウル・ミュージック・ラバーズ・オンリー』の山田詠美が注目された。

現代文学の動向

社会全体の工業化に伴って都市化が進み、生活意識も感性のあり方も変容を強いられることになった。都市近郊農村の青年の生を描いた立松和平『遠雷』、都市における幻想空間を描く日野啓三『天窓のあるガレージ』などが書かれた。都市化現象はアメリカ風

の乾いた感性を生み、小説にも定着された。村上龍『コインロッカー・ベイビーズ』(昭和55年)、村上春樹『羊をめぐる冒険』・『ノルウェイの森』、高橋源一郎『優雅感傷的日本野球』などがある。また、軽くしなやかな感性を前面に押し出した作品に、島田雅彦『優しいサヨクのための嬉遊曲』などがある。

これらの動向とは別に、自らの文学的テーマを深めていった作家たちもいた。埴谷雄高『死霊』、辻邦生『フーシェ革命暦』などの大作が完成され、三浦哲郎『白夜を旅する人々』で自分血筋が追跡され、中野孝次『麦熟るる日に』・清岡卓行『大連小景集』・宮尾登美子『朱夏』では自己の青春期が回想された。宮本輝『泥の河』は戦後風景が残る時代への郷愁をにじませている。吉村昭は、『破獄』など、歴史的事件を素材に旺盛作家活動を続けている。

昭和60年代以降の作家としては、『鍋の中』の村田喜代子、『スティル・ライフ』の池澤夏樹、『妊娠カレンダー』の小川洋子、『タイムスリップ・コンビナート』の笙野頼子らがいる。そのほか注目すべき作品として、島田雅彦の『僕は模造人間』、大江健三郎の『燃えあがる緑の木』、遠藤周作の『深い河』などがある。また、吉本ばななの『キッチン』や『TUGUMI』などの作品がベストセラーとなり、「吉本ばなな現象と」呼ばれた。

　　私がこの世で一番好きな場所は台所だと思う。
　　どこのでも、どんなのでも、それが台所であれば食事をつくる場所であれば私はつらくない。できれば機械的でよく使いこんであるといいと思う。乾いた清潔なふきんが何まいもあって白いタイルがぴかぴか輝く。
　　ものすごくきたない台所だって、たまらなく好きだ。
　　床に野菜くずがちらかっていて、スリッパの裏がまっ黒になるくらい汚ないそこは、異様に広いといい。ひと冬軽くこせるような食料が並ぶ巨大な冷蔵庫がそびえ立ち、その銀の扉に私はもたれかかる。油が飛び散ったガス台や、さびのついた包丁からふと目をあげると、窓の外には淋しく星が光る。
　　私と台所が残る。自分しかないと思っているよりは、ほんのすこしましな思想だと思う。
　　本当につかれはてた時、私はよくうっとりと思う。いつか死ぬ時がきたら、台所で息絶えたい。ひとり寒いところでも、だれかがいてあたたかいところでも、私はおびえずにちゃんと見つめたい。台所なら、いいなと思う。

　　　　　　　　　　　　　　　　　　　　　　　　　　　　(『キッチン』冒頭)

女性作家の活躍

女流文学では、津島佑子が想像妊娠を『寵児』で描いて女性幻想の問題を提示し、千刈あがたが離婚女性の新しい生活を『ウホッホ探険隊』で示している。また、三田誠広、宮本輝、＜シングル・セル（孤細胞）＞としての人間を描く増田みず子、木崎さと子、高樹のぶ子、山田詠美らが活躍している。それに、常に新しい文学のスタイルに挑戦している作家として筒井康隆がおり、孤独な少女の心を劇画タッチで描いて見せる吉本ばななの流行がある。昭和50年以降、女性の権利の伸張を求めるフェミニズム運動を背景に、女性作家の活躍が顕著になった。女性が母性を拒否するテーマは、河野多恵子『不意の声』、大庭みな子『拇の夢』にすでにあらわれていたが、これらは女性の生の原質をさぐる津島佑子『火の河のほとますだりで』に受けつがれてゆく。増田みず子『シングル・セル』は、一人の人間が他者から孤絶して生きるさまを描き、家族の崩壊と再構築の問題は千刈あがた『ウホッホ探険隊』でとりあげられた。

九、詩歌

現代詩

大正末から昭和にかけて、プロレタリア文学が盛んになるにつれて、階級運動の立場からの詩の改革が、プロレタリア文学の隆盛とともに盛り上がり、とくに中野重治が優れた詩を作るとともに運動でも役割を果たした。生活の実感にあふれ、鋭い感受性と練り上げられた詩語に詩人としての才能をよく発揮した。そのほか壺井繁治・窪川鶴次郎・小熊秀雄らも優れた詩を出した。

プロレタリア詩

プロレタリア文学運動の展開とともに、従来の叙情や浪漫性を排し、農村や工場の労働者の生活をうたう詩が作られるようになった。そのなかで、中野重治の詩は、イメージの鮮烈さと優れた言葉の選択で、豊かな芸術性を示した。しかし、小林多喜二が虐殺された昭和8年（1933）頃から、プロレタリア詩は詩壇の表舞台から影を潜めた。

　　歌
　お前は歌うな
　お前は赤ままの花やとんぼの羽根を歌うな

風のささやきや女の髪の毛のの匂いを歌うな
　　すべてのひよわなもの
　　すべてのうそうそとしたもの
　　すべての物憂げなものを撥き去れ
　　すべての風情を擯斥せよ
　　もっぱら正直のところを
　　腹の足しになるところを
　　胸先を突き上げて来るぎりぎりのところを歌え

（『中野重治詩集』）

　一方、より芸術的な立場からの改革が、昭和3年（1928）創刊の季刊誌『詩と詩論』の新詩精神運動に始まる。『詩と詩論』は、萩原朔太郎の頽廃的な感情や民衆詩派の粗雑さを批判し、詩法に目覚めることによって、明晰で造形的な言語空間の形成をめざした。ここに伝統的情緒と韻律の呪縛を知性で解き放った新しい詩が成立した。その代表的なものに、三好達治の詩集『測量船（そくりょうせん）』などがある。西欧詩の影響を受けながら、日本の伝統的叙情の延長線上に新たな叙情を創り出した。

　　あはれ花びらながれ
　　をみなごに花びらながれ
　　をみなごしめやかに語らひあゆみ
　　うららかの跫音空にながれ
　　とみをりふしに瞳をあげてかげ翳りなきみ寺の春をすぎゆくなり
　　み寺の甍みどりにうるほひ
　　廂々に
　　風鐸のすがたしづかなれば
　　ひとりなる
　　わが身の影をあゆますいしのうへ

（三好達治『測量船』）

『四季』と『歴程』

　昭和10年代に創刊された詩誌『四季』は、自然に対するナイーブな感受と知的な美意識にもとづく抒情をめざした。同人に三好達治・丸山薫・中原中也・立原道造らがいる。

彼らは、知性と伝統的感性との調和の上に新しい叙情性を回復した。

また、『四季』と並んで、草野心平・金子光晴らを中心とする『歴程』が昭和十年代の詩壇を代表し、独自な個性を発揮した。この派は詩風も一括することはできないが、全体的に、生命感がみなぎり、庶民的な感覚がうかがえる。

戦後の詩

戦後の詩は、まず『荒地』（1947年）グループの活動によって生み出された。鮎川信夫・田村隆一・黒田三郎など若い詩人は戦後の荒廃した風土をうたい、批評精神の復活をはかった。『荒地』に拠った詩人たちは文明における生の意味を問いつめ、荒廃した日本の現実の確認の上に立って新しいヒューマニズムを求めようとし、社会と人間の関係を追求した。孤独や不安が、悲劇的なトーンで表現され、思想詩の傾向をおびている。

『荒地』と時を同じくして、左翼系の詩人グループは、詩誌『列島』によって出発した。戦前のプロレタリア詩を批判的に継承し、社会変革とのかかわりの中から新しい詩をつくっていった。同人の関根弘・長谷川龍生らは、『荒地』と対峙しながら前衛的な方法を磨き、芸術的に自律した社会詩を拓いていった。

『荒地』『列島』に続くものとして、『櫂』は抒情と形而上的思考の融合をめざし、川崎洋と茨木のり子によって創刊された。谷川俊太郎・大岡信・金井直・石垣りんらの詩人があげられる。肉声の響く明るく平易な詩の世界を拓いていった。

　　人類は小さな球の上で
　　眠り起きそして働き
　　ときどき火星に仲間を欲しがったりする

　　火星人は小さな球の上で
　　何をしてるか　僕は知らない
　　（あるいはネリリし　キルルし　ハララしているか）
　　しかしときどき地球に仲間を欲しがったりする
　　それはまったくたしかなことだ

　　　　　　　　　　　　　　　　　　　　（谷川俊太郎『二十億光年の孤独』）

20世紀60年代からは、日米安全保障条約とそれに対する反対闘争のピークであるが、同時に、経済的発展・世相の多様化の時代の入り口にもなり、詩人も多様化してきた。

若々しいスピード感をもつ長田弘、重層的なイメージに特徴のある吉増剛造、関係性の中でしか存在を露にしない人間のようすを描く富岡多恵子らのように独自の活躍をする者が多かった。

70年代に入り、荒川洋治は技術の洗練を隠喩に托し、平出隆は透明で屈折に富む詩の世界を創り出した。その後、肉声の力を信じ、性の神話を解体してゆく伊藤比呂美や、日常性を確かな技術によって抒情詩にしたててゆく井坂洋子が出て、女性詩は活況を呈している。

短歌

大正末から昭和にかけて、石原純をはじめとした口語自由律短歌の運動が活発化し、プロレタリア短歌運動も加わった。『アララギ』では土屋文明が『山谷集』に現実を直視するしたたかな歌風を示し、同派に一時拠った釈迢空は、『海やまのあひだ』で示した古代的な感哀から生活実感に目を向けるようになる。中心にいた斎藤茂吉は石博（五島）茂や太田水穂との論争を通して、理論と実作の二つの面からその本質を深めた。こうした中で、昭和十年（1935）、北原白秋は『多磨』を創刊し、新古今風の幽玄を近代化した新しい浪漫的歌風を試みた。白秋の門下には木俣修・宮柊二らがおり、また、歌壇とは関わりなく独自の歌風を示した歌人に会津八一がいる。大正期に続き昭和期もアララギ派が歌壇の主流を占めていた。

戦時体制のもとにあって抑圧されていた短歌の活動も、敗戦によって新しい歩みを始めた。戦後は、文学者の戦争責任が問われる中で、臼井吉見の『短歌への訣別』（1946年）、小野十三郎の『短歌的抒情に抗して』（1947年）などによって、短歌への批判が述べられた。この否定論の中で、批判を受けとめて出発したのが久保田正文・木俣修の『八雲』（昭和21年創刊）である。斎藤茂吉・釈迢空ら老大家の作品が多かったが、近藤芳美が自分の歌風をきずき、『埃吹く街』（1948）を刊行している。三十年代になると、塚本邦雄、岡井隆、寺山修司らの前衛短歌が現れ、従来の短歌的叙情を根本から変える反写実の方向が打ち出された。その解体以降、歌壇は結社乱立の観を呈している。

短歌は、昭和四十年に入ると、古代や自然に身をゆだねる歌が出、自然との対話を特徴とする前登志夫、伝承や王朝へのまなざしを持つ馬場あき子、山中智恵子らが活躍した。昭和五十年代には、小中英之、高野公彦、小池光が活躍し、阿木津英が登場して、短歌におけるフェミニズム論議がなされた。昭和六十年代に入ると、俵万智が自在な口語による『サラダ記念日』を出し、一躍ブームを起こした。

積みあげし鋼の青き断面に洗らふ雨や無援の思想なり　　　　　近藤芳美
　　　イェスは架りわれはうちふす死のきはを天青金に桃咲きみてり　塚本邦雄

俳句

　大正末から昭和の初めにかけて、高浜虚子の『ホトトギス』は、俳壇の主流を占めていたが、ホトトギス派内部には、そうした平俗な写生に満足できず、近代感覚を重んずる新しい傾向か現れはじめた。水原秋桜子は「自然の真と文芸上の真」を発表して虚子の写生を批判して新興俳句運動を起こし、作者の主観を尊重すべきことを主張し、俳誌『馬酔木』を主宰した。これが機縁となって、ホトトギス派に反発する新興俳句運動が展開された。その後、多くの個性が開花したが、みずみずしい叙情の水原秋桜子、都会を造型的にとらえる山口誓子、斬新な感覚の西東三鬼、秋元不死男らの活躍が注目され、現代俳句への先駆けを示した。また、ホトトギス派に属した中村草田男は、季題を守りながらも、近代的自我を抒情的に表現して、秋桜子門下の加藤楸邨・石田波郷とともに人間探究派などとも呼ばれた。なお、高野素十・川端茅舎・長谷川素逝・中村汀女らは、ホトトギス派に属しながら、清新な句を作った。また、栗林一石路・橋本夢道らは『俳句生活』を創刊してプロレタリア俳句を推進した。

　　　啄木鳥や落葉をいそぐ牧の木々　　　　水原秋桜子
　　　万緑の中や吾子の歯生えそむる　　　　中村草田男

　戦後、評論家桑原武夫が発表した『第二芸術—現代俳句について—』（1946年）は、俳句が社会的責任を果たさないもので、仲間内で楽しむ趣味的なものだと決めつけ、戦後の俳壇に大きな衝撃を与えた。これに応じて山口誓子が、俳誌『天狼』で「根源俳句」を主張した。それ以後、個々の感性の赴くままに多様化の傾向を示すとともに、沢木欣一、金子兜太、さらに飯田龍太、森澄雄、津田清子、高柳重信など方法意識の鮮烈な俳人が多く登場している。現代俳句は、彼らの鮮烈な方法意識と個々の感性の赴くままに多様化の傾向を示している。

　戦後の俳壇は、根源俳句の『天狼』と、『馬酔木』とが大きな中心となり、一方、戦後に登場金子兜太らによって、社会性を帯びた句や前衛的な句が試みられるなど、多様な

展開をみせている。高柳重信はことばとことばのぶつかりあう言語空間をめざし、行を分けるかねことによって内面の流れを視覚的に訴えた。金子兜太は俳句に社会的な問題意識を持ち込み、鷹羽狩行は現代の人間心理や風景を抑制の利いた冴えた感覚で切りとっている。

　昭和四十年代に入って、伝統派の飯田龍太と森澄雄が力のある作を示し、三橋敏雄が、俳諧的要素を洗練された技巧でダンディに仕立てて脚光を浴びた。昭和五十年代には、風俗をユーモラスに句型に溶かし込む坪内稔典らが出、昭和六十年代には、定型に沿わず、言語そのもので新しい光景を構築する夏石番矢らが活躍している。

　　　彎曲し火傷し爆心地のマラソン　　　金子兜太
　　　摩天楼より新緑がパセリほど　　　　鷹羽狩行

十、劇文学

　昭和期には、プロレタリア演劇が組織され、新劇内で左翼的な傾向が多くみられたが、これに対抗して芸術派新劇も活躍した。戦時中はプロレタリア派への弾圧が厳しく、築地座の流れをくむ文学座がわずかに活動していた。戦後の演劇界としては、歌舞伎、そこから派生した前進座、新派として新生新派、新国劇が大衆演劇として活躍を続け、新劇はチェーホフの「桜の園」の合同公演（1945年3月）をきっかけとして活動が再開され、新協劇団（第二次）、文学座、俳優座、民衆芸術劇場（のちの民芸）などが活発な動きを示している。

　劇作では時流におもねる日本人を批判した三好十郎、批評喜劇を開拓していった福田恆存、能の様式と近代的な修辞法を統合した三島由紀夫、喜劇の飯沢匡らが出た。なかでも、フランス現代劇に立脚する加藤道夫と、リアリスティックな現代戯曲を書く一方で、民話劇を創始した木下順二が特記される。

　二十世紀五十年代には、千田是也がブレヒトを、民芸がアメリカの劇作家アーサー・ミラーを紹介して、現代に生きる人間の社会的課題を演劇界に与えた。それは、六十年代に、実存主義と不条理感覚に依拠する椎名麟三や安部公房、原爆問題を主題とする宮本研らによって結実した。七十年代に入ると、ベケット、イヨネスコなどの不条理劇が移入される。この影響のもとに、明確な主体性をもった人間像を提出する方向では、木下順二、田中千禾夫が佳作を書き、日本特有の特性を追求する方向では、福田善之、秋元松代らが活躍した。一方、これらの動向を批判する形で、小劇場運動が興る。作家が

演出を兼ねたり、時には主役も兼ねたりするという表現行動である。アングラ演劇と呼ばれる。

戯曲では、清水邦夫、別役実の活躍が光る。また、井上ひさしは、アングラとミュージカルをつないだ劇を確立した。それらに続いて、笑いを隠れ蓑にして社会の現実を突いてゆくつかこうへい、言葉とイメージの連射で新しい劇空間をつくる野田秀樹が出、1980年代には、抑圧の発散としての笑いを基調とする鴻上尚史が出て、演劇は活況を呈している。

築地小劇場の分裂とプロレタリア戯曲

昭和4年（1929）新劇界の指導者小山内薫が死去した。そして築地小劇場は新築地劇団と劇団築地小劇場に分裂を余儀なくされた。時代の影響を受けて、これらの劇団や左翼劇場も、創立後まもなく、プロレタリア戯曲を取り上げた。藤森成吉の『何が彼女をそうさせたか』、三好十郎の『傷だらけのお秋』『浮標』、村山知義の『暴力団記』などの作品がある。また村山知義・久保栄を中心に、昭和九年結成されたのが新協劇団である。村山と久保に対立はあったが、対立はかえってリアリズムを発展させる好結果を生んだ。しかし戦時体制下で、いずれも昭和十五年に解体させられた。

岸田国士と『劇作』

新感覚派の岸田国士は、小山内薫没後の新劇の指導者として活躍した。『牛山ホテル』などの作品があり、フランス近代劇のエスプリをよく生かしている。

昭和7年（1932）に雑誌『劇作』を創刊し、同人には阪中正夫・川口一郎・田中千禾夫・内村直也・菅原卓・小山祐士らがおり、のちに森本薫も加わった。心理的リアリズムを基調とする劇作派が作られた。

新協劇団の結成と曲折

昭和9年（1934）に村山知義の提唱により新協劇団が結成された。しかし、思想弾圧が次第に厳しくなり、昭和15年（1940）には新築地劇団とともに解散させられる事態となった。プロレタリア演劇出身の久板栄二郎の『北東の風』、久保栄の『五稜郭血書』『火山灰地』は公式的なイデオロギーを排して演劇性を追求した。劇作派とは別に仕事を進めた芸術派の真船豊は『鼬』や『遁走譜』で農村や小都会の人間像を描いた。昭和21年（1946）には村山知義を中心に新協劇団が再建された。東京芸術劇場は昭和22年に解散され、民衆芸術劇場（第一次民芸）が結成された。山本安英はぶどうの会を結成した。

『桜の園』の合同公演

　昭和20年（1945）末、チェーホフの『桜の園』が新劇の関係者により合同で公演されたのを契機として、文学座・俳優座・前進座、それに新たに民芸やぶどうの会などの劇団も結成され、活発な公演運動が始まった。そのことが戦後の演劇の再建への大きな刺激となった。こうした状況の中で、各演劇集団が活発な行動を開始した。こうした演劇の動きに呼応するように、新しい戯曲多く書かれた。新劇も大衆化の方向へ向かっていった。

　作品としてめだったものに、森本薫の『女の一生』、久保田万太郎の『あきくさばなし』、加藤道夫の『なよたけ』、田中澄江の『ほたるの歌』、戦後の新人劇作家木下順二の民話劇『夕鶴』などがあり、ほかには秋元松代・矢代静一らがいる。

　翻訳劇は、この『桜の園』の上演を契機に、チェーホフの他作品をはじめ、ゴーリキーの『どん底』、ゴーゴリの『検察官』、イプセンの『ヘッダ＝ガブラー』、モリェールの『女房学校』『タルチェフ』などが上演された。演劇再建の気運が培われ、創作劇へのステップとなった。

新作家の登場

　新作家の登場も華やかで、木下順二や三島由紀夫が注目された。木下は、民話劇や歴史劇に特色を発揮し、『風浪』『夕鶴』『オットーと呼ばれる日本人』を発表した。『なよたけ』の幻想的手法で注目された加藤道夫や『キティ颱風』の福田恆存、『汽笛一声』の中村光夫、『どれい狩り』『棒になった男』の安部公房、『世阿弥』の山崎正和は異色であった。三島由紀夫の『鹿鳴館』、山崎正和の『世阿弥』なども好評を博した。

テレビのシナリオ

　新しいメディアであるテレビの発達は演劇界にも変化をもたらした。倉本聰、山田太一、橋田寿賀子、向田邦子らのシナリオ・ライターが登場し、二時間ドラマ、大河ドラマなどというテレビ用語を定着させた。

第三節　現代文学のまとめ

一、現代文学の諸相

　日本現代文学は第二次世界大戦を堺に前期と後期に分けられる。

　前期は昭和初期から戦争中の文学である。昭和初期の文学は、大正末期の文学の革命と、革命の文学の影響を受けて、三派鼎立の状態で文壇を三分した。中で、芸術的近代派とプロレタリア文学による変革の目覚ましさが目立った。伝統派の文学は、芸術的近代派とプロレタリア文学が退潮するに至って、ようやく息を吹き返し、文芸復興の様相を示した。その後、事変から戦争へと全国民を駆り立てた時代を反映して、言論・思想は戦時統制下に置かれ、表現の自由を奪われた文壇の沈滞と荒廃は避けがたかった。文化統制が強力になったため、文学もその動向に敏感な対応を示した。文化統制に反発して、敢えて芸術的抵抗をした者もあったが、戦局の進展に応じて、筆を折るか、戦意高揚につながる前向きな文字を連ねるようになった。日本浪曼派のように、古典回帰と、西欧的近代批判によって、戦時中を生き延びたものもあった。

　後期は敗戦後から現在までの文学で、戦後文学とも呼ばれる。言語・表現の自由が回復した戦後は、中堅作家が復活し、また、新戯作派の活躍、雑誌「新日本文学」に結集した旧プロレタリア作家集団の民主主義文学運動がおこった。また、雑誌「近代文学」によった第一次戦後派、朝鮮戦争勃発後の社会の新情勢の下で登場した第二次戦後派の作家は、戦中・戦後という極限的状況を自己の思想的諸契機として出発し、実験的で重い主題の作品を発表した。文学者の発言力・影響力の強さが注目されるなかで、大江健三郎・開高健は、多彩な活動を見せた。その後、昭和20年代から30年代にかけて、戦後社会の安定化とともに、日常生活に密着し、個人のあり方を見定める第三の新人グループが登場してきた。また、出版ジャーナリズムの発達による純文学の中間小説化によって、純文学と大衆文学の区別が困難になり、いわゆる「純文学変質論争」という論争までおこすに至る。昭和40年代に入ると、高度成長段階に入った日本の社会を背景に、不確かな日常性や人間関係を精緻に写し出そうとする「内向の世代」の作家たちが現れ、新しい時代の文学が生み出されつつある。

二、現代文学史用語解説

1. プロレタリア文学

　大正の半ば、マルクス主義の移入がきっかけでおこった、目的意識を持ったプロレタリア革命運動に伴う文学で、資本主義社会においての労働者・農民の階級的要求と自覚を描いた。階級闘争の武器としての役割を果たそうとするところにその目的がある。

2. 新感覚派

　『文芸時代』に拠った人々の表現革新運動に対する名称。外界の客観描写を排して、内面の感覚的表現の中に文学の実情を求めようとし、感覚が現実描写の専一な手段であった。

3. 新興芸術派

　昭和初期のプロレタリア文学の隆盛に対抗して作られた文学流派。新潮社を背景に反マルクス主義の立場から結成され、珍奇な発想で注目されたが、主流は退廃的・享楽的傾向が強買った。十三人倶楽部、新興芸術派倶楽部へと発展したが、特にまとまった主張はなかった。

4. 新心理主義文学

　新興芸術派の主張を体現し、発展させた文学。新感覚派の流れを受け継ぎ、精神分析や深層心理を芸術的に表現しようとし、心理主義的傾向の文学の伝統的拘束を脱却した。複雑な心理や屈折した意識を分析して表現しようとした。ジョイス・プルーストなどの影響と受けた『詩と詩論』などのシュール・レアリストにより推進された。

5. 転向文学

　思想弾圧、プロレタリア文学運動内部組織の対立などにより、昭和初期、プロレタリア文学を書いていた作家たちは、左翼運動の弾圧強化により、共産主義思想の放棄や、その苦悩などを主題とする文学に転向した。これらの作家たちにより書かれた文学。左傾した作家の手になるものと、転向そのものを主題とした作品とに大別できる。

6. 国策文学

　昭和10年代半ば頃の「国策」に沿った文学。火野葦平の『麦と兵隊』に代表される戦

争文学や、農村文化振興策と合致した島木健作に代表される農民文学を中心に、生産文学や歴史小説や軍事物語を含む政府公認の文学。

7. 象徴主義

日本では上田敏の『海潮音』によりフランスの象徴詩人の作品が紹介され、蒲原有明により一つの頂点を示した。感情の生の表現ではなく、間接的暗示方法により、思想や気分、情緒を表現しようとする。

8. 民主主義文学

プロレタリア文学運動を批判的に継承し、日本の民主主義を目指す文学。旧プロレタリア文学運動の中核となった人々により新日本文学会が創立され、「新日本文学」を拠点とした。

9. 戦後派文学

マルキシズム運動と関係を持ち、転向と戦争という体験を持った人々による、精神面での近代的主体の確立を目指した文学現象。理想の喪失、現実の崩壊といった極限状況の中で、人間存在の追求を主要なテーマとした。雑誌『近代文学』が拠点となった。

10. 無頼派

戦後的な新しい文学の作者として注目された一群の作家のことを指して言う。日本の既成のモラルを否定し、「無頼」「放縦」「独立不羈」がその特色を成す。旺盛な批評精神をもち、既成のリアリズムに不信を表明し、虚無・退廃の中に身をゆだねながら、そこに生誕の希望をみようとした。戦前の昭和十年ごろ既に文壇に登場した太宰治、坂口安吾、石川淳、織田作之助、伊藤整などはこの流派の主な作家である。新戯作派とも呼ばれる。

11. 第三の新人

第一次・第二次戦後派の後を受け、昭和28年から30年の間に主に芥川賞を受賞した文壇に登場した人々。戦後派の思想性・政治性を離れ、個人的な体験を感覚的に描き、日常生活に潜む空虚感に根ざしたより日常的・生活的な感覚と意識に貫かれた文学を創造した。安岡章太郎、吉行淳之介、小島信夫、庄野潤三、遠藤周作、阿川弘之ら。

12. 内向の世代

　昭和40年代に文壇に登場した人々で、非政治的な場で、精神の内面を凝視し、自己の内部と日常性とにおける不安や非現実を追求することによって、現実を照射する。古井由吉、後藤明生、黒井千次、阿部昭、柏原兵三、小川国夫ら。

三、学習のポイント

1. 時代

　昭和時代～今日

2. 小説・評論のまとめ

　■大正末～昭和初期―プロレタリア文学

　プロレタリア文学　プロレタリア解放運動に伴う文学。社会主義・共産主義を思想的基盤としていた。

　雑誌：『種蒔く人』『文芸戦線』『戦旗』

　葉山嘉樹『海に生くる人々』、小林多喜二『蟹工船』、徳永直『太陽のない街』

　■昭和初期―芸術派

　新感覚派―知的に再構成された感覚で現実をとらえることを主張。特に『文芸時代』に集った人々を言う。

　横光利一：『日輪』『機械』『紋章』『旅愁』

　川端康成：『伊豆の踊子』『雪国』

　新興芸術派―井伏鱒二『山椒魚』、梶井基次郎『檸檬』

　新心理主義―堀辰雄『聖家族』『風立ちぬ』、伊藤整

　■昭和十年代の文学

　転向文学―中野重治・島木健作

　既成作家の活躍―永井荷風『濹東綺譚』、谷崎潤一郎『春琴抄』、島崎藤村『夜明け前』、徳田秋声『縮図』・『志賀直哉抄』

　その他―『文学界』（小林秀雄ら）と『日本浪曼派』、火野葦平『麦と兵隊』（国策文学）、中島敦『山月記』『李陵』、山本有三

　評論―三木清・唐木順三

第六章　現代の文学

■戦後の文学

老大家の復活―谷崎潤一郎『細雪』、川端康成『山の音』『千羽鶴』、志賀直哉、永井荷風、正宗白鳥、井伏鱒二ほか

新戯作派―戦後のモラルや既成の文学観に反発し、自虐・退廃の態度で創作活動をした作家たちを言う。「無頼派」とも。

織田作之助、太宰治『ヴィヨンの妻』『斜陽』『人間失格』、坂口安吾『白痴』『堕落論』

新日本文学会　旧プロレタリア系文学者が民主主義文学の普及を目標に、昭和20年に結成したグループ。機関誌は『新日本文学』。（宮本百合子『播州平野』ら）

戦後派文学―昭和21年創刊の同人誌『近代文学』を中心に生まれた新しい作家を言う。雑誌『近代文学』

➢ 第一次戦後派

梅崎春生：『桜島』

野間宏：『暗い絵』『真空地帯』

➢ 第二次戦後派

安部公房：『赤い繭』『壁』『砂の女』

三島由紀夫：『仮面の告白』『金閣寺』

大岡昇平：『俘虜記』『野火』『武蔵野夫人』

➢ 第三の新人

安岡章太郎：『海辺の光景』

吉行淳之介：『驟雨』

遠藤周作：『沈黙』『海と毒薬』

大江健三郎：『飼育』『個人的な体験』

■昭和30年代

石原慎太郎『太陽の季節』、深沢七郎『楢山節考』、開高健、大江健三郎、安部公房、井上光晴

■昭和40年代

内向の世代―昭和40年代に活躍した、自己の内面に固執する作家たちをいう。（北杜夫・高橋和巳ら）

評論―桑原武夫、加藤周一、中村真一郎、福永武彦

村上春樹、島田雅彦・吉本ばなな、辻邦生、中上健次ほか

四、その他のまとめ

1．現代文学の主な作品一覧

成立	作品名	作者・編者	ジャンル
1926	伊豆の踊子	川端康成	小説
1929	蟹工船	小林多喜二	小説
	太陽のない街	徳永直	小説
1935	私小説論	小林秀雄	評論
1936	風立ちぬ	堀辰雄	小説
1935	夜明け前	島崎藤村	小説
1937	生活の探求	島木健作	小説
	濹東綺譚	永井荷風	小説
	雪国	川端康成	小説
1942	山月記	中島敦	小説
1943	細雪	谷崎潤一郎	小説
1946	播州平野	宮本百合子	小説
1947	斜陽	太宰治	小説
1948	俘虜記	大岡昇平	小説
	人間失格	太宰治	小説
1949	仮面の告白	三島由紀夫	小説
1950	赤い繭	安部公房	小説
	風俗小説論	中村光夫	評論
1952	真空地帯	野間宏	小説
1954	アメリカン・スクール	小島信夫	小説
1955	白い人	遠藤周作	小説
1956	金閣寺（三島由紀夫）		小説
1957	死者の奢り	大江健三郎	小説
	パニック	開高健	小説
	天平の甍	井上靖	小説
1958	飼育	大江健三郎	小説
1959	海辺の光景	安岡章太郎	小説
1962	悲の器	高橋和巳	小説
1976	限りなく透明に近いブルー	村上龍	小説
1988	キッチン	吉本ばなな	小説

2. 現代文学の思潮と流派

流派		思潮	代表作家と作品
プロレタリア文学		大正の半ば、マルクス主義の移入がきっかけでおこった、目的意識を持ったプロレタリア革命運動に伴う文学。	葉山嘉樹『海に生くる人々』、小林多喜二『蟹工船』、徳永直『太陽のない街』
芸術派	新感覚派	『文芸時代』を拠点とし、新鮮な感覚的表現とスタイルにふさわしい主題や構想を持っていた。	横光利一『日輪』、川端康成『伊豆の踊子』『雪国』
	新興芸術派	新潮社を背景に反マルクス主義の立場から結成され、珍奇な発想で注目されたが、主流は退廃的・享楽的傾向が強く、傍流の作家に見るべきものがある。	井伏鱒二『山椒魚』、梶井基次郎『檸檬』、阿部知二『冬の宿』
	新心理主義	新感覚派の流れを受け継ぎ、精神分析や深層心理を芸術的に表現しようとし、心理主義的傾向の文学の伝統的拘束を脱却した。	堀辰雄『風立ちぬ』『聖家族』、伊藤整『幽鬼の街』
転向文学		プロレタリア文学を書いていた作家たちは、左翼運動の弾圧強化により、共産主義思想の放棄や、その苦悩などを主題とする文学に転向した。	中野重治『村の家』、島木健作『生活の探求』、立野信之『友情』
日本浪漫派		初め『日本浪曼派』、後に『コギト』に拠り、日本古典美の称揚につとめ、文化の危機、精神の腐敗は伝統的古典美によって防衛されるとした。	保田與重郎『日本の橋』
戦後文学	新戯作派	旺盛な批評精神をもち、既成のリアリズムに不信を表明し、虚無・退廃の中に身をゆだねながら、そこに生誕の希望をみようとした。	太宰治『斜陽』『人間失格』、坂口安吾『白痴』
	『新日本文学』派	プロレタリア文学運動の伝統を継承し、より広汎な民主主義文学勢力の結集をめざして新日本文学会を創立し、革命文学の前衛性を止揚した。	宮本百合子『播州平野』、徳永直『妻よねむれ』、中野重治『五勺の酒』
	第一次戦後派	戦時下に青春をおくった若い世代が、理想の喪失・眼前の現実の崩壊というし厳しい現実のなかで、自我の再建を模索した。	椎名麟三『深夜の酒宴』、野間宏『真空地帯』、梅崎春生『桜島』
	第二次戦後派	戦争体験を発想の前提において、戦後社会の混沌と苦悩を反映させる文学を築いた。文学手法においてもさまざまな実験性がみられた。	大岡昇平『野火』、安部公房『砂の女』、三島由紀夫『金閣寺』
第三の新人		戦後派の実験性や観念性と自己を区別し、日常生活に潜む空虚感に根ざしたより日常的・生活的な感覚と意識に貫かれた文学を創造した。	安岡章太郎『悪い仲間』、小島信夫『アメリカン・スクール』
内向の世代		自己の内部と日常性とにおける不安や非現実を追求することによって、現実を照射する。	小川国夫『アポロンの島』、古井由吉『杳子』、阿部昭『司令の休暇』

総合練習

1. 非転向文学者として、長編「播州平野」で戦後文学の幕を上げたのは（　　　）である。
   A. 太宰治　　　　B. 平林たい子　　　C. 宮本百合子　　　D. 壷井栄

2. 「新戯作派」と呼ばれ、日本敗戦後、反既成の批判精神で活躍したのは（　　　）たちである。
   A. 無頼派の太宰治　　　　　　　　　B. 耽美派の谷崎潤一郎
   C. 新思潮派の芥川龍之介　　　　　　D. 戦後派の野間宏

3. 戦後による旧秩序の崩壊と価値の転換は既成文学とはまったく異質の新しい文学を創造したのは（　　　）文学である。
   A. 無頼派　　　　B. 戦後派　　　　C. 新感覚派　　　　D. 第三の新人

4. 二十世紀五十年代初期に、文壇に登場し、戦後作家とかなり違う新しい文学グループは（　　　）と呼ばれる。
   A. 新戯作派　　　　B. 第三の新人　　　　C. 内向の世代　　　　D. 民主主義文学

5. ノーベル受賞者で、戦後青年の精神状況を特異の素材と独自の文体によって定着させた作家は（　　　）である。
   A. 川端康成　　　　B. 夏目漱石　　　　C. 大江健三郎　　　　D. 三島由紀夫

6. 戦後派ではない作家は（　　　）である。
   A. 井上靖　　　　B. 野間宏　　　　C. 安部公房　　　　D. 三島由紀夫

7. 昭和40年代、政治や社会より人間そのものに焦点を当て、自己の内面を凝視した作家たちは（　　　）と呼ばれた。
   A. 戦後派　　　　B. 第三の新人　　　　C. 無頼派　　　　D. 内向の世代

8. 『金閣寺』の説明に適するものとして、正しいものを選びなさい。
   A. 戦後で没落した貴族の母子を描いた太宰治の小説
   B. 伝統的な日本美の世界を背景に、女性の悲しみを描いた川端康成の代表的な長編小説
   C. 実際の事件を題材にして、青年僧侶の疎外感と孤独を描いた三島由紀夫の代表作
   D. 特異の文体と主題の発見で、日本文学になかった斬新さを示した作品

9. 次のものを時代順に並べると、正しいものはどれか。
   A. 自然主義　　　戦後派　　　第三の新人　　　擬古典主義
   B. 自然主義　　　第三の新人　　　戦後派　　　擬古典主義

第六章　現代の文学

C. 擬古典主義　　自然主義　　第三の新人　　戦後派
D. 擬古典主義　　自然主義　　戦後派　　第三の新人

10. （　　）は伝統的な日本の美的世界を背景に、女性の悲しみを描いた川端康成の代表的な長編小説である。
　　A. 春琴抄　　　B. 千羽鶴　　　C. 雪国　　　D. 伊豆の踊り子

11. 白樺派の代表作家以外のものを次から選びなさい。
　　A. 志賀直哉　　B. 芥川龍之介　　C. 有島武郎　　D. 武者小路実

12. 大正末期から昭和初期にかけて、日本の（　　）文学は芸術派とは別の視点から既成文壇の否定を目指して、第一次世界大戦後の労働者と資本家との対立の激化を背景に展開された。その代表的な作家のは（　　）（　　）などである。

13. 第二次世界大戦後、文学においても自由な雰囲気が漂っていた。既成作家が再び活動を開始した。『灰色の月』の（　　）、『千羽鶴』『山の音』の（　　）などである。

14. 次の日本文学用語を日本語で述べなさい。
　　戦後派文学　　　　無頼派
　　第三の新人　　　　内向の世代

15. 日本現代文学の特徴について説明しなさい。

■コラム：大衆文学

　近代における「大衆」という概念は、「近代政治の進化」（長谷川如是閑、1928年）によって成立したものといわれている。江戸時代の「民」は近代以降の政論で取り上げられてから、社会または文学の分野に「大衆」として登場した。
　「大衆文学」（popular literature）の概念については、比較文学者の井上健の説によると、多くの読者層に広範に受け容れられた文学で、簡素で情緒的な内容をその本性として、通例、刊行後ただちに人気を博し、広範に享受され、しばしばすぐに忘れ去られる文学を指す。また、古くからの説話（せつわ）や口伝文学、近代以降の冒険小説、探偵小説、またはファンタジー、SF小説など、それぞれのジャンルの固有の定型（formula）、時代に求められて慣習を乗り越える「大衆文学」は永続的な価値を与えられる。
　大衆文学と純文学の区別については、多岐にわたる研究があるが、純文学は作者が一

人の人間として世界を「解釈」し、己の宿命と対峙するときに使う武器であり、大衆文学は作者が生産者として読者に提供する「消費財」であると考えている。娯楽としての作品を広く提供する意味で、狭い路地へ潜っていく純文学を是正する側面を持っており、その調和が日本では中間文学の形として現れる。主に内循環している純文学と異なり、時代の共通の感覚、精神的風貌を体現しうる大衆文学は終始時代と大衆の動きにリンクしている。円本ブームや立川文庫の成立など、出版と印刷業界の発達に大きく寄与した。現代もマスメディアの発展に影響され、サブカルチャーなど多くのジャンルにインスピレーションを与え続けている。多くの読者に支持されているジャンルとして、主に以下のようなものが挙げられる。

探偵小説（推理小説、ミステリー）は近代において最初に大衆の読者を獲得した文学ジャンルと言えよう。日本のみならず、中国でも一時的に近代の文壇を席巻しており、翻訳小説から翻案創作まで、おびただしい数の探偵小説が量産されている。その理由はいろいろ考えられるが、探偵小説が西洋からの舶来品で、手法とテーマの斬新さによるものが大きい。伝統的な小説の場合、まず登場人物の本籍生年、相貌・服飾などの紹介から入り、物語に入るまでの前振りがなかなか長い。冒頭でいきなり殺人事件が起きてそのままミステリー展開に繋がる探偵小説の展開は非常に新鮮に映った。日本の場合、黒岩涙香（1862—1920）の創作探偵小説「無惨」が日本の推理小説の走りとなるが、江戸川乱歩、横溝正史らによって大きく発展を遂げる。夢野久作、中井英夫らによる怪奇推理小説がコアな読者の心を掴み、松本清張、森村誠一らを代表とする社会派推理小説が隆盛を誇り、赤川次郎、東野圭吾らのミステリー小説家が時代の風雲児になっており、探偵小説は今日に至っても大衆文学の一大勢力となっている。

時代小説は、歴史題材を背景で主人公が荒唐無稽、痛快無比な活躍で読者を魅了する娯楽小説で、かつては大衆小説の代名詞であった。探偵推理小説と比べれば土着的な要素が強く、『オール讀物』のような専門誌を陣地にして作品が続々と発表され、日本では根強い人気を誇っている。剣客物、捕物帳、股旅物などのジャンルに細分化され、中里介山の『大菩薩峠』、吉川英治の『宮本武蔵』、池波正太郎の『鬼平犯科帳』『剣客商売』、柴田錬三郎『眠狂四郎』など長大なシリーズになって人口を膾炙する物が多く、時代劇ブームの下支えにもなっている。また山田風太郎の『魔界転生』など従来の枠から逸脱しているものも存在するが、やがて幻想小説と合流していく。

幻想小説については、高原英理の説明を借りると、想像力が「ここにないこと・もの」を思い描く能力ならば、「ここにありえないこと・もの」を想像する力は、「過度の想像

力」と言える。幻想文学とは、過度の想像力の優位を延長した結果としての、あるがままのものに飽き足りない意識が紡ぎだした世界の様相を語る文学である。中国伝来の伝奇物、日本古来の怪奇話、そして西洋舶来のファンタジーはいずれもこのジャンルに含まれ、SF、ゴシック小説という独自の分枝も形成された。幻想小説はサブカルチャーにもっとも影響を与えているジャンルと言える。栗本薫のファンタジー大作『グイン・サーガ』（1979—未完）、田中芳樹によるSF長編小説『銀河英雄伝説』（1982～1989年）などは、今日も多くの読者を魅了しつづけている。

　1960年代に創刊した少女向け小説を専門とするコバルト文庫は氷室冴子、新井素子ら多くの女性作家を生み出したが、その後を追ってソノラマ文庫、電撃文庫などによる青少年向けの小説が市場を拡大し、ライトノベルの台頭、またネット小説の誕生につながっていく。1990年代以降、携帯小説はスマートフォンの流行によって登場し、『世界の中心で愛を叫ぶ』などの作品が社会現象まで引き起こし、一世を風靡した。二十一世紀の大衆文学の形もマルチメディアの発展の影響を受けて、時代とともに変化していくであろう。

付　録

一、総年表

時代	西暦	社会・文化・歴史	日本文学事項	世界の文学事項
上古時代				詩経　　前十一世紀
				イリヤッド・ォデッセィ　前九世紀
				論語（孔子）　前五世紀
		大和朝廷の統一	神話・伝説・説話	アラビアンナイト　三〜七世紀
		漢字・仏教の伝来	祝詞・宣命 記紀歌謡	
	607	遣隋使派遣	風土記・万葉集	文選（昭明太子）　六世紀
	630	遣唐使派遣		
	645	大化改新		
	712		古事記（太安万侶）	
	720		日本書紀（舎人親王）	
	733		出雲風土記	
	751		懐風藻	
	760 以降		万葉集	
	762			李太白詩集（李白）
	770			杜工部集（杜甫）
	772		歌経標式（藤原浜成）	
中古時代	794	平安京に遷都		
	797		続日本紀（菅野真道ら）	
	806			長恨歌（白楽天）
	814		凌雲集（小野岑守ら）	
	816			琵琶行（白楽天）
	818		文華秀麗集（藤原冬嗣ら）	
	819 ごろ		文鏡秘府論（空海）	
	823 ごろ		日本霊異記（景戒）	
	824			白氏文集（白楽天）

続表

時代	西暦	社会・文化・歴史	日本文学事項	世界の文学事項
中古時代	827		経国集	
	835		性霊集（空海）	
	869		続日本後記（藤原良房ら）	
	894	遣唐使を廃止		
	?		竹取物語	
	?		伊勢物語	
	900		菅家文草（菅原道真）	
	905		古今和歌集（紀貫之ら）撰進の詔	
	905 ごろ		古今集仮名序（紀貫之）	
	907	唐滅亡		
	927		延喜式（祝詞）	
	935 ごろ		土佐日記（貫之）	
	940 以降		将門記	
	?		平中物語	
	?		大和物語	
	951 まで		大和物語	
	974 以降		蜻蛉日記（藤原道綱母）	
	?		宇津保物語	
	?		落窪物語	
	1000 ごろ		枕草子（清少納言）	
	?		源氏物語（紫式部）	
	1008 ごろ		和泉式部日記	
	1010 以降		紫式部日記	
	1012 ごろ		和漢朗詠集（藤原公任）	
	?		堤中納言物語	
	1060 ごろ		更級日記（菅原孝標女）	
	1084 ごろ			資治通鑑（司馬光）
	?		栄華物語	
	?		大鏡	
	1177		今鏡	四書集注（朱熹）
	?		今昔物語集	
中世時代	1192	鎌倉幕府開府		
	?		水鏡	
	1205		新古今和歌集（藤原定家ら）	
	?		発心集（鴨長明）	

続表

時代	西暦	社会・文化・歴史	日本文学事項	世界の文学事項
中世時代	1211頃		無名抄（鴨長明）	
	1212		方丈記（長明）	
	1212—1221		宇治拾遺物語	
	?		保元物語	
	?		平治物語	
	1235		小倉百人一首（定家）	
	?		平家物語	
	1254		古今著聞集（橘成季）	
	1321			神曲（ダンテ）
	1330—1331		徒然草（兼好）	
	1333以降		増鏡	
	1338	室町幕府開府		
	1339		神皇正統記（北畠親房）	
	1370—1371頃		太平記	
	?		御伽草子—鉢かづき・酒呑童子・一寸法師・文正草子など	
	1408ごろ		風姿花伝（世阿弥）	
	1424		花鏡（世阿弥）	
	1463—1464		ささめごと（心敬）	
	1467	応仁の乱始まる	吾妻問答（宗祇）	
	1475		心敬 没	
	1488		水無瀬三吟百韻（宗祇ら）	
	1495		新撰菟玖波集（宗祇ら）	
	1518		閑吟集	
	1573	室町幕府滅亡		
近世時代	1603	江戸幕府開府		
	1623		醒睡笑（安楽庵策伝）	
	1629	女歌舞伎を禁止		
	1658		浮世物語（浅井了意）	
	1679			聊斎志異（蒲松齢）
	1682		好色一代男（井原西鶴）	
	1686		好色一代女（西鶴）	
			好色五人女（西鶴）	
			出世景清（近松門左衛門）	

続表

時代	西暦	社会・文化・歴史	日本文学事項	世界の文学事項
近世時代	1687		鹿島紀行（芭蕉）	
	1688		武家義理物語（西鶴）	
			日本永代蔵（西鶴）	
			更科紀行（芭蕉）	
			ひさご（浜田珍碩）	
	1690		幻住庵記（芭蕉）	
	1691		嵯峨日記（芭蕉）	
			笈の小文（芭蕉）	
	1692		世間胸算用（西鶴）	
	1702		奥の細道（芭蕉）	
	1703		曽根崎心中（近松）	
	1715		国性爺合戦（近松）	
	1716	享保の改革		
	1720		心中天網島（近松）	ロビンソン・クルーソー（デフォー）
	1775		金々先生栄花夢（恋川春町）	若きウェルテルの悩み（ゲーテ）
			去来抄（向井去来）	
	1776	アメリカ独立宣言	雨月物語（上田秋成）	
	1796		源氏物語玉の小櫛（本居宣長）	
	1797		新花摘（与謝蕪村）	
	1798		古事記伝（宣長）	
	1801		本居宣長 没	
	1802		東海道中膝栗毛初編（十返舎一九）	
	1807—1811		椿説弓張月（滝沢馬琴）	
	1808 ごろ		春雨物語（秋成）	
	1809—1813		浮世風呂（式亭三馬）	
	1813—1814		浮世床（三馬）	
	1814—1842		南総里見八犬伝（馬琴）	
	1819		おらが春（小林一茶）	
	1832—1833		春色梅児誉美一・二編（為永春水）	
近代	1868	明治維新		白痴（ドストエフスキー）
	1869	東京遷都		
	1870—1876		西洋道中膝栗毛（仮名垣魯文）	
	1871—1872		安愚楽鍋（魯文）	

続表

時代	西暦	社会・文化・歴史	日本文学事項	世界の文学事項
近代	1872		学問ノススメ（福沢諭吉）	
	1877	自由民権運動高まる		
		政治小説の隆盛		
	1882		新体詩抄（外山正一ら）	
	1882—1883		民約訳解（中江兆民）	
	1883			女の一生（モーパッサン）
	1883—1884		経国美談（矢野龍渓）	
	1885	硯友社結成・「我楽多文庫」刊		
	1885—1886	文学革新と言文一致運動高まる	当世書生気質（坪内逍遙）	
			小説神髄（坪内逍遙）	
	1885—1897		佳人之奇遇（東海散士）	
	1886		新体詞選（山田美妙ら）	小公子（バーネット）
			雪中梅（末広鉄腸）	
			小説総論（二葉亭四迷）	
	1887	「国民之友」刊		
	1887—1889		浮雲（二葉亭四迷）	
	1889	「しがらみ草紙」刊	楚囚之詩（北村透谷）	
			於母影（森鷗外ら）	
	1890		舞姫・うたかたの記（森鷗外）	
	1891	「早稲田文学」刊	蓬莱曲（透谷）	ドリアン・グレイの肖像（ワイルド）
	1891—1892		五重塔（露伴）	ヤーロック・ホームズの冒険（ドイル）
			没理想論争（逍遙と鷗外）	
	1892		厭世詩家と女性（北村透谷）	
	1892—1894		即興詩人（鷗外訳）	にんじん（ルナール）
	1893	「文学界」刊・浅香社結成	人生に相渉るとは何の謂ぞ・内部生命論（透谷）	
	1895		たけくらべ・にごりえ・十三夜（樋口一葉）	
			書記官（川上眉山）	
			変目伝・黒蜥蜴（広津柳浪）	
			夜行巡査・外科室（泉鏡花）	
	1896	「めざまし草」「新声」刊	東西南北（与謝野鉄幹）	かもめ（チェーホフ）

続表

時代	西暦	社会・文化・歴史	日本文学事項	世界の文学事項
近代			多情多恨（紅葉）	
	1897	「ホトトギス」刊	若菜集（島崎藤村）	
	1897―1802		金色夜叉（紅葉）	
	1898―1899		不如帰（徳冨蘆花）	復活（トルストイ）
	1990	「明星」刊	高野聖（鏡花）	
			はつ姿（小杉天外）	
			自然と人生（徳富蘆花）	
	1901		落梅集（藤村）	三人姉妹（チェーホフ）
			みだれ髪（与謝野晶子）	
	1902		地獄の花（永井荷風）	どん底（ゴーリキー）
			重右衛門の最後（田山花袋）	
	1904		露骨なる描写（田山花袋）	桜の園（チェーホフ）
			海潮音（上田敏訳）	
	1905―1906	自然主義最盛期となる	青春（小栗風葉）	車輪の下（ヘッセ）
			吾輩は猫である（夏目漱石）	
	1906		野菊の墓（伊藤左千夫）	白い牙（ロンドン）
			破戒（藤村）	
			坊っちゃん・草枕（漱石）	
			神秘的半獣主義（岩野泡鳴）	
	1907		虞美人草（漱石）	
			蒲団（花袋）	
	1908		春（藤村）	青い鳥（メーテルリンク）
			あめりか物語（荷風）	
			三四郎（漱石）	
	1909		それから（漱石）	狭き門（ジイド）
			耽溺（岩野泡鳴）	
			ヰタ・セクスアリス（鷗外）	
			ふらんす物語・すみだ川（荷風）	
			田舎教師（花袋）	
	1910		一握の砂（石川啄木）	マルテの手記（リルケ）
			家（藤村）	
			門（漱石）	
			刺青（谷崎潤一郎）	
			網走まで（志賀直哉）	
			土（長塚節）	

続表

時代	西暦	社会・文化・歴史	日本文学事項	世界の文学事項
近代			足迹（秋声）	
			時代閉塞の現状（啄木）	
	1910—1911	大逆事件	青年（鷗外）	
	1911	辛亥革命起こる	お目出たき人（武者小路実篤）	
			黴（秋声）	
			妄想（鷗外）	
	1911—1913		雁（鷗外）	
	1912	「奇蹟」刊	悲しき玩具（啄木）	ベニスに死ナ（トーマス・マン）
			大津順吉（直哉）	
			演劇新生（小山内薫）	
			千曲川のスケッチ（藤村）	
	1912—1913		行人（漱石）	
	1913	芸術座結成	阿部一族（鷗外）	失われた時を求めて（プルースト）
	1914	「新思潮（第三次）」刊	珊瑚集（荷風訳）	
			こころ（漱石）	
	1915		山椒大夫（鷗外）	人間の絆（モーム）
			羅生門（芥川龍之介）	
			道草（漱石）	
			その妹（武者小路実篤）	
	1916	「新思潮（第四次）」刊	高瀬舟・渋江抽斎（鷗外）	変身（カフカ）
			明暗（漱石）	若き日の芸術家の肖像（ジョイス）
			貧しき人々の群（宮本百合子）	
			鼻（龍之介）	
			善心悪心（里見淳）	
			項羽と劉邦（長与善郎）	
			屋上の狂人（菊池寛）	
	1917	新国劇場創立	月に吠える（萩原朔太郎）	
		ロシア革命	城の崎にて（直哉）	
			カインの末裔（武郎）	
			父帰る（菊池寛）	
			神経病時代（広津和郎）	
	1917—1918		田園の憂鬱（佐藤春夫）	

続表

時代	西暦	社会・文化・歴史	日本文学事項	世界の文学事項
近代	1918	ロシア十月革命	愛の詩集・抒情小曲集（室生犀星）	狂人日記（魯迅）
			地獄変（龍之介）	
			新生（藤村）	
			子をつれて（葛西善蔵）	
	1919	五・四運動	或る女（武郎）	田園交響楽（ジイド）
			友情（実篤）	
	1920		真珠夫人（寛）	
	1921	「種蒔く人」刊	黒衣聖母（日夏耿之介）	阿Q正伝（魯迅）
	1921—1937		暗夜行路（直哉）	
	1922		海神丸（野上弥生子）	チボー家の人々（マルタン・デュ・ガール）
			都会の憂鬱（春夫）	
	1922—1923		多情仏心（淳）	
	1923	関東大震災	日輪・蠅（横光利一）	青い麦（コレット）
	1924	築地小劇場創立・「文芸戦線」「文芸時代」刊	春と修羅（宮沢賢治）	魔の山（マン）
			痴人の愛（谷崎潤一郎）	
現代	1925	新感覚派の文学台頭	月下の一群（堀口大学訳）	
			檸檬（梶井基次郎）	
			淫売婦（葉山嘉樹）	
			私小説と心境小説（久米正雄）	
	1926		伊豆の踊子（川端康成）	日はまた昇る（ヘミングウェイ）
			セメント樽の中の手紙・海に生くる人々（嘉樹）	
	1927		河童・歯車（龍之介）	
			文芸的な、余りに文芸的な（芥川龍之介）	
	1928—1948		放浪記（林芙美子）	征服者（マルロー）
	1929	世界経済恐慌	太陽のない街（徳永直）	武器よさらば（ヘミングウェイ）
			山椒魚（井伏鱒二）	恐るべき子供たち（コクトー）
			蟹工船（小林多喜二）	
			浅草紅団（康成）	
			夜明け前（藤村）	

続表

時代	西暦	社会・文化・歴史	日本文学事項	世界の文学事項
現代	1930	新興芸術派結成	聖家族（堀辰雄）	大地（パール・バック）
			機械（利一）	
	1933	「四季」「文学界」刊	春琴抄（潤一郎）	人間の条件（マルロー）
	1935	芥川賞・直木賞創設	中野重治詩集	
		「歴程」刊	蒼氓（石川達三）	
			仮装人物（秋声）	
			蒼氓（石川達三）	
	1936		風立ちぬ（辰雄）	風と共に去りぬ（ミッチェル）
	1937		路傍の石（有三）	
			生活の探求（健作）	
			濹東綺譚（荷風）	
			旅愁（利一）	
	1941		縮図（秋声）	異邦人（カミュ）
			菜穂子（辰雄）	
	1942		山月記・光と風と夢（中島敦）	
	1943		細雪（潤一郎）	星の王子さま（サン＝テクジュペリ）
			東方の門（藤村）	
			李陵（敦）	
	1945	太平洋戦争終結	お伽草紙（太宰治）	自由への道（サルトル）
	1946	日本国憲法公布	歌声よおこれ（宮本百合子）	凱旋門（レマルク）
			播州平野（百合子）	
			暗い絵（野間広）	
			死の影の下に（中村真一郎）	
			桜島（梅崎春生）	
			白痴（坂口安吾）	
			死霊（埴谷雄高）	
			灰色の月（志賀直哉）	
			堕落論（坂口安吾）	
	1947		斜陽（治）	ファウスト博士（トーマス＝マン）
			夏の花（原民喜）	欲望という名の電車（Tルウィリアムズ）
	1948	太宰治自殺	人間失格（太宰治）	
			永遠なる序章（椎名麟三）	

続表

時代	西暦	社会・文化・歴史	日本文学事項	世界の文学事項
現代			俘虜記（大岡昇平）	
	1949		仮面の告白（三島由紀夫）	第二の性（ボーヴォワール）
			山の音（康成）	
			本日休診（鱒二）	
			闘牛（井上靖）	
			少将滋幹の母（潤一郎）	
	1951		野火（昇平）	ライ麦畑でつかまえて（サリンジャー）
			絵本（虎彦）	
			壁（安部公房）	
			ある偽作家の生涯（靖）	
			広場の孤独（堀田善衛）	
	1952		真空地帯（野間宏）	老人と海（ヘミングウェイ）
	1954		潮騒（由紀夫）	ゴトーを待ちながら（ベケット）
	1955		太陽の季節（石原慎太郎）	
	1956		金閣寺（由紀夫）	ある微笑（サガン）
			楢山節考（深沢七郎）	天国と地獄（ハックスリー）
			氷壁（靖）	
	1957		天平の甍（靖）	スターリンの亡霊（サルトル）
			海と毒薬（遠藤周作）	ガラスの蜂（ユンガー）
			死者の奢り（大江健三郎）	
			裸の王様・巨人と玩具（開高健）	
	1958		飼育・見るまえに跳べ（健三郎）	
			楼蘭（靖）	
			鏡子の家（由紀夫）	
	1959		蒼き狼（靖）	イルクーツク物語（アルブーゾフ）
			海辺の光景（章太郎）	さよなら、コロンプス（ロス）
			眠れる美女（康成）	
			忍ぶ川（三浦哲郎）	
	1961		雁の寺（水上勉）	星の切符（アクショーノフ）
			古都（康成）	
			瘋癲老人日記（潤一郎）	
	1962		砂の女（公房）	太陽の賛歌（カミュ）

続表

時代	西暦	社会・文化・歴史	日本文学事項	世界の文学事項
現代	1964		されどわれらが日々―（柴田翔）	
			個人的な体験（健三郎）	
	1965		抱擁家族（小島信夫）	アメリカの夢（メイラー）
			豊饒の海（由紀夫）	青い花（クノー）
	1966		沈黙（周作）	
	1967		万延元年のフットボール（健三郎）	ガン病棟（ソルジェニツィン）
	1968	川端康成ノーベル文学賞受賞	おろしや国酔夢譚（靖）	孤独の河（マンディアルグ）
			杳子（古井由吉）	プルーノの夢（マードッグ）
	1971		レイテ戦記（昇平）	
	1972	中日国交回復	同時代としての戦後（大江健三郎）	私がすごした場所（サローヤン）
	1973		箱男（公房）	隠された横顔（サガン）
	1975		岬（中上健次）	七十歳の自画像（サルトル）
	1976		限りなく透明に近いブルー（村上龍）	
	1977		水中都市（安部公房）	
	1978		S・カルマ氏の犯罪（安部公房）	
	1979		風の歌を聴け（村上春樹）	はてしない物語（エンデ）
	1980		日本文学の起源（柄谷行人）	
			日本文学史序説（加藤周一）	
	1981		本覚坊遺文（井上靖）	
			都市空間のなかの文学（前田愛）	
			羊をめぐる冒険（村上春樹）	
	1984		最後の審判―死霊―（埴谷雄高）	
	1987		懐かしい年への手紙（大江健三郎）	
			ノルウェイの森（村上春樹）	
	1988		キッチン（吉本ばなな）	
	1989	ベルリンの壁崩壊	孔子（井上靖）	
	1994	大江健三郎ノーベル文学賞受賞		

二、解答

第一章

1. A
2. B
3. C
4. D
5. B
6. C
7. D
8. B
9. 口承文学
10. 記載文学
11. 言霊
12. 懐風藻、万葉集
13. 古事記、神話
14. 略
15. 日本上代時代の文学は、主に口承文学として伝わった。貴族や天皇による漢詩の創作や、万葉集に集約された和歌が特徴的である。また、『古事記』や『日本書紀』などの歴史書もこの時代に成立し、神話、伝説、帝王の系譜などを記録している。これらの作品は、日本の文学、歴史、文化に深い影響を与えている。

第二章

1. B　A
2. C
3. B
4. B
5. A
6. D
7. B

8. D

9. A

10. D

11. C

12. B

13. B

14. 古今和歌集　紀貫之

15. 伊勢物語　竹取物語

16. 『枕草子』『源氏物語』

17. 略

18. 　中古時代の文学は、貴族文化が中心であり、物語文学、日記文学、和歌集などが発展した。物語文学は、物語の祖である『竹取物語』をはじめ、『伊勢物語』『源氏物語』などが代表的である。日記文学は、『土佐日記』『枕草子』『更級日記』などが有名である。和歌集は、『古今和歌集』が勅撰和歌集の最初であり、多くの和歌が収められている。また、貴族社会の風刺や自然の美しさを描いた作品が多く、文学表現としての「もののあわれ」や「をかし」などの美意識が特徴的である。

第三章

1. D

2. D

3. C

4. C

5. A　　B

6. A　　B

7. D

8. B

9. B

10. C

11. C

12. A

13. D

14. A　B

15. 軍記物語　平家物語

16. 略

17. 中世時代の文学は、政治的動乱の中でも豊かな発展を見せた。貴族階級の没落と武士階級の台頭、仏教の無常観の影響、町人階級の台頭など、多様な社会背景が文学に反映されている。軍記物語は戦乱を題材にし、実名実姓を用いた史実に基づく物語形式を特徴としている。随筆文学は個人的な内面や自然観を率直に表現し、随想的なスタイルが特徴的である。連歌は和歌の形式を発展させ、滑稽と優雅の二つのスタイルが対照的に展開した。能と狂言は中世の演劇の代表的ジャンルであり、独特の演出スタイルと音楽性を持つことで、日本の伝統演劇として定着した。また、隠者文学は乱世からの逃避や自然への憧憬をテーマにし、精神的な探求が求められた。

第四章

1. D
2. D
3. B　A
4. B
5. C
6. A
7. A
8. C
9. D
10. C
11. A
12. B
13. A
14. A　B
15. C　D
16. 略

17. 近世時代の文学は、封建社会的構造が定着し、士農工商の身分制度が確立する中、多様な文学ジャンルが発展した。町人文学が隆盛し、民衆の間で流行し、庶民教育の普及と印刷技術の発達がそれに寄与した。俳諧は、芭蕉らによって独自の俳風が確立し、純粋な詩的形式として独立した。浮世草子は、当時の世相や人情を描き、広範な読者層に愛読された。読本は、勧善懲悪をテーマにし、読者を感化する教訓的要素を交えながら、複雑な物語構造を展開した。歌舞伎は、近世の演劇芸能として定着し、現代の演劇文化にも影響を与えている。

第五章

1. D
2. D
3. C
4. A
5. C
6. D
7. B
8. D
9. B
10. A
11. B
12. A
13. C
14. B
15. A
16. B
17. 小説神髄　当世書生気質
18. 白樺派　武者小路実篤　志賀直哉
19. 破戒　蒲団
20. 略
21. 日本近代文学は、明治維新によって始まり、欧米の文学理論と作品が大量に流入

し、日本の文学は大きく影響を受けた。写実主義が提唱され、自然主義文学が盛んになり、社会現實を赤裸々に描き出す作品が多く生まれた。また、白樺派などの文学流派が登場し、人間個性の尊重や理想主義、人道主義を主張する作品が発表された。大正時代には新感覚派が登場し、表現技法の革新が目立った。近代文学は、日本の文学を欧米近代文学と一体化しつつ、独自の特色と個性を発展させた。

第六章

1. C
2. A
3. B
4. B
5. C
6. A
7. D
8. C
9. D
10. C
11. B
12. 無頼派、太宰治、坂口安吾
13. 志賀直哉、川端康成
14. 略
15. 日本現代文学は前期と後期に分かれていて、そ的表現も伝統的な文体だけでなく、新しい文体や表現方法を試みる多様化を遂げた。昭和初期から戦争中の前期文学は、芸術的近代派、プロレタリア文学、伝統派の三派が文壇を鼎立し、特に芸術的近代派とプロレタリア文学が変革を目指したが、戦時統制下で表現の自由が奪われ、文壇は沈滞と荒廃に陥る。敗戦後の後期文学は、第二次世界大戦後の混乱と復興を背景に、戦後の民主主義の高揚に伴い、人権や自由をテーマとする作品が多く生まれた。表現の自由が回復し、中堅作家の復活、新戯作派の活躍、民主主義文学運動、戦後派の作家たちの実験的で重い主題の作品が発表された。昭和20年代から30年代にかけて戦争体験を通じて文学の自立性を追求する戦後派文学や第三の新人グループが登場し、昭和40年代には高

度成長の社会を背景に内向的世代の作家たちが政治や社会より人間そのものに焦点を当て、自己の内面を凝視する作品を発表し、新しい時代の文学を生み出した。また、女性作家の台頭により、女性の視点や経験を通じた文学が発展し、日本の文学は独自の文学的表現を発展させている。

参考書目

1. 日本文学史の研究 松本清 第一学習社 1982
2. 日本的近代小说 中村光夫 岩波新书 1983
3. 明治の文学 紅野敏郎・三好行雄ら 有斐閣選書 1984
4. 大正文学史 臼井吉見 筑摩書房 1985
5. 日本的现代小说 中村光夫 岩波新书 1990
6. 新编日本文学史 市古貞次等 明治书院 1992
7. 详解日本文学史 犬养廉等 桐原书店 1995
8. 新编日本文学史新訂新版 真下三郎 第一学習社 1997
9. 日本文学史 三版新訂 戸谷高明 1998
10. 日本近代文学史（修訂本）譚晶華 上海外語教育出版社 2003
11. 日本文学史 肖霞 山东大学出版社 2008
12. 日本文学简史 李先瑞 南开大学出版社 2008
13. 新日本文学史 三好行雄、秋山虔 文英堂 2012
14. 日本近现代文学史 刘晓芳、木村阳子 华东理工大学出版社 2013
15. 日本近现代文学选读 周晨亮、赵秀娟 北京理工大学出版社 2020